Tina Night
Broken Heart - Trilogie

D1726749

Im Alter von 17 kehrt Emilia Clayton ihrer Heimatstadt den Rücken und baut sich gemeinsam mit ihrer besten Freundin Jamie ein neues Leben in London auf.

Geprägt durch ihre dunkle Vergangenheit und schlechten Erfahrungen, lehnt sie strikt die Liebe und daher auch feste Beziehungen ab. Bis sie eines Tages ihren Job verliert und ihren neuen Chef kennenlernt. Er fesselt Emilia vom ersten Augenblick an und zwischen ihnen entwickelt sich schnell eine leidenschaftliche Affäre.

Wird er der Mann sein, der Emilia zurück ins Licht führt und ihr zerbrochenes Herz wieder zusammensetzt? Kann er sie wirklich retten? Oder werden sie die Schatten ihrer Vergangenheit wieder einholen und letztendlich doch verschlingen?

TINA NIGHT

BROKEN HEART

- Liebesroman -

Impressum

Taschenbuch

1. Auflage Juli 2017

Copyright © 2017 Tina Night

Alle Rechte vorbehalten.

Nachdruck und Verbreitung – auch auszugsweise nur mit schriftlicher Genehmigung der Autorin.

13-stellige ISBN: 978-1-521856-32-1

Motive Cover: Adobe Stock - archimede / Andrey Kiselv

Coverdesign und Satz : Grittany Design (www.grittany-design.de)

Korrektorat: KoLibri Lektorat (www.kolibrilektorat.de)

Alle Personen und Handlungen sind frei erfunden und reine Fiktion. Etwaige Ähnlichkeiten mit verstorbenen oder realen existie-renden Menschen sowie Schauplätze, sind rein zufällig und nicht beabsichtigt. Alle beschriebenen Vorkommnisse und Handlungen jeglicher Art, sind frei erfunden.

In diesem Buch werden explizite sexuelle und gewaltsame Handlungen beschrieben, die rein erfunden sind tina night

BOOKS

KAPITEL 1

Emilia

„Verdammte Scheiße! Ich glaube es einfach nicht. Jetzt fängt es auch noch an, zu regnen." Ich versuche nun schon seit geschlagenen fünf Minuten, ein Taxi anzuhalten. Vergebens. Wenn es jetzt nicht endlich mal klappt, dann muss ich zur nächsten U-Bahn-Station laufen, was zehn Minuten Fußweg bedeuten würde und das im strömenden Regen und mit mörderisch hohen High Heels. Heute ist wieder einer dieser Tage, an denen ich am liebsten gar nicht erst aufgestanden wäre. Ich versuche erneut, ein Taxi heranzuwinken und siehe da, endlich klappt es.

„Miss, wo kann ich Sie hinfahren?", brummt der Taxifahrer.

„Bitte 85. Main Street." Es war seit Wochen wie verhext und manchmal zweifle ich an mir selbst. Ich hatte in den letzten Wochen unzählige Bewerbungsgespräche. Zu viele, um mich an die genaue Anzahl erinnern zu können. Leider alle erfolglos. Entweder fehlen mir „angebliche" Qualifikationen oder ich werde abgelehnt, weil ich eine Frau bin. Ja, man glaubt es kaum, aber auch heute noch, im 21. Jahrhundert, bekommen Männer den Vortritt bei Einstellungen. Es ist ein offenes Geheimnis, keiner spricht es aus, aber alle wissen es. Aber so ist die Welt nun mal und vermutlich wird sich daran auch nie etwas ändern.

Als ich vor acht Wochen meine Kündigung erhalten habe, war ich noch positiv gestimmt und dachte: „So schwer kann es nicht werden, einen neuen Job zu finden. Ich habe genug Erfahrung, habe einige Weiterbildungen gemacht und bin nicht gerade auf den Kopf gefallen. Ich schaffe das. Tschakka." Aber diese positive Einstellung schwand Woche für Woche mit jedem Bewerbungsgespräch und jeder Absage.

Ich habe vor vier Jahren die Stelle als persönliche Assistentin bei Lee Powers im *Powers Verlag* angefangen und meinen Job mehr als geliebt. Es war genau das, was ich immer schon machen wollte. Lee war nicht nur mein Chef, sondern auch eine Art Mentor und Vaterersatz für mich. Alles, was ich heute kann, hat er mir beigebracht und das mit viel Geduld und Menschlichkeit. Im Großen und Ganzen war der *Powers Verlag* wie eine große Familie. Jeder half dem anderen, wenn Not am Mann war und die Stimmung war stets herzlich und ausgelassen gewesen. Es gab keine Neider und Ellbogenausfahrerei. Es lag Lee stets am Herzen, dass man sich am Arbeitsplatz wohlfühlte und gerne zur Arbeit kam. Was ihm auch gelungen war. Vor acht Wochen kam dann der Paukenschlag und Lee bat mich, eine Mitarbeiterversammlung für den nächsten Tag einzuberufen. Ich kann mich noch sehr gut an den Tag erinnern, wie besorgt und traurig er aussah, als er mir die Rundmail diktierte und ich auf Senden drückte. Wirklich niemand, ich eingeschlossen, hatte mit einer solchen Nachricht gerechnet. Der Verlag war pleite. Lee hatte alles versucht, um ihn zu retten, jedoch ohne Erfolg. 65 Mitarbeiter verloren ihre Jobs, darunter viele alte Mitarbeiter, die seit Verlagsgründung dabei gewesen waren. Innerhalb von zwei Wochen standen wir alle auf der Straße.

An meinem letzten Arbeitstag dankte ich Lee für alles und er versprach mir, nach wie vor für mich da zu sein und mir zu helfen, sollte ich etwas benötigen. Mir war klar, wie schwer es ihm fiel, alles hinter sich zu lassen. In diesem Verlag steckte sein ganzes Herzblut. Allerdings nahm Lee dies auch zum Anlass, sich mit seinen 64 Jahren ganz aus dem Berufsleben zurückzuziehen und sich voll und ganz seiner Familie zu widmen. Ich gönne es ihm vom Herzen, denn ich weiß, wie kräftezehrend die letzten Jahre für ihn und seine Familie waren. Lee war damals für mich da gewesen, in einer Zeit, in der ich jemanden gebraucht hatte, der mich wieder in die richtige Bahn lenkte … und Lee tat es ohne Gegenleistung und mit viel Verständnis. Hätte ich mir bei meiner Geburt einen Vater aussuchen können, wäre es Lee gewesen und nicht mein Erzeuger.

„Wir sind da, Miss!" Die Stimme des Taxifahrers bringt mich wieder zurück in die Realität. Ich bezahle und steige aus. Das mulmige Gefühl in meinem Magen wächst mit jedem Schritt und beim bloßen Gedanken an das jetzige Gespräch mit Mrs. Cone wird mir übel. Aber daran führt leider kein Weg vorbei und schon gar nicht nach dem heutigen Bewerbungsgespräch.

Beim Durchqueren des Foyers grüße ich Earl vom Empfang. „Hi, Earl. Wie geht es Ihnen? Was macht Ihre kleine Enkelin?"

„Ach, Miss Clayton. Wie schön, Sie zu sehen. Mir geht es bestens. Meine Enkelin wächst und gedeiht. Und Ihnen? Wieder ein Gespräch bei Mrs. Cone?"

„Das freut mich, zu hören. Na ja, den Umständen entsprechend. Ja, leider. Mrs. Cone rief mich vor einer Stunde an und bat mich um ein persönliches Gespräch", seufze ich.

„Kopf hoch, Kindchen, das wird schon. Manchmal braucht es einfach ein wenig mehr Zeit. London wurde auch nicht an einem Tag erbaut", sagt er väterlich.

„Dann drücken Sie mir mal die Daumen, dass Sie mir nicht den Kopf abreißt." Ich steuere den Fahrstuhl an und drücke die Taste für den fünften Stock, in dem die Agentur *Timezone* ihre Räume hat. Oben angekommen, begrüßt mich schon Linda, die Empfangskraft und zugleich Assistentin von Mrs. Cone.

„Hallo, Emilia, schön, Sie zu sehen. Wie geht es Ihnen?"

„Gut, Linda und selbst? Ist sie sehr sauer?", frage ich leise. Linda schaut mich mitfühlend an. Sie ist eine adrett gekleidete, etwas rundlichere, ältere Dame und einer der warmherzigsten Menschen, die ich je kennengelernt habe. Man fühlt sich in ihrer Gegenwart sofort wohl. Linda öffnet die oberste Schublade ihres Schrankes und reicht mir mit einem Lächeln ein Stück Schokolade. Sozusagen als Nervennahrung.

„Mir geht es fabelhaft. Heute ist es zwar etwas stressig, aber so ist es ja Gott sei Dank nicht jeden Tag. Und was Mrs. Cone angeht, Kopf hoch, das wird schon. Sie wissen doch, dass sie Sie mag und Ihnen nicht den Kopf abreißen wird. Glauben Sie mir, wir hatten schon schwerere Fälle und auch diese haben wir immer untergebracht."

In dem Moment ertönte die Gegensprechanlage. „Linda, ist Miss Clayton schon da?"

„Ja, Mrs. Cone, Miss Clayton ist bereits da. Soll ich sie reinschicken?"

„Ich bitte darum. Und bitte stellen Sie ab sofort keine Anrufe mehr durch."

Sie lächelt mich an und sagt: „Sie haben es gehört, rein mit Ihnen. Husch, husch!" Linda zwinkert mir aufmunternd zu und widmet sich dann wieder ihrer Arbeit.

Bevor ich jedoch anklopfe, hole ich noch einmal tief Luft, um mich etwas zu beruhigen. Dann klopfe ich zaghaft.

„Herein."

Ich öffne die Tür und trete ein. Mrs. Cone empfängt mich sofort mit einem Lächeln.

„Emilia, wie schön, Sie zu sehen. Ich hoffe, Ihnen geht es gut? Bitte nehmen Sie doch Platz." Sie zeigt auf den Stuhl direkt vor ihrem gläsernen Schreibtisch und setzt sich ebenfalls wieder in ihren schicken Designerstuhl. „Wollen Sie etwas trinken?"

Ich schüttle den Kopf und lehne dankend ab. Zu aufgewühlt bin ich, um nur irgendetwas zu mir nehmen zu können. Obwohl Mrs. Cone eine sehr sympathische Frau ist, habe ich dennoch Angst vor dem bevorstehenden Gespräch. Ich habe schon von anderen gehört, dass diese des Öfteren mit Mrs. Cone aneinandergeraten waren, wenn die Vermittlungen nicht so rundliefen. Ich konnte das jedoch nicht bestätigen, da ich mit ihr bisher keinerlei Probleme hatte und

Mrs. Cone mich immer sehr freundlich und entgegenkommend behandelt hatte.

„Emilia, Sie können sich sicherlich schon denken, weshalb ich Sie so kurzfristig herbestellt habe? Jetzt schauen Sie doch nicht wie ein angeschossenes Reh."

Ich nicke zustimmend, zu aufgeregt, um ein Wort über meine Lippen zu bekommen. Natürlich war mir der Grund bekannt. Das Vorstellungsgespräch heute Morgen verlief nicht wie erhofft und war schon nach zehn Minuten beendet. Das war wohl das kürzeste Vorstellungsgespräch der Geschichte. Der Personalchef, Mr. Diego, fand mich für die zu besetzende Stelle zu jung und unerfahren.

Ja klar. Meiner Meinung nach war der Grund schlichtweg, dass ich eine Vagina und Brüste hatte und nicht gewillt war, diese auch einzusetzen. Als ich auf seine Avancen nicht einging, beendete er das Gespräch damit, dass er jetzt schon das Gefühl habe, dass ich mich nicht genug in die Arbeit reinknie. Sicher doch. Er meinte wohl eher vor ihm knien. Tz, tz, tz.

„Der Kunde, bei dem Sie sich heute Morgen vorgestellt haben, hat mich direkt nach Ihrem gemeinsamen Gespräch angerufen und mir mitgeteilt, dass Sie für die Stelle leider nicht infrage kommen. Es tut mir wirklich sehr leid, Emilia. Ich war mir dieses Mal wirklich sicher, dass es klappt. Ich verstehe das einfach nicht. Es ist ja nicht so, dass Sie nichts vorzuweisen hätten oder unqualifiziert wären. Im Gegenteil. Sie stehen am Anfang Ihrer Karriere. Sind intelligent, gebildet und dazu noch eine äußerst attraktive, junge Frau. Aber anscheinend sieht das keiner dieser Hinterwäldler. Glauben Sie mir, ich werde eine Stelle für Sie finden und wenn es das Letzte ist, was ich tue." Sie lächelt mir beruhigend zu. „Also, ich habe vor einer halben Stunde eine Anfrage eines großen Unternehmens erhalten. Der Auftraggeber möchte noch unbekannt bleiben. Es handelt sich hierbei um eine Assistentenstelle des CEO und ich würde Sie gerne dort vorschlagen, wenn Sie nichts dagegen haben? Einen kleinen Haken hat das Ganze jedoch."

Innerlich verdrehe ich schon die Augen. Das war ja klar.

„Die Stelle wäre recht schnell zu besetzen, das heißt, Sie würden dort schon am Dienstag anfangen. Wäre das ein Problem für Sie?" Mrs. Cone schaut mich erwartungsvoll an.

„Nein, im Gegenteil, das wäre wirklich super. Sie wissen ja, ich bin flexibel und voller Tatendrang."

„Dann würde ich sagen, leite ich Ihr Profil sofort an den Kunden weiter und melde mich bei Ihnen, sobald ich etwas Neues erfahre. Die Einzelheiten besprechen wir dann bei Zusage am Montag."

Ich hätte vor Freude am liebsten Luftsprünge gemacht. Wenn das klappen würde, wäre das der absolute Wahnsinn. In meinem Kopf ging ich schon meinen Kleiderschrank durch, mit dem erschreckenden Ergebnis, dass ich für eine so imposante Stelle nichts zum Anziehen hatte und mir definitiv etwas Neues zulegen musste. Was soll ich sagen, ich bin nun einmal auch nur eine Frau! „Das wäre mehr als in Ordnung. Ich kann es kaum erwarten, wieder zu arbeiten."

Mrs. Cones Lächeln wird breiter. „Dann sind wir uns ja einig und für heute durch." Sie erhebt sich von ihrem Stuhl und begleitete mich zur Tür. „Dann drücke ich Ihnen ganz fest die Daumen, meine Liebe. Ich weiß nicht, warum, aber dieses Mal habe ich ein wirklich gutes Gefühl. Wir hören voneinander, Emilia. Ich wünsche Ihnen noch einen schönen Tag und ein erholsames Wochenende. Machen Sie es gut."

Ich gab ihr zum Abschied die Hand und bedankte mich für das entgegengebrachte Vertrauen und ihre Hilfe.

Eine halbe Stunde später schließe ich die Tür zu meiner Wohnung auf und sehe direkt auf meine beste Freundin, die es sich mit einer kuscheligen Decke auf dem Sofa bequem gemacht hat. „Hi, Süße, ich habe eine Kleinigkeit vom Chinesen mitgebracht. Ich hoffe, du hast Hunger?"

Jamie springt sofort auf und folgt mir in die Küche. „Klar, Em, du kennst mich doch, ich kann zu chinesischem Essen nie Nein sagen", lächelt sie.

Ich nehme Wein und Gläser aus dem Schrank und drücke ihr diese in die Hand. Dann schnappe ich mir die Tüte mit dem Essen und laufe, dicht gefolgt von Jamie, zurück ins Wohnzimmer. Ich stelle das Essen auf dem Couchtisch ab und sofort machen wir uns darüber her.

Nach gefühlten fünf Minuten Schmatzen und Kauen frage ich Jamie dann: „Und, wie war dein Tag? Hat dich Bob wieder in den Wahnsinn getrieben?"

Jamie seufzt und verdreht dabei genervt die Augen. „Wie immer anstrengend. Ich weiß nicht, aber ich habe das Gefühl, dass die Menschen immer verrückter werden. Mein Vater inbegriffen. Ich sage dir, der flippt total aus. Keine Ahnung, wie ich das noch so lange aushalten soll. Egal, was ich ihm vorschlage oder was ich mache, es ist ihm alles zu modern oder aufwendig. Hallo? Wir leben im 21. Jahrhundert und nicht in der Steinzeit. Wenn es nach ihm ginge, hätten wir noch Hammer und Meißel. Aber mach ihm das einmal begreiflich. Er schwört auf sein altes, gutes Konzept, das nur so von Spinnweben und Motten überquillt."

Manchmal verstehe ich Jamie einfach nicht. Ich beneide sie um ihren Job und auch um ihre unglaubliche Familie. Sie hatte wirklich Glück im Leben. Jamie arbeitet im Unternehmen ihres Vaters, dem bekannten Hotelier Bob Sinclair. Weltweit gehören ihm alle Sunshine Hotels und das sind nicht gerade wenige. Außerdem kommen jährlich immer wieder neue dazu. Man kann also sagen, dass das Unternehmen boomt. Und das allein war Bob zu verdanken, der alles strikt managt und nichts dem Zufall überlässt. Und genau das erwartet er auch von seiner Tochter. Denn Jamie soll in ein paar Jahren die Unternehmensführung übernehmen und gewissenhaft weiterführen und das weiterhin mit Erfolg. Hierzu gehört es natürlich auch, alles über Hotels und deren Abläufe zu wissen. Somit muss

Jamie jede einzelne Station, vom Zimmermädchen angefangen bis hin zum Empfangsbereich, durchlaufen. Es ist natürlich eine harte Zeit für sie, aber Jamie ist ihrem Vater nicht gerade unähnlich und wird alles Zukünftige grandios meistern. Bob haben wir auch diese unglaubliche Wohnung zu verdanken, denn im noblen Kensington wäre das mit unserem Mäusegehalt nicht machbar gewesen, eine solche Wohnung zu finden und sie auch noch bezahlen zu können. Bob sorgt sich ständig um das Wohlergehen seiner „Mädchen", wie er uns immer liebevoll nennt. Und das, obwohl ich gar nicht seine leibliche Tochter bin. Also kaufte er kurzerhand diese traumhafte Wohnung und überließ sie uns. Er verlangt lediglich nur die Umlagen für Strom, Gas etc., was verständlich ist. Ich habe ja jetzt schon ein schlechtes Gewissen, dass er alles zahlt. Außerdem lässt er uns einmal wöchentlich frische Lebensmittel liefern. Ein Luxus, den wir beide wirklich genießen. Denn alleine der Gedanke an das Schleppen von schweren Tüten brachte uns zum Schwitzen.

Bob und Rachel Sinclair sind unglaublich großzügige und herzliche Menschen, die das Herz am rechten Fleck haben. Meiner Meinung nach richtige Vorzeigeeltern. Sie haben zwar jede Menge Geld, sind aber dennoch sehr bodenständig und lehrten Jamie frühzeitig, mit Geld umzugehen. Daher schätzen wir diese Wohnung auch so sehr, denn es ist nicht selbstverständlich. Als sie mich damals aufnahmen, machten sie keinen Unterschied zwischen Jamie und mir. Für sie war ich immer wie eine zweite Tochter und das ist bis heute so geblieben. Mit meinen leiblichen Eltern, die ich lediglich „Erzeuger" nenne, habe ich schon seit vielen Jahren keinen Kontakt mehr und auch nicht das Bedürfnis danach. Ich weiß nicht einmal, ob sie noch leben. Zu viel Schreckliches ist in der Vergangenheit passiert und zu viel in mir dabei zerbrochen.

„Wie ist eigentlich dein Bewerbungsgespräch gelaufen?"

Ich schnaube etwas. „Frag einfach nicht. Es war der absolute Horror. Dieses aufgeblasene Arschloch von Personalchef gab mir durch die Blume zu verstehen, dass ich als Frau im Unternehmen keine

Chance haben werde. Es sei denn, ich würde meine Defizite körperlich ausgleichen. Stell dir das einmal vor, das ist wirklich unfassbar. Es ist einfach nur zum Kotzen … Wie kann man nur so sexistisch sein? Wir leben doch nicht mehr im Mittelalter."

Jamie streicht mir mitfühlend über den Oberarm. „Ach Süße, das wird schon. Du weißt, das Angebot von Dad steht nach wie vor. Du kannst jederzeit eine Stelle in einer unserer Hotels haben. Wir sind immer auf der Suche nach engagierten Mitarbeitern. Und stell dir nur mal vor, in ein paar Jahren wäre ich sogar deine Chefin." Jamie grinst mich schief an.

Ich ziehe wissend meine Augenbrauen in die Höhe. „Na das sind ja mal fabelhafte Aussichten. Mit dir als Chefin kann ich mich ja gleich erschießen", scherze ich.

Jamie verdreht genervt die Augen und antwortet dann: „Jaja, mach du dich nur lustig darüber. Du weißt gar nicht, was du alles verpasst. Eine bessere Chefin wirst du niemals mehr bekommen. Aber mal im Ernst, vielleicht solltest du dich komplett neu orientieren. Du hast immer noch das Geld deiner Familie. Dir stehen damit alle Türen offen. Denk einfach mal darüber nach."

Ich schaue starr auf meine Hände. Ich hasse es, wenn sie davon anfängt.

„Jetzt schau nicht so. Ich weiß, du möchtest nichts davon wissen, aber soll es bis zu deinem Lebensende unberührt auf deinem Konto verrotten?"

Ich weiß, was Jamie mir damit sagen will und es nur gut meint, aber ich habe meine Prinzipien und mir geschworen, dieses verfluchte Geld niemals anzurühren. Bis heute bin ich ihnen auch treu geblieben. Für mich ist es schmutziges Geld, an dem jede Menge Blut klebt. Ich habe es für etwas erhalten, das mein Leben Grund auf verändert und zerstört hat. Dieses Geld wird mich niemals vergessen lassen. Nie wieder werde ich mein altes, unbeschwertes Leben zurückbekommen. Außerdem wäre das ein Verrat an meiner kleinen Schwester.

Beim Gedanken an Amy zieht sich mein Herz schmerzhaft zusammen. Niemals könnte ich vergessen, was alles mit dem Geld zusammenhängt. Für mich sind es einfach nur viele Zahlen auf meinem Konto, die sich dank meiner Erzeuger auch noch jährlich vermehren. Sie machen nichts ungeschehen und schützen mich auch nicht vor meinen immer wiederkehrenden Albträumen und Ängsten.

„Hörst du mir überhaupt noch zu? Erde an Emilia!", reißt mich Jamie aus den düsteren Gedanken.

„Sorry, J, ich war in Gedanken. Lass uns bitte einfach das Thema wechseln, okay? Ach so, ich war auch heute bei Mrs. Cone. Sie hat mir eine weitere Stelle angeboten. Mein Profil ist schon raus, und sobald sie was hört, meldet sie sich. Wenn das klappen würde, J, das wäre einfach genial."

Just in dem Moment klingelt mein Handy. „Na, wenn man vom Teufel spricht. Hallo, Mrs. Cone. Dass wir uns schon so schnell wieder hören, hätte ich nicht gedacht. Ich hoffe, es gibt positive Nachrichten? … Was? Das glaube ich ja nicht. Sind Sie sich sicher? … Ja, natürlich. Das ist kein Problem für mich. Ich werde am Montag um neun Uhr bei Ihnen sein. Vielen, vielen Dank für Ihren Anruf. Ich wünsche Ihnen noch einen schönen Abend." Ich lege fassungslos auf und starre mein Handy an. Ich muss mich einen kurzen Augenblick sammeln. Ist das gerade wirklich passiert? Das ist der absolute Wahnsinn!

„Was hat sie gesagt?", quengelt Jamie.

„Ich kann es kaum glauben, J, aber ich habe die Stelle, von der ich dir gerade erzählt habe. Dem Kunden hat mein Profil gefallen und ich soll sofort am Dienstag anfangen. Das gibt es doch nicht. Endlich kann ich wieder arbeiten." Mir fällt ein riesengroßer Stein vom Herzen. Endlich wendet sich mein Leben wieder zum Positiven.

Jamie springt euphorisch auf und zieht mich in ihre Arme. „Ich gratuliere dir, Süße. Lass dich drücken. Das ging ja jetzt doch recht schnell. Und weißt du was? Das werden wir gleich morgen so richtig feiern. Mein Dad hat uns nämlich auf die Gästeliste des neuen Clubs gesetzt. Du weißt schon, der *Viper Club*, der vor kurzem erst in der Innenstadt eröffnet hat. Dort trifft sich nur, wer Rang und Namen hat und wir können umsonst rein und bis zum Umfallen feiern. Ist das nicht super? Außerdem ist morgen definitiv eine Shoppingtour angesagt." Wie ein aufgescheuchtes Huhn springt Jamie im Wohnzimmer auf und ab.

Sie ist wirklich eine verrückte Nudel und ich liebe sie über alles. Außer sie schleppt mich in solche Schuppen. Ich hasse solche Etablissements abgrundtief. Ich bin noch nie wirklich eine Partymaus gewesen, bis auf eine Zeit damals, die ich am liebsten wieder vergessen würde. Ich bin eher der Typ, der es sich zu Hause auf der Couch, mit einem Glas Rotwein und einem guten Buch, gemütlich macht. Mit viel Entspannung und Ruhe. Aber ab und an muss ich meinen Pflichten als beste Freundin nachkommen und mit Jamie um die Häuser ziehen. Auch wenn mir dieser Gedanke jetzt schon Kopfschmerzen bereitet.

Klopf, klopf … Was war das denn jetzt? Aufhören, sofort! Wer hämmert denn mitten in der Nacht an die Wände? Ich ziehe mir die Decke noch weiter über den Kopf in der Hoffnung, den Geräuschen so entfliehen zu können. Ja, so ist es gut. Jetzt kann ich noch ein wenig schlafen. Gerade, als ich denke, es ist vorbei, fängt es erneut an. Klopf, klopf.

„Em, wach auf, wir müssen bald los."

Ich drehe mich noch halb schlafend auf den Rücken. Och nö, das kann doch nicht ihr Ernst sein. Es ist doch noch mitten in der Nacht. Ist Jamie jetzt total verrückt geworden? Verschlafen drehe ich meinen Kopf Richtung Wecker und kann nur den Kopf schütteln. Es ist gerade mal acht Uhr morgens. Spinnt die eigentlich?! Vielleicht merkt sie es ja gar nicht, wenn ich mich einfach noch einmal umdrehe und weiter döse. *Pech gehabt, liebe Emilia.*

Denn da reißt Jamie schon die Tür auf und steckt ihren Kopf herein.

„Em, wird's bald? Du weißt, wir haben Termine!" Jamie schießt durch die Schlafzimmertür wie ein Bulldozer auf mich zu und reißt mir, mit einem Ruck, die Decke vom Körper.

„Sag mal, spinnst du jetzt völlig? Hast du mal auf die Uhr geschaut?! Wir haben noch Nacht. NACHT! Lass mich einfach weiterschlafen und komm in ein paar Stunden wieder. Was willst du überhaupt so früh von mir?"

Jamie funkelt mich wütend an. Oh, oh, sie hatte miese Laune.

„Was ich will? WAS ICH WILL???? Sag mal, rede ich eine andere Sprache? Wir haben gestern Abend ausgemacht, heute in die Mall zu fahren, um dir ein paar neue Outfits für deine neue Stelle zu kaufen. Außerdem müssen wir uns für heute Abend ausgehtauglich machen lassen. Du brauchst dringend neue Kleidung und einen neuen Haarschnitt, meine Liebe. Zusätzlich wollten wir noch zur Kosmetikerin. Das wirst du ja wohl nicht vergessen haben? Also echt, Em, manchmal hab ich das Gefühl, du bist schon 70 und leidest an Alzheimer." Missbilligend schüttelt Jamie ihren Kopf.

Bevor sie noch komplett austickt, setze ich mich lieber auf. „Jetzt komm mal wieder runter, du dummes Huhn. Ich bin ja schon wach und so gut wie fertig", lenke ich ein. Dabei kann ich ein leichtes Schmunzeln um Jamies Mundwinkel ausmachen.

„Ja, das sehe ich. Ich gebe dir eine halbe Stunde. Keine Sekunde länger! Und zwar ab jetzt! Die Zeit läuft, Baby." Dann stürmt sie aus meinem Zimmer.

„Ja, Mum", murmle ich verschlafen und schlurfe zu meinem angrenzenden Badezimmer. Nach einer ausgiebigen Dusche bin ich so gut wie neu. Ich bin mir jetzt schon im Klaren darüber, dass ich die halbe Stunde längst überschritten habe. Ich gehe zurück in mein Zimmer und ziehe mich an.

Mit einer hellen Jeans, einer hellblauen taillierten Bluse, einem Gürtel, Sandalen und meinem Shopper gehe ich zu Jamie in die

Küche. Was ich jetzt erst einmal brauche, um den Tag zu überleben, ist ein starker Kaffee. Am besten zwei davon. Aber das wird Jamie mir mit Sicherheit nicht gestatten. Denn wir haben ja keine Zeit.

„Ooooh, Madame hat es also auch mal geschafft. Können wir nun, Eure Hoheit?", sagt sie leicht sarkastisch.

Mein Gott, hat die schlechte Laune. „Dürfte ich noch eine Tasse Kaffee trinken, Miss Mürrisch?"

Jamie verdreht die Augen, nickt dann jedoch kurz. Manchmal ist sie eine richtige Sklaventreiberin.

In der Mall schleppt Jamie mich von einer Boutique in die nächste und nach gefühlten 20 Stunden einkaufen, so fühlen sich zumindest meine Füße an und das trotz flacher Schuhe, sitzen wir endlich in einem kleinen italienischen Bistro und essen zu Mittag. Das Essen ist einfach himmlisch.

„Bist du schon aufgeregt wegen Dienstag? Und du weißt wirklich nicht den genauen Namen des Unternehmens?", fragt Jamie mit vollem Mund.

„Klar bin ich aufgeregt und wie. Aber so schwer kann es ja wohl nicht werden, oder? Ich meine, klar, eine Investmentbank ist völlig anders als ein Verlag, aber Assistentin bleibt Assistentin. Ich hoffe nur, dass mein neuer Chef genauso nett und umgänglich ist wie Lee und kein arrogantes, sexistisches Arschloch. Und um deine andere Frage zu beantworten: Nein, Mrs. Cone hat mir leider nicht den Namen der Bank genannt. Sie meinte, es wäre etwas wirklich Großes und der CEO möchte vorab nicht zu viele Details preisgeben, da er Angst vor Spitzeln hat. Jetzt mal ehrlich, wie paranoid ist das denn bitte? Ich hoffe, der ist nicht generell so. Dann kann ich mich ja gleich erschießen."

„Ach Süße, du musst einfach positiv an die ganze Sache rangehen. Den meisten Bankern musst du nur ein klein wenig Honig ums Maul schmieren und nett lächeln, dann fressen sie dir schon aus der Hand. Glaub mir, da sind alle Männer gleich. Und vielleicht ist er ja ganz nett und du machst dir unnötig Sorgen. Das Gehalt spricht doch schon mal für sich und vielleicht wirst du sogar nach einiger Zeit übernommen. Und mit den neuen Klamotten, glaub mir, kann nichts mehr schiefgehen."

Vielleicht hat sie ja recht. Es wird schon schiefgehen und so schlimm wird es schon nicht werden.

„Übrigens, weißt du, wen meine Mum vorgestern im *La Traverna* gesehen hat?" Jamie schaut mich fragend an.

Ich schüttle kurz den Kopf.

„Louis und seine neue Flamme. Dieser verfluchte Bastard hatte doch tatsächlich die Unverfrorenheit, zu meiner Mum an den Tisch zu kommen und sich nach dir zu erkundigen. Er hat so getan, als wäre nie etwas vorgefallen. Was denkt der sich eigentlich? Dieses miese Schwein. Wenn der mir über den Weg läuft … Du kennst ja Mum. Da sind wir uns sehr ähnlich. Sie hat ihm die kalte Schulter gezeigt und ihm kurzerhand mal klar und deutlich zu verstehen gegeben, was sie von Männern seines Kalibers hält. Ich kann dir versichern, sie hat ihn erfolgreich in die Flucht geschlagen. Der wird sich nie wieder in ihre oder deine Nähe wagen", grinst Jamie siegreich.

Wenn ich an Louis denke, schnürt sich immer noch meine Kehle zu.

Ich lernte Louis bei einer Gala der „Reichen und Schönen" kennen, zu der mich die Sinclairs mitgenommen hatten. Solche Events waren noch nie etwas für mich und auch dieses Mal langweilte ich mich bis aufs Blut. Bis ich mit Louis zusammenstieß. Am Anfang war ich Louis gegenüber noch zurückhaltend und skeptisch, aber durch seine charmante und witzige Art durchbrach er schnell meine Mauer und der Abend wurde doch noch sehr nett. Wir beschlossen, Telefonnummern auszutauschen und uns zum Essen zu verabreden.

Louis zog mich schon von der ersten Sekunde magisch an. Er sah unglaublich gut aus, hatte kurze schwarze Haare und tiefblaue

Augen, wie das Karibische Meer. Er war recht groß und hatte das schönste Lachen, das ich je gehört hatte. Es war das erste Mal in meinem Leben, dass ich mich auf diese Weise zu einem Mann hingezogen gefühlt habe und mich sichtlich wohlfühlte. Es war ein schönes Gefühl. Das erste Mal war ich eine ganz normale, junge Frau.

Wir gingen einige Male miteinander aus und merkten gleich, dass da mehr zwischen uns war als nur ein kleiner Flirt. Es entwickelte sich schnell zu einer ernsthaften Beziehung. Mit 24 Jahren war Louis mein erster Freund und ich hatte mich noch nie zuvor so geborgen und geliebt gefühlt. Ich vertraute ihm bedingungslos, denn Louis war unglaublich einfühlsam und drängte mich nie zu etwas.

Und so fasste ich mir nach einem halben Jahr ein Herz und erzählte ihm von meiner schweren Vergangenheit. Denn anders konnte ich ihm nicht erklären, warum wir bis dato keine sexuelle Beziehung hatten. Natürlich war er im ersten Moment geschockt und bestürzt, aber er war für mich nach wie vor da und half mir, so gut er konnte, mit alldem irgendwie klarzukommen. Danach ging er mit mir noch behutsamer um und wartete, bis ich mich für unser erstes Mal wirklich bereit fühlte. Ich bereue es bis heute nicht, mit ihm geschlafen zu haben, aber ich bereue, ihm blind vertraut zu haben.

Kurze Zeit später erfuhr Louis auch von meinem Geld. Ich wollte ehrlich zu ihm sein und keine Geheimnisse vor ihm haben. Nichts sollte zwischen uns stehen. Die Alarmglocken hätten schon damals bei mir läuten sollen, aber ich war so glücklich und blind vor Liebe. Kurz nach meinem Geständnis machte Louis mir einen Heiratsantrag. Damals glaubte ich, aus Liebe. Wie blauäugig ich doch war. Nur wenig später veränderte sich Louis immer mehr. Er brachte das Thema Geld und Ehevertrag immer häufiger auf den Tisch und verstand einfach nicht, dass ich das Geld nicht anrühren wollte. Daraus resultierten immer häufigere Streitereien zwischen uns. Aber auch das ließ mich nicht eine Sekunde an ihm zweifeln. Ich hätte die Zeichen sehen müssen, doch ich verdrängte sie rigoros.

Eine Woche vor unserer Hochzeit musste ich Lee zu einem Geschäftstermin nach New York begleiten. Da dort allerdings schwere Unwetter herrschten, wurde der Flug in der letzten Minute gecancelt und für den nächsten Tag umgebucht. Ich entschied mich, Louis zu überraschen und fuhr ohne Vorankündigung direkt vom Flughafen zu seiner Wohnung. Da ich meinen eigenen Schlüssel hatte, entschloss ich mich, nicht zu klingeln, sondern mich heimlich in die Wohnung zu schleichen. Schon im Aufzug überkam mich ein merkwürdiges, beklemmendes Gefühl, was ich einfach auf meinen leeren Magen schob.

Letztendlich überraschte ich ihn mit einer Kollegin in eindeutiger Pose in seinem Bett. Für mich brach eine Welt zusammen. Nie hätte ich ihm so etwas zugetraut. Als er mich plötzlich bemerkte und mir hinterherrannte, wollte er natürlich alles erklären und es kamen die üblichen Sätze wie: „Es sieht nicht so aus, wie du denkst" oder „Ich kann das alles erklären, das ist ein dummes Missverständnis, ich liebe dich doch. Es war nur Sex". Bla, bla, bla. Eindeutiger ging es eigentlich doch gar nicht. Er hatte seinen verdammten Schwanz in einer anderen Frau stecken, als ich reinkam. Nach Karten spielen sah es mir nicht aus. Er hatte mich eine Woche vor unserer bevorstehenden Hochzeit betrogen. Es gibt Dinge, die sind einfach unverzeihlich für mich und das ist eine davon.

Wie sich im Nachhinein herausstellte, wollte Louis von Anfang an nur an mein Geld. Deshalb auch der schnelle Antrag und das Bestehen auf einen Ehevertrag. Er war der erste Mann, dem ich mein Herz geschenkt und an mich rangelassen hatte. Und er würde auch der Einzige bleiben. Das habe ich mir damals geschworen. Ich könnte mich heute noch dafür ohrfeigen, dass ich so dämlich und blind gewesen bin. Aber aus Fehlern lernt man ja bekanntlich. Louis hatte es zwar auch noch Wochen danach bei mir versucht und mich mit Anrufen und Blumen bombardiert, aber ich blieb hart und machte ihm unmissverständlich klar, dass es vorbei war und er sich die Mühe sparen könne. Einige Monate später erfuhr ich sogar, dass Louis in höheren Kreisen bekannt dafür war, sich an reiche

Frauen ranzumachen und diese wie eine Weihnachtsgans auszunehmen. Bis heute weiß ich nicht, ob seine anfänglichen Gefühle je echt waren oder er schon da mit mir gespielt hat.

„Emilia, hörst du mir überhaupt zu?"

„Sorry, J, ich war in Gedanken. Was hast du noch gesagt?"

„Ach Maus, ich hätte es dir nicht erzählen sollen. Ich bin so eine dumme Nuss. Vergiss ihn, er ist es einfach nicht wert. Irgendwann wird auch er dafür bezahlen, was er dir und all den anderen Frauen angetan hat. Davon bin ich überzeugt." Sie drückt liebevoll meine Hand und meint dann: „Ich glaube, wir sollten so langsam zahlen und uns auf zum Friseur machen."

Zwei Stunden später und mit neuem Haarschnitt machen wir uns endlich auf den Heimweg.

KAPITEL 2

Emilia

Einige Stunden später stehe ich fertig gestylt in unserer Küche und trinke ein Glas Prosecco, während ich noch auf Jamie warte. Wenige Minuten später kommt auch sie in die Küche gelaufen.

„Oh mein Gott, Emilia … Du siehst unglaublich heiß aus. Wenn dir mal heute Abend nicht die Kerle zu Füßen liegen. Das Kleid ist wie für dich gemacht."

Ja, sie hat recht, das Kleid ist einfach der Hammer. Ich habe es gesehen und es war Liebe auf den ersten Blick. Es ist in einem olivgrünen Ton gehalten, der super zu meinen Augen passt. Schulterfrei, mit einem Herzausschnitt, der meinen Busen schön zur Geltung bringt und einen verdammt heißen Rückenausschnitt hat, der knapp über meinem Po endet. Der Blickfang sind allerdings die funkelnden Steine rund um meinen Ausschnitt. Dadurch, dass das Kleid mir dennoch bis zu den Knien geht, wirkt es zwar sexy, aber nicht nuttig oder billig. Dazu trage ich goldene Pumps sowie eine passende Clutch. Meine rotbraunen Locken habe ich heute hochgesteckt und einzelne Strähnen umranden dabei mein Gesicht. Das Make-up ist wie immer sehr dezent gehalten, aber auf das Outfit perfekt abgestimmt. Ja, ich fühle mich heute definitiv sexy. „Du bist aber auch nicht von schlechten Eltern, Miss Sex Bomb."

Jamie hat sich für einen kurzen, schwarzen Jumpsuit in Satin entschieden, der ihr verdammt gut steht. Sie ist größer als ich und hat glatte, blonde Haare, die zu einem Bob geschnitten sind. Außerdem hat sie die längsten Beine, die ich je gesehen habe. Sie ist einfach ein wahr gewordener Männertraum, anders kann man es gar nicht ausdrücken. Es ist tatsächlich so, dass Männer ihr in Scharen hinterherlaufen und da Jamie kein Kind von Traurigkeit ist und gute Kost nicht verachtet, nutzt sie die Gelegenheiten auch schamlos aus und nimmt, was sich anbietet. Allerdings nur die Crème de la Crème. Manchmal wünsche ich mir, ich wäre ein klein bisschen wie sie. So unkompliziert und locker.

„Komm, wir müssen. Harry wartet sicher schon unten auf uns." Harry ist unser Chauffeur, den uns Bob zur Verfügung stellt. Denn Bob ist immer sehr darauf bedacht, dass seine Mädchen in Sicherheit sind und auch immer gut daheim ankommen. Ein Übervater also.

Harry ist ein typischer Chauffeur von Mitte 50, mit Anzug und passender Mütze. Aber nicht so stocksteif wie die meisten von ihnen. Er ist immer für jeden Spaß zu haben und wirklich von der witzigen Sorte. Unten angekommen öffnet uns Harry schon die Tür des Wagens. „Hereinspaziert, ihr zwei Hübschen. Wo soll es denn heute Abend hingehen?"

„Ach, Harry, du alter Charmeur. Wir wollen ins *Viper*. Es gibt nämlich etwas zu feiern." Jamie springt auf ihrem Sitz herum und klatscht wie ein kleines Kind in die Hände, während Harry sie fragend anschaut. Ja, manchmal hat sie echt eine an der Klatsche. „Em hat endlich einen neuen Job."

„Nicht wahr? Glückwunsch, Schätzchen! Das sind ja mal gute Neuigkeiten und definitiv ein Grund zum Feiern. Ich freue mich für dich. Wann fängst du an und vor allem wo?"

„Danke, Harry. Am Dienstag. Es ist eine große Investmentbank, aber mehr erfahre ich auch erst am Montag."

„Hört sich nach was Großem an. Es hätte dich schlechter treffen können. Soll ich dich am Dienstag dorthin fahren?", fragt er mit Blick in den Rückspiegel.

Ich winke ab. „Nein, nicht nötig, aber danke, Harry. Ich denke, ich werde mit der Sub fahren. Die muss ich ab sofort sowieso täglich nehmen und so kenne ich zumindest schon einmal den Weg."

Nach wenigen Minuten Fahrzeit hält Harry vor einem schwarzen, glänzenden Gebäude. „So, Ladys, wir sind da. Wann soll ich euch wieder abholen?"

Wenn ich mir das Publikum vor dem Club so anschaue, würde ich am liebsten wieder in den Wagen springen und zurückfahren, aber ich verkneife mir, jegliche Gedanken dieser Art laut auszusprechen, um Jamie damit nicht zu kränken. „Ich denke, wir werden uns heute ein Taxi nehmen, Harry. Wir wollen uns in der Uhrzeit nicht unbedingt eingrenzen. Und du sollst auch nicht den ganzen Abend im Wagen auf Abruf sitzen."

„Alles klar, dann wünsche ich euch viel Spaß und einen schönen Abend. Und benehmt euch. Nicht, dass mir Klagen kommen. Und dir, Em, wünsche ich einen schönen Start am Dienstag."

„Danke, dir auch und liebe Grüße an Jenna."

„Werde ich ihr ausrichten. Sie fragt mich schon die ganze Zeit, wann du sie mal wieder besuchen kommst."

Ich lächle. „Richte ihr aus, ich melde mich nächste Woche bei ihr. Ich habe ein schönes Rezept für eine Torte entdeckt. Das sollten wir unbedingt mal ausprobieren."

Jenna und ich kennen uns schon einige Jahre und treffen uns regelmäßig. Harrys Frau hat nämlich das gleiche Hobby wie ich. Backen. Leider hatte ich mit meinen Bewerbungen so viel um die Ohren, dass ich sie in letzter Zeit vernachlässigt habe.

Nachdem wir die Schlange vor dem Club sehen, sind wir Bob für die VIP-Karten sehr dankbar. Ansonsten hätten wir sicherlich Stunden anstehen müssen. Jamie holt die Karten aus ihrer Clutch und zeigt sie dem bulligen Türsteher. Bevor er uns reinlässt, mustert er uns zuerst einmal ausgiebig. Einfach zum Kotzen, solche Typen, die eine Frau wie Vieh behandeln. Es dauert ein paar Minuten, bis sich unsere Augen an das Lichtverhältnis gewöhnt haben. Mein

Blick schweift über das Clubinnere. Na ja, schlecht ist was anderes. Alles ist sehr edel in Schwarz-, Gold- und Beigetönen gehalten. Die Lampen strahlen ein angenehmes, gemütliches Licht aus. Nicht zu dunkel oder zu hell. Genau richtig, würde ich sagen. Die Bar ist in einem Goldton gegossen, was in dem Licht unglaublich schön aussieht und schick funkelt. Überall im Club sind runde Sitzgruppen angeordnet. Alle in einem beigefarbenen Leder. Die Tanzfläche ist wirklich riesig und einige Stufen vom Lounge-Bereich herabgesetzt und mit schwarzem, glänzenden Boden ausgestattet. Dann gibt es noch einen höher gesetzten Bereich, der durch eine Wendeltreppe zu erreichen ist. Das muss wohl der VIP-Bereich sein. Alles in allem ein wirklich schöner und äußerst edler Club, der mit viel Liebe zum Detail entworfen wurde. Nur das Publikum ist mir zu hochgestochen und gewöhnungsbedürftig. Aber was soll's, wir sind ja mit unseren eigenen Leuten hier und da konnten uns die anderen Gäste auch egal sein. Solange uns keiner dumm von der Seite anmacht, ist alles gut. Wir sind schließlich hier, um Spaß zu haben und der ist bei unserer Truppe immer vorprogrammiert.

„Komm, ich glaube, wir müssen hier entlang. Die anderen warten bestimmt schon auf uns." Jamie nimmt meine Hand und zieht mich in Richtung Treppe.

Oben angekommen, müssen wir nochmals unsere Karten vorzeigen und erhalten im Gegenzug ein goldenes Armband zur Kennzeichnung der VIP-Gäste. Als wir weiter in die Mitte des Raumes gehen, entdecken wir schon die anderen an einem der Tische sitzen. Heute Abend sind wir mal vollzählig, was nicht allzu oft vorkommt. Jamie, Elli, Marge, Bernie und ich sind seit unserer Schulzeit befreundet und ein eingeschworenes Team. Bernie ist allerdings der einzige Mann in unserer Runde, aber das liegt auch nur daran, dass er zum anderen Ufer gehört.

„Hi, ihr Süßen. Wir dachten schon, ihr versetzt uns wieder", kommentiert Bernie unser Erscheinen mit einer theatralischen, divenhaften Handbewegung. Was typisch für ihn ist.

„Ja klar, als ob wir dir heute Abend freiwillig die ganzen heißen Schnittchen überlassen, mein Lieber", witzelt Jamie.

„Tja, Berniemaus, da musst du wohl teilen", grinst nun auch Elli.

„Ach kommt, Mädels, es sind doch genug für uns alle da", entgegnet darauf Marge.

Ich liebe unsere kleine Runde. Mit meinen Freunden wird es nie langweilig und grundsätzlich ein feuchtfröhlicher Abend.

„Also ich würde mal sagen, da wir heute etwas zum Feiern haben, geht die erste Flasche Champagner auf mich, meine Hübschen", erklärt Jamie mit einem Strahlen.

„Wie feiern? Hab ich was verpasst? Hat jemand Geburtstag? Oder verlässt du endlich das Land, Baby?", flachst Bernie.

„Nein, du Miststück, Em hat ab nächste Woche eine neue Stelle."

„Das ist ja super, Glückwunsch", sagen alle durcheinander.

Eine Stunde später und zwei Flaschen Schampus intus, lasse ich das erste Mal meinen Blick über den VIP-Bereich gleiten. Wie schon vermutet, nur Schnösel und aufgetakelte Tussen, die alle von Daddy und Mummy gesponsert werden. Wie ich solche Leute hasse. Nichts selbst zustande bekommen, aber mit dem Geld ihrer Eltern prahlen. Einfach nur ätzend. Bevor ich jedoch meinen Gedanken weiterspinnen kann, bleibt mein Blick an einen der hinteren Tische hängen. Sofort stockt mir der Atem. Ich habe wirklich in meinem ganzen Leben noch nie so unglaublich schöne, tiefgründige Augen gesehen. Ich habe sofort das Gefühl, darin zu versinken. Der intensive Blick des Unbekannten geht mir durch Mark und Glied und für einen Moment vergesse ich sogar, wo ich überhaupt bin.

Auch er mustert mich so eindringlich, dass mein Herz sofort schneller schlägt und ich das Gefühl habe, es könnte explodieren.

Plötzlich stupst mich jemand in die Seite und ich wende kurz meinen Blick von dem Unbekannten ab.

„Sag mal, alles okay bei dir? Du warst ja gerade wie weggetreten", fragt Jamie besorgt.

„Ja, klar, alles in bester Ordnung. Ich war nur kurz abgelenkt."

„Das hab ich bemerkt. Das hat nicht zufällig mit diesem unglaublich gut aussehenden Bad Boy am Tisch dort drüben zu tun?"

Ich werde sofort knallrot. Das kleine Miststück hat mich tatsächlich auf frischer Tat ertappt. Wie lange hat sie mich beobachtet?

„Nein, da muss ich dich leider enttäuschen. Wie kommst du eigentlich darauf?"

Jamie schaut mich wissend, mit hochgezogenen Augenbrauen an. „Also bitte! Ihr habt euch ja schon fast mit euren Augen gevögelt. Das nennt man, glaube ich, Blickficken. Meinst du, ich hab das nicht gesehen? Mich würde interessieren, wer er ist."

„Quatsch, ich hab nur kurz zu ihm rüber gesehen, mehr nicht. Und nein, wir finden nicht heraus, wer er ist. Das lässt du mal schön bleiben. Hast du mich verstanden, Jamie?!"

„Was nicht ist, kann ja noch werden", zwinkert Jamie. „Aber keine Sorge, ich halte mich von ihm fern."

Als ich nochmals heimlich zu dem Tisch herüberschaue, ist dieser allerdings schon verwaist und von dem Unbekannten keine Spur mehr. Was mache ich da eigentlich? Bin ich total verrückt geworden? Ich kenne diesen Typen doch gar nicht und auf der Suche nach jemandem bin ich schließlich auch nicht. Also sollte ich ihn schnell wieder vergessen und den Abend genießen.

Plötzlich reißt mich Marge's Stimme aus meinen Gedanken. „Los, Mädels, ich glaub, wir sollten mal ein bisschen abzappeln. Ich will heute schließlich nicht alleine nach Hause gehen und mir schön das Bettchen wärmen lassen."

Gesagt, getan und wir sind binnen Sekunden auf der Tanzfläche. Die Musik ist ziemlich gut und eine Mischung aus House und R'n'B. Nach gefühlten 20 Liedern brauche ich dringend eine kleine Verschnaufpause und etwas zu trinken. Ich gebe Jamie ein kurzes Zeichen und schlendere, noch leicht angeheitert, zur Bar. Dort setze ich mich auf einen der freien Barhocker und warte, bis der Barkeeper von mir Notiz nimmt. Was gar nicht so einfach ist, denn er scheint mich irgendwie nicht zu registrieren. Also bitte, so klein bin ich ja nun auch wieder nicht mit meinen 1,65 m Körpergröße.

Plötzlich beginnt mein gesamter Körper, zu kribbeln und sich mit einer Gänsehaut zu überziehen. Was zur Hölle ist denn hier los? Ich habe definitiv zu viel Alkohol im Blut. Sekunden später vernehme ich eine tiefe, raue Stimme an meinem rechten Ohr.

„Darf ich Sie auf einen Drink einladen, Lady?"

Ich drehe meinen Kopf in Richtung der Stimme und bin schon darauf gefasst, demjenigen einen gewaltigen Korb zu verpassen. Tja, wie sollte es auch anders sein. Ich schaue natürlich in ein Paar wunderschöne, dunkelbraune Augen, die zu dem Unbekannten vom VIP-Bereich gehören. Ich kann weder den Blick von ihm abwenden, noch bekomme ich nur eine Silbe heraus. Ich benehme mich wie ein verfluchter Teenie und starre ihn mit offenem Mund an. Jetzt fehlt nur noch, dass ich anfange, zu sabbern. Einfach nur erbärmlich, Emilia!

Dieser Mann hat nicht nur unglaubliche Augen, nein, er sieht auch noch verdammt heiß aus. Einer dieser Männer, bei dem es einer Frau sofort den Atem verschlägt. Verstohlen beginne ich, meinen Blick über seinen gesamten Körper wandern zu lassen. Er hat hellbraunes, verwuscheltes Haar. Diesen typischen Out of Bed Look. Nicht zu kurz und nicht zu lang. Wie sie sich wohl anfühlen? Herrgott noch mal, was denke ich denn da? Eigentlich hätte ich mich spätestens jetzt umdrehen und wegrennen sollen, aber ich kann einfach nicht. Ich kann nicht aufhören, ihn anzuglotzen. Sein Gesicht ist geprägt von einer schönen, geraden Nase, die sich leicht nach links biegt. Volle, leicht geschwungene Lippen, die sofort zum Küssen einladen. Ich hab eindeutig zu viel Alkohol getrunken, denn so etwas würde ich nüchtern bestimmt nicht denken ... oder vielleicht doch?

Meine Augen wandern weiter abwärts und mir wird von Sekunde zu Sekunde heißer. Was ich da sehe, gefällt mir außerordentlich gut und löst Dinge in mir aus, die ich so nicht kenne. Er trägt ein weißes, tailliertes Hemd, das er an den Ärmeln hochgekrempelt hat und muskulöse Unterarme preisgibt. Sein Hemd sieht teuer aus und spannt im Brustbereich, sodass sich seine harte, männliche Brust darunter abzeichnet. Man kann genau sehen, dass er verdammt durchtrainiert ist und wohl jede Menge Zeit im Fitnessstudio verbringt. Zu seinem Hemd trägt er eine schwarze, eng anliegende Jeans, die seine schmalen Hüften genau richtig umspielt. Ich weiß nicht, wie lange ich ihn schon anstarre, aber als ich meinen Blick wieder zu seinem Gesicht hebe, grinst er mich belustigt an.

„Fertig mit der Fleischbeschauung? Ich hoffe, Ihnen gefällt, was Sie sehen?!", fragt er augenzwinkernd.

Mehr als zu einem undefinierbaren Gemurmel bin ich nicht in der Lage.

„Hat es Ihnen jetzt die Sprache verschlagen?", fragt er grinsend.

Okay, jetzt bringt er mich irgendwie auf die Palme. „J-j-ja, natürlich, was denken Sie denn? Ähm, ich meine sprechen, ich kann sprechen, wie Sie sehen ... ähm hören", stammle ich wie die größte Vollidiotin auf Erden.

Sein Grinsen wird immer breiter und ich habe irgendwie das Gefühl, dass er sich über mich lustig macht. Arroganter, sexy Arsch. Plötzlich hält er mir seine Hand entgegen.

„Ich bin übrigens Nate und Sie?"

Am liebsten hätte ich geantwortet „Geht Sie nichts an, Sie aufgeblasener Affe", aber es kommt mir irgendwie nicht über die Lippen. Stattdessen antworte ich ihm wahrheitsgemäß, wie ein dummes Schaf. „Emilia."

„Ein sehr schöner Name. Darf ich dich, ich darf doch Du sagen, zu einem Glas Champagner einladen?"

Jetzt sind wir also schon beim Du. Wenn ich jetzt noch mehr trinke, werde ich heute Nacht definitiv die Kloschüssel umarmen. Also lehne ich freundlich ab. „Nein, danke. Ich glaube, ich hatte für heute schon genug und sollte mich besser an Softgetränke halten."

Ohne auf mein Gesagtes einzugehen, winkt er dem Barkeeper

zu und flüsterte ihm etwas ins Ohr. Dieser nickt kurz und geht wieder fort. Wie hat er das gemacht? Er musste nur mal kurz mit seiner Hand wedeln und schon wurde er bedient? Mich hat dieser arrogante Arsch einfach ignoriert. Zwei Minuten später taucht der Barkeeper erneut auf und stellt zwei Gläser vor uns ab. Ein Cocktailglas für mich und ein Whiskey, wie ich annehme, für Nate. Dieser Name klingt verdammt verrucht und heiß.

„Ich habe doch gesagt, dass ich nichts Alkoholisches trinken möchte", fahre ich ihn sofort schroff an.

Nate beugt sich leicht zu mir rüber und flüstert mir ruhig ins Ohr: „Keine Sorge, der Cocktail ist alkoholfrei."

Okay, das ist mir jetzt unangenehm. Ich will mich gerade für mein schlechtes Benehmen entschuldigen, als Jamie neben mir auftaucht.

Sie nimmt einfach einen Schluck aus meinem Glas und verzieht sofort angewidert das Gesicht. „Bäh, Emilia. Was ist das denn? Kein Alkohol? Echt jetzt? Ich dachte, wir feiern heute?! Wo bleibst du eigentlich die ganze Zeit? Ich habe schon befürchtet, du wärst mit dem geilen Hengst von oben durchgebrannt."

Peinlich berührt schließe ich für einen Moment meine Augen. Oh mein Gott! Das hat sie jetzt nicht wirklich gesagt? Oh doch, hat sie, denn Nates Grinsen wird immer breiter. Warum tut sie das immer? Ich werde sofort knallrot, was man im Licht, Gott sei Dank, nicht wirklich erkennen kann.

Als Jamie meinem Blick folgt und an Nate hängen bleibt, zuckt sie nur entschuldigend mit den Schultern und bringt lediglich ein lautes „Ups" heraus. Dann macht sie auf ihrem Absatz kehrt und verschwindet in der tanzenden Menge. Oh Mann, das ist so peinlich. Wie kann sie nur so was sagen? Na die kann was erleben, wenn wir später daheim sind.

„Geiler Hengst also?", gluckst Nate.

„J-ja, genau … Ähm, ich meine natürlich nein", stottere ich. Mir ist die Situation so unangenehm, dass ich mir nicht anders zu helfen weiß, als zu sagen: „Also, ich glaube, ich sollte mal nach meinen

Freunden suchen. Vielen Dank für den Drink, Nate. Ich wünsche dir noch einen schönen Abend. Man sieht sich vielleicht mal wieder."

Und in Windeseile bin ich in der Menge verschwunden. Puh, geschafft. Ich entdecke die anderen sofort und geselle mich zu ihnen. Ich muss mich unbedingt ablenken. Die Begegnung mit Nate hat mich ziemlich durcheinandergebracht. Ich versuche, alles um mich herum auszublenden und nur noch den Beat der Musik zu spüren. Langsam fange ich an, mich zur Musik zu bewegen. Es ist ein befreiendes Gefühl, zu tanzen und sich einfach den Klängen hinzugeben. Im Einklang mit der Melodie fühle ich mich schwerelos und frei. Während ein Lied nach dem anderen gespielt wird, verliere ich mich komplett in meinen Bewegungen und komme erst wieder in die Realität zurück, als sich zwei starke Männerhände von hinten auf meine Hüften legen und sich mit mir zur Musik bewegen.

Ich weiß sofort, um wen es sich handelt. Es ist niemand anderes als Nate. Während wir miteinander tanzen, zieht er mich immer näher an sich. Er ist mir plötzlich so nah, dass ich seine Körperwärme nur zu gut wahrnehme. Ich fühle nur noch seinen Körper und meinen immer schneller werdenden Herzschlag. Er kann wirklich gut tanzen. Unsere Bewegungen werden enger und aufreizender und meine innerliche Erregung wächst von Sekunde zu Sekunde. Noch nie zuvor habe ich mit einem Mann so verrucht getanzt. Nate ist wirklich Sex auf zwei Beinen, anders kann ich das gar nicht ausdrücken. Irgendwie kann ich gerade nur noch an Sex denken. Zwei nackte, vor Schweiß glänzende Körper, die sich lasziv aneinander reiben.

Auch Nate lässt unser Tanz nicht kalt. Nur zu deutlich kann ich seine Härte an meinem Po spüren. Ohne weiter darüber nachzudenken, beginne ich, mich noch intensiver an ihm zu reiben, was ihm ein leises Stöhnen entlockt. Nate fängt an, zärtlich an meinem Ohr zu knabbern und die empfindliche Stelle unterhalb davon zu küssen. Ich bin wirklich noch nie zuvor so angetörnt gewesen.

Als er sich wieder hoch zu meinem Ohr küsst, flüstert er mir leise hinein: „Du kannst dir gar nicht vorstellen, wie scharf du mich machst. Nur zu gerne würde ich dich jetzt sofort ficken." Dabei reibt er seinen Schwanz nachdrücklich an meinem Po.

Hat er das eben wirklich zu mir gesagt? Eigentlich sollten mich seine Worte schockieren, tun sie aber nicht. Im Gegenteil, sie erregen mich nur noch mehr und mein Unterleib beginnt, sich schmerzvoll zusammenzuziehen. Ich muss gestehen, dass ich ihn genauso sehr will wie er mich.

Plötzlich dreht Nate mich schwungvoll in seinen Armen herum. Jetzt schaue ich ihm direkt in die Augen, die mittlerweile tiefschwarz sind. Sein Blick ist erregt und voller Begierde. Seine Hände wandern weiter abwärts, bis sie auf meinem Po zum Stillstand kommen und er mich sanft gegen seinen Unterleib drückt. Als seine Lippen sich plötzlich auf meine legen, durchfährt es mich wie ein Blitz und mein Mund beginnt, zu kribbeln. Seine rechte Hand wandert in meinen Nacken und zieht mich noch enger an sich. Seine Lippen fühlen sich weich und warm an, und man kann immer noch den Whiskey und einen Hauch von Minze daran schmecken.

Als sich meine Lippen leicht öffnen, nimmt Nate dies als Einladung und lässt seine Zunge vorsichtig in meinen Mund gleiten. Leicht stupst er meine Zunge mit seiner an. Ich zögere einen Moment, öffne meine Lippen aber dann doch mehr. Unsere Zungen beginnen, sich zärtlich zu necken und zu umspielen. Der pure Wahnsinn. Er küsst mich zuerst langsam und vorsichtig, wird aber nach kurzer Zeit immer stürmischer. Es ist mit Abstand der unglaublichste Kuss, den ich jemals von einem Mann bekommen habe. Er verspricht definitiv mehr.

Als ich zu ersticken drohe, unterbricht Nate unseren Kuss abrupt und fragt mich leise: „Vertraust du mir?"

Ohne weiter darüber nachzudenken, nicke ich. Warum, weiß ich nicht. Es ist einfach so ein Gefühl … Ich weiß, ich kann ihm vertrauen.

Nate nimmt meine Hand in seine und zieht mich mit sich von

der Tanzfläche. Ich folge ihm widerstandslos wie eine läufige Hündin, die nach mehr giert. Ja, ich will mehr. Ich will alles, was er mir zu geben bereit ist. Mein letzter Sex ist schon viel zu lange her und mein Körper schreit förmlich danach.

Hand in Hand laufen wir einen schmalen, dunklen Korridor entlang. Vor einer schwarzen Tür halten wir plötzlich an. Nate öffnet diese und zieht mich schwungvoll hinein. In dem Raum scheint leicht dämmriges Licht. Es muss ein Büro oder so ähnlich sein, da ich einen Schreibtisch und Aktenschränke erkennen kann. Was, wenn man uns erwischt? Noch bevor ich weiter darüber nachdenken kann, drückt er mich schon gegen die geschlossene Tür und beginnt, mich erneut wild zu küssen. Ich verliere mich in ihm und kann mich nur noch auf seine Lippen konzentrieren. Dann spüre ich Nates Hände, die an den Außenseiten meiner Schenkel hochgleiten. Langsam und sinnlich. Seine rechte Hand wandert zur Innenseite meines linken Beins, weiter aufwärts, direkt unter den Saum meins Kleides. Es fühlt sich einfach zu gut an, als das ich ihn hätte stoppen können. Ich will, dass er mich berührt und auf keinen Fall damit aufhört. Als er leicht über meinen längst durchnässten Slip streicht, habe ich das Gefühl, zu explodieren. Zu lange ist es schon her, dass mich ein Mann so berührt hat. An meinem Bauch kann ich nur allzu deutlich seine glühende Härte spüren.

Als er nach meinem Slip greift, diesen zur Seite schiebt und mit zwei Fingern durch meine warme, geschwollene Nässe gleitet, stöhnt er heiser auf. „Oh Gott, du bist so schön feucht für mich. Ich kann es kaum erwarten, in dir zu sein und dich hart zu ficken, bis dir Hören und Sehen vergeht." Dabei drückt er seinen harten Schwanz gegen meinen Oberschenkel. Mit zwei Fingern dringt er in mich ein. Das Gefühl ist einfach unbeschreiblich gut und seine Stöße kontrolliert. Als er mit seinem Daumen beginnt, meine Perle zu umkreisen, kann ich mich kaum noch auf den Beinen halten. Zu intensiv ist das Gefühl seiner Hände auf meiner feuchten Mitte. Plötzlich entzieht er mir seine Finger und ich kann ein frustriertes

Seufzen nicht unterdrücken. Seine Hand streicht sanft über meine gerötete Wange und er sagt leise: „Keine Angst, ich hör schon nicht auf. Das wäre das Letzte, was mir jetzt in den Sinn kommen würde." Langsam schiebt er mir das Kleid bis zu den Hüften hoch und hakt seine Hände in meinen Slip, um diesen dann mit einem Ruck herunterzuziehen. Völlig entblößt stehe ich nun vor ihm. Sein glühender Blick bestätigt mir nur, dass ihm gefällt, was er sieht. Dann gleiten seine Finger erneut durch meine Nässe. Diesmal jedoch quälend langsam. Am liebsten hätte ich ihn angeschrien, sich zu beeilen. Ich kann kaum noch einen klaren Gedanken fassen, als seine Finger erneut in mich gleiten und mich mit rhythmischen Stößen stimulieren. Als Nate anfängt, meine pochende Perle zu berühren, ist es um mich geschehen. Ohne es aufhalten zu können, durchfährt mich mein Orgasmus wie ein Tornado und ich beginne, heftig in seinen Armen zu zucken. Ich bin kaum noch imstande, mich auf meinen Beinen zu halten, zu intensiv ist dieses Gefühl. Noch nie zuvor bin ich so heftig und schnell gekommen wie gerade. Nates Bewegungen werden sanfter, bis ich mich wieder halbwegs unter Kontrolle habe. Das war mit Abstand der schnellste Orgasmus, den ich jemals gehabt habe. Okay, das ist jetzt auch nicht wirklich schwer, da ich mit Louis, meinem Ex, selten einen hatte.

Nate schaut mich mit verhangenem, hungrigem Blick an. Er sieht in diesem Moment unbeschreiblich sexy aus. „Weißt du eigentlich, wie unfassbar hinreißend du aussiehst, wenn du kommst? So sinnlich und betörend."

Mir ist es unglaublich peinlich und ich weiß nicht so recht, was ich ihm darauf antworten soll und schüttle nur sanft meinen Kopf als Antwort.

Nate streicht leicht über meine Wange und beginnt, mich erneut zu küssen. Diesmal nicht sanft, sondern stürmisch und mit seiner ganzen Lust. Unsere Zungen umspielen sich leidenschaftlich. Ich spüre, dass meine Erregung erneut entfacht wird. Wie schafft er das nur? In dem Moment hebt Nate mich auf seine Hüften und trägt mich zur großen Couch in der Ecke des Raumes. Er bettet mich sanft darauf, ohne seinen Blick von mir abzuwenden und beginnt langsam, sein Hemd aufzuknöpfen. Gebannt starre ich ihn an. Er sieht extrem schön und männlich aus. Ich habe selten einen Mann mit einem solch gut gebauten Körper gesehen. Durchtrainiert und hart. Sein Hemd fällt mit einer Bewegung zu Boden. Wenige Sekunden später gesellt sich auch seine Hose dazu. Jetzt steht er lediglich in einer engen, weißen Boxershorts vor mir. Seine mächtige Wölbung ist dabei kaum zu übersehen. Er kommt mit wenigen Schritten zu mir auf die Couch und hebt mich auf seinen Schoß.

Meine Hände gleiten gierig über seinen definierten Oberkörper und erkunden diesen ausgiebig. Als sich dann noch meine Lippen dazugesellen, kann er sein Stöhnen nicht mehr zurückhalten. Er fühlt sich verdammt gut an. Sein Blick stets auf mich gerichtet, verfolgt er jede meiner Bewegungen. Ich lasse meine Hände abwärts, Richtung Bauchnabel wandern, wo ein langer Pfad aus Haaren direkt in seine Hose verschwindet. Meine Hand gleitet zielstrebig in seine Boxershorts und befreit seine Härte. Was ich dann erblicke, gefällt mir und lässt mich noch feuchter werden. Er sieht einfach perfekt aus. Groß und dick. Ich küsse ihn, während mein Daumen den Tropfen auf seiner Eichel verreibt und immer wieder über seine kleine Öffnung streicht. Ich umschließe seinen Schwanz mit meiner Faust und beginne, auf und ab zu pumpen. Unkontrolliert beginnt Nate, sich ebenfalls mir entgegenzubewegen. Er ist extrem erregt, denn sein Schwanz fängt schon leicht an, in meiner Hand zu zucken.

Nach wenigen Minuten unterbricht er mein Spiel, hebt mich von sich und greift nach seiner Hose, die am Boden liegt. Er fischt ein Kondom heraus und entledigt sich schließlich seiner Boxershorts. Dann hebt er mich erneut auf seinen Schoß. Ich vernehme das Zerreißen der Kondomverpackung und sehe ihm dabei zu, wie er es sich überrollt. Alleine das törnt mich extrem an. Es sieht wirklich verdammt scharf aus, wenn er das tut.

Dann greift Nate nach meinem Kleid und zieht es mir über den Kopf. Sein feuriger Blick gleitet sofort zu meinen Brüsten. Langsam beginnt er, diese sanft mit seinen Händen zu kneten. Mir entfährt ein lauter Seufzer, zu schön ist das Gefühl, das er mir mit seinen Händen verschafft. Als er anfängt, meine Brustwarzen zwischen seinen Fingern zu zwirbeln und schließlich seine Lippen meine harten Knospen umschließen und sie abwechselnd lecken und beißen, habe ich das Gefühl, alleine dadurch zum Höhepunkt zu kommen. Das Zusammenspiel aus sanften Berührungen und schmerzhaften Bissen lässt mich schier zerbersten. Noch nie zuvor hatte ich solch widersprüchliche Gefühle. Nate weiß genau, was er tut, denn er tut es verdammt gut. Er hat einfach ein Gespür dafür, was mir gefällt und was mein Körper gerade braucht. Er lässt von meinen Brüsten ab und hebt mich leicht an. „Ich kann nicht länger warten. Ich will endlich in dir sein", sagt er voller Lust. Und im gleichen Moment spüre ich seine pralle Eichel an meinem Eingang. Langsam dringt er in mich ein. Hält immer wieder kurz an, um mir Zeit zu geben, mich an seine Größe zu gewöhnen. „Alles in Ordnung?", fragt er besorgt, da ich mich wohl leicht verkrampft habe. Er zieht sich wieder ein Stück zurück und streicht mir sanft über die Wange. „Entspann dich, okay? Du musst keine Angst haben, ich werde vorsichtig sein, versprochen."

Mit seinen sanften Worten und seinen zärtlichen Lippen löst sich meine Anspannung sofort. Mit einem leichten Nicken signalisiere ich ihm, dass er weitermachen kann.

Stück für Stück arbeitet er sich vor, bis er schließlich mit seiner vollen Länge in mir steckt. WOW! Dann beginnt er, sich langsam in mir zu bewegen. Es ist ein unglaubliches Gefühl, ihn zu spüren, groß und hart, die leichte Dehnung dabei. Das perfekte Zusammenspiel. Seine Stöße sind zuerst langsam und sanft, werden dann aber tiefer und kraftvoller. Ich spüre jetzt schon, wie sich der Druck in meinem Unterleib erneut aufbaut. Als er schließlich beginnt, mich mit harten, aber kontrollierten Stößen zu nehmen und mir dabei versaute Dinge ins Ohr zu flüstern, wird das Ziehen in meinem Unterleib so stark, dass ich unfähig bin, ihn aufzuhalten.

„Gott, du bist so verdammt eng, Emilia. Ich werde nicht lange durchhalten."

Diese Worte geben mir den Rest, um über die Klippe zu springen und ich ziehe mich zuckend um seinen Schwanz zusammen. Mit einem lauten Schrei komme ich noch heftiger als zuvor. Auch Nate scheint es anzumachen und folgt mir mit wenigen Stößen, ebenfalls laut brummend.

Einige Minuten verharren wir in dieser Position. Ich auf ihm, meinen Kopf auf seine Schulter gebettet. Jeder hängt seinen Gedanken nach und versucht, sich zu beruhigen.

Bis Nate meinen Kopf anhebt und mir lächelnd in die Augen schaut. „Ich glaube, das war mit Abstand der beste Sex, den ich je hatte." Nate zieht mich an sich und küsst mich zärtlich. Dann legt er sich mit mir auf die Couch und greift nach der Decke, die auf der Armlehne der Couch liegt, und breitet diese über uns aus. Er nimmt mich wieder in seine Arme und schläft nur wenige Minuten später ein.

Ich muss gestehen, noch nie so guten Sex gehabt zu haben, geschweige denn, solche Orgasmen. Und vor allem bin ich noch nie vaginal gekommen. Ich bin die Art Frau, die grundsätzlich Schwierigkeiten hat, zum Höhepunkt zu gelangen, aber mit Nate ist es anders. Er ist anders. Er scheint ein Gespür dafür zu haben, wie er mich anzufassen hat und was ich will. Ich kann nicht abstreiten, vom ersten Augenblick an eine gewisse Verbundenheit zwischen uns verspürt zu haben und das macht mir gerade wirklich große Angst. Ich darf mich nicht wieder in einen Mann verlieben. Er wird mir sowieso nur das Herz brechen. Das würde ich nicht noch einmal durchstehen. Zu sehr hat Louis mich verletzt und gebrochen. Mit Herzrasen und Panik versuche ich, mich vorsichtig aus Nates Umarmung zu lösen, ohne ihn dabei zu wecken.

Puh, geschafft. Ich ziehe mein Kleid an, nehme meine restlichen

Sachen in die Hand und schleiche auf Zehenspitzen aus dem Raum. Vor der Tür versuche ich, mich erst einmal zu beruhigen und mir meinen Slip sowie die Schuhe anzuziehen. Dann beschließe ich, nach Jamie zu suchen. Das Einzige, was mir jetzt noch durch den Kopf geht, ist, dass ich so schnell wie möglich hier wegmuss, bevor Nate mein Verschwinden bemerkt.

Auf dem Heimweg bin ich froh, das Jamie nicht versucht, mich auszuquetschen und sich zurückhält. Aber ich weiß auch, dass die Schonfrist nicht von langer Dauer sein wird und ich ihr spätestens am Morgen alles beichten muss.

„Sag mal, wo warst du gestern eigentlich die ganze Zeit? Du warst ziemlich lange weg." Jamie schaut mich mit einem wissenden Lächeln an.

„Na ja … Ähm … Ich war halt weg, okay? Du bist nicht meine Mutter und ich dir keine Rechenschaft schuldig", stammle ich verlegen.

„Mehr hast du nicht zu sagen? Meine Liebe, ich bin nicht blöd, ich möchte Einzelheiten, und zwar pronto."

Ich bin mir nicht sicher, wie genau ich anfangen soll, aber ich weiß, dass ich bald mit der Sprache herausrücken muss, denn Jamie war kurz vorm Explodieren. Mit dribbelnden Fingern wartet sie ungeduldig. „Schau mich nicht so an, ich fang ja schon an, du Nervensäge. Also, nachdem ich Nate an der Bar stehen gelassen habe, so heißt übrigens der ‚geile Hengst', wie du ihn so schön genannt hast und wofür ich dich immer noch hasse, bin ich wieder zu euch auf die Tanzfläche. Nate ist mir irgendwann gefolgt und hat mit mir getanzt. Er kann verdammt gut tanzen … Ähm, danach hat er mich geküsst und ich habe mit ihm geschlafen. Ende der Geschichte." Diesen Satz beende ich so schnell und genuschelt, dass ich die Hoffnung habe, dass Jamie es vielleicht gar nicht verstanden hat.

Pustekuchen. Jamie schaut erst nachdenklich und als ihr meine Worte erst klar werden, breitet sich ein ziemlich schmutziges Lächeln auf ihrem Gesicht aus. Sie hat mich leider genau verstanden. „Du hast was? Das glaub ich ja jetzt nicht. Da lässt man dich mal ein paar Minuten aus den Augen und da angelst du dir schon den heißesten Typen der ganzen Bar und vernaschst ihn auch noch einfach mal so in einem Hinterzimmer? Du böses, böses Mädchen! Respekt, ich bin stolz auf dich", grinst Jamie und klopft mir dabei anerkennend auf die Schulter. „Und jetzt will ich endlich jedes verfluchte Detail von dir hören."

Ich verdrehe genervt die Augen. „Ich habe keine Chance, oder?"

Jamie schüttelt energisch den Kopf und schaut mich mit hochgezogenen Augenbrauen an und wartet, dass ich endlich loslege. Was das angeht, ist sie sehr penetrant.

„Okay, okay. Dass du immer so neugierig sein musst. Das ist wirklich unfassbar. Daran solltest du wirklich mal arbeiten! Also gut, er fing ja schon auf der Tanzfläche an, sich an mir zu reiben und mich zu küssen … Und na ja, es hat mich nicht ganz kaltgelassen. Um ehrlich zu sein, es war verdammt heiß. Er küsst wie ein Gott und seine Hände sind unglaublich. Stark und sanft zugleich. Nachdem wir eine Weile wild rumgemacht haben, hat er mich so schnell von der Tanzfläche gezogen, so schnell konnte ich gar nicht nachdenken oder euch Bescheid geben. Auf jeden Fall standen wir kurze Zeit später in einem abgedunkelten Hinterzimmer. Dann hat er mich gegen die Tür gedrückt und mich wieder geküsst. Danach haben sich meine Gehirnzellen leider vollends verabschiedet. Ich sag dir, ich habe noch nie zuvor so etwas erlebt. Er war unglaublich geschickt, egal, was er getan hat. Und er sieht nicht nur angezogen verdammt gut aus", grinse ich meine Freundin frech an. Tja, sie wollte ja unbedingt die Wahrheit hören.

Jamie starrt mich einen Augenblick mit offenem Mund an. „Ich muss schon sagen, ich bin jetzt wirklich ein bisschen neidisch. Und wenn du mir jetzt noch sagst, dass du gekommen bist, fang ich an, zu heulen."

„Süße, dann hol mal die Taschentücher raus. Ich sag nur so viel …

Ich bin nicht nur einmal gekommen … Dieser Mann weiß, was er tut."

Jamie schaut mich ungläubig an. „Das ist ja wohl ein Scherz? Da hast du schon Ewigkeiten keinen Sex mehr und dann erwischst du auch noch Mr. Lover Lover und ich gehe leer aus? Ich fasse es nicht. Warum habe ich nicht ein einziges Mal so viel Glück? Ich hab immer nur Nieten. Was mach ich nur falsch? Vielleicht sollte ich auch mal enthaltsam sein wie du?", grummelnd schaut sie mich an. Sie ist einfach zu süß … „Und wann seht ihr euch wieder?", fragt sie dann neugierig.

„Gar nicht!", erwidere ich.

„Wie gar nicht? Du hast doch bestimmt seine Nummer? Sag jetzt nichts Falsches, Clayton, sonst muss ich dich leider erschlagen. So einen Mann lässt man nicht einfach gehen, Em!"

Ich blicke etwas zerknirscht drein. „Um ehrlich zu sein, nein, ich hab nicht seine Nummer. Als er eingeschlafen ist, bin ich leise aus dem Zimmer geschlichen. Jamie, du weißt, dass ich das nicht kann. Ich bin nun mal nicht so der Beziehungstyp und für mich war das eine einmalige Sache. Es war eine unglaubliche Nacht, ja, und dabei belasse ich es auch. Ich werde diesen Mann nicht wiedersehen und das ist auch gut so. Bitte versteh mich doch … Es geht einfach nicht. Ich weiß nicht einmal, wie er es geschafft hat, dass ich das überhaupt mitmache." Ich umklammere fest meine Tasse, da ich weiß, dass Jamie mir nun den Kopf wäscht.

Doch sie versteht sofort und greift nach meiner Hand. „Ach, Süße, du weißt, ich verstehe dich, aber du musst endlich wieder nach vorne schauen und das Leben genießen. Auch du brauchst früher oder später jemanden, der für dich da ist und dich liebt. Aber wenn du immer jeden von dir weist und eine riesige Mauer um dich herum baust … ich weiß nicht, aber das wird dich irgendwann sehr einsam und unglücklich machen."

Nach dem Frühstück denke ich noch lange über ihre Worte nach und tief in mir weiß ich, dass Jamie recht hat. Ich bin einfach noch nicht bereit für einen solchen Schritt. Es ist schon schwer genug, mein jetziges Leben auf die Reihe zu bekommen und daher hat mein neuer Job erst einmal höchste Priorität für mich. Auch wenn ich zugeben muss, dass Nate mir nicht mehr aus dem Kopf geht und ich permanent an ihn denken muss. Und genau das macht mir eine Heidenangst. Denn ich habe mir geschworen, niemals wieder solche Gefühle für einen Mann zu entwickeln. Ich weiß nicht mal, ob ich überhaupt noch dazu fähig bin.

KAPITEL 3

Emilia

„Guten Morgen, Emilia. Schön, Sie zu sehen", begrüßt mich Mrs. Cone herzlich am Montagmorgen. „Dann kommen Sie mal mit, damit wir alle Einzelheiten klären und Sie morgen ohne Probleme Ihre neue Stelle antreten können."

Ich folge ihr ins Büro. Wir nehmen an dem großen Besprechungstisch Platz, auf dem schon alle Unterlagen bereitliegen.

„Also, wie ich Ihnen schon gesagt habe, handelt es sich hier um die Assistenzstelle des Geschäftsführers.Und das ist keine geringere als die *Forbes Investmentbank*. Ihr neuer Chef wird Mr. Forbes höchstpersönlich sein. Haben Sie keine Angst, er ist wirklich ein sehr netter und umgänglicher Mensch. Ihre Aufgaben werden die üblichen Assistenztätigkeiten sein, wie Briefe schreiben, Gäste empfangen, Meetings organisieren, Telefon etc. Dass kennen Sie ja schon alles und sollte Ihnen keine Schwierigkeiten bereiten. Ihr Vertrag ist erst einmal auf drei Monate befristet und hat die Option auf Verlängerung oder sogar Übernahme in ein unbefristetes Arbeitsverhältnis. Ihre Arbeitszeiten belaufen sich täglich auf acht Stunden, plus Mittagspause. Wann genau Sie morgens anfangen, wird man Ihnen morgen ausführlich mitteilen. Urlaub haben Sie 30 Tage im Jahr und ihr monatliches Bruttogehalt beläuft sich auf 6.000 Pfund. Ich denke, das waren die wichtigsten Eckdaten. Sie sollen sich morgen um neun Uhr am Empfang melden. Hier wäre die Adresse."

Sie schiebt mir ein paar Unterlagen zu und erhebt sich von ihrem Stuhl. Ich tue es ihr gleich und stecke alles ordentlich in meine Tasche, damit ich auch ja nichts vergesse. „Dann würde ich sagen, haben wir soweit alles. Sollten Sie dennoch Fragen haben, scheuen Sie sich nicht, mich anzurufen. Ich wünsche Ihnen viel Glück für Ihren ersten Arbeitstag."

Wir verabschieden uns und ich mache mich auf den Weg nach Hause. Auf dem Heimweg beschließe ich spontan, zur Feier des Tages, einen kleinen Umweg zu unserem italienischen Lieblingsfeinkostladen zu machen und für Jamie und mich eine Kleinigkeit zu besorgen.

Daheim angekommen, überfällt mich Jamie schon an der Wohnungstür. Man hätte wirklich meinen können, sie habe den ganzen Tag am Fenster gelauert und auf mich gewartet. Manchmal ist sie schlimmer als die alte Mrs. Miller aus dem Erdgeschoss.

„Und, wie war es? Komm, erzähl schon, ich platze gleich vor Neugierde."

„Das ist kaum zu übersehen. Jetzt beruhig dich erst einmal und lass mich rein." Ich entledige mich meiner Jacke und Schuhe und steuere direkt die Küche an. Ich greife nach Tellern und Besteck sowie den Tüten mit den Leckereien und stelle alles auf dem Esstisch ab.

Jamie ist dabei nicht untätig und holt den Wein sowie Gläser. Sie nimmt sofort mir gegenüber Platz und schaut mich fordernd an. Wie eine Katze die einer Maus auflauert. „Jetzt erzähl schon. Sonst kann ich vor Anspannung kaum etwas essen."

„Weißt du, dass du dich manchmal wie ein kleines Kind benimmst?"

Jamie verdreht genervt die Augen.

„Damit du endlich aufhörst, zu nerven. Also, ich fange morgen bei der *Forbes Investmentbank* an. Zufrieden?", erzähle ich freudig.

„Wow, ernsthaft? Weißt du, dass das eine der besten Banken Großbritanniens ist? Mein Vater erwähnte das mal. Der CEO soll noch relativ jung sein, ich glaube, Anfang 30 und äußerst attraktiv. Außerdem ist er Single. Mein Dad hat Mr. Forbes mal auf einem Kongress kennengelernt und war sehr beeindruckt von ihm. Ich glaube, sie haben auch einmal zusammen Geschäfte gemacht, wenn ich mich nicht ganz irre. Lass dich drücken, Süße, das hört sich super an." Jamie umarmt mich freudig und nimmt dann wieder Platz.

„Das Beste kommt ja noch. Mein Monatsgehalt beträgt tatsächlich 6.000 Pfund brutto. Als ich das gehört habe, wäre ich fast vom Stuhl gefallen. Außerdem kann es sein, dass ich bei Zufriedenheit sogar übernommen werde. Wäre das nicht super? Ich bin ja so aufgeregt. Hoffentlich klappt alles."

„Ach klar, das packst du doch mit links. Du bist super in deinem Job. Ich sehe da keine Probleme. Du rockst den Laden schon", versichert mir Jamie. Na hoffentlich behält sie recht.

Nach dem Essen ziehe ich mich in mein Zimmer zurück, um noch ein paar Unterlagen für meinen ersten Arbeitstag zu sortieren und um ein passendes Outfit zusammenzustellen. Letztendlich entscheide ich mich für ein klassisches, schwarzes Etuikleid sowie gleichfarbige Pumps.

An diesem Abend beschließe ich, früher zu Bett zu gehen, damit ich fit in den neuen Tag starten kann.

Nach einer unruhigen Nacht stehe ich pünktlich um sieben Uhr auf. Damit ist genügend Zeit, um mich für den ersten Arbeitstag vorzubereiten.

Die Fahrt mit der Sub verläuft problemlos und angenehm. Na ja, so angenehm, wie es eben in einer überfüllten Sub sein kann. Ich bin sogar 15 Minuten zu früh dran. Ich durchquere die große, imposante Eingangshalle und steuere direkt auf den Empfang zu. Dort begrüßte mich freundlich eine junge, blonde Frau. Ich schätze sie in etwa auf mein Alter. Sie lächelt mir freundlich entgegen.

„Guten Morgen, Miss. Was kann ich für Sie tun?"

„Ich heiße Emilia Clayton und ich werde von Mrs. Stevens schon erwartet."

„Ja, natürlich, einen Moment bitte." Sie nimmt das Telefon und spricht ein, zwei Sätze hinein. Dann wendet sie sich wieder mir zu. „Sie möchten bitte in den 28. Stock hochfahren, dort wird Sie Mrs. Stevens in Empfang nehmen. Die Aufzüge befinden sich gleich hier rechts. Ich wünsche Ihnen einen angenehmen ersten Arbeitstag, Miss Clayton."

„Vielen Dank, Miss …?"

„Oh, tut mir leid, mein Name ist Susann."

„Vielen Dank, Susann." Ich nicke ihr kurz zu und begebe mich dann in Richtung Aufzüge. Ich bin heilfroh, dass der Aufzug leer ist und mir ein paar Minuten bleiben, um mich etwas zu sammeln. Ich bin nämlich verdammt aufgeregt.

Das laute „Pling" des Aufzuges holt mich wieder in die Realität zurück. Beim Austreten werde ich sofort von einer gut aussehenden Mittvierzigerin mit roten Haaren empfangen, die mir freundlich ihre Hand entgegenstreckt.

„Guten Morgen, Miss Clayton. Schön, Sie endlich kennenzulernen. Ich bin Mrs. Stevens, die Personalchefin. Mr. Forbes hat mich gebeten, Sie in Empfang zu nehmen und gleich einzuweisen. Sowie mit Ihnen alle Formalitäten zu klären. Folgen Sie mir doch bitte." Sie führt mich nach rechts in einen zweiten, großzügigen Empfangsbereich. Vor einer großen, massiven Holztür steht in einer Nische ein edler Empfangstresen mit dunklem Holz und einem prächtigen Blumenstrauß darauf. Direkt davor bleibt sie stehen. „So, da wären wir. Das hier ist in Zukunft Ihr neuer Arbeitsplatz. Ich hoffe, es gefällt Ihnen?! Legen Sie doch am besten schon einmal Ihre Sachen ab, wir müssen noch kurz in den IT-Bereich. Dort erhalten Sie Ihre Passwörter sowie ihre Zugangskarten und was sonst noch so nötig ist, damit wir gleich durchstarten können." Sie lächelt mir zu und ich verstaue mein Hab und Gut in dem dafür vorgesehenen Schrank an der Wand. Mrs. Stevens ist auf den ersten Blick wirklich eine sehr sympathische Frau, mit der man sicherlich gut zusammenarbeiten kann.

Dann steuern wir den IT-Bereich an. „Sie sind sicher sehr aufgeregt?"

„Schon ein wenig, aber ich freue mich auch."

„Glauben Sie mir, es wird Ihnen hier gefallen. Die Kollegen sind alle nett. Klar, es gibt auch wenige Ausnahmen, aber im Großen und Ganzen ist das Arbeitsklima hier wirklich angenehm. Und Mr. Forbes ist auch einer von der netten Sorte. Sehr umgänglich, würde ich sagen. Klar, kann er auch sehr fordernd sein, aber welcher Chef ist das nicht. Sagen Sie, wo haben Sie denn vorher gearbeitet, Emilia? Oh, ich darf Sie doch Emilia nennen?"

„Ja, natürlich."

„Ich bin Lydia. Freut mich sehr", lächelte Sie.

„Um auf Ihre Frage zurückzukommen. Ich habe vorher einige Jahre in einem Verlag als Chefassistentin gearbeitet. Leider lief es das letzte Jahr nicht ganz so gut für uns und der Verlag musste Insolvenz anmelden. Na ja, und hier bin ich also. Und was ist Ihre Tätigkeit?", frage ich freundlich, obwohl mir eigentlich klar ist, was eine Personalchefin tut.

„Nun ja, ich bin für die Betreuung des Personals zuständig, was auch heißt, dass wir sehr eng zusammenarbeiten werden. Aber ich bin auch zusätzlich Ihre Vertretung. So, hier wären wir auch schon."

Sie hält vor einer Milchglastür und öffnete diese. „Hi, Bill, hi, Max, ich habe unsere neue Mitarbeiterin mitgebracht. Darf ich euch vorstellen, Miss Clayton, Mr. Forbes' neue Assistentin. Und das sind Bill und Max."

Beide stehen sofort auf und begrüßen mich freundlich. „Hallo, Miss Clayton. Schön, Sie kennenzulernen. Wenn mal Ihr Computer nicht funktioniert, sind wir die richtigen Ansprechpartner", sagt Bill belustigt.

„Hallo, ich bin Emilia, freut mich auch."

Bill ist ein großer, stämmiger Mann um die 50. Er scheint mir von der Sorte Mann mit viel Humor zu sein. Und Max ist wohl um die 30 und recht gut aussehend für einen Computerfreak.

„So, dann wollen wir mal." Während Bill alles vorbereitet, reden wir über dies und jenes und eine gute halbe Stunde später ist alles fertig und wir begeben uns zurück zu meinem Arbeitsplatz.

Lydia weist mich in allen Bereichen ein, erklärt mir die wichtigsten Programme sowie die Telefonanlage. Klar, ist das etwas viel auf einmal, aber in ein paar Tagen habe auch ich mir alles eingeprägt.

„So, jetzt sollten wir soweit alles haben. Sie können sich natürlich jederzeit an mich wenden, sollten Sie Probleme oder Fragen haben. Ich denke, es wird jetzt auch langsam Zeit, Ihren neuen Chef kennenzulernen, meinen Sie nicht?", lächelt sie.

Ich erhebe mich und folge Lydia zur massiven Holztür gegenüber meinem Arbeitsplatz. Ich bin wirklich sehr aufgeregt. Was mich wohl erwarten wird? Hoffentlich ist er nett. Nach Jamies Aussage ist Mr. Forbes ein gut aussehender Mann. Ich lasse es einfach auf mich zukommen, ändern kann ich sowieso nichts.

Lydia klopft zweimal an und tritt dann ein. „Mr. Forbes, ich wollte Ihnen Ihre neue Assistentin vorstellen."

„Miss Clayton, darf ich vorstellen, Mr. Forbes."

Ich trete hinter Lydia hervor und in dem Moment, in dem ich Mr. Forbes' Gesicht das erste Mal sehe, stockt mir der Atem und ich bekomme kaum noch Luft. Panik steigt in mir auf. Nicht weil er besonders hässlich oder entstellt ist, sondern aus einem andere Grund.

Auch der Mann mir gegenüber kommt kurz ins Stocken, fängt sich aber recht schnell wieder. Er reicht mir freundlich die Hand und sagt dann: „Miss Clayton, schön, Sie kennenzulernen." Dann spricht er wieder direkt Lydia an. „Lydia, vielen Dank für Ihre Hilfe, aber ich glaube, ich brauche Sie dann nicht mehr. Ich werde mich später nochmals bei Ihnen melden."

Sie nickt zustimmend und wendet sich ab.

Ich bin extrem nervös. Was wird er jetzt sagen? Was soll ich antworten? Zu viele Fragen schwirren mir gerade durch den Kopf. Ich beginne, meine Hände nervös zu kneten, was ich häufig in solchen Situationen tue. Ich bin kaum in der Lage, ihm in die Augen zu schauen. Daher halte ich meinen Blick gesenkt.

„Wie es aussieht, bist du am Freitag gut nach Hause gekommen!", sagt er in einem leicht sarkastischen Ton.

Als ich aufschaue und Nate direkt in die Augen blicke, wird mir heiß und kalt zugleich. „Ich … Ähm … Ja, das bin ich, wie du siehst. Die ganze Sache ist mir sehr unangenehm und tut mir leid", stammle ich vor mich hin. Die Situation ist mir wirklich unangenehm. Ich ging davon aus, ihn nie wieder zu sehen. Aber danke, Schicksal.

„Was tut dir leid, Emilia? Dass du mit mir geschlafen hast oder dass du dich klammheimlich davongeschlichen hast? Weißt du eigentlich, was für ein Gefühl das war, als ich aufgewacht bin und du nicht mehr neben mir lagst?", entgegnet er mir scharf.

Mir wird diese Unterhaltung immer unangenehmer. Ja, ich weiß, es war nicht in Ordnung, aber ich hatte Panik. Außerdem war es ja schließlich nur Sex. Nicht mehr und nicht weniger. Also was soll das Ganze jetzt? Am liebsten würde ich meine Sachen schnappen, einfach gehen und nicht mehr wiederkommen. Aber ich brauche diesen verdammten Job. Also heißt es jetzt, Zähne zusammenbeißen und durch. Warum muss auch immer mir so etwas passieren? Da hab ich einmal im Leben einen One-Night-Stand und das ausgerechnet mit meinem neuen Chef. Verdammter Mist aber auch.

Nate mustert mich weiterhin, wartet auf eine Antwort.

„Ich kann dir nur immer wieder sagen, dass es mir leidtut. Was hast du erwartet? Dass wir die ganze Nacht kuscheln und am nächsten Morgen schön gemeinsam frühstücken gehen? Es war Sex, mehr nicht und ich bin dir keine Rechenschaft schuldig, okay? Das wollen Männer doch eigentlich immer. Ich glaube, ich sollte jetzt lieber gehen. Ich werde Mrs. Cone sagen, dass sie für mich einen Ersatz suchen soll." Ich erhebe mich schnell und flüchte Richtung Ausgang.

Gerade, als ich die Tür öffnen will, wird diese wieder abrupt vor meiner Nase zugedrückt. Nate steht nun dicht hinter mir und ich kann seinen betörenden, männlichen Duft riechen. Dieser Mann riecht einfach göttlich. Sofort kommen mir wieder die Bilder unserer gemeinsamen Nacht in den Sinn und ich muss mich ernsthaft zusammenreißen, ansonsten werde ich Nate womöglich noch hier und jetzt bespringen. Wann bin ich eigentlich zu einem sexgeilen Monster mutiert?

Seine Stimme dicht an meinem Ohr reißt mich aus meinen nicht jugendfreien Gedanken. „Nicht so schnell. Was soll das heißen, es war nur eine Nacht? Du tust gerade so, als hätte es dir nicht gefallen und ich dich gezwungen. Denkst du wirklich, du kannst jetzt so einfach verschwinden? Du hörst mir jetzt gut zu! Ich für meinen Teil hätte diese Nacht gerne wiederholt. Aber lass mich nachdenken, das war ja gar nicht möglich, da du ja einfach abgehauen bist, ohne eine Nummer zu hinterlassen. Was hab ich getan, dass du dermaßen vor mir flüchtest? Ich verstehe wirklich nicht, wieso du dich so verhältst. Man könnte meinen, es war für dich die schrecklichste Nacht deines Lebens gewesen und ich hätte dich gezwungen mit mir zu schlafen. War es das? Denn ich habe das ganz anders in Erinnerung."

Ich muss innerlich seufzen und schwer schlucken. Natürlich war es schön, aber das kann ich ihm natürlich nicht unter die Nase reiben. Ich gehe etwas auf Abstand und schaue Nate direkt in die Augen. „Es war eine einmalige Sache, Nate und das sagt doch schon das Wort EINMALIG. Oder soll ich dir ein Wörterbuch zum Nachschlagen holen? Es wird sich nicht wiederholen, hast du verstanden? Respektier das. Mehr wirst du von mir nicht erwarten können. Und jetzt würde ich gerne gehen, Mr. Forbes." Ich muss mich gerade extrem zusammenreißen, um Nates kühlem Blick standzuhalten.

Nate sieht mich noch einen Augenblick an und beginnt dann, in einem reservierten Ton zu entgegnen: „Wie Sie wünschen, Miss Clayton. Wenn es das ist, was Sie wollen. Aber Ihren Job werden Sie antreten, das ist mein letztes Wort!"

Er kehrt mir den Rücken zu und läuft zu seinem Schreibtisch zurück. Darauf befindet sich ein Stapel Akten, den er mir reicht. „Diese Dokumente sollen heute noch raus, also wäre es gut, wenn Sie sich an die Arbeit machen, oder gibt es noch Unklarheiten?" Er ist wütend oder doch eher gekränkt? Vielleicht aber auch beides.

„Alles klar, Mr. Forbes. Ich werde mich sofort darum kümmern." Damit drehe ich mich um und begebe mich in Richtung Arbeitsplatz. Das hier ist definitiv kein guter Start und jetzt schon ein wirklich mieser Tag. In mir herrscht ein riesengroßes Chaos und ich weiß wirklich nicht, wie ich damit umgehen soll.

Jamie wird mir das nie im Leben glauben, wenn ich ihr davon erzähle. Kann ich wirklich einfach so tun, als hätte diese Nacht nie stattgefunden? Unmöglich! Aber es ist die einzig denkbare Lösung. Ich muss einfach versuchen, alles auszublenden. Er ist nur mein Chef, sonst nichts. Im Ausblenden bin ich ja schließlich Expertin.

Ich erledige recht schnell meine Aufgaben und mein erster Arbeitstag vergeht wie im Flug.

Um 18 Uhr steht plötzlich Nate vor meinem Schreibtisch und mustert mich nachdenklich. „Wenn Sie möchten, können Sie für heute Schluss machen. Ihre Arbeitszeit beginnt morgens um acht Uhr. Ich wünsche absolute Pünktlichkeit!" Mit diesen Worten dreht er sich um und verschwindet aus meinem Blickfeld.

„Jamie bist du schon da?" Eine Antwort kommt prompt.

„Jaaaa, in meinem Zimmer. Bin gleich bei dir."

Ich entledige mich meiner Sachen und steuere sofort die Küche an. Ich brauche jetzt wirklich ganz dringend etwas Stärkeres zu trinken. Einen Whiskey vielleicht?

„Was ist denn mit dir los? Seit wann trinkst du mitten am Tag?", fragt meine Freundin überrascht, als sie die Küche betritt.

„Ich befürchte, ab heute werde ich mich täglich betrinken müssen." Ich leere das Glas in einem Zug und gieße mir ein zweites nach.

Jamie mustert mich besorgt. „War es so schlimm?"

Ich schüttle den Kopf. „Nein, noch viel schlimmer. Weißt du eigentlich, wem die *Forbes Investmentbank* gehört?"

„Ja, Mr. Forbes?"

Ich schüttle erneut den Kopf. „Ich kann es dir genau sagen, weil ich ihn nämlich kenne! Und nicht nur das, ich weiß auch noch, wie er sich anfühlt und nackt aussieht … Es ist Nate aus dem *Viper*, Jamie. Warum bestraft mich der liebe Gott nur so?"

Jamie starrt mich einen Augenblick ungläubig an, bevor sie etwas erwidert. „Nein, du verarschst mich doch jetzt, oder?"

„Nope, Mr. Forbes heißt mit ganzem Namen Nathan Forbes und genau dieser ist kein Geringerer als der Mann, der mir letztes Wochenende Superorgasmen verschafft hat. Kannst du mir mal sagen, was ich jetzt tun soll? Ich kann da nicht weiter arbeiten."

Jamie lächelt mich verschmitzt an. „Na ja, eine Idee hätte ich da schon …" Jamie sieht mich mit klimpernden Augen an.

Das ist jetzt nicht ihr Ernst?

„Also Sex am Arbeitsplatz kann verdammt gut sein, wie ich aus eigener Erfahrung bestätigen kann. Sehr inspirativ."

Ich verdrehe genervt die Augen. Diese Frau macht mich noch wahnsinnig. „Nein, Jamie, das geht nicht und das weißt du auch. Wie, verdammt noch mal, soll ich meine Arbeit gut machen, wenn ich ständig daran denken muss, wie Nate nackt aussieht und wie hinreißend sein Ding ist? Alleine ihn angezogen zu sehen, bereitet mir Hitzewallungen und das liegt nicht an den warmen Raumtemperaturen. Was soll ich denn nur tun, Jamie? Ich brauche diesen

Job, aber alleine seine Nähe wirft mich komplett aus der Bahn."
Ich lasse mich niedergeschlagen auf den Stuhl sinken und vergrabe
meinen Kopf in den Händen.

Jamie kommt zu mir und streicht mir sanft übers Haar. „Ach,
Maus, das ist doch alles halb so schlimm. Du denkst einfach viel zu
viel nach. Warte doch erst einmal ab. Vielleicht wird es ja gar nicht
so schlimm und zum Gucken hast du auf alle Fälle was. Was würde
ich darum geben, Mr. Gable gegen Nate einzutauschen. Dann würde mir meine Arbeit definitiv mehr Spaß machen", grinst sie. Sie ist
wirklich unverbesserlich. „Wie hat er eigentlich auf dich reagiert?
Ich meine, er wusste ja auch nicht, wer du bist, oder?"

„Na ja, er war genauso überrascht wie ich. Aber er war auch ziemlich wütend, weil ich einfach so verschwunden bin. Er meinte nur,
dass er die Nacht gerne wiederholt hätte, es aber natürlich nicht
möglich war, weil ich abgehauen bin und nicht mal eine Nummer
hinterlassen habe."

„Irgendwie verständlich, oder?! Und was hast du darauf gesagt?"

„Ich habe ihm klar und deutlich zu verstehen gegeben, dass es
einmalig war und es sich nicht mehr wiederholen wird. Guck mich
nicht so an. Ich weiß genau, was du jetzt denkst, aber glaube mir, es
ist besser so. Außerdem, wie sieht das denn bitte schön aus, wenn
herauskommt, dass die ‚Neue' mit dem Chef vögelt? Die würden
sich das Maul zerreißen und denken, ich habe den Job nur deshalb
bekommen, weil ich die Beine breit gemacht habe."

Jamie schaut nachdenklich. „Ich versteh dich ja irgendwie und
auch das Argument mit dem Job. Aber hallo? Weißt du eigentlich,
was du dir da entgehen lässt? Überleg dir das wirklich gut, meine
Liebe. Nicht jeder hat so ein Prachtexemplar, das ihm zu Füßen
liegt. Ich würde das sofort zu meinem Vorteil ausnutzen."

„Auf gar keinen Fall. Es bleibt dabei, wir werden ein rein geschäft-
liches Verhältnis haben, nicht mehr und nicht weniger. Und damit
ist das Thema für mich erledigt!"

Nachdem wir noch etwas zusammen gegessen und über Jamies Tag gesprochen hatten, gingen wir beide relativ früh zu Bett. Und obwohl ich wirklich müde war, konnte ich einfach nicht einschlafen. Ich musste die ganze Zeit an diese unglaublich schönen und intensiven Augen denken. Und dieser Körper ... Im Anzug sieht er definitiv genauso heiß aus wie in normalen Jeans.

KAPITEL 4

Emilia

„Sch, ganz ruhig, mein Engel. Bug tut dir nichts. Sei einfach nur leise und tu, was ich dir sage. Hast du mich verstanden? Genau, so ist es gut und jetzt rück ein Stück zur Seite, meine kleine Prinzessin … Wie gut du wieder riechst. Wie eine zarte, kleine Blume. Und jetzt musst du ganz still sein, damit wir niemanden wecken …"

„Em, wach auf. Bitte wach doch auf. Es ist alles gut. Du träumst nur."

Ich reiße ängstlich meine Augen auf und schaue in Jamies besorgtes Gesicht. Jamie streicht mir immer wieder sanft über den Kopf.

„Es ist alles gut. Beruhig dich. Es war nur wieder ein Traum. Hörst du?"

Ja, wieder ein Traum. Wie lange hatte ich schon keinen mehr gehabt?

„Es tut mir leid, dass ich dich geweckt habe", flüstere ich. Es ist mir auch heute noch unangenehm, wenn mich jemand in diesem Zustand sieht und meine Schreie im Schlaf mitbekommt.

„Das ist nicht schlimm, Süße. Ich habe dich nur plötzlich schreien gehört und dachte, dir wäre was passiert. Oder ein Einbrecher ist in die Wohnung eingedrungen. Du hast schon lange nicht mehr geträumt. Geht es dir wieder besser? Willst du was trinken?"

Ich nicke kurz.

Als Jamie mit einem Glas Wasser zurückkommt, fragt sie mich: „Soll ich heute Nacht bei dir bleiben?"

Ich nicke erneut und mache ihr sofort Platz. „Danke", sage ich noch völlig erschöpft.

Obwohl Jamies Nähe beruhigend ist, kann ich noch sehr lange nicht einschlafen. Zu groß ist meine Angst vor einem weiteren Albtraum.

Als mein Wecker mich aus dem Schlaf reißt, fühle ich mich müde und ausgelaugt. Ich habe letzte Nacht kaum ein Auge zubekommen und das macht sich nun bemerkbar. Jamie schläft nach wie vor und ich beschließe, schon einmal Frühstück für uns zu machen.

Gerade mal 30 Minuten später steht auch Jamie in der kleinen Küche. „Guten Morgen, Maus. Wie geht es dir? Konntest du letzte Nacht noch ein wenig schlafen?"

„Es geht schon. Etwas müde vielleicht. Danke, dass du für mich da warst."

Jamie tritt zu mir und nimmt mich in den Arm. „Das ist doch selbstverständlich. Du weißt, ich bin immer für dich da, egal, was ist. Du hast lange nicht mehr geträumt. Als ich dich gestern schreien gehört habe … es war so schrecklich. Bist du dir sicher, dass du heute arbeiten gehen willst? Du siehst wirklich schlecht aus."

Ich schaue sie mit zusammengekniffenen Augen an. „Danke für das nette Kompliment! Wie charmant du doch heute wieder bist. Und ja, ich werde heute arbeiten gehen. Ich kann mich wohl schlecht an meinem zweiten Tag krankmelden. Das geht nicht. Wie würde das denn aussehen? Nate ist sowieso nicht gut auf mich zu sprechen und ich möchte ungern noch Öl ins offene Feuer gießen. Mach dir keine Sorgen, ich schaffe das schon. Es ist ja nicht das erste Mal. Ich komme schon klar." Ich lächle Jamie beruhigend zu, obwohl mir nicht wirklich danach ist. Ich habe schon lange nicht mehr von IHM geträumt. Warum also gerade jetzt?

Ich sitze schon einige Zeit an einer Kalkulation, als Nate um neun Uhr das Büro betritt.

„Guten Morgen, Miss Clayton. Könnten Sie mir bitte einen Kaffee bringen, schwarz und ohne Zucker." Und damit verschwindet er auch schon in seinem Büro. Er ist also immer noch sauer. Und dieses „Miss Clayton" geht mir auch gewaltig auf die Nerven.

Wenige Minuten später klopfe ich an der massiven Holztür an.

„Ja, bitte?"

Ich trete ein und steuere direkt seinen Schreibtisch an. Ohne auch nur den Blick zu heben, stelle ich die Tasse zittrig vor ihm ab. Er hält es tatsächlich nicht einmal für nötig, aufzuschauen oder sich zu bedanken.

Wütend murmle ich beim Rausgehen ein leises „Bitte. Hab ich doch gerne gemacht.". Bevor ich allerdings die Tür durchqueren kann, ruft mich Nate zurück.

„Miss Clayton, ich glaube nicht, dass ich ihnen gestattet habe, den Raum zu verlassen."

Bitte was? Bin ich seine persönliche Sklavin, der er sagen kann, wann sie was zu machen hat? Ich glaube, der spinnt ja wohl. Mit einem falschen Lächeln auf den Lippen drehe ich mich zu ihm um.

„Außerdem verbitte ich mir in Zukunft solche unprofessionellen Kommentare von ihrer Seite", ermahnt er mich scharf.

War ja klar, dass er genau das gehört hat. Dieser aufgeblasene … geiler Arsch. Wenn er mir nur nicht so gut gefallen würde, wäre es definitiv einfacher, ihn zu hassen. Aber so …

„Haben Sie schon die Schreiben an *Spoon, Casey & Partner* rausgeschickt? Außerdem brauche ich die Kalkulation von *Devision* bis spätestens 12 Uhr."

Ich schaue Nate direkt in die Augen. Er erwidert meinen Blick und für kurze Zeit vergesse ich, was ich eigentlich sagen will. Verdammt, was war das denn noch gleich?

Dieser Mann macht mich so wütend und zugleich rattenscharf. Ich brauche unbedingt für die Zukunft eine wirklich große Flasche

Baldrian zur Beruhigung. Sonst bin ich definitiv spätestens in einer Woche ein notgeiles Wrack. Oder ich kaufe mir einfach einen Vibrator, um mich abzureagieren. Das ist doch mal eine gute Idee. Hätte ich auch mal früher draufkommen können. Aber zurück zu meinem Chef ... Ich hätte ihm am liebsten für sein Chefgehabe die Kalkulationen gegen den Kopf gepfeffert, wenn mich dieses autoritäre Getue nicht so anmachen würde. Jetzt werde mal wieder klar im Kopf, Clayton! Ich schüttle kurz meinen Kopf, um mich wieder zu sammeln.

„Miss Clayton, haben Sie mich verstanden oder müssen Sie meine Frage erst in Ihrem Kopf verarbeiten? Für Kaffeekränzchen habe ich nämlich heute keine Zeit!"

Dieser aufgeblasene ... Ganz ruhig, Emilia, ganz ruhig! Einmal, zweimal durchatmen und wie sagt Jamie immer? Nett lächeln. „Ähm ... also die Briefe sind gestern schon rausgegangen und die Kalkulation ist fast fertig. Ich denke, ich brauche noch eine gute Stunde dafür. Dürfte ich dann jetzt bitte wieder den Raum verlassen, um meine Arbeit zu machen, CHEF?", sage ich leicht sarkastisch, aber mit einem zuckersüßen Lächeln auf den Lippen.

Nate kann sich ein Schmunzeln nicht verkneifen, das kann ich genau sehen, nickt dann aber zustimmend.

45 Minuten später klopfe ich nochmals an Nates Tür und trete ein, ohne eine Antwort abzuwarten. Okay, das war vielleicht etwas unhöflich, aber es ist mir, um ehrlich zu sein, gerade ziemlich egal. *Soll er mich doch dafür übers Knie legen oder feuern.* Wo kam denn dieser Gedanke schon wieder her? So langsam verkümmere ich zu einer Nymphomanin. Nate steht mit dem Rücken zu mir und schaut nachdenklich aus dem Fenster, während er telefoniert. Somit habe ich genug Zeit, um seine äußerst attraktive Rückenansicht zu betrachten und zu studieren. Lecker! Seine Schultern sind sehr breit und sein Hintern ist einfach unglaublich knackig. Er lädt zum An-

packen ein oder zum Reinbeißen oder … Würde es ihm auffallen, wenn ich es täte? Innerlich muss ich kichern.

„Ja, Dad, ich werde da sein. Nein, sagte ich doch bereits. Das weiß ich noch nicht, aber ich gebe dir noch rechtzeitig Bescheid. In Ordnung. Grüß Mum von mir. Bis dann." Damit legt er auf, schaut aber weiterhin gedankenverloren aus dem großen Panoramafenster.

Ich weiß nicht so recht, was ich jetzt tun soll. Nate hat mich anscheinend noch nicht bemerkt. Also versuche ich es mit einem Räuspern, was eher an einen Raucherhusten erinnert. Gott, der muss wirklich denken, dass ich total bescheuert bin. Gehirnamputiert.

Nate dreht sich erschrocken um.

„T-t-tut mir leid, ich wollte Sie nicht stören", sage ich mit zittriger Stimme, denn Nate ist in keiner guten Laune.

Er schaut mich einen Moment schweigend an und mir wird von Sekunde zu Sekunde unwohler. „Wenn du dich das nächste Mal so in mein Büro schleichst und mich belauschst, lege ich dich übers Knie. Hast du mich verstanden?" Dabei lächelt er etwas schief.

Kann er jetzt auch noch Gedanken lesen oder warum weiß er, was ich vorhin gedacht habe? Dieser Mann macht mich einfach nur fertig.

„A-a-also … Ähm … Erstens habe ich SIE nicht belauscht. So interessant sind Ihre Gespräche nun dann doch nicht und zweitens, für Sie immer noch Miss Clayton … Und drittens, hier ist die fertige Kalkulation." Damit knalle ich ihm die Unterlagen auf den Schreibtisch und verlasse schnellen Schrittes das Büro, ohne eine Antwort abzuwarten.

Hinter der verschlossenen Tür atme ich erst einmal tief ein und aus. Dieser Mann macht mich noch verrückt. Wie kann man nur so etwas sagen und dabei so erotisch klingen? Das gehört wirklich verboten! Aber seine Hände auf meinem Po würden sich mit Sicherheit wunderbar anfühlen. Ich versuche, mich wieder zu beruhigen und laufe in Richtung Besprechungsraum, um das bevorstehende Meeting vorzubereiten.

Tief in meinen Gedanken versunken, bemerke ich Nate erst, als er schon direkt hinter mir steht. Seine Hände legen sich rechts und links auf meine Hüften. Dabei flüstert er mir leise ins Ohr: „Weißt du eigentlich, wie unverschämt sexy dein Hintern in diesem Kleid aussieht?"

Ich bin so überrascht, dass ich im ersten Moment nicht weiß, was ich darauf entgegnen soll. Mein Mund fühlt sich staubtrocken an und ich bin kaum in der Lage, nur eine Silbe über meine Lippen zu bringen. Seine Berührungen und Worte lösen in mir einen Wirbelsturm an Gefühlen aus. Gefühle, die direkt in meinen Unterleib schießen. Außerdem kann ich deutlich seine Erregung spüren, die sich unverschämt gegen meinen Hintern drückt. Wenn ich mich jetzt umdrehe, dann … Sag mal, spinn ich eigentlich? Ich muss sofort Abstand zwischen uns bringen. Wenn uns jemand so sieht.

Im gleichen Moment öffnet sich auch schon die Tür und wir springen wie zwei liebeslustige Teenager auseinander, die gerade bei etwas Verbotenem erwischt wurden. Ich habe das Gefühl, mein Kopf explodiert, so rot bin ich.

„Da stecken Sie also. Ich habe Sie schon überall gesucht." Es ist Lydia.

Nate tut so, als wäre gerade nichts weiter passiert und nickt ihr kurz zu, bevor er den Raum verlässt.

Aber ich bin immer noch durch den Wind und muss das jetzt auch noch alleine ausbaden. Was, wenn sie was gesehen hat? Einfach nicht darüber nachdenken, Emilia.

„Hallo, Lydia, was kann ich für Sie tun?"

Lydia sieht mich irgendwie komisch an, sagt aber dann: „Ich benötige noch die Kontaktdaten von *Devision*. Können Sie mir diese bitte noch geben?"

„Aber natürlich. Ich bin hier gerade sowieso fertig."

Als wir zu meinem Arbeitsplatz gehen, sehe ich, dass Nates Bürotür offen steht, aber von ihm ist keine Spur zu sehen.

„Moment, ich drucke sie Ihnen schnell aus." Was, wenn sie mich jetzt darauf anspricht?

„Und, wie läuft es? Haben Sie sich schon etwas eingewöhnt?"

„Ja, natürlich. Es macht viel Spaß, soweit ich das nach zwei Tagen beurteilen kann. Hier ist sie!" Ich nehme das Blatt aus dem Drucker und überreiche es Lydia.

„Super, vielen Dank. Sollte noch was sein, können Sie mich jederzeit ansprechen. Wir sehen uns bestimmt später noch." Lydia wendet sich ab und läuft den Gang hinunter.

Auch Nate ist inzwischen wieder an seinem Platz.

Fünf Minuten später steht er plötzlich vor meinem Empfangstresen. „Wir müssen noch unbedingt ein paar Änderungen an der Kalkulation vornehmen. Können wir das noch schnell machen?" Er schaut mich fragend an.

„Natürlich. Sie sind der Chef. Was soll ich machen?"

Nate kommt um den Tresen herum und beugt sich über meinen Platz. Jetzt ist er wieder viel zu nah, sodass ich seinen betörenden Duft riechen kann. Wie kann ein Mann nur so verdammt gut riechen? Ich versuche, mich weiter auf das Dokument vor mir zu konzentrieren und durch den Mund zu atmen. Ja, ich kann mich sonst überhaupt nicht mehr konzentrieren.

„Also die Zeile dort oben hätte ich gerne noch fett und hier müssen wir noch eine Spalte einfügen." Seine Finger wandern über meinen Monitor, während ich das Gewünschte korrigiere. „Nein, nicht hier einfügen, dort." Er legt seine Hand über meine, die auf der Maus platziert ist und bewegt den Cursor an die richtige Stelle. Spätestens jetzt haben sich meine restlichen Gehirnzellen in Luft aufgelöst. Ich bin wie erstarrt und kann mich kaum noch rühren, geschweige denn denken.

Das ist wohl auch Nate nicht entgangen. Er dreht seinen Kopf in meine Richtung und schaut mir jetzt direkt in die Augen. Erst jetzt fällt mir auf, dass er goldene Sprenkel in seinen braunen Augen hat. Wie flüssiges Karamell in geschmolzener Schokolade.

„Miss Clayton? Haben Sie mir überhaupt zugehört?" Er fängt an, zu schmunzeln. Dann legt er seinen Zeigefinger unter mein Kinn und hebt es ein Stück an. Dabei kommen seine Lippen den meinen gefährlich nahe.

Meine Atmung beschleunigt sich sofort. Will er mich jetzt etwa küssen? Hier? Und ehe ich meinen Gedanken weiter nachgehen kann, berühren seine Lippen schon meine. Weich, zart und warm. Ich habe gerade das Gefühl, zu fliegen. Er kann wirklich verdammt gut küssen.

Noch bevor der Kuss leidenschaftlicher wird, holt das Telefon uns in die Realität zurück. Ich fühle mich, als hätte mir gerade jemand einen Eimer eiskaltes Wasser über den Kopf geschüttet. Ich brauche ein paar Sekunden, um mich zu sammeln, bevor ich mit geröteten Wangen nach dem Telefonhörer greife.

„Hallo, Susann, was kann ich für dich tun? In Ordnung, schick die Herrschaften bitte hoch. Ja, 28. Stock. Ich werde sie dann in Empfang nehmen. Ich danke dir. Bis später." Ich lege auf und wende mich Nate zu. „Die Leute von *Devision* sind da. Ich werde sie in den Besprechungsraum führen. Soll ich noch weitere Änderungen vornehmen?"

Nate schaut mich immer noch, ohne ein Wort zu sagen, an. Dann scheint auch er wieder voll und ganz da zu sein. „Nein, das mach ich schnell. Gehen Sie schon einmal vor und empfangen alle. Ich komme gleich nach."

„Alles klar." Ich stehe mit immer noch leicht wackeligen Beinen auf und begebe mich zu den Aufzügen, wo schon die Herrschaften raustreten.

Nachdem ich die Gäste versorgt habe, kehre ich an meinen Platz zurück. Nate ist anscheinend schon fertig mit den Änderungen, denn er steht am Drucker und wartet auf seine Ausdrucke.

„Können Sie mir kurz helfen und die Sachen sortieren? Bitte legen Sie dann alles in eine Mappe."

Als ich nach den Unterlagen greife, berühren sich kurz unsere

Hände und mich durchfährt es wie ein Stromschlag. Leider lasse ich dabei vor Schreck alles fallen.

„Mist, verdammter. Es tut mir leid, ich beeile mich und bringe die Unterlagen gleich nach." Ich traue mich kaum, in Nates Augen zu schauen, trotzdem entgeht mir das leichte Zucken um seine Mundwinkel nicht. Also sauer scheint er zumindest nicht zu sein. Glück gehabt. Auch ich muss schmunzeln. So etwas passiert auch grundsätzlich nur mir.

„In Ordnung, ich geh schon mal vor. Bis gleich."

Ich versuche, so schnell ich kann, alles wieder zu sortieren und nach fünf Minuten klopfe ich am Besprechungszimmer an. Als ich eintrete, ist Nate schon fast mit der Begrüßung und Einführung fertig. Ich durchquere den Raum und reiche ihm die Unterlagen. Er lächelt mir dankbar zu und widmet sich dann wieder seinen Gästen. Puh, geschafft.

Zwei Stunden später, mittlerweile macht sich auch mein Magen bemerkbar, entschließe ich mich, Sushi beim Asiaten um die Ecke zu holen. Dabei kommt mir die Idee, auch Nate etwas mitzubringen. Ich hoffe inständig, er mag Sushi.

Als ich wenig später zurückkehre, sehe ich, dass das Meeting schon beendet ist. Ich ziehe meinen Mantel aus und klopfe an Nates Bürotür an. Beim Eintreten hebt er seinen Blick und lächelt mir freundlich zu. Etwas, was er in den vergangenen Tagen nicht sehr oft getan hat.

„Ist alles gut gelaufen?", frage ich neugierig.

Er nickt. „Ja, hat alles wunderbar geklappt. Wir werden uns nächste Woche erneut zusammensetzen müssen und die Vertragsdaten durchgehen."

Ich stehe wie ein unsicheres, kleines Schulmädchen mitten im Raum und habe keine Ahnung, was ich jetzt sagen soll, ohne dass es blöd klingt.

„Ähm, also … Ich habe gerade Mittagessen geholt … Und ich

glaube, ich habe zu viel mitgenommen … Hast du vielleicht Lust, mitzuessen? Ich hoffe, Sushi ist okay?" Ich lächle ihn verlegen an.

Zeitgleich bilden seine Lippen ein breites Lächeln. „Ich liebe Sushi. Also ja, ich würde sehr gerne mit dir essen."

Mein Herz macht gerade einen Hüpfer. „Dann werde ich mal das Essen holen. Was darf es zu trinken sein?"

Nate erhebt sich und tritt zu mir. „Darum kümmere ich mich schon. Lieber Wasser oder doch etwas anderes?"

„Nein, Wasser ist perfekt. Ich bin gleich wieder da."

Als ich wieder ins Büro trete, sitzt Nate schon auf der Couch und wartet auf mich. „So und hier ist das Essen." Ich wedle mit den Tüten vor seinen Augen wie eine verrückte 5-Jährige herum und nehme dann mit hochrotem Kopf ihm gegenüber Platz. „Ich habe von allem etwas mitgenommen, weil ich mich nicht entscheiden konnte und alles so lecker aussah."

Ich stelle die Boxen mittig auf den Tisch und reiche ihm die Stäbchen und Serviette. Dann greife ich erneut in die Tüte, um mein persönliches Highlight herauszuholen. „Und die dürfen natürlich auch nicht fehlen. Glückskekse", zwinkere ich ihm zu und reiche ihm einen davon. Ich liebe diese Kekse und noch mehr die wirklich meist dummen Sprüche darin. Ernsthaft, wer denkt sich nur so etwas aus?

Ich nehme den ersten Maki und habe das Gefühl, umzufallen. „Oh mein Gott, das schmeckt ja göttlich", stöhne ich genussvoll. „Ich glaube, ich habe noch nie so gutes Sushi gegessen."

Nate schaut mich amüsiert an, schüttelt dann grinsend den Kopf und isst wortlos weiter. Dabei beobachtet er mich immer wieder und sieht dabei nachdenklich aus.

„Hörst du mir überhaupt zu?", frage ich schließlich, nachdem ich ihn zweimal angesprochen habe und immer noch keine Antwort erhalten habe.

„Tut mir leid, ich war in Gedanken. Was hast du gesagt?"

„Ich habe gefragt, was heute noch ansteht?"

Er überlegt kurz. „Wir müssen später noch die Kalkulation anpassen und sie Mr. Thompson geben, damit er die Vertragsdaten einfügen kann. Ansonsten wäre das alles für heute."

Ich nicke kurz.

Wir unterhielten uns noch eine ganze Weile und ich muss zugeben, dass ich seine Gesellschaft wirklich genieße. Er ist nicht nur gut aussehend und intelligent, er hat auch noch einen ziemlich schrägen Humor. Eigentlich der perfekte Mann.

„Ich glaube, ich platze gleich. Aber der hier muss unbedingt noch sein." Ich deute auf meinen Glückskeks.

„Na dann wollen wir mal sehen, was da alles so Erleuchtendes drinsteht." Dabei greift er nach seinem und öffnet diesen.

Ich tue es ihm gleich.

Nate liest seinen Glücksspruch und grinst in sich hinein.

Was ist denn nun los? Da muss ja was Megawitziges stehen. „Was grinst du denn so? Was steht denn in deinem?" Ich schaue ihn erwartungsvoll an.

Nate lacht leise. „Das kann man wohl sagen. Und so zutreffend vor allem."

„Jetzt sag schon", quengle ich.

„Also gut. Da steht wortwörtlich:

Es steht Ihnen eine Herausforderung ins Haus. Bleiben Sie dran, es wird sich für Sie lohnen."

Er schaut mir für einen Moment tief in die Augen. Dabei steigt mir mehr und mehr die Röte ins Gesicht. Ich glühe förmlich. Wie kann nur so etwas Zutreffendes in einem Glückskeks stehen? Das ist doch verrückt.

Ich ignoriere seine Blicke einfach und fange an, meinen eigenen zu lesen. Und ich frage mich ernsthaft, was heute mit diesen verdammten Dingern los ist. Auch meiner passt extrem gut zur Situation. Daher versuche ich, einfach abzulenken. Ich werde es definitiv nicht laut vorlesen.

„Weißt du was, ich liebe Herausforderungen!", grinst Nate, während er sich zurücklehnt und seine Hände hinter seinem Kopf verschränkt. „Und was steht in deinem?"

Nichts, was dich angehen würde! Ich wurde leicht nervös. Versuche dies aber gekonnt, zu überspielen. „Ach, nichts Besonderes. Das Übliche halt."

Er schaut mich misstrauisch an. „Das glaub ich dir nicht. Leg schon los, so schlimm kann der Spruch ja wohl nicht sein."

Wenn du wüsstest! Als er mich nach einer Minute immer noch anstarrt, gebe ich schließlich nach. Man könnte meinen, er hat sich das bei Jamie abgeschaut. „Ist ja schon gut. Mein Gott … Bei mir steht:

Manchmal sollte man Neues zulassen. Denn wer nicht wagt, der nicht gewinnt. Also trauen Sie sich!"

Sofort prustet Nate so laut los, dass ich mich erschrecke. „Na das nenne ich ja mal einen Volltreffer. Ab heute gehören wohl Glückskekse zu meinen Lieblingskeksen", sagt er immer noch lachend.

Ich verdrehe genervt die Augen und beginne, die Reste vom Mittagessen einzupacken. Dabei entgeht mir nicht, dass Nate mich die ganze Zeit beobachtet.

„So, ich bringe das schnell in die Küche und mache mich kurz frisch. Danach können wir gerne mit der Arbeit loslegen." Mit hochrotem Kopf verlasse ich das Büro. Ich brauche dringend eine kleine Abkühlung. Seine Nähe macht mich ganz kirre. Außerdem, seit wann duzen wir uns eigentlich wieder?

Als ich zurückkomme, vernehme ich Nates Stimme, der gerade zu telefonieren scheint. Also setze ich mich vorerst wieder an meinen Schreibtisch und öffne die Kalkulation.

Schnell merke ich jedoch, dass es mir unmöglich ist, mich zu konzentrieren. Immer wieder schweifen meine Gedanken zu Nate und dem Abend im Club ab. Nates nackter Körper ... Er keuchend unter mir ... Dabei bemerke ich gar nicht, dass Nate schon direkt vor mir steht, seine Ellbogen auf dem Schreibtisch abgestützt hat und mich belustigt anschaut. Mist!

„Hey, alles in Ordnung? Müssen ja schöne Gedanken gewesen sein, wenn du so vor dich hin schmunzelst und mich nicht mal bemerkst? Vielleicht lässt du mich ja daran teilhaben?", fragt er grinsend.

Ich fühle mich, um ehrlich zu sein, ertappt und laufe sofort wieder rot an. Rot scheint im momentan meine neue Lieblingsfarbe zu sein. „An gar nichts, okay. Außerdem gehen dich meine Gedanken rein gar nichts an!" Ich blicke ihm tadelnd in die Augen.

„Na irgendwie habe ich das Gefühl, dass du an was ganz Bestimmtes gedacht hast oder besser an jemanden. Aber vielleicht irre ich mich ja auch und es ist reiner Zufall."

Ich starre ihn fassungslos an. Dieser Mann kann wirklich Gedanken lesen! Ich räuspere mich kurz, dann frage ich: „Können wir jetzt endlich anfangen oder möchtest du noch eine Tasse Kaffee zu deinem Plauderstündchen? Ich werde ja schließlich nicht fürs Quatschen und Herumsitzen bezahlt."

Nate schüttelt belustigt den Kopf. „Aber natürlich, schöne Frau, folgen Sie mir bitte."

Warum will er das denn jetzt in seinem Büro machen, wo ich doch schon alle Dokumente geöffnet habe? „Wie jetzt? Wir gehen in dein Büro?"

Nate schaut mich irritiert an. „Natürlich, wohin denn sonst? Ich habe schon alles vorbereitet." Er dreht sich einfach um und lässt mich stehen.

Ich atme zweimal tief durch. Das kann doch jetzt echt nicht wahr sein. Aber es hilft ja nichts, da muss ich wohl jetzt durch. Also nehme ich meinen Notizblock, samt Stift, atme noch einmal durch und folge Nate.

Als ich das Büro betrete, schiebt Nate gerade einen zweiten Stuhl an seinen Schreibtisch. Er lächelt mich kurz an und bedeutet mir dann, auf seinem Stuhl Platz zu nehmen.

„Willst du denn nicht selbst dort sitzen?", frage ich überrascht.

„Nein, wieso? Du schreibst und formatierst und ich schaue dir dabei zu und erteile die Befehle. So wie es sich als Chef auch gehört", sagt er spitzbübisch.

Mein Gott, kann er diese extrem charmante Art mal sein lassen? Und wie er mich dabei anschaut. Ich nehme seufzend auf dem Stuhl Platz und stelle erst einmal alles auf meine Bedürfnisse ein. Dabei merke ich, wie Nate mich wieder einmal beobachtet. „So, genug gestarrt. Können wir dann?", frage ich herausfordernd.

„Ich bin bereit, wenn du es bist." Er nimmt seine Notizen und ich beginne, alle möglichen Zahlen etc. zu ändern, neu einzufügen oder zu streichen.

Als ich das nächste Mal auf die Uhr schaue, erschrecke ich. Es ist tatsächlich schon 21 Uhr. Ich habe kaum bemerkt, wie schnell die Zeit vergangen ist. Was vielleicht auch ein bisschen daran liegt, dass ich Nates Nähe wirklich genieße und noch stundenlang so neben ihm sitzen könnte. „So, ich denke, das war es dann oder hast du noch etwas?"

Nate überfliegt noch einmal seine Notizen und schüttelt dann den Kopf. „Nein, ich denke, wir sind für heute durch. Hat ja auch lange genug gedauert. Ich hoffe, du hattest nichts Wichtiges vor?"

Ich schüttle nur leicht den Kopf. Natürlich hatte ich nichts vor. Obwohl ich definitiv die eine oder andere Idee gehabt hätte, die Zeit besser auszunutzen. Oh Mann, wo kommt das denn schon wieder her? Ich bin wirklich nicht mehr zurechnungsfähig. Vielleicht sollte ich ja ins Kloster gehen? Ganz weit weg von diesem gefährlichen Mann.

„Einen Penny für deine Gedanken." Mit diesem Satz holt Nate mich wieder zurück in die Realität.

„Tja, mein Lieber, die wirst du wohl nie erfahren. Also lass den Penny mal schön stecken", entgegne ich frech und erhebe mich sogleich.

„Du bist eine ganz schön harte Nuss, weißt du das eigentlich?" Damit erhebt auch Nate sich mit einem Seufzer und bleibt direkt vor mir stehen. Dabei berühren sich unsere Körper flüchtig und mich durchfährt es wie ein Blitz.

Ich hebe meinen Kopf leicht an und sehe Nate direkt in die Augen. Sein Blick hält mich für einen Moment gefangen, sodass ich vergesse, wo wir gerade sind.

Nate hebt seine Hand und streicht mir eine gelöste Haarsträhne hinter das Ohr. Seine Finger wandern langsam zu meinen Lippen und sein Daumen berührt sanft meine Unterlippe. Dabei wechseln Nates Augen immer wieder zwischen meinen Augen und meinem Mund hin und her. Ich würde ihn am liebsten sofort küssen, aber ich verbiete es mir. Das würde alles nur noch komplizierter machen. Dann muss ich plötzlich an den Glückskeksspruch denken.

Seine Hand gleitet in meinen Nacken und bevor ich mich ihm überhaupt entziehen kann, hat er mich schon ruckartig an sich gezogen und seine Lippen auf meine gelegt. Nate beginnt, mich langsam und zart zu küssen. Seine Lippen fühlen sich sehr vertraut und doch aufregend neu an. Seine Zunge stupst leicht an meine geschlossenen Lippen an und bittet um Einlass. Ich gewähre ihm diesen und seine warme Zunge gleitet ganz langsam in meinen feuchten Mund. Zärtlich umschlingen sich unsere Zungen und unser Kuss wird intensiver. Nate zieht mich noch enger an sich und mein Herz rast förmlich vor Aufregung. In meinem Inneren breitet sich schnell eine nie zuvor gekannte Hitze aus. Ich lege Nate meine Hände in den Nacken und vergesse alles um mich herum. Alle Vorsätze sind plötzlich nebensächlich geworden, wie weggeblasen. Ich kann Nates Erregung längst an meinem Bauch spüren, während er sich an mir reibt. Unsere Atmung beschleunigt sich. Ich habe das Gefühl, einen Marathon hinter mir zu haben, so schwer keuche ich. Während wir uns immer leidenschaftlicher küssen, wandern Nates Hände über meinen Körper und jede Berührung fühlt sich wie kleine Stromschläge an. Ich fühle mich wie auf Drogen, wie in einem endlosen Fall, wie in einem nicht enden wollenden Rausch.

Ich bin mir zwar im Klaren, dass dies ein großer Fehler ist, aber ich kann nicht anders. Ich will ihn ganz, nackt und seinen Schwanz tief in mir spüren. Meine Hände fahren über sein Hemd und ohne nachzudenken, beginne ich, die Knöpfe zu öffnen.

Überrascht schaut Nate auf, fängt dann ebenfalls an, mich auszuziehen. Seine Haut fühlt sich weich und warm an und sein Duft ist wirklich betörend.

Ich schiebe sein Hemd über seine Schultern und lasse es achtlos zu Boden gleiten. Er sieht unglaublich sexy aus mit seinem verhangenen, glühenden Blick, der mir genau zeigt, wie sehr er mich gerade will und begehrt. Seine Brust ist leicht überzogen von Haaren, was sehr männlich aussieht und für mich genau richtig ist. Ich mag keine glatt rasierten Männer, aber wie Bären sollen sie natürlich auch nicht aussehen. Seine Bauchmuskeln sind ziemlich ausgeprägt und angespannt. Von seinem Bauchnabel aus führt ein langer schmaler Pfad aus weichen Haaren direkt in seine Hose und ich zeichne diesen mit meinen Fingern nach. Ich will ihn endlich schmecken und das am besten jetzt sofort. Ich lasse meine Hände weiter nach unten gleiten und beginne, seine Hose langsam zu öffnen. Nate starrt mich dabei wortlos an und sein Blick ruht auf mir. Seine Hose samt Boxershorts fallen zu Boden und ich lecke mir beim Anblick seiner Erektion lasziv über die Lippen. Langsam lasse ich mich auf die Knie fallen. Ich höre Nate sofort leise aufstöhnen, was mich noch mutiger macht. Er weiß ganz genau, was ich vorhabe. Ich umfasse seine Härte mit meiner Hand und beginne, ihn langsam zu reiben. Ich habe noch nie einen so perfekten Penis gesehen. Sehr groß, aber nicht monströs, dass man Angst bekommt, er erschlägt einen. Außerdem hat er genau die richtige Dicke. Der Anblick törnt mich unglaublich an und ich spüre, wie auch ich immer feuchter werde. Ich hebe meinen Kopf, um Nate kurz in die Augen zu blicken und bin mit dem, was ich sehe, mehr als zufrieden. Nates Erregung ist unübersehbar. Seine Augen voller Begierde und Lust und ich meine, dass sie noch dunkler geworden sind, fast schwarz. Ich senke meinen Kopf und lasse meine Zunge über seine pralle Eichel gleiten, was Nate wahnsinnig zu machen scheint, denn er wirft stöhnend seinen Kopf in den Nacken. Dann fahre ich mit meiner Zunge seine gesamte Länge entlang. Dabei zuckt er immer wieder leicht. Ich wandere wieder nach oben zu seiner Spitze und umspiele diese abermals. Dann umschließe ich seinen Schwanz mit meinen warmen, glänzenden Lippen. Ich nehme ihn Stück für Stück auf und aus dem Augenwinkel kann ich beobachten, wie Nate alles konzentriert mitverfolgt. Ich lasse seinen Schwanz immer wieder rein- und rausgleiten und finde schnell meinen eigenen Rhythmus. Je tiefer er hineingleitet, umso lauter stöhnt er. Nates Hände wandern zu meinem Kopf und krallen sich in meinen Haaren fest. Dann beginnt er, hemmungslos meinen Mund zu ficken. Noch nie hat mich ein Blowjob so angetörnt wie in diesem Moment. Es gefällt mir, ihm völlig ausgeliefert zu sein.

Plötzlich stoppt Nate seine Bewegungen und zieht mich mit einem Ruck auf die Beine. „So gerne ich auch in deinem Mund kommen würde … Aber ich will dich richtig spüren." Er hebt mich an den Hüften hoch und platziert mich direkt auf seinem Schreibtisch. Sein Mund liebkost meinen Hals und wandert dann Richtung Brüste. Er zieht meinen BH nach unten und beginnt, sie zu küssen. Dabei wechselt er immer wieder die Seiten, küsst und leckt die eine Knospe und streichelt mit der anderen Hand die andere. Es ist einfach unglaublich und ich habe längst das Gefühl, zu explodieren. Ich bin jetzt schon verdammt feucht und bereit für ihn. Er öffnet geschickt meinen BH und zieht ihn mir komplett aus. Seine Hände streichen sanft über meinen Bauch bis hin zum Bund meines Slips, den er kurzerhand einfach zerreißt. Seine Hand wandert weiter abwärts, bis er an meiner Mitte angekommen ist. Als er merkt, wie feucht ich schon bin, keucht er leise auf. Sein Daumen legt sich auf meine empfindliche Perle und beginnt, diese langsam zu massieren. Mit kreisenden Bewegungen bringt er mich meinem Orgasmus immer näher. Ich kann mich kaum noch beherrschen und kralle mich in seine Oberarme fest. Mir ist in dem Moment völlig egal, ob ich ihm wehtue. Mein Stöhnen wird immer lauter und ich habe das Gefühl, schreien zu müssen. Er macht das unglaublich gut.

Während er weiter meine Perle stimuliert, lässt er seinen Mittel- und Zeigefinger in mich gleiten. Das ist einfach zu viel für mich. Die Reibung meiner Perle und die stetigen Stöße seiner Finger lassen mich schier zerbersten. Dabei berührt er immer wieder einen nicht gekannten Punkt in meinem Inneren, der mich in den Wahnsinn treibt. Das ist dann wohl der sogenannte G-Punkt. So etwas habe ich wirklich noch nie zuvor erlebt. Ich bin immer der Meinung gewesen, dass es bei mir diesen Punkt nicht gibt, aber ich werde gerade eines Besseren belehrt.

„Du fühlst dich so unglaublich heiß an. Nass und so bereit für mich. Ich kann es kaum erwarten, dich um meinen Schwanz zu spüren, während du kommst."

Das ist für mich der finale Stoß und ich explodiere förmlich in Nates Armen. Es ist, als würde ich eine Ewigkeit schwerelos hinabgleiten wie eine Feder im Wind. Dabei ziehen sich meine Muskeln fest um Nates Finger zusammen. Als meine Zuckungen versiegen, schaue ich Nate zaghaft an.

„Alles gut bei dir?", fragt er mit einem Lächeln auf den Lippen. Ich liebe dieses Lächeln.

Ich nicke zufrieden und beginne, ihn zu küssen, denn ich will immer noch mehr. Mein Hunger ist längst nicht gestillt. Unser Kuss wird härter und Nate verschlingt mich förmlich. Obwohl ich gerade erst einen Orgasmus hatte, verspüre ich erneut diese unbändige Lust in mir aufsteigen. Nate umfasst mein Becken und hebt mich auf seine Hüften. Dann geht er in Richtung Couch, wo er mich ablegt. Er kniet sich direkt vor mich auf den Boden und beginnt, sich meinen Körper hinauf zu küssen, bis sich unsere Münder erneut treffen. Dann positioniert er seine pralle, pochende Eichel an meinem feuchten Eingang und dringt mühelos ein. Mit seiner gesamten Länge hält er kurz inne, wie schon bei unserem ersten Mal, damit ich mich an die Dehnung gewöhnen kann. Mit einem leichten Nicken signalisiere ich ihm, dass er weitermachen kann. Er quittiert dies mit einem sanften Lächeln und beginnt, sich ganz langsam in mir zu bewegen. Mit jeder Minute werden seine Stöße schneller und tiefer und ich spüre nach nur kurzer Zeit, wie sich der süße Druck in meinem Unterleib ausbreitet. Es ist kaum noch auszuhalten. Ich umschlinge seine Hüften mit meinen Beinen, um ihn noch tiefer in mir spüren zu können. Ich stehe kurz davor, zu kommen, was auch Nate zu merken scheint. Seine Stöße werden immer unkontrollierter und härter. Sein Stöhnen immer lauter. Sein Körper hat sich längst mit einer zarten Schweißschicht überzogen. Der Sex ist berauschend, das ist anders gar nicht zu beschreiben. Dann kann ich es einfach nicht mehr aufhalten. Mein Unterleib zieht sich rhythmisch um Nates Schwanz zusammen und ein noch intensiverer Orgasmus fegt durch meinen Körper. Unkontrolliert beginne ich, zu zucken. Das bleibt auch Nate nicht verborgen und auch er gibt sich nach ein, zwei Stößen seiner Lust hin und ergießt sich laut stöhnend in mir.

Schwer atmend kommt er auf mir zum Liegen. Gedankenverloren streiche ich ihm immer wieder über den Rücken. Ich kann nicht sagen, wie lange wir einfach nur so daliegen, aber es ist viel zu schön, um aufzustehen.

Als Nate schließlich seinen Kopf hebt und mich leicht auf den Mund küsst, sagt er: „Das war einfach unglaublich! Ich bekomme einfach nicht genug von dir, weißt du das? Das ist wirklich verrückt. Du machst mich süchtig nach immer mehr."

Bei seinen Worten spanne ich mich sofort an, was Nate bemerkt.

„Alles in Ordnung?", fragt er besorgt.

Nein, nichts ist in Ordnung. Das hätte einfach nicht passieren dürfen. Das hier war ein großer Fehler. Ich genieße seine Nähe viel zu sehr, als es gut für mich ist. Und genau darin besteht das Problem. „J-ja, alles bestens."

Plötzlich kratzt Nate sich nervös am Hinterkopf.

Ich sehe ihn irritiert an, weil ich gerade nicht verstehe, was er hat. „Wir haben vergessen, ein Kondom zu benutzen", lächelt er entschuldigend.

„Keine Sorge, ich nehme die Pille und gesund bin ich auch, falls dir das Sorgen bereitet?"

Man kann ihm förmlich seine Erleichterung anmerken. „Gut. Ich weiß gar nicht, wie mir das passieren konnte. Ich schlafe nie ohne Kondom mit einer Frau. Nur vorhin ging alles so schnell und ich habe einfach nicht mehr daran gedacht. Also, ich bin auch gesund. Ich lasse mich in regelmäßigen Abständen testen."

Er legt sich neben mich und wir hängen beide unseren Gedanken nach. Nate streichelt dabei immer wieder sanft über meinen Arm. Seine Berührungen sind wirklich schön und lösen in mir das Gefühl von Geborgenheit aus, was keine gute Basis ist. Ich sollte mich eigentlich so schnell wie möglich anziehen und verschwinden. Ja, eigentlich!

„Worüber denkst du die ganze Zeit nach? Bereust du es schon?"

Ich denke kurz nach. Bereuen ist das falsche Wort. Ich habe eher riesige Angst. Aber das kann ich ihm ja schlecht sagen. „Nein, ich bereue es nicht. Es war schön … Wirklich!"

„Aber?"

„Aber wir sollten dennoch darüber reden."

„Okay, dann leg mal los!", fordert er mich auf.

„Könnten wir uns dafür vielleicht vorher anziehen? Sonst kann ich mich irgendwie nicht richtig konzentrieren", frage ich mit einem verlegenen Lächeln.

Nate muss schmunzeln. Nickt aber zustimmend.

Wir bringen alles so weit in Ordnung und setzen uns wieder nebeneinander auf die Couch. Nervös knete ich meine Hände. Eine nervige Angewohnheit, wie ich selbst finde. „Also, ich mag dich wirklich sehr und mit dir zu schlafen, ist berauschend … Aber du bist mein Chef und das ist einfach falsch. Man wird sich das Maul über mich zerreißen, wenn das herauskommt. Außerdem musst du wissen, dass ich kein Beziehungsmensch bin. Ich kann das einfach nicht gebrauchen. Verstehst du? Du bist ein toller Mann, Nate, aber … Aber du wirst von mir nie mehr als das hier bekommen. Nur Sex, ohne jegliche Gefühle und Verpflichtungen." Ich senke schuldbewusst meinen Blick. Wie wird er wohl darauf reagieren? Wird er jetzt wütend auf mich sein und mich vielleicht rausschmeißen? Genau das ist eben nicht der Fall.

Er nimmt plötzlich meine Hände in seine und streichelt diese sanft. „Emilia, wir kannten uns doch schon, bevor du meine Assistentin wurdest. Das ist also kein wirklich gutes Argument für mich. Und was die anderen denken oder sagen, interessiert mich nicht. Klar, wäre es sinnvoll, das mit uns nicht an die große Glocke zu hängen. Das ist schließlich mein Privatleben. Aber ich mag dich, sehr sogar und ich genieße deine Nähe. Außerdem kann ich meine Finger einfach nicht mehr von dir lassen. Du bist für mich wie eine Droge und ich bin der Junkie. Die letzten Tage waren schon schlimm genug für mich. Wenn du keine Beziehung möchtest, warum auch immer, ist das in Ordnung und ich akzeptiere es. Vielleicht sagst du mir auch irgendwann einmal den Grund dafür. Aber auf Sex mit dir in Zukunft zu verzichten, ist für mich unmöglich. Daher frage ich dich hier und jetzt ganz offiziell: Möchtest du meine Assistentin mit gewissen Vorzügen werden?"

Und während er mich das fragt, löst sich in mir der Knoten und ich muss lauthals lachen. Dieser Kerl ist einfach verrückt und unglaublich süß. Auch Nate kann sich nicht mehr halten und beginnt, in mein Lachen einzustimmen.

Als wir uns schließlich wieder beruhigt haben, sage ich: „Also, da auch ich nicht auf diese Superhyperorgasmen verzichten möchte, sage ich einfach mal Ja." Hab ich das gerade ernsthaft laut ausgesprochen? Oh ja, habe ich, denn Nate kann sein breites Grinsen kaum verbergen. „Aber es gibt da eine Bedingung. Wir brauchen feste Regeln, damit das nicht aus dem Ruder läuft", sage ich mit fester Stimme.

Nate schaut mich erleichtert an. Hatte er etwa Angst gehabt, ich könnte Nein sagen? „In Ordnung. Regeln klingen gut. Was schwebt dir da so vor?", fragt er neugierig.

Ich stehe auf und gehe zu seinem Schreibtisch, um dort einen Block und Stift zu holen und nehme dann wieder neben ihm Platz.

Nate schaut mich dabei neugierig und zugleich belustigt an. „Leg los, ich bin ganz Ohr."

Ich beginne, auf dem Block ein paar Punkte zu notieren. „Also …

„**Regel Nr. 1** *Das Ganze ist exklusiv. Keine anderen Sexpartner, für keinen von uns. Sollte einer den anderen mit jemand anderem erwischen, ist das Ganze mit sofortiger Wirkung beendet.* Ist das in Ordnung für dich? Somit würde das Thema Kondome auch wegfallen. Es sei denn, du vertraust mir nicht."

Nate nicke zustimmend.

„So, **Regel Nr. 2** *Kein Sex während der Arbeitszeit. Ausgeschlossen sind dabei auch: Knutschen, Fummeln und Blowjobs.*"

Er schaut mich mit geweiteten Augen an. „Nicht dein Ernst, oder? Nicht mal ein Quickie zwischendurch? Während der Mittagspause? Willst du mich quälen?" Erwartungsvoll schaut er mich an.

Ich verdrehe die Augen. „Ganz genau so war es gedacht. Ist das so schlimm für dich?"

Er nickt schnell.

„Okay. Einigen wir uns doch darauf: Wenn es die Zeit zulässt, können wir auch das tun. Ansonsten ist es absolut tabu und du wirst mich nicht anrühren!"

Zufrieden lehnt Nate sich zurück und verschränkt siegesreich seine Hände hinter seinem Kopf. „Okay."

„Gut, dann weiter. **Regel Nr. 3** *Kein Rumknutschen oder Händchenhalten in der Öffentlichkeit.*"
Auch hier stimmt Nate mir zu.

„**Regel Nr. 4** *Wir schlafen niemals beieinander. Das ist ein absolutes No-Go für mich.*"

„**Regel Nr. 5** *Keine Dates oder ähnlichen romantischen Kram. Wir haben lediglich Sex, keine Beziehung.*"
Nate schaut mich merkwürdig an.
Was hat er denn jetzt schon wieder?
„Und warum nicht, wenn ich fragen darf? Wie stellst du dir das vor? Ich kann dich doch nicht mitten in der Nacht einfach wegschicken. Und essen müssen wir ja wohl auch zwischendurch."
„Darüber verhandle ich nicht! Das ist mir einfach zu beziehungsähnlich und essen können wir auch hier bestellen, während der Arbeitszeit." Ich merke, dass Nate nur widerwillig zustimmt. Doch er tut es. Da muss er jetzt einfach durch. Aber er blickt mich mit einem Ausdruck an, der mir nicht wirklich behagt. So, als wäre das letzte Wort darüber noch nicht gesprochen.

„**Regel Nr. 6** *Keine Kosenamen! Kein Schatz, kein Mäuschen, kein sonst was!* Hast du mich verstanden? Ich mag das einfach nicht. Du darfst Em sagen, mehr aber auch nicht.

Regel Nr. 7 *Keine Fragerei über die Vergangenheit oder andere private Dinge.* Wir müssen nicht alles voneinander wissen. Aber wenn du mir etwas erzählen möchtest, höre ich dir natürlich gerne zu. Ich bin ja schließlich kein Unmensch.

Regel Nr. 8 *Wir verlieben uns nicht. Keine Gefühle. Kein ‚Ich liebe dich‘.* Und zu guter Letzt:

Regel Nr. 9 *Wenn einer von uns keine Lust mehr hat oder sich in jemand anderen verliebt, muss der andere das akzeptieren und die Sache ist sofort beendet.* Soweit alles klar?"

Nate streicht sich mit der Hand über sein Gesicht. Es sieht aus, als müsse er einen Moment darüber nachdenken. Ich gebe ihm natürlich die Zeit.

„Ja, alles klar. Können wir jetzt wieder knutschen und rummachen oder gelten die Regeln ab jetzt schon?" Ohne meine Antwort abzuwarten, zieht er mich schon zu sich und küsst mich.

Ich lasse ihn gewähren.

Nate löst sich Minuten später wieder von mir und streicht mir sanft über die Wange. „Ich glaube, wir sollten so langsam mal heim. Es ist mittlerweile 24 Uhr. Wir brauchen ein bisschen Schlaf."

Ich sehe ihn geschockt an. „So spät schon? Warte, ich rufe mir nur schnell ein Taxi und dann können wir." Ich will gerade aufstehen, als Nate mich am Arm festhält.

„Ich fahre dich natürlich oder verstößt das auch gegen die Regeln?"

Tut es das? Nein, eigentlich nicht. Außerdem bin ich froh, noch etwas Zeit mit ihm verbringen zu können.

„Wir sind da, Emilia." Nate stupst mich leicht an die Schulter. Ich bin doch tatsächlich während der Fahrt eingeschlafen.

„Oh, schon? Wie lange habe ich denn geschlafen? Ich hoffe, ich habe nicht geschnarcht oder so?"

Nate lacht leise und sagt dann belustigt: „Wie ein Bär und fast die ganze Fahrt über, also 30 Minuten. Außerdem sabberst du im Schlaf."

Ich schaue ihn geschockt und peinlich berührt an. Suchend fasse ich mir sofort an den Mund. Da war aber rein gar nichts zu finden. Und auf einmal fängt er lauthals an, zu lachen. „Du bist wirklich so ein Arsch. Du hast mich verarscht, du Schuft." Ich gebe ihm einen leichten Schlag auf den Oberarm und drehe dann empört meinen Kopf zur Seite.

Nate greift sofort nach meinem Kinn und dreht ihn wieder in seine Richtung. „Du hättest mal dein Gesicht sehen sollen … Das war wirklich zum Schießen. Ich wünschte, ich hätte ein Foto gemacht. Bist du jetzt etwa böse? Nicht böse sein. Bitte." Er streicht mir sanft über die Wange und küsst zart meine Lippen. Jetzt kann auch ich nicht mehr und lache los.

„Danke, dass du mich gefahren hast. Ich hoffe, es ist nicht mehr allzu weit für dich?"

„Sehr gerne. Danke für den schönen Abend. Nein, ich wohne fast um die Ecke. Du kannst morgen übrigens auch später kommen, wenn du magst? Wir haben heute ja ganz gut vorgearbeitet."

Wir küssen uns nochmals kurz zum Abschied und schließlich steige ich aus. „Schlaf gut, Nate und bis morgen."

„Danke, du auch."

Damit schließe ich die Tür und laufe die kleine Steintreppe zur Haustür rauf. Bevor ich jedoch im Haus verschwinde, drehe ich mich nochmals zu Nate um und winke ihm.

Im Hausflur lehne ich mich kurz an die kühle Hauswand. Mein Gott, ist das alles heute wirklich passiert? Scheint so. Zumindest verrät das mein ziemlich wunder Schoß. Das war wirklich ein schöner Abend und ich habe ihn in vollen Zügen genossen.

Vor mich hin summend, schließe ich die Wohnungstür auf und laufe direkt in Jamies Arme. Diese hat ihre Stirn in Falten gelegt und scheint irgendwie wütend zu sein.

„Wo warst du in Gottesnamen so lange? Hast du dein Handy verloren oder warum nimmst du nicht ab, wenn man dich anruft?

Ist dir eigentlich klar, dass ich mir schon seit Stunden Sorgen mache?" Wutentbrannt rennt Jamie in die Küche.

Ich folge ihr sofort.

„Und warum grinst du eigentlich so dämlich vor dich hin?", motzt sie gleich weiter, während sie einen Schluck Wodka nimmt.

Ich schaue sie liebevoll an und nehme mir dann eine Flasche Wasser aus dem Kühlschrank. „Es tut mir leid, okay. Ich war noch bis gerade im Büro. Wir mussten noch was fertig machen und dabei haben wir total die Zeit vergessen. Mein Handy war lautlos in der Schublade. Ich hab einfach vergessen, dir kurz Bescheid zu sagen. Bist du mir noch sehr böse?" Ich schaue Jamie mit meinem Hundeblick an. Das funktioniert in der Regel immer bei ihr. Und siehe da, ihre Gesichtszüge werden sofort weicher. Mission erfüllt. Strike!

„Nein, bin ich nicht. Aber tu das nie wieder, hörst du? Ich dachte, dir wäre etwas passiert." Jetzt mustert Jamie mich kurz und ich laufe sofort knallrot an. Ich weiß, ich sehe frisch gevögelt aus und Jamie kennt mich einfach zu gut, um das auch zu erkennen. „Sag mal, warum wirst du denn plötzlich so rot und was heißt denn da WIR? Nur mal so am Rande, du siehst übrigens ziemlich durchgevögelt aus. Hab ich was verpasst?"

Ich nehme einen Schluck aus meiner Flasche und überlege kurz, wie ich aus der Nummer wieder rauskommen soll, aber vor Jamie ist kein Entkommen. Sie ist wie das kleine Mädchen aus *Tiny Toon*, Elmyra. Vor ihr ist man auch nicht sicher.

„Also gut. Ich war noch mit Nate im Büro. Zufrieden?"

Jamie zieht ihre Augenbraue in die Höhe. „Nate also wieder? Ich dachte, er wäre ab sofort nur noch Mr. Forbes für dich?"

Wie heißt es so schön? Augen zu und durch. „Ich hatte Sex mit ihm."

Jamie runzelt die Stirn. „Ja, das weiß ich doch. Und du hast gesagt, es war nur ein One-Night-Stand."

Ich schlage die Hände über den Kopf. „Ich hatte HEUTE Sex mit ihm, Jamie."

Jamie schaut mich mit offenem Mund an. „Ist nicht wahr? Hast du mir nicht noch gestern gesagt, dass da nichts mehr laufen wird?"

Ich muss sofort schmunzeln. Genau das hatte ich ihr tatsächlich gesagt. „Ich weiß, dass ich das gesagt habe. Und ich könnte mich dafür auch regelrecht ohrfeigen, aber manchmal kommen die Dinge nun mal anders, als man denkt. Es hat sich einfach so ergeben und dann konnten wir es nicht mehr stoppen. Er macht mich irgendwie süchtig nach mehr."

„Und was heißt das jetzt im Klartext? War es das wieder, so nach dem Motto ‚Two-Night-Stand'?"

„Nö, eher nach dem Motto ‚Verdammt geiler Sex zu jeder Zeit'."

Jamie schaut mich jetzt ungläubig an, als wäre ich ein Marsmännchen auf der Durchreise. „Wie jetzt?"

Ich seufze. Kam mir das nur so vor oder war sie heute besonders begriffsstutzig? „Sagen wir es mal so. Wir sind kein Paar, aber wir sind Chef und Assistentin mit gewissen Vorzügen auf unbestimmte Zeit."

Jamie beginnt plötzlich, zu kreischen und voller Freude auf und ab zu springen. „Das ist ja soooooo geil. Und ich dachte schon, du bist verrückt, weil du dir so ein Schnittchen entgehen lässt. Mann, bin ich vielleicht neidisch. Kannst du ihn mir nicht ab und zu mal ausborgen, damit ich auch in den Genuss seines Gemächts komme?"

Ich reiße schockiert die Augen auf. „Spinnst du, ich teile nicht. Der gehört ganz alleine mir. So etwas Gutes teilt man nicht einfach mal so wie ein Stück Schokolade. Und ich sage dir, er ist SO WAS von gut. In allem, was er tut."

Jamie hält sich die Ohren zu und beginnt, ein Lied zu summen. „Ich möchte nichts mehr hören, hast du verstanden! Boah, wie kann man nur so herzlos sein? Warum sind wir noch gleich befreundet?"

Wir schauen uns beide an und brechen zeitgleich in schallendes Gelächter aus.

Als ich kurze Zeit später im Bett liege, muss ich wieder an Nate denken. Um ehrlich zu sein, habe ich mich in der Gegenwart eines Mannes noch nie so wohlgefühlt. Nicht nur der Sex ist sagenhaft, er ist auch noch richtig humorvoll und man kann wirklich gut mit ihm reden. Er ist wirklich perfekt … Und mit diesen Gedanken schlafe ich ein.

KAPITEL 5

Emilia

„So ist es gut, mein Engel. Du weißt doch, dass ich dich lieb habe. Aber du musst weiter ganz still sein, sonst bekommen wir noch Ärger. Und wir wollen doch niemanden verärgern? Das hier bleibt auch unser kleines Geheimnis."

„Bitte nicht … Neeeeiiiinnnn."

„Emilia! Wach, verdammt noch mal, auf. Du musst sofort aufwachen, hörst du!"

Ich vernehme Jamies aufgebrachte Stimme und der Nebel in meinem Kopf lichtet sich allmählich. Ich öffne benommen meine Augen und sehe Jamie vor mir sitzen, die mir beruhigend über den Kopf streicht.

„Du hast wieder geträumt, Em. Es ist alles in Ordnung. Ich bin ja bei dir." Jamie nimmt mich fest in den Arm und streichelt mir beruhigend über den Rücken.

Ich habe wieder einen dieser beschissenen Träume gehabt. Wann wird das endlich aufhören? „Tut mir leid, dass ich dich wieder geweckt habe. Das wollte ich nicht. Wirklich nicht." Ich fange an, zu weinen. Zu sehr nimmt mich die ganze Situation und das Geträumte mit. In den letzten vier Wochen habe ich wieder permanent diese Träume und ich weiß einfach nicht mehr, damit umzugehen. „Ich will diese Träume nicht mehr haben. Warum kann das alles nicht einfach ein Ende nehmen? Ich dachte, ich hätte es geschafft. Ich will keine Tabletten mehr nehmen … Ich dachte, ich müsste sie nie wieder nehmen", weine ich verzweifelt. Zu lange habe ich schon diese starken Medikamente genommen.

„Ach, Schatz, das schaffen wir schon. Eine Zeit lang hat es doch auch ohne geklappt. Vielleicht sollten wir doch noch einmal zu Dr. Andrew gehen? Was meinst du? Ich kann morgen dort gerne für dich anrufen und einen Termin ausmachen?"

Ich stimme widerwillig zu. Es führt sowieso kein Weg daran vorbei. Entweder ich nehme diese Blocker wieder oder ich werde früher oder später daran zugrunde gehen.

„Versuch, noch ein wenig zu schlafen. Soll ich vielleicht bei dir bleiben?"

Ich nicke. Wie oft hatte sie mich genau das schon gefragt, seit wir uns kennen? Unzählige Male. Jamie ist in all den Jahren stets an meiner Seite gewesen und ist mit mir durch dick und dünn gegangen. Ohne sie hätte ich vieles nicht geschafft und wäre sicherlich heute nicht mehr am Leben. Ich werde ihr mein Leben lang dafür dankbar sein und in ihrer Schuld stehen.

Ein paar Stunden später werde ich von einem lauten Knall wach. Ich springe erschrocken aus dem Bett und folge den Geräuschen. In der Küche begegne ich Jamie, die wohl Frühstück zu machen scheint, oder so ähnlich. Nun ja, sie ist halt so gar keine Küchenfee.

„Morgen, du Trampel. Was um alles in der Welt tust du da? Du weckst noch das ganze Haus auf mit diesem Krach."

Jamie dreht sich erschrocken um. „Oh, hab ich dich etwa geweckt? Das tut mir leid. Ich dachte, ich mache dir Frühstück."

Ich schaue mich in der Küche um. „Also, was ein Glück wolltest du keine Köchin werden. Hast du dir mal das Chaos hier angeschaut? Nach Frühstück sieht mir das Ganze eher nicht aus."

Jamie zieht wütend die Augenbrauen zusammen. „Da will man dir mal was Gutes tun und du meckerst nur rum. Danke aber auch. Ich dachte einfach, nach dieser Nacht wäre eine kleine Stärkung nicht schlecht. Aber anscheinend war das ein Fehler." Jamie zuckt mit den Schultern und widmet sich dann wieder wütend dem Inhalt ihrer Schüssel.

Jetzt tut es mir schon etwas leid, sie so angegangen zu haben. Ich stelle mich hinter sie und gebe ihr einen versöhnlichen Kuss auf die Wange. „Tut mir leid. Es ist wirklich lieb von dir. Was zauberst du denn da?"

„Ich mache uns Pancakes. Wie früher, weißt du noch? Mom hat sie uns immer gemacht, wenn es uns nicht besonders gut ging. Das waren noch Zeiten. Die Besten überhaupt."

Das stimmt. Rachel ist eine begnadete Bäckerin und ihre Pancakes sind sündhaft lecker. Manchmal vermisse ich die Zeiten bei den Sinclairs.

„Vielleicht solltest du dich in der Zwischenzeit schon mal anziehen, sonst kommst du heute noch zu spät ... Wobei, vielleicht versohlt dir ja Nate deinen süßen, kleinen Hintern, wenn du zu spät kommst. Sozusagen als kleine Bestrafung." Jamie fängt an, zu lachen und auch ich stimme mit ein. Sie gibt mir einen kleinen Klaps auf den Hintern und sagt dann: „Los, ab ins Badzimmer, sonst versohl ich dir auch gleich deinen Hintern, du kleines Luder."

Und während sie das sagt, husche ich schnell aus der Küche, denn bei Jamie weiß man nie, was Ernst oder Spaß ist.

Eine halbe Stunde später betrete ich frisch geduscht die Küche.

„Wow, du siehst echt scharf aus. Also wenn ich dein Chef wäre, könnte ich meine Finger auch nicht von dir lassen."

Ich schüttle belustigt den Kopf. „Du bist echt unmöglich." Aber so ganz unrecht hat sie ja nicht damit, denn ich habe mir heute besonders viel Mühe gegeben. Sogar für halterlose Strümpfe habe ich mich entschieden. Außerdem trage ich ein hautenges, kirschrotes Etuikleid. Das Kleid ist verboten sexy und ist genau das Richtige für Nate. Dazu trage ich diesmal meine Haare seitlich gesteckt, sodass eine Seite meines Halses frei liegt. Mal schauen, ob Nate sich an die Regeln hält, während ich so vor ihm herumtanze.

„Das war sehr lecker, Süße, aber ich muss jetzt wirklich los." Ich gebe ihr zum Abschied einen Kuss auf die Wange und verlasse die Wohnung.

Als ich eine halbe Stunde später das Büro betrete, ist Nate längst da und telefoniert. Da ich ihn nicht stören möchte, entscheide ich mich, erst einmal Kaffee zu holen.

Zurück am Platz hat Nate das Telefonat längst beendet. Die Tür ist nur angelehnt und ich klopfe kurz an, bevor ich eintrete. Mit der Kaffeetasse in der Hand steuere ich direkt auf seinen Schreibtisch zu. Er strahlt mir freudig entgegen und steht sofort auf, um mich zur Begrüßung an sich zu ziehen.

„Guten Morgen, Miss Clayton. Ich habe schon gedacht, du kommst gar nicht mehr", säuselt er mir ins Ohr und mustert mich eindringlich von oben bis unten. „Du siehst verdammt heiß aus, weißt du das?" Dabei gleiten seine Hände zum Saum meines Rocks, und bevor ich etwas sagen kann, sind sie schon darunter verschwunden.

„Sie wissen schon, dass das gegen die Regeln verstößt, Mr. Forbes?", ermahne ich ihn, jedoch ohne Erfolg.

Seine Hände bleiben an Ort und Stelle. Als Nate klar wird, was ich darunter trage, zieht er scharf die Luft ein. „Du bringst mich wirklich noch um. Wie kannst du nur so etwas bei der Arbeit tragen und ich darf dich noch nicht einmal anfassen? Jetzt werde ich mich den ganzen Tag nicht konzentrieren können und mit einem Dauerständer in der Hose herumlaufen. Vielen Dank aber auch", sagt er gespielt vorwurfsvoll. Dabei greift er nach meiner rechten Hand und legt sie zum Beweis auf seinen ausgebeulten Schritt, der in der Tat einiges zu bieten hat. Seine Erregung ist ihm klar anzumerken.

Ich hebe meinen Blick und sehe ihm mit halb geschlossenen Augenlidern lasziv in die Augen und sage dann: „Ich bin mir ganz sicher, dass ich ihnen dabei Abhilfe verschaffen kann, Mr. Forbes."

Ich lecke mir langsam und genüsslich über die Lippen und lächle ihn wissend an.

„Oh ja, da bin ich mir ganz sicher, Miss Clayton."

Noch bevor wir das Spiel vertiefen können, reißt uns das Klopfen an der Tür heraus. Ich weiche vor Schreck ein paar Schritte zurück und richte meinen Rock.

Nate schnappt sich eine Akte von seinem Tisch und hält sich diese vor seinen Schritt. Was mich zum Schmunzeln bringt. Wie gut, dass ich kein Mann bin.

„Herein", sagt er mit fester, geschäftlicher Stimme.

Sofort öffnet sich die Tür und Mr. Thompson betritt den Raum.

„Entschuldigen Sie die Störung, Mr. Forbes, aber ich wollte kurz die *Devision* Verträge mit Ihnen durchgehen. Hätten Sie einen Moment Zeit für mich?" Er nickt Mr. Thompson kurz zu und bittet ihn, Platz zu nehmen.

Ich zwinkere ihm frech zu und verschwinde dann aus dem Zimmer. In Nates Haut möchte ich jetzt gerade nicht stecken. Nur zu schade, dass wir gestört wurden.

Nach etwa einer Stunde öffnet sich Nates Bürotür und Mr. Thompson tritt, gefolgt von Nate, heraus.

„Gut, dann werde ich alles für den Termin vorbereiten, Mr. Forbes. Die Unterlagen reiche ich dann an Miss Clayton weiter. Sollte noch etwas sein, melden Sie sich einfach." Damit verabschiedet er sich von uns und geht Richtung Aufzüge.

Ohne Nate anzuschauen, nehme ich meine Unterlagen und begebe mich direkt ins das Kopierzimmer.

In meine Arbeit vertieft bemerke ich erst gar nicht, dass Nate den Raum betreten hat und auf einmal direkt hinter mir steht. Mich durchfährt sofort eine heiße Welle der Lust.

Dicht an meinem Ohr raunt er mir leise zu: „Du schuldest mir noch eine Abhilfe, schon vergessen?"

Das meint er doch jetzt nicht ernst? Hier im Kopierzimmer, wo jede Sekunde jemand reinkommen kann? Nicht mit mir. Oh mein

Gott, was tut er denn da? Das ist wirklich guuut. Nate fängt an, an meinem Ohrläppchen zu knabbern und die empfindliche Stelle direkt unter meinem Ohr zu küssen. Dabei vergesse ich jeglichen Widerstand. Seine Hände gleiten wie zuvor auch schon unter meinen Rock, direkt zwischen meine immer noch triefenden Schenkeln. Ich kann ein kleines Stöhnen nicht mehr unterdrücken, zu empfindlich bin ich noch von vorhin. Ich drücke meinen Po leicht nach hinten, wo ich schon Nates harten Schwanz spüre.

„Du fühlst dich so gut an. Ich kann einfach nicht aufhören, dich anzufassen!"

Ich habe das Gefühl, dass mein Gehirn seine Arbeit eingestellt hat, denn ich kann kaum noch klar denken. Das Einzige, an das ich noch denken kann, ist Nates harter Schwanz zwischen meinen Beinen. Aber dann überkommen mich wieder Zweifel. Was ist, wenn jemand kopieren will und in den Raum kommt? Ich drehe mich zu ihm um und versuche, ihn von mir zu schieben. „Nate, bitte nicht, wenn jemand reinkommt … Oh Gott, ist das gut …"

Nate hört mir gar nicht zu und schiebt einfach meinen Slip zur Seite, um dann mit seinem Finger in meine Nässe zu tauchen. „Keine Sorge, ich habe abgeschlossen."

Und noch während er die Worte ausspricht, dreht er mich wieder um und beugt mich über den Kopiertisch. Seine Hände umfassen den Saum meines Kleides und schieben es über meine Hüften.

Dann zieht er mir meinen Slip herunter, sodass er um meine Fußfesseln liegen bleibt. In dieser Position fühle ich mich unglaublich verrucht und sexy. „

Halt dich gut fest, denn ich werde dich jetzt wirklich hart ficken."

Ich vernehme das Geräusch seines Reißverschlusses und das Rascheln seiner Hose, während diese zu Boden gleitet. Dann spüre ich ihn warm und hart an meinem Po liegen. Da ich schon feucht genug bin, kann Nate sofort kraftvoll von hinten in mich eindringen. Mit harten und tiefen Stößen nimmt er mich in Besitz. Währenddessen vernehme ich immer wieder die klatschenden Geräusche unserer feuchten Haut, die aufeinanderprallt.

„Du machst mich so unglaublich an. Ich liebe es, dich so hart ranzunehmen und zu sehen, wie es dich anmacht, während ich tief in dir stecke." Dann landet plötzlich seine rechte Hand auf meiner Pobacke. Ein zweites und drittes Mal folgen. Es törnt mich so extrem an, dass meine Beine nach wenigen Sekunden anfangen, unkontrolliert zu zittern und ich vor Erregung kaum noch aufrecht stehen kann. Es dauert nicht lange und ich bäume mich unter den Wellen meines Höhepunktes unter ihm auf. Nate steigert sein Tempo und pumpt immer wieder in mich.

Nur wenige Minuten später versteift er sich hinter mir und ergießt sich in mehreren Schüben in mir. Schwer atmend gibt er mir einen Kuss auf den Nacken und erhebt sich. Ich drehe mich zu ihm um und sehe zu, wie er sich wieder vollständig bekleidet. Nate reicht mir ein Taschentuch und ich säubere mich notdürftig und richte wieder mein Kleid.

„Das war unglaublich. Wenn ich könnte, würde ich dich den ganzen Tag hier drin vögeln", lächelnd gibt er mir einen Kuss und öffnet danach wieder die Tür.

Auf dem Flur kommt uns schon Lydia entgegen. Puh, da hatten wir aber noch mal Glück. Mit einem tadelnden Blick schaue ich Nate an, der nur frech grinst und dem es rein gar nichts auszumachen scheint.

„Hallo, Lydia, wollten Sie zu mir?", fragt Nate unschuldig.

Dieser Mann ist wirklich unglaublich. Wie kann er nach der Nummer gerade, nur so gelassen sein?

„Hallo, Mr. Forbes. Ja, hätten Sie einen kurzen Moment für mich?"

Nate nickt und verschwindet dann mit Lydia in seinem Büro.

Die Zeit nutze ich, um kurz die Waschräume aufzusuchen und mich wieder herzurichten. Als ich jedoch in den großen Spiegel schaue, erschrecke ich. Oh mein Gott, kein Wunder, dass Lydia so merkwürdig geschaut hat. Ich sehe aus wie frisch gevögelt. Ich muss unbedingt mit Nate sprechen und ihm klarmachen, dass er das nicht noch einmal machen kann. Was wäre gewesen, wenn Lydia in das Kopierzimmer gewollt, die verschlossene Tür bemerkt und uns erwischt hätte? Ja, ich gebe zu, es war ziemlich heiß und antörnend, aber das verstößt gegen die Regeln. Außerdem ist es viel zu gefährlich.

Ich versuche, meine Frisur so gut es geht wieder herzurichten und mein Make-up aufzufrischen, dann begebe ich mich zurück zum Kopierer. Jetzt werde ich jedes Mal beim Kopieren an Sex denken müssen. Na ja, es gibt Schlimmeres.

Als ich mit allem fertig bin und zurück an meinen Platz gehe, ist Lydia immer noch bei Nate. Hoffentlich hat sie nichts mitbekommen. Ich bin so in meinen Grübeleien vertieft, dass ich gar nicht bemerke, dass jemand direkt vor mir steht.

„Erde an Emilia." Zwei kleine Hände wedeln vor meinen Augen herum. Ich hebe sofort meinen Kopf und blicke in das strahlende Gesicht meiner besten Freundin. „Hey, Jamie, was machst du denn hier? Waren wir etwa verabredet?", frage ich überrascht.

„Ich wollte dich spontan zum Mittagessen abholen. Hättest du vielleicht Zeit und Lust?"

Ich schaue kurz auf die Uhr. Es ist mittlerweile schon 12 Uhr und ich bin heute noch nicht wirklich produktiv gewesen. Na ja, außer mit meinem Chef zu vögeln. Ob mir das von der Arbeitszeit abgezogen wird? Bei dem Gedanken muss ich breit grinsen.

„Woran denkst du denn gerade? Das sieht mir nach nicht jugendfreien Gedanken aus, Madame", fragt Jamie skeptisch. Dann erhebt sie die Hand. „Halt, stopp, ich will es gar nicht erst wissen, du kleines versautes Stück."

Ich schüttle den Kopf. „Du bist ja nur neidisch."

„Jaja, reib es mir nur schön unter die Nase. Was ist denn nun mit Mittagessen? Brauchst du eine Extraeinladung?"

Doch ehe ich ihr antworten kann, öffnet sich Nates Büro und er tritt, gefolgt von Lydia, heraus. Wie kann man nur so gut aussehen? Ja, ich gebe zu, ich starre ihn regelrecht an.

„Gut, Lydia, dann veranlassen Sie bitte alles wie besprochen. Von meiner Seite aus sehe ich keine Probleme."

Lydia nickt und verabschiedet sich dann.

Nate steuert direkt auf Jamie und mich zu. Jamie ist jetzt nicht mehr zu bremsen, denn sie ist sofort Feuer und Flamme.

„Hallo, Mr. Forbes, ich bin Jamie, Emilias beste Freundin und Mitbewohnerin. Schön, Sie kennenzulernen." Sie reicht ihm zur Begrüßung die Hand, was er sofort erwidert.

„Freut mich ebenso. Aber sagen Sie doch bitte Nate zu mir, Jamie. Was verschafft uns die Ehre deines Besuches?" Ich sehe Jamie sofort an, dass er sie längst um den Finger gewickelt hat.

„Ich wollte Emilia spontan zum Mittagessen abholen. Wenn du nichts dagegen hast? Es sei denn, ihr habt noch etwas zu tun?", zwinkert sie ihm frech zu.

Warum bringt sie mich immer in solche peinlichen Situationen? Und wie sie ihn anstarrt. Unfassbar.

„Nein, ich denke, Emilia hat sich nach vorhin eine kleine Verschnaufpause verdient", grinst er vielsagend.

Ich laufe prompt rot an. Hallo? Geht's noch? Müssen die beiden so zweideutig reden? Hektisch suche ich meine Sachen zusammen und schiebe Jamie Richtung Aufzüge, bevor sie noch irgendetwas Peinliches sagen kann. Über meine Schulter hinweg frage ich Nate noch: „Soll ich dir was zum Essen mitbringen?"

„Klar, warum nicht. Überrasch mich einfach. Du wirst schon das Richtige aussuchen." Damit dreht er sich um und verschwindet in seinem Büro.

Im Aufzug schaut Jamie mich die ganze Zeit von der Seite an.

„Was?", frage ich genervt.

„Ich weiß nicht, sag du es mir."

Ich schmunzle und antworte dann unschuldig, „Ich weiß nicht, wovon du sprichst?"

„Wirklich nicht? Wie soll ich das jetzt ausdrücken? Er ist wirklich heiß und du siehst ziemlich frisch gevögelt aus. Ich will gar nicht wissen, was ihr den ganzen Vormittag so alles getrieben habt."

Ich schaue Jamie entsetzt an. Es war doch jetzt schon einige Zeit her und man konnte es immer noch sehen? Boden tu dich bitte auf. „Ja, das ist er in der Tat. Dieser Mann macht mich noch ganz verrückt." Flüsternd frage ich dann noch: „Sieht man es mir wirklich an?"

Jamie beginnt, zu kichern. „Nein, nur wenn man dich kennt. Keine Angst. Ein Außenstehender würde es nicht bemerken. Aber wenn das so weitergeht, musst du noch Überstunden machen. Ansonsten schafft du dein Arbeitspensum nicht mehr."

Ich weiß, es ist irrsinnig, aber wenn ich ehrlich bin, genieße ich das alles in vollen Zügen. Sex am Arbeitsplatz ist gar nicht so übel. Wir entscheiden uns bei *Pedros*, einem kleineren Italiener nur wenige Gehminuten zu Fuß, essen zu gehen. Da ich nicht genau weiß, was Nate mag, nehme ich ihm Lasagne und Tiramisu mit. Da kann ich hoffentlich nicht viel falsch machen. Jamie erinnert mich noch einmal an unseren Termin bei Dr. Andrew heute Abend und verabschiedet sich wenig später von mir.

Zurück im Büro ist Nate nicht an seinem Platz. Ich stelle ihm das Essen auf den Couchtisch und begebe mich in die Küche, um eine Flasche Mineralwasser zu holen.

Dort begrüßt mich Ben, ein ganz netter Kollege aus der Buchhaltung, der selbst gerade dabei ist, sich sein Mittagessen zuzubereiten. Er scheint in meinem Alter zu sein.

„Hallo, Emilia. Wie geht es dir? Und, schon gut eingelebt?", lächelt er freundlich. Er sieht wirklich gut aus und wäre Nate nicht, hätte ich mir wirklich vorstellen können, mal mit ihm auszugehen.

„Alles bestens. Die Arbeit macht mir richtig Spaß und Mr. Forbes ist ein wirklich netter Chef. Also alles in allem gefällt es mir hier wirklich sehr gut. Und wie geht es dir?" Mir entgeht sein lüsterner Blick nicht, was ihn anscheinend nicht zu stören scheint.

„Mir geht es auch gut. Etwas zu viel zu tun im Moment. Aber das ist ja nichts Neues und auch eigentlich gut so. Was ich dich mal fragen wollte. Hast du vielleicht mal Lust, mit mir einen Kaffee trinken zu gehen? Ich kenne dich kaum und würde das gerne ändern."

Irgendwie ist mir die Situation unbehaglich. Hat er mich gerade indirekt nach einem Date gefragt oder kam es mir nur so vor?

„J-ja, sicher. Das ergibt sich bestimmt mal bei Gelegenheit", versuche ich, mich herauszureden. Ich nehme eine Flasche Wasser aus dem Kühlschrank und will gerade ein Glas aus dem obersten Schrank holen, als sich Ben dicht hinter mich stellt und ebenfalls in den Schrank greift.

„Warte, ich helfe dir." Dabei berührt sein Körper den meinen.

Die Situation ist merkwürdig und mir wirklich unangenehm. Ich bin damit überfordert und weiß nicht, was ich jetzt tun soll. Ihn einfach wegschubsen? In die Schranken weisen? Dann würde man mich sofort als arrogante Zicke bezeichnen und ich bin gleich unten durch. Hat man einmal einen Ruf, bekommt man den nicht so schnell weg. Am besten einfach nur nett lächeln und Abstand zwischen uns bringen. Genau das werde ich jetzt tun.

In dem Moment höre ich eine tiefe Stimme hinter uns sagen: „Hier stecken Sie also. Ich habe Sie schon überall gesucht, Emilia."

Ben erschreckt sich und tritt abrupt einen Schritt zurück.

Mir fällt sofort ein Stein vom Herzen. Danke, Nate! Aber als ich mich zu ihm umdrehe, schaue ich in zwei zusammengekniffene Augen, die mich wütend anblitzen.

„Emilia, könnten Sie bitte in mein Büro kommen? Sofort! Und Ben. Für die Zukunft behalten Sie Ihre Hände bitte bei sich und begrabschen nicht meine Mitarbeiterinnen. Das nennt man, glaube ich, sexuelle Belästigung, wenn ich mich nicht ganz irre?! Sie sind hier nicht bei sich zu Hause. Ich dulde ein solches Verhalten nicht in meiner Firma. Haben wir uns da verstanden?"

Ben nickt eingeschüchtert und verlässt schnell mit gesenktem Kopf die Küche.

Ich nehme Glas und Wasser und folge Nate in sein Büro.

An seiner Bürotür bleibt er stehen und lässt mir den Vortritt. Ich denke zuerst, *wie nett*, doch der laute Knall der Tür lässt mich sofort zusammenschrecken.

„Kannst du mir vielleicht mal erklären, was das gerade zum Teufel sollte? Ich dachte, wir waren uns einig? Exklusivität! Schon vergessen? Oder muss ich dir das Wort eingehend erläutern?"

Ich sehe ihn erst erschrocken, dann belustigt an. Das scheint Nate nur noch mehr in Rage zu bringen. Warum ist er plötzlich so wütend? Ich habe doch gar nichts getan.

„Lachst du mich etwa gerade aus?"

Oder ist er vielleicht eifersüchtig? Ja, genau, er ist eifersüchtig. Irgendwie süß. „Nein, Sir. Aber kann es sein, dass Sie ein klein wenig eifersüchtig sind? Denn, wenn das der Fall sein sollte, kann ich Sie wieder beruhigen … Ich will nur SIE und Ihren knackigen Hintern. Keinen anderen Mann. Versprochen!" Dabei laufe ich lasziv auf ihn zu und bleibe direkt vor ihm stehen. Dann streiche ich ihm langsam über die Brust.

„Das will ich dir auch geraten haben, du kleines Miststück", entgegnet er mir mit rauer Stimme. „Aber um deinen Worten noch Nachdruck zu verleihen, kannst du mir ja gerne zeigen, wie sehr du mich willst."

Das lasse ich mir nicht zweimal sagen und sinke vor ihm auf die Knie. Ich liebe diesen befehlshaberischen Ton an ihm. Langsam öffne ich seine Hose und schaue ihm dabei unentwegt in die Augen. Ich nehme seinen vollständig erigierten Penis in die Hand und verreibe seinen Lusttropfen langsam auf seiner pochenden Eichel, was ihn sofort laut aufstöhnen lässt. Dann umschließe ich seine Härte mit meinen warmen Lippen und beginne, ihn abwechselnd zu lecken und an ihm zu saugen. Nates Stöhnen wird immer lauter und sein ganzer Körper spannt sich dabei extrem an. Er legt seine Hände um meinen Kopf, um mir das Tempo vorzugeben. Genau so, wie er es gerade braucht. Er pumpt so tief in mich, dass ich seine Eichel in meinem Rachen spüren kann. Je tiefer er stößt, desto mehr törnt es mich an und umso lauter werden seine Laute. Immer wieder nehme ich ihn bis zum Anschlag auf und merke schon nach wenigen Minuten, wie seine Bewegungen unkoordinierter werden. Dabei lässt er mich kein einziges Mal aus den Augen.

„Wenn du nicht willst, dass ich in deinem Mund komme, dann solltest du jetzt sofort damit aufhören", sagt er keuchend.

Ich denke nicht daran, jetzt schon aufzuhören. Ich will alles von ihm und damit meine ich auch wirklich alles. Ein paar Stöße später versteift er sich und verkrallt sich in meinen Haaren. Stöhnend ergießt er sich in nicht endenden Schüben in meinen Mund. Mir bleibt nichts anderes übrig, als zu schlucken. Das war das erste Mal, das ich so etwas getan habe und es macht mir bei Nate überhaupt nichts aus. Im Gegenteil, es gefällt mir sogar.

Er löst seine Hände aus meinen Haaren und zieht mich wieder auf die Beine. Dann küsst er mich leidenschaftlich. „Du bist einfach unglaublich und überraschst mich immer wieder aufs Neue, Emilia Clayton. Danke." Er säubert sich schnell mit einem Taschentuch und zieht sich dann wieder die Hose an. „Du hättest das nicht tun müssen", grinst er schief. „Aber ich bin jetzt auch nicht wirklich traurig, dass du es trotzdem getan hast", lächelt er frech.

„Ich weiß. Aber ich wollte es. Ich liebe es, dich dabei zu beobachten, wie du langsam, Stück für Stück, die Kontrolle verlierst. Allerdings dürfte dein Essen jetzt kalt sein." Damit zeige ich auf den Couchtisch.

„Danke. Aber kalt schmeckt es bestimmt auch noch. Was hast du mir denn mitgebracht?"

„Lasagne und als Nach-tisch Tiramisu. Ich hoffe, das ist okay?"

Nate lächelt und zieht mich mit sich zur Couch. „Du bist wirklich perfekt. Ich liebe Lasagne und Tiramisu und di…" Plötzlich hält er mitten im Satz inne. Es scheint, als will er etwas sagen, entscheidet sich aber in letzter Sekunde dagegen. „Und alles, was du mir mitbringst. Übrigens habe ich mit Lydia geredet und du sollst bitte, bevor du heute Feierabend machst, noch einmal zu ihr kommen. Jetzt schau nicht so ängstlich. Es ist was wirklich Positives. Du wirst dich freuen, glaub mir." Damit schiebt er sich die erste Gabel Lasagne in den Mund.

Während er isst, leiste ich ihm Gesellschaft und eine halbe Stunde später begebe ich mich wieder an meinen Arbeitsplatz.

Als ich das nächste Mal auf die Uhr schaue, ist es schon halb fünf. Ich habe also noch anderthalb Stunden Zeit, bevor ich mich mit Jamie vor Dr. Andrews Praxis treffe.

Wenig später klopfe ich an Lydias Bürotür an.

„Herein."

Ich öffne die Tür und trete ein.

„Ach, Emilia, Sie sind es. Ich habe Sie schon erwartet. Kommen Sie doch rein und nehmen Sie erst einmal Platz."

Etwas nervös bin ich schon, da ich nicht wirklich weiß, was mich jetzt erwartet.

Sie nimmt mir gegenüber Platz und beginnt dann, zu reden. „Also, ich hatte heute ein Gespräch mit Mr. Forbes wegen Ihrer Arbeit. Schauen Sie doch nicht so, es ist alles in bester Ordnung. Also, Mr. Forbes sagte mir, dass er sehr zufrieden mit Ihrer Leistung ist und er sich jetzt schon vorstellen kann, Sie mit sofortiger Wirkung als feste Angestellte einzustellen. Was meinen Sie dazu? Wäre das in Ihrem Interesse?"

Ich schaue Lydia ungläubig an. „Bitte was? Sind Sie sich da ganz sicher? Ich meine, nicht das ich da was falsch verstanden habe?"

Lydia nickt. „Ja, ich bin mir ziemlich sicher, dass es Mr. Forbes' ausdrücklicher Wunsch war, Sie fest einzustellen und das so schnell wie nur möglich."

Ich würde am liebsten laut losbrüllen, so glücklich bin ich gerade. „Ja, natürlich. Das wäre unglaublich."

Lydia lächelt mich freudig an. „Das hab ich auch nicht anders erwartet. Ich habe auch schon einen neuen Vertrag vorbereitet. Im Grunde ändert sich nicht wirklich viel. Lediglich das Gehalt wird angepasst. Sie würden also monatlich nun 8.000 Pfund brutto verdienen und Ihre Urlaubstage werden auf 35 aufgestockt. Ansonsten würde alles gleich bleiben. Mit Mrs. Cone habe ich im Vorfeld schon kurz gesprochen und von ihrer Seite aus wird es keine Probleme geben. Jetzt müssen Sie eigentlich nur noch hier und hier unterschreiben und dann sind Sie ab nächster Woche eine offizielle Mitarbeiterin der *Forbes Investmentbank*. Ich gratuliere Ihnen, meine Liebe."

Ich bin fassungslos. Das ist unglaublich. Wenn ich das später Jamie erzähle. Das wird sie mir nie glauben. „Ja, natürlich. Dann mal her mit dem Stift." Ich wünsche Lydia noch einen schönen Feierabend und gehe direkt zu Nate.

Da seine Tür offen steht, trete ich, ohne anzuklopfen, ein. Nate hebt sofort seinen Kopf und blickt mich fragend an. Ich gehe auf ihn zu und nehme direkt auf seinem Schoß Platz. Dann gebe ich ihm einen stürmischen Kuss. „Du bist wirklich verrückt, weißt du das? Vielen, vielen Dank für die Chance, die du mir gibst und für alles andere natürlich auch."

Er schaut mich liebevoll an. „Gerne. Heißt das, du hast unterschrieben?"

Ich nicke kräftig. Dann küsse ich ihn erneut. Lange und intensiv.

Als wir uns nach Atem ringend lösen, schauen wir uns einen Moment tief in die Augen. Was ich in diesen Moment verspüre, trifft mich unvorbereitet. Doch ich versuche, mich schnell wieder unter Kontrolle zu bringen. Sein Blick ist voller Wärme und Liebe und ich selbst habe es auch verspürt.

„Ich muss jetzt leider los. Ich habe noch einen wichtigen Termin mit Jamie und sie wartete auf mich."

Nate steht mit mir auf und setzt mich langsam auf dem Boden ab. „Schade. Heißt das, heute also keine Überstunden?", fragt er etwas traurig.

„Nein, heute leider nicht. Es ist wirklich wichtig und ich kann ihn nicht verschieben. Ansonsten jederzeit gerne. Du weißt, ich liebe Überstunden mit dir." Ich gebe ihm einen zarten Kuss auf die Wange. „Bis morgen, Chef." Damit drehe ich mich um und verlasse das Büro.

Die Fahrt zu Dr. Andrew bekomme ich kaum mit, da meine Gedanken immer noch bei Nate sind.

Der Tag war schön gewesen und ich genieße es, Zeit mit ihm zu verbringen. Er ist der perfekte Mann. Vielleicht ist er ja tatsächlich der … nein, das darf ich nicht zulassen.

Ehe ich mich versehe, bin ich schon an meinem Ziel angekommen. Jamie steht längst im Empfangsbereich und wartet auf mich.

„Hi, Süße. Bereit?"

Ich nicke kurz und atme nochmals tief ein, bevor wir in den Aufzug steigen. Oben angekommen, nimmt uns schon Dr. Andrew höchstpersönlich in Empfang.

„Hallo, Emilia, hallo, Jamie. Lange nicht gesehen. Kommen Sie doch schon mal rein. Ich bin gleich für Sie da."

Wenige Minuten später betritt auch er das Büro und nimmt uns gegenüber Platz.

„Also, wie geht es Ihnen, Emilia? Soll Jamie dabei bleiben, wenn wir miteinander sprechen oder wollen wir uns unter vier Augen unterhalten?"

Ich blicke zu Jamie und diese nickt mir aufmunternd zu. „Nein, sie soll bitte bleiben. Also, warum ich heute hier bin, ist, dass es wieder schlimmer wird."

Dr. Andrew sieht mich freundlich an. „Was wird wieder schlimmer, Emilia?"

„Meine Träume. Sie haben wieder angefangen. Ich kann kaum eine Nacht durchschlafen, ohne einen zu haben."

Dr. Andrew reibt sich nachdenklich das Kinn. „Sind es die gleichen Träum wie sonst oder haben sie sich verändert? Was meinen Sie, hat sie wieder ausgelöst? Ich frage, weil Sie doch schon einige

Monate keine Medikamente mehr einnehmen und das war für uns ein wirklich großer Fortschritt."

Ich knete nervös meine Hände. „Es sind die gleichen wie immer, nur dass sie diesmal länger andauern. Ich weiß auch nicht, warum es wieder angefangen hat. Ich muss dazu sagen, dass sich in den letzten Wochen einiges in meinem Leben verändert hat, aber ich kann mir nicht vorstellen, dass das Ganze damit zusammenhängt."

„Was beinhaltet diese Veränderungen, Emilia?" „Na ja, ich habe seit einiger Zeit einen neuen Job, der mir wirklich sehr viel Spaß macht. Außerdem habe ich einen netten Mann kennengelernt."

Dr. Andrew sieht mich erstaunt an. „Das freut mich für Sie. Sie haben ja auch lange nach einem neuen Job gesucht. Und der neue Mann an Ihrer Seite ... Ist es was Ernstes?", er schaut mich fragend an.

„Ja, das stimmt. Nein, es ist nichts Ernstes. Wir kennen uns ja auch noch nicht sehr lange. Aber ich mag ihn wirklich sehr und ich verbringe gerne Zeit mit ihm. Es ist anders mit ihm, verstehen Sie?"

Dr. Andrew lächelt. „Ich verstehe sehr gut sogar. Das ist doch eigentlich ganz gut und wirklich positiv. Aber ich spüre, dass Sie dennoch etwas bedrückt. Daher würde ich Sie gerne nächste Woche noch einmal zu einer Sitzung bitten. Außerdem würde ich Ihnen gerne wieder Medikamente verschreiben, damit Sie besser schlafen können. Einverstanden?"

Ich nicke widerwillig. Eigentlich habe ich gehofft, diese Tabletten nie wieder einnehmen zu müssen. Ich wünsche mir so sehr, einfach normal zu sein. Eine ganz normale Frau, ohne diese Vergangenheit.

Dr. Andrew erhebt sich und begleitet uns zur Tür. „Dann bitte ich Sie, mit Gabby einen neuen Termin auszumachen. Sie wird ihnen dann auch das Rezept aushändigen. Am besten immer eine halbe Stunde vor dem Schlafengehen einnehmen und auch immer nur eine. Sollte noch irgendetwas sein, können Sie mich jederzeit anrufen, das wissen Sie ja."

Ich mache den Termin und bekomme schließlich das Rezept, welches ich gleich auf dem Heimweg einlöse. Heute werde ich früher zu Bett gehen, da ich die letzten Tage kaum geschlafen habe und diesen dringend nachholen muss.

Wenig später liege ich in meinem Bett und will gerade meine Medikamente einnehmen, als ich die Vibration meines Handys vernehme. Nate hat mir eine Nachricht geschickt.

Schlaf gut, Emilia. Ich hab dich bei meinen Überstunden wirklich vermisst. Freue mich schon auf Morgen … vielleicht diesmal in der Gemeinschaftsküche? Zwinker.

Ich muss schmunzeln. Er ist wirklich unglaublich. Ich vermisse ihn irgendwie auch. Also antwortete ich:

Freue mich auch auf Morgen. Du bist ein richtiger Perversling, Forbes!!! Hat man dir das schon mal gesagt? Sicherlich wird es einen solchen Quickie dort NICHT geben. Schlag dir das aus dem Kopf. Schlaf auch gut. Em

Von ihm kommt nur noch ein *Wir werden sehen.* Damit lege ich das Handy auf meinen Nachttisch, spüle die Tablette herunter und falle in einen traumlosen Schlaf.

KAPITEL 6

Emilia

Als ich am nächsten Morgen aufwache, fühle ich mich seit Wochen das erste Mal wieder fit und ausgeruht. Schon lange habe ich nicht mehr so gut geschlafen.

Gut gelaunt mache ich mich für die Arbeit fertig und begrüße anschließend Jamie in der Küche, die gerade bei einer Tasse Kaffee und einer Zeitung am Tisch sitzt. „Guten Morgen, J. Gut geschlafen? Ist noch etwas Kaffee für mich übrig?"

Jamie schaut von ihrer Zeitung auf und nickt. „Jap, ist noch da. Bediene dich ruhig. Wie es aussieht, hast wenigstens du heute Nacht gut geschlafen. Du siehst heute Morgen richtig erholt aus."

„Ich glaube, ich habe gefühlte 100 Jahre nicht mehr so gut geschlafen. Die Tabletten haben wirklich gut geholfen, auch wenn ich sie nicht gerne nehme. Was war mit dir? Was hat dir den Schönheitsschlaf geraubt?", frage ich. Denn gerade Jamie hatte eigentlich einen wirklich gesunden Schlaf.

„Mücke", murmelt sie.

„Was?" Ich bin mir nicht sicher, ob ich sie richtig verstanden habe.

„Die ganze Nacht flog so eine verdammte Mücke in meinem Zimmer herum. Leider habe ich sie erst gegen vier Uhr morgens erlegt. Wir brauchen dringend Insektenschutzgitter. Noch einmal halte ich das nicht aus. Ich werde gleich mal mit Dad telefonieren und mit ihm darüber sprechen. So geht das nicht. Wenn das jetzt öfter passiert, sehe ich in drei Monaten aus wie 60." Jamie stützt ihren Kopf auf der Hand ab und trinkt einen Schluck aus ihrer Tasse.

Ich streichle ihr mitfühlend über den Kopf. „Mein armer Hase. Leg dich doch noch mal kurz hin und geh etwas später zur Arbeit. Für was bist du schließlich die Tochter des Chefs? So ist doch nichts mit dir anzufangen."

„Das sagst du ... Dad wird mir in den Hintern treten und mir die Hölle heiß machen, wenn ich nicht pünktlich auf der Matte stehe. Dann darf ich mir wieder anhören, dass man als angehende Hotelleiterin ein gutes Vorbild sein muss und es sich gehört, pünktlich zur Arbeit zu erscheinen. Glaub mir, die Leier möchte ich mir heute wirklich ersparen", seufzt Jamie.

„Na dann. Ich wünsche dir trotzdem einen wunderschönen Arbeitstag und lass dich nicht vom Big Boss ärgern. Ach übrigens, du musst heute Abend nicht mit dem Essen auf mich warten", grinse ich.

Jamie zieht die Augenbrauen hoch und antwortet: „Ach ne, lass mich raten ... Überstunden auf dem Schreibtisch deines Chefs?"

Ich nicke kichernd, nehme mir eine Brezel und verlasse fluchtartig die Wohnung, bevor Jamie mich wieder anfängt, zu löchern.

Als ich das Büro kurze Zeit später betrete, ist Nates Platz verwaist und es scheint, als wäre er noch gar nicht da gewesen. Also starte ich in aller Ruhe die Geräte und hole mir erst einmal einen Kaffee. In der Küche stoße ich auf Lydia.

„Guten Morgen, Lydia. Auch auf Kaffee-Entzug?"

Lydia macht eine theatralische Handbewegung. „Fragen Sie lieber nicht. Meine Kaffeemaschine daheim hat den Geist aufgegeben und vor meiner zweiten Tasse bin ich in der Regel nicht zu gebrauchen. Übrigens habe ich gestern noch alles mit Mrs. Cone besprochen und in die Wege geleitet. Jetzt ist alles unter Dach und Fach."

„Das freut mich, zu hören. Ich werde Mrs. Cone heute auch noch einmal anrufen und mich bei ihr für die nette Zusammenarbeit bedanken. Sie hat so viel für mich getan."

Lydia nickt. „Dann grüßen Sie sie von mir. Nun, ich werde mich dann mal wieder an meine Arbeit machen. Viel Spaß noch und lassen Sie sich nicht vom Chef ärgern." Damit verlässt sie die Küche und ich nehme noch eine zweite Tasse Kaffee und begebe mich zurück an meinen Arbeitsplatz.

Meine Tasse stelle ich an meinem Platz ab und mit der zweiten Tasse in der Hand gehe ich in Nates Büro. An seinem Schreibtisch angekommen, beuge ich mich leicht darüber, um die Tasse abzustellen. Ich habe den Kaffee extra in eine Thermotasse gefüllt, da ich nicht weiß, wann genau er heute kommen wird.

„Mit so einem Anblick möchte ich ab sofort jeden Morgen begrüßt werden, Miss Clayton."

Erschrocken drehe ich mich um, froh, die Tasse nicht umgeworfen zu haben. Nate schaut mich mit leuchtenden Augen an. Er sieht heute wieder zum Anbeißen aus. Wie eigentlich jeden Tag. Noch nie hat er müde oder matt ausgesehen. Er sieht grundsätzlich immer ausgeschlafen und fit aus. Wie macht dieser Mann das nur? Wenn ich nur eine Nacht schlecht oder zu wenig schlafe, sehe ich am nächsten Morgen aus wie ein Zombie.

Noch während ich darüber nachgrüble, schließt Nate seine Tür ab und kommt wie eine Raubkatze auf mich zugeschlendert. Als er mich in den Arm nimmt, lehne ich mich sofort an seine starke Brust und ziehe kräftig seinen frischen Duft ein. Er riecht so verdammt gut. Nach Sommer und Wald. Ich kann davon einfach nicht genug bekommen. Nate legt seine rechte Hand in meinen Nacken und zieht mich noch enger an sich, um mich zu küssen. Er kann unglaublich gut küssen und er schmeckt einfach himmlisch. Minzig und nach ihm selbst. Nates Hand wandert zielstrebig von meinem Nacken zu meiner Schulter bis hin zu meiner Brust. Ganz sachte fängt er an, meine Brust zu kneten und mich dabei weiter zu küssen. Ganz sanft knabbert er an meinem Ohrläppchen, was eine

Flutwelle an Erregung in mir auslöst. Langsam öffnet er Knopf für Knopf meiner weißen Bluse. Wie macht er das nur immer wieder, dass ich so schnell erregt bin? Ich bin schon mehr als bereit für ihn. Der Beweis ist mein klatschnasses Höschen, wenn ich denn eines tragen würde. Ich bin gespannt, was er sagt, wenn auch er es entdeckt.

Als meine Bluse vollständig geöffnet ist, greift er nach den Körbchen meines BHs und zieht diese vollständig herunter, sodass er unterhalb meiner Brüste liegt und diese in eine aufrechte Position bringt. Seine Lippen gleiten von meinem Hals abwärts zu meinen Brüsten und umspielen abwechselnd meine Brustwarzen. Das Gefühl ist unbeschreiblich. Auch meine Hände gehen auf Wanderschaft und öffnen Nates Hose. Meine Hände fahren in seine geöffnete Hose und umschließen seinen prallen Schwanz. Ich beginne, ihn langsam zu massieren. Immer wieder gleite ich an der samtigen Haut auf und ab. Dabei lasse ich meinen Daumen über seine empfindliche Eichel kreisen, was Nate aufstöhnen lässt. Auch Nate ist längst steinhart und bereit für mich. Er greift nach meinem Rock und schiebt diesen über meine Hüften. Nate zieht laut die Luft ein und schaut mich dann ungläubig an. „Du willst mir jetzt nicht ernsthaft sagen, dass du heute kein Höschen trägst?"

Ich grinse triumphierend. Überraschung geglückt, würde ich sagen.

„Du bist wirklich ein böses, böses Mädchen, Emilia Clayton! Dafür müsste ich dir eigentlich den Hintern versohlen", flüstert er erregt in mein Ohr. Dann hebt er mich leicht an und stößt ohne Vorwarnung in mich. Mir entfährt ein leiser Schrei. Zu groß ist die plötzliche Dehnung durch sein Glied. Es tut nicht wirklich weh … Eher ist es ein süßer Schmerz. Er fängt an, tief und kraftvoll zuzustoßen und mich bis zum Anschlag auszufüllen. Mich törnt es unglaublich an, zu sehen, wie Nate in mich pumpt und die Kontrolle verliert. Seine rechte Hand wandert zwischen uns und er berührt sanft meine Perle. Immer wieder streicht er zärtlich darüber und mit jedem Mal erhöht er den Druck ein kleines bisschen mehr. Sein lautes Stöhnen treibt mich immer weiter an, bis sich der bekannte Druck in mir aufbaut und ganz langsam wie in Zeitlupe über mich hinwegbraust. Unkontrolliert ziehen sich meine Muskeln um Nates Härte zusammen und ich löse mich wortwörtlich auf.

Der Orgasmus erscheint mir unendlich und ich habe das Gefühl, ewig zu fallen. Während ich noch in den Nachwehen meines Orgasmus schwelge, stößt Nate noch ein letztes Mal zu und wirft seinen Kopf kraftvoll in den Nacken. Laut stöhnend ergießt er sich schließlich in mir. Er lehnt seine Stirn gegen meine und wir versuchen beide, zu Atem zu kommen.

„Habe ich dir schon einmal gesagt, dass ich es liebe, dich auf meinem Schreibtisch zu nehmen?"

Ich muss schmunzeln. Obwohl ich Dirty Talk in der Vergangenheit eher abstoßend fand, törnen mich seine Worte einfach nur an. Ich rutsche langsam vom Tisch, schließe meine Bluse und richte meinen Rock. „Wenn wir es genau nehmen wollen, hast du schon wieder unsere Regeln gebrochen", tadle ich ihn mit erhobenem Zeigefinger.

„Scheiß auf die Regeln, Em. Sex am Arbeitsplatz ist einfach nur fantastisch. Das musst selbst du zugeben. Zwischendurch etwas Stress abbauen, ist gut für die Arbeit und zum Denken. Ich glaube, das ist sogar wissenschaftlich bewiesen."

Ich weiß, er hat recht. Es ist fantastisch. „Das war mit Sicherheit ein Mann, der diese These aufgestellt hat. Mir hat es natürlich auch gefallen, aber trotzdem sollte das nicht zur Regel werden. Irgendwann erwischt uns noch jemand und dann haben wir ein Problem. Du hast den Regeln zugestimmt, dann befolge sie auch gefälligst. Ihr Kaffee steht übrigens schon auf Ihrem Schreibtisch, Mr. Forbes." Pampig drehe ich mich um und verlasse auf immer noch wackligen Beinen das Büro.

Ich habe heute wirklich jede Menge zu tun und finde nicht einmal Zeit, um zu Mittag zu essen. Kurz vor 19 Uhr kommt Nate zu mir und beugt sich über meinen Empfangstresen. Ich bin ihm den restlichen Tag, so gut es ging, aus dem Weg gegangen, zu groß war die Gefahr, wieder einmal auf seinem Schreibtisch zu landen oder sonst wo.

„Wie lange machst du heute noch?", fragt er.

Ich überlege kurz. Habe ich heute alles erledigt, was ich auf der Agenda hatte? Ja, im Großen und Ganzen habe ich alles fertig. „Ich denke, ich sollte in ein paar Minuten fertig sein. Warum?"

Nate kratzt sich am Hinterkopf und schaut mich unsicher an. „Na ja, ich dachte, wir könnten vielleicht bei mir eine Kleinigkeit essen?"

Perplex schaue ich ihn an. Soll ich wirklich mit ihm nach Hause gehen? Verstößt das nicht schon wieder gegen unsere Regeln? Ganz klar Ja.

Noch ehe ich ihm eine Antwort geben kann, sagt er: „Emilia, es ist nur ein Essen, verdammt. Kein Date. Du isst doch sowieso und ob du es jetzt bei dir oder bei mir machst, ist dabei doch völlig egal."

Irgendwie hat er schon recht. Und irgendwie ist mir das Ganze doch zu intim. Aber ich bin auch neugierig auf seine Wohnung. Oder lebt er gar in einem Haus? Ein echter Zwiespalt. „Meinetwegen", brumme ich schließlich.

Nates Gesicht beginnt bei meiner Antwort zu strahlen. „Okay, kleine Lady, dann hole ich schon mal den Wagen und warte vor dem Eingang auf dich."

Als er verschwunden ist, sacke ich innerlich zusammen. Was habe ich mir nur dabei gedacht, zuzustimmen? Ich bin doch wirklich verrückt geworden, zu so etwas Ja zu sagen. Ich trage einen innerlichen Kampf mit mir aus. Einerseits will ich mit ihm Zeit verbringen und genieße es auch sichtlich. Anderseits ist das schon zu paarmäßig und definitiv mehr als nur Sex. Panik steigt langsam in mir auf. Ich versuche, mich mit Atemübungen wieder langsam zu beruhigen. *Es ist „nur" ein Essen, Emilia. Mehr nicht.* Er macht mir schließlich keinen Heiratsantrag. Ich werde kurz mit ihm essen und danach wieder schön nach Hause fahren. Genau. Sehr guter Plan. Ich fahre meinen PC herunter und mache mich auf den Weg nach unten.

Vor dem Eingang steht Nate längst an seinen Wagen gelehnt und wartet. Er sieht unglaublich sexy und verwegen aus und ich verspüre sofort wieder das bekannte Ziehen in meinem Unterleib. Wie kann ich jetzt schon wieder geil sein? *Verdammt noch mal, Emilia, reiß dich zusammen.* Ich benehme mich mittlerweile wie eine stadtbekannte Nymphomanin. Ich schüttle über mich selbst den Kopf. Als ich schließlich vor Nate stehe, gibt er mir einen Kuss auf den Mund und öffnet mir gentlemanlike die Beifahrertür. Ich steige ein und wir fahren schweigend in die Richtung seines Zuhauses. Ich bin extrem aufgeregt. Wie er wohl wohnt? Wie wird der Abend verlaufen? So viele Fragen schwirren mir durch meinen Kopf. Ich habe außerdem Angst, Nate könnte mich Dinge über meine Vergangenheit fragen. Für andere ist es vielleicht normal, für mich jedoch etwas, über das ich nicht reden will. Ein absolutes Tabuthema.

Knappe 20 Minuten später halten wir vor einem riesengroßen Glasgebäude. Mit dem Auto fahren wir direkt in die Tiefgarage und nachdem Nate geparkt hat, öffnet er mir die Autotür. Dann gehen wir gemeinsam Richtung Aufzüge. Nate zieht eine Karte durch den Scanner und gibt zusätzlich einen Code ein. Sofort öffnet sich die Tür und wir treten ein. Nate beobachtet mich die ganze Fahrt über von der Seite. Vielleicht ist er selbst aufgeregt?

„Alles in Ordnung? Du bist auf einmal so still."

Ich bemühe mich um ein kleines Lächeln. „Sicher. Alles bestens. Ich bin nur aufgeregt, mehr nicht."

Nate stellt sich direkt vor mich und hebt mein Kinn an. Einen kurzen Augenblick schaut er mir in die Augen. Dann nähert er sich meinen Lippen und küsse mich zärtlich. „Musst du aber nicht, okay. Es ist doch nur meine Wohnung und ein kleines Essen." In dem Augenblick hält der Aufzug und die Tür öffnet sich summend.

Als ich den Aufzug verlassen habe, bleibe ich wie angewurzelt und erstaunt stehen. Wir stehen schon mitten in Nates Wohnung.

Sie ist wirklich riesig, aber trotzdem irgendwie heimelig. Seine Möbel sind ein Mix aus gemütlich und elegant. Ein bisschen Old Shabby Chic. Alles ist in warmen Tönen gehalten. Die Küche ist direkt rechts und offen im amerikanischen Stil. In der Mitte prangt eine großzügige Kochinsel, die sofort zum Kochen einlädt. Direkt neben der Küche befindet sich ein riesiger, massiver Holztisch, an dem bestimmt um die 12 Personen Platz nehmen können. Vielleicht hat Nate viel Besuch, daher die große Tafel. Daran grenzt das Wohnzimmer. Den Raum durchzieht eine komplette Fensterfront, die einen unglaublichen Blick auf Londons Skyline hergibt. Direkt davor steht ein wunderschöner, schwarzer Flügel. Er sieht unglaublich imposant aus. Ob Nate wohl spielen kann? Daneben befindet sich eine große L-förmige Wohnlandschaft in Anthrazit mit einem, wie kann es auch anders sein, riesengroßen Flatscreen an der Wand. Typisch Mann. Der Raum hat verschiedene kleine Lichtquellen, die den Raum sehr gemütlich wirken lassen. Das Highlight entdecke ich jedoch erst noch. Einen wunderschönen Kamin. Einen Augenblick verliere ich mich in den lodernden Flammen. „Du hast es hier wirklich wunderschön. Hast du das alles selber eingerichtet oder war das ein Innenarchitekt?"

Nate schmunzelt. „Beides. Vieles habe ich mir selber ausgesucht, aber ein paar Dinge waren auch die Idee der Architektin. Ich denke, wir haben das gemeinsam ganz gut hinbekommen. Es freut mich, dass es dir hier gefällt." Er zieht mich mit einem Ruck an sich und gibt mir einen Kuss auf die Stirn. Ich fühle mich hier wirklich sehr wohl und irgendwie heimelig.

Das Gefühl löst in mir einen Zwiespalt aus. Es fällt mir schwer, damit klarzukommen. Denn genau das will ich nicht, mich in seinen vier Wänden wohlfühlen. Bevor ich mich aber weiter verrückt machen kann, unterbricht Nate meine Gedanken.

„Hast du Hunger? Und jetzt sag bitte nicht Nein. Ich weiß, dass du heute den ganzen Tag nichts als Kaffee und Wasser zu dir genommen hast. Wirklich nicht gerade gesund."

Ich überlege. Er hat recht, ich habe heute kaum etwas gegessen. Lediglich einen Muffin. Ich nicke also zustimmend und er scheint erleichtert zu sein. Ich frage schließlich: „Wollen wir gemeinsam kochen oder hast du nichts da?"

Nate schaut mich sichtlich überrascht an. „Gerne. Ich habe bestimmt das eine oder andere im Kühlschrank. Lass uns einfach mal nachschauen." In der Küche öffnet er den Kühlschrank und nimmt ein paar Lebensmittel heraus, die er auf der Arbeitsplatte ausbreitet.

„Möchtest du einen Wein dazu?"

„Ja, sehr gerne. Hast du Weißwein da?"

Nate nickt und verschwindet im Nebenraum.

Währenddessen inspiziere ich Nates Kühlschrankausbeute. Er hat Rindersteak, Kartoffeln, grünen Spargel und Salat hingelegt. Daraus kann man definitiv etwas zaubern.

Nate kommt wenige Minuten später mit einer Weinflasche in der Hand zurück und bittet mich, während er die Flasche öffnet, Weingläser zu holen. Er schenkt uns etwas ein und wir stoßen an.

„Auf den schönen Abend. Schön, dass du mitgekommen bist."

Ich nehme einen Schluck und bin überrascht. „Der schmeckt wirklich fantastisch. Was ist das für eine Sorte?"

„Freut mich, dass er dir so gut schmeckt. Also, das ist ein 2011 Château aus meinem eigenen Weingut in Frankreich."

Ich verschlucke mich. „Du machst Witze? Du hast doch nicht ernsthaft ein eigenes Weingut? Forbes, erzählen Sie das Ihrer Oma."

Nate lacht laut los. Er hebt seine Hand und stupst mir auf die Nase. „Nein, das war mein voller Ernst. Ich habe es nicht nötig, dich mit so etwas zu beeindrucken. Du bist es auch so schon. Es war schon immer einer meiner Träume, ein eigenes Weingut zu haben. Daher habe ich mir den Traum vor ein paar Jahren erfüllt. Wenn du magst, können wir irgendwann einmal gemeinsam dort hinfahren? Es wird dir gefallen."

Mein Herz beginnt sofort, zu rasen. Ich mit ihm verreisen? Nein, sicher nicht! Wir sind schließlich kein Paar. Wir haben nur Sex und dazu gehören solche Ausflüge mit Sicherheit nicht. Aber dennoch freue ich mich über Nates Einladung. Daher lüge ich: „Natürlich, das würde ich sehr gerne."

Um das Thema schnell zu wechseln, deute ich auf die Lebensmittel vor uns. „Wir sollten langsam anfangen, sonst verhungere ich noch." Mein laut knurrender Magen unterstreicht meine Aussage dabei noch etwas. Nate und ich fangen gleichzeitig an, zu lachen. Das passiert auch immer nur mir.

Er zieht mich an sich und küsst mich sanft auf die Lippen und haucht dabei: „Das kann ich natürlich nicht zulassen, dass meine Lieblingsmitarbeiterin dem Hungertod erliegt." Er küsst mich nochmals, als wolle er seine Worte damit unterstreichen. Der Kuss wird sofort leidenschaftlicher und mir ist klar, wenn wir den Kuss jetzt nicht beenden, werden wir heute definitiv nichts mehr zu essen bekommen.

Ich schiebe ihn sanft von mir und lächle ihn verlegen an. „Wir sollten jetzt wirklich loslegen. Sonst wird das heute nichts mehr mit Kochen."

Nate seufzt kurz und schaut mich bedauernd an. „Du hast recht. Sorry." Er holt alle Utensilien hervor und wir beginnen.

Während ich das Gemüse zubereite, spüre ich immer wieder Nates Blicke auf mir. Er macht mich damit nervös. Ich muss zugeben, es macht wirklich Spaß, mit ihm zu kochen. Als hätten wir nie etwas anderes getan und würden uns schon Ewigkeiten kennen.

 Wir reden über dies und das und lachen jede Menge. Das Resultat unserer Gemeinschaftsarbeit ist sehr lecker und gelungen. Danach habe ich allerdings das Gefühl, zu platzen. Ich habe definitiv viel zu viel gegessen. Wir räumen den Tisch gemeinsam ab und begeben uns dann in den Wohnbereich.

„Möchtest du noch Wein?"

Ich bejahe. Er schmeckt einfach zu köstlich, um aufzuhören. Nachdem unsere Gläser wieder gefüllt sind, setzen wir uns gemeinsam vor den Kamin. Nate hat davor Decken und unzählige Kissen drapiert und es sieht unglaublich gemütlich aus. Ich weiß nicht, ob es an dem Wein oder einfach an der ausgelassenen Stimmung liegt, aber ich habe das Bedürfnis, Nate ganz nah zu sein. Ich rücke also näher an ihn heran und lehne mich schließlich gegen seine Schulter.

Jeder hängt für einen Moment seinen Gedanken nach und es ist nur das Knistern des Kamins und Nates stetiger Herzschlag zu hören. Die Stille ist keineswegs unangenehm, im Gegenteil, es ist ein schöner Moment. Beide blicken wir in die Flammen und trinken unseren Wein. In mir breitet sich ein richtiges Wohlgefühl aus, sodass ich mich immer näher an Nate kuschle. Am liebsten würde ich in ihn hineinkriechen.

Einige Zeit später beginnt er, sanft meinen Arm zu streicheln. Sofort bildet sich auf meiner ganzen Haut eine Gänsehaut. Es erregt mich, wie er seine Finger über meine Haut gleiten lässt. Ich drehe meinen Kopf zur Seite, um ihn anschauen zu können. Seine Augen lodern im warmen Licht des Kamins. Er sieht verdammt heiß aus. Ich setze mich etwas auf, nehme sein Gesicht in meine Hände und küsse ihn sanft auf die Lippen. Er erwidert sofort meinen Kuss und packt mich an meinen Hüften, um mich auf seinen Schoß zu ziehen. Für einen Moment versinken wir in diesem Kuss. Es gibt nur noch ihn und mich. Dann dreht er uns etwas, sodass wir auf den Kissen zum Liegen kommen. Er beginnt, meinen ganzen Körper zu erkunden und seine Hand wandert langsam zu meiner Brust. Er kneift mir unerwartet fest in die Brustwarze, was mich sofort aufkeuchen lässt und die Nässe zwischen meinen Schenkel vorantreibt. Ich genieße seine Berührungen und will augenblicklich mehr davon. Da Nate halb auf mir liegt, hebe ich ihm mein Becken entgegen, was er mit einem Knurren kommentiert. Ich will ihn. Jetzt, sofort. Er versteht und rollt uns so, dass ich auf ihm zum Sitzen komme. Er gleitet sanft mit seinen Lippen meinen Hals entlang. Auch seine Hände sind dabei nicht untätig und finden den Weg zu meiner Bluse. Langsam öffnet er sie und zieht sie mir aus. Ich erhebe mich kurz, um auch meinen Rock zu entfernen. Dann nehme ich wieder auf seinem Schoß Platz. Jetzt sitze ich nur noch im BH vor ihm. Einen Slip habe ich ja heute nicht angezogen. Er streichelt und küsst jeden Zentimeter meines Körpers und bei jeder seiner Berührungen beginne ich, zu beben.

„Ist dir kalt?", fragt er besorgt.

Ich muss schmunzeln. „Genau, Forbes, bei mindestens 40 Grad Raumtemperatur friere ich." Ich schüttle belustigt den Kopf.

Als Gegenantwort beißt er mir sanft in den Hals. „Nicht frech werden, kleine Lady!"

Ich antworte ihm nicht, sondern knöpfe ihm langsam das Hemd auf. Dann küsse ich seine entblößte, muskulöse Brust. Nate genießt meine Berührungen sichtlich, denn immer wieder seufzt er leise auf. Ich drücke ihn vorsichtig nach hinten in die Kissen. Streichle und küsse jede einzelne Stelle seines Oberkörpers. Weiter abwärts öffne ich seine Hose und ziehe ihm diese samt Boxershorts aus. Jetzt liegt er komplett nackt vor mir und ich kann mich kaum sattsehen. Zu berauschend ist sein Anblick. Er ist wirklich perfekt. Ich küsse mich seinen Bauch hinab zu seiner aufragenden Erregung. Langsam und träge lasse ich meine Zunge um seine Eichel kreisen. Sanft knabbere ich an ihr und lasse meine Zähne darüber gleiten. Dabei stöhnt er immer wieder auf. Ihm scheint zu gefallen, was ich tue. Als ich anfange, an ihm zu saugen, zittert sein ganzer Körper vor Lust und ich bin dermaßen angetörnt, dass ich das Gefühl habe, nur so kommen zu können.

Plötzlich packt Nate mich an den Schultern und zieht mich wieder auf sich. „Ich muss dich sofort spüren, sonst werde ich noch wahnsinnig." Er zieht mir meinen BH aus und dabei fährt er immer wieder mit seiner Zunge über meine Brustwarzen. Seine Hand gleitet abwärts zu meiner Scham. Zärtlich und langsam umkreist er meine pochende Mitte und ich könnte auf der Stelle explodieren, wenn er seine Hand nicht einfach wieder weggezogen hätte. Dieser fiese … Mit zusammengekniffenen Augen schaue ich ihn an. Er lacht heiser auf, dann dringt er langsam in mich ein.

Was er da gerade mit mir tut, ist mehr als nur Sex. Immer wieder dringt er träge in mich ein und trifft dabei den süßen Punkt in meinem Inneren. Die ständige Reibung machte mich schier verrückt und lässt mich immer wieder erzittern. Mein Stöhnen wird mit jedem Stoß lauter und unkontrollierter. Innerhalb weniger Minuten beginne ich, in seinen Armen heftig zu beben und ein gigantischer Orgasmus überrollt mich. Immer wieder küsst er mich zärtlich während meines Orgasmus. Dann nimmt er einen schnelleren Rhythmus auf und ich habe das Gefühl, erneut zu kommen.

„Bitte, ich brauche mehr." Und in dem Moment hämmert Nate noch heftiger in mich und ich komme erneut. Ein paar Stöße später folgt auch Nate mir und ergießt sich in mehreren Schüben in mir.

Ein paar Minuten liegen wir regungslos da, ohne ein Wort zu sagen. Dann erhebt sich Nate und legt sich neben mich. Sofort zieht er mich in seine Arme, als hätte er Angst, ich könnte wieder verschwinden. Nate küsse mich auf die Schläfe und flüstert: „Das war wunderschön. Ich bekomme einfach nicht genug von dir. Du machst mich süchtig."

Schweigend liegen wir noch eine Weile beieinander, als ich Nates gleichmäßige Atmung vernehme. Er ist eingeschlafen. Ich allerdings kann es nicht. Ich hebe meinen Kopf etwas, sodass ich in sein Gesicht blicken kann. Er sieht wunderschön aus, so entspannt und irgendwie viel jünger und verletzlicher. Rein gar nicht wie der harte CEO einer großen Bank. Ich genieße es, in seinen Armen zu liegen und spüre, wie ein altbekanntes Gefühl in mir hochkriecht. Diese Erkenntnis trifft mich eiskalt und völlig unvorbereitet. Ich beginne, mich allmählich in ihn zu verlieben. Das darf auf keinen Fall passieren. Panik steigt in mir hoch und ich muss hier schnellstmöglich weg. Ich darf solchen Dingen in Zukunft einfach nicht zustimmen. Es ist zu riskant für mein Herz. Ich versuche, mich ganz vorsichtig aus seinen Armen zu befreien, ohne ihn dabei zu wecken. Ich sammle schnell meine Kleidung ein und ziehe sie leise an. Meine Schuhe nehme ich allerdings in die Hand. Zu groß ist die Gefahr, Nate damit zu wecken. Zum Glück ist der Aufzug noch oben, sodass ich sofort reinspringen kann. Als sich die Aufzugstür hinter mir schließt, atme ich erst einmal kurz durch. Puh, geschafft. Unten auf der Straße halte ich sofort ein Taxi an und fahre völlig befriedigt nach Hause.

Nate

Als ich einige Stunden später erwache, ist Emilia längst fort und ich ärgere mich darüber, es nicht bemerkt zu haben. Schon wieder hat sie sich heimlich davongeschlichen. Diese Frau macht mich wirklich noch verrückt. Warum ist sie nicht geblieben? Es war doch ein schöner Abend. Sie ist mir wirklich ein Rätsel. Irgendetwas sagt mir, dass mit dieser Frau etwas nicht stimmt. Wieso sonst ist sie immer so auf Distanz und hat Angst, sich mir zu öffnen? Außerdem weicht sie persönlichen Fragen stets aus. Ist sie etwa verheiratet oder in festen Händen? Ich nehme mein Handy und tippe eine Nachricht an sie.

Bist du gut daheim angekommen?

Doch sie antwortet nicht. Auch nach einer Stunde ist keine Nachricht von ihr eingegangen. So langsam beginne ich, mir Sorgen zu machen. Was, wenn ihr was passiert ist? Ich versuche, mich wieder zu beruhigen. Womöglich schläft sie längst und hat meine Nachricht noch gar nicht gelesen. Ich stehe auf und begebe mich in mein Schlafzimmer.

Im Bett denke ich noch eine Weile über Emilia nach. Ich bin mir mittlerweile sicher, dass ich mich Hals über Kopf in diese Frau verliebt habe. Aber was ist mit ihr? Fühlt sie dasselbe für mich? Manchmal merkt man, dass auch bei ihr mehr ist, aber im nächsten

Moment baut sie wieder diese Mauer um sich herum auf, an der ich einfach nicht vorbeikomme.

Dann diese lächerlichen Regeln. Ich bin sie nur eingegangen mit dem Ziel, jede Einzelne davon mutwillig zu brechen und sie davon zu überzeugen, dass eine Beziehung mit mir nicht das Schlechteste ist. Ich muss nur etwas Geduld haben. Mein Gefühl sagt mir, dass sie Zeit braucht, um sich selbst einzugestehen, dass sie mehr will. Ich würde alles für diese Frau tun. Das ist mir spätestens heute Abend klar geworden, als wir uns vor dem Kamin zärtlich geliebt haben und ich es auch in ihren Augen sehen konnte. Ich werde um ihr Vertrauen kämpfen, denn ich weiß, es lohnt sich.

KAPITEL 7

Emilia

Am nächsten Morgen werde ich von lautem Stimmengemurmel wach. Was ist das denn bitte? Hat Jamie etwa wieder Männerbesuch? Ich schaue auf die Uhr. Es ist gerade mal halb zehn. Definitiv zu früh zum Aufstehen. Ich habe mich die halbe Nacht herumgewälzt und kaum geschlafen.

Gerade, als ich mich noch einmal in meine warme Decke kuscheln will, klopft es an meiner Tür. Ohne eine Antwort abzuwarten, öffnet sich diese und Jamie steckt ihren Kopf herein.

„Guten Morgen, Maus. Hab ich dich geweckt?"

Ich gähne laut. „Nein, wie kommst du nur darauf? Ich bin schon ewig wach", entgegne ich ihr leicht sarkastisch. „Was ist so wichtig, dass du mich so früh wecken musst? Wenn du mir jetzt nicht sagst, das Matt Bomer in unserem Wohnzimmer sitzt, kann alles andere noch ein paar Stunden warten. Denn ich werde mich nur für Matt hier herausbewegen!"

Jamie räuspert sich kurz. „Ähm, nicht direkt Matt Bomer, aber männlichen Besuch hast du trotzdem. Und definitiv heißer."

Ich schaue sie verdutzt an. Habe ich etwa eine Verabredung vergessen? „Wieso sollte mich jemand so früh morgens besuchen und vor allem, wer?"

Jamie kratzt sich am Hinterkopf. Sie ist bereits angezogen, bemerke ich beiläufig.

„Also, da draußen steht ein gut aussehender, aufgewühlter Mann mit einer Tüte Brötchen in der Hand."

Hä? Jetzt verstehe ich gar nichts mehr. Ich schaue Jamie immer noch fragend an.

Jamie lächelt vielsagend. „Du bist doch sonst so ein schlaues Köpfchen. Eigentlich gibt es nur eine Person, die so früh auf der Matte stehen könnte."

Das kann jetzt nicht ihr Ernst sein. Bitte nicht!

„Nate ist da und möchte mit dir beziehungsweise uns frühstücken."

Ich habe es befürchtet. Warum ist er hier? Zum Frühstück haben wir uns ganz sicher nicht verabredet, oder doch? Ich hatte gestern zwar ein, zwei Gläser Wein zu viel, aber das hätte ich bestimmt nicht vergessen. Ausgeschlossen! Und ich hätte dem auch nicht zugestimmt. Na warte, der wird gleich sein blaues Wunder erleben. Einfach hier so unangemeldet aufzukreuzen. „Warum ist er hier? Ich weiß nichts von einer Verabredung."

Jamie zuckt mit den Schultern. „Ich glaube, er wollte dich überraschen", zwinkert sie mir zu.

Mein Herz beginnt, zu rasen. Warum macht er das? Wir haben doch klare Regeln und darin steht nichts von Frühstück. Trotzdem muss ich zugeben, dass ich mich schon freue, ihn zu sehen. Ich rapple mich also auf und sage auf dem Weg ins Bad: „Okay, ich geh schnell duschen. Bereitest du alles vor und kümmerst dich so lange um ihn?"

Jamie grinst schelmisch und antwortet darauf: „Aber sicher doch. Mit Vergnügen sogar. Lass dir nur Zeit." Dann schließt sie wieder die Tür hinter sich.

Ich schließe für einen kurzen Moment meine Augen. Oh mein Gott, Nate ist hier … Hier in meiner Wohnung, zum Frühstück. Was soll ich denn jetzt anziehen? Hoffentlich hält Jamie ihren Mund und sagt nichts Falsches. Ich kenne sie und manchmal ist ihr loses Mundwerk schneller als ihr Gehirn und bei meinem Glück erzählt sie ihm irgendwelche superpeinlichen Geschichten über mich. Seufzend schnappe ich mir meine Boyfriend-Jeans, dazu einen hellgrauen Hoodie und natürlich einen Slip. In Höchstgeschwindigkeit dusche ich und ziehe mich an. Jetzt noch etwas Schminke. Meine Locken wickle ich zu einem lockeren Dutt. Noch einen kurzen Check-up und fertig bin ich.

Mit Herzklopfen trete ich in den Flur und vernehme das laute Lachen meiner Freundin. Auch Nate scheint sich zu amüsieren. Worüber reden die beiden da bloß? Als ich um die Ecke in die Küche biege, bleibe ich kurz im Türrahmen stehen und lasse die Situation auf mich wirken. Jamie und Nate haben mich noch nicht entdeckt und so kann ich beide beobachten. Der Tisch ist längst gedeckt und beide stehen mit dem Rücken zu mir. Jamie scheint Rührei zuzubereiten und ich hoffe, dass es diesmal auch schmeckt. Denn Jamie ist eine miserable Köchin. Mich wundert es immer noch, dass sie überhaupt Tee kochen kann, ohne das Wasser verkochen zu lassen. Nate kümmert sich währenddessen um den Kaffee. Irgendwie eine sehr skurrile Situation. Beide scheinen sehr vertraut miteinander und völlig im Einklang, als wäre es nie anders gewesen und Nate schon immer hier.

Als habe Nate meine Anwesenheit gespürt, dreht er sich um und lächelt mich strahlend an. Er kommt sofort zu mir herüber und gibt mir einen leichten Kuss auf die Wange. „Guten Morgen, Emilia. Gut geschlafen?"

Mir ist die Situation irgendwie unangenehm. Trotzdem versuche ich, mich so normal wie möglich zu verhalten. Nur Jamie bemerkt das Gefühlschaos in mir, denn sie schaut mich besorgt an. „Ja, wie ein Stein. Und selbst? Was machst du eigentlich so früh hier?"

Nate mustert mich einen Augenblick. „Wenigstens einer von uns beiden. Leider kann ich das nämlich von mir nicht behaupten, denn nachdem ich wach geworden bin und ich feststellen musste, dass du weg bist, hab ich mir die halbe Nacht Sorgen um dich gemacht. Warum hast du mich nicht wenigstens geweckt, bevor du gegangen bist? Auf meine Nachricht hast du mir auch nicht geantwortet und ich habe mir die schrecklichsten Horrorszenarien ausgemalt. Also habe ich heute Morgen spontan beschlossen, mich bei euch zum Frühstück einzuladen, um sicherzugehen, dass du noch lebst."

Irgendwie schäme ich mich jetzt für mein schäbiges Verhalten. Ich hätte selbst darauf kommen können, Nate eine Nachricht zu hinterlassen oder ihm eine Kurznachricht zu schicken, dass ich gut daheim angekommen bin. Das tut mir nun leid.

„Sorry, war wirklich keine Absicht. Deine Nachricht habe ich gar nicht mehr gelesen, da ich sofort ins Bett gefallen bin. Bitte sei nicht böse, okay?!"

Er lächelt mich an und ich weiß, er hat mir längst verziehen.

Ich gebe mir einen Ruck und sage: „Es ist schön, dass du hier bist."

Nates Mundwinkel beginnt, zu zucken und sofort bildet sich ein breites Lächeln auf seinen Lippen.

„Ladys, da ja jetzt alles geklärt ist, können wir ja endlich anfangen, zu essen. Ich verhungere nämlich so langsam."

Das Frühstück verläuft angenehm und ausgelassen. Wir reden über viele verschiedene Dinge und es wird viel gelacht. Jamie kann wirklich reden bis der Arzt kommt.

Nach zwei Stunden erhebt sie sich plötzlich. „So, ihr Lieben, ich muss mich jetzt leider verabschieden. Ich treffe mich noch mit einem Bekannten. Ist das okay für dich, wenn du das Abräumen übernimmst, Em?"

„Klar, geh ruhig, ich werde Emilia dabei helfen", mischt sich sofort Nate ein.

„Danke, du bist ein Schatz. Auch für die leckeren Brötchen und die tolle Gesellschaft. Das kannst du gerne jedes Wochenende machen. Es war wirklich schön, dich näher kennenzulernen, Nate. Ich hoffe, wir sehen uns jetzt öfter!" Jamie zwinkert ihm zu.

Was soll das denn jetzt? Muss Jamie das sagen und mir in den Rücken fallen? Dieses kleine Miststück.

Nach einem Kuss auf meine Wange verlässt sie fröhlich pfeifend die Wohnung.

Verlegen rühre ich in meiner Tasse herum. Was soll ich jetzt sagen?

„Alles in Ordnung?" Nate schaut mich skeptisch an. In seinen wunderschönen, schokobraunen Augen kann man sich wirklich verlieren.

„Ja, klar. Hast du noch Hunger oder wollen wir so langsam abräumen?" Irgendwie muss ich mich ablenken.

„Also ich bin wirklich pappsatt. Wir können gerne alles wegräumen."

Gesagt, getan und in Nullkommanichts ist die Küche blitzblank. Als ich den Kühlschrank schließe und mich umdrehe, pralle ich mit Nates harter Brust zusammen.

„T-tut mir leid. Ich hab dich nicht gesehen", stammle ich verlegen. Ich bin so ein Trampel. Ich bin mir sicher, im Lexikon unter diesem Begriff steht mein Name. Nate hebt mein Kinn an, sodass ich ihm direkt in die Augen schauen muss.

„Es ist nichts passiert, keine Sorge. Außerdem ist es meine Schuld. Ich hab mich ja direkt hinter dich gestellt." Plötzlich nähert er sich meinen Lippen. Zart wie eine Feder haucht er mir einen Kuss darauf.

Mein Herz beginnt sofort, schneller zu schlagen. Ich liebe es, wie er mich küsst. Ich verliere Zeit und Raum und konzentriere mich nur noch auf Nates weiche Lippen und seine warme Zunge, die sanft mit meiner spielt.

Plötzlich löst sich Nate von mir. „Du machst mich verrückt. Nicht nur in deinen sexy Bürokleidern siehst du unglaublich scharf aus, auch in Jeans und Pullover machst du mich immer noch wahnsinnig." Er schiebt seine Hände in meinen Nacken und beginnt, mich erneut zu küssen. Diesmal jedoch härter. Seine Hände wandern zu meinem Po und umfassen ihn. Dann hebt er mich hoch. Automatisch schlinge ich meine Beine um seine Hüften.

„Wo ist dein Schlafzimmer?", fragt er außer Atem.

„Erste Tür rechts", antworte ich ebenfalls atemlos.

Auf dem Weg in mein Zimmer nehmen die Küsse nicht ab. Mit einem gekonnten Tritt schließt er die Tür hinter uns und drückt mich dagegen. Seine rechte Hand wandert unter meinen Pullover und er zieht scharf die Luft ein. Ja, er hat bemerkt, dass ich darunter keinen BH trage.

„Du trägst tatsächlich nichts darunter, du kleines Miststück." Fest kneift er in meine Brustwarze, was mich kurz aufschreien lässt. Ich kann nicht abstreiten, dass ich immer feuchter werde. Das geht in Nates Nähe grundsätzlich immer äußerst schnell. „Ich kann einfach nicht aufhören, dich zu berühren."

„Dann tu es nicht", flüstere ich.

Er zieht mit einem Ruck meinen Pullover aus und trägt mich zu meinem Bett. Behutsam legt er mich darauf ab und schiebt sich über mich. Zuerst küsst er meinen Hals und wandert dann auf der Zielgeraden zu meinem Bauchnabel. Oh Gott, das ist der Wahnsinn. Er umkreist diesen mit seiner Zunge und sofort fängt mein Bauch an, zu kribbeln. Geschickt öffnet er meine Jeans und schiebt diese samt Slip von den Beinen. Dann entledigt er sich auch seiner Kleidung. Einen Moment bleibt er nackt vor meinem Bett stehen und blickt auf mich hinab. „Du bist unglaublich schön und sexy. Ich könnte dich stundenlang nur anschauen."

Ich grinse ihn frech an.

„Das freut mich ja für dich, aber bitte nicht jetzt, ich will dich endlich in mir spüren."

Nate lässt sich nicht weiter bitten und positioniert sich sofort zwischen meinen Schenkeln. Er kennt meinen Körper schon ziemlich gut und weiß daher, dass ich längst bereit für ihn und seinen Schwanz bin.

Ohne noch länger zu warten, dringt er mit einer fließenden Bewegung in mich ein und füllt mich bis zum Anschlag aus.

Das süße Gefühl der Dehnung macht mich ganz verrückt und ich ziehe ihn zu einem harten Kuss herunter. Nate nimmt das zum Anlass, sich sofort härter und schneller in mir zu bewegen. Er hämmert wortwörtlich in mich. Und es gefällt mir. Es hat etwas Animalisches an sich. Es dauert diesmal nicht lange und wir beide kommen fast gleichzeitig zum Höhepunkt.

Schwer atmend liegen wir noch eine ganze Weile dicht beieinander und bevor ich dagegen ankämpfen kann, werden meine Augen immer schwerer und der Schlafentzug der letzten Nacht fordert seinen Tribut. Binnen Sekunden bin ich eingeschlafen.

Ich weiß nicht, wie lange ich geschlafen habe, aber als ich meine Augen müde aufschlage, blicke ich direkt in Nates Augen, die mich beobachten. Verlegen lächle ich ihn an.

„Na, du Schlafmütze. Gut geschlafen?"

„Tut mir leid, dass ich eingeschlafen bin. Ich habe sogar sehr gut geschlafen. Wie spät ist es eigentlich?"

Nate beugt sich zu mir und gibt mir einen kleinen Kuss auf die Nasenspitze. „Kein Problem, ich bin auch eingeschlafen. So lange bin ich auch noch nicht wach. Also wenn deine Uhr stimmt, haben wir es jetzt exakt 14:10 Uhr."

Ich schaue ihn ungläubig an. So spät schon? Ich habe mehr als zwei Stunden geschlafen. Wie gut, dass heute Samstag ist und ich nichts weiter vorhabe. Ich setze mich im Bett auf und murmle etwas von Badezimmer, dabei ziehe ich mir Nates Shirt über. Sehr klischeehaft, ich weiß.

Als ich kurze Zeit später wieder ins Schlafzimmer trete, sitzt er schon auf der Bettkante, oberkörperfrei und nur mit Jeans bekleidet.

Unschlüssig bleibe ich vor ihm stehen. Was soll ich jetzt nur sagen? Danke für den fantastischen Sex, aber ich hätte jetzt gerne wieder meine Ruhe? Ausgeschlossen. So unhöflich bin selbst ich nicht.

Plötzlich zieht mich Nate mit einem Ruck auf seinen Schoß, sodass ich rittlings auf ihm zum Sitzen komme. Zärtlich streichelt er meine Wange und dann berühren ganz kurz seine Lippen die meine.

„Mein Shirt steht dir ausgesprochen gut. Hätte nicht gedacht, dass eine Frau darin so sexy aussehen kann." Dabei lächelt er mich verzückt an und lässt seine Hände unter das Shirt zu meinem Rücken gleiten.

„Steht mir, nicht wahr? Ich glaube, ich behalte es einfach. Als eine Art Pfand. Es steht mir sowieso viel besser als dir", sage ich triumphierend.

Nate ergreift die Gelegenheit und fängt an, mich zu kitzeln.

„Neeeeinnn, lass das. Ich bin nicht in Stimmung." Ich bekomme vor Lachen kaum noch Luft.

Nate dreht sich mit mir um, sodass er auf mir zum Liegen kommt. Er auf mir und ich unter ihm gefangen, so wie ich es liebe. Ich habe keine Chance. Dabei hört er mit seiner Kitzelattacke nicht auf.

„Wie kann man denn bitte in Stimmung zum Kitzeln sein?", fragt er amüsiert.

Mittlerweile laufen mir schon die Tränen. „Bitte, bitte hör endlich auf. Ich kann nicht mehr. Mir tut schon alles weh. Ich tue auch alles, was du willst, aber bitte, bitte hör auf."

Und plötzlich lässt er von mir ab und grinst mich frech an.

Oh nein, Emilia, was hast da nur im Eifer des Gefechts gesagt? Du dummes, dummes Ding. Mir ist wirklich nicht mehr zu helfen.

„Tja, kleine Lady, das hättest du jetzt natürlich nicht sagen dürfen, aber wenn das so ist … Wirklich alles?" Er sieht mich mit hochgezogenen Augenbrauen an.

„Na ja, fast alles!"

„Da gibt es schon was, was ich dich sowieso fragen wollte." Er zögert kurz, fährt aber dann fort. „Und zwar geben meine Eltern jedes Jahr eine Wohltätigkeitsgala in ihrem Anwesen in Schottland. Genauer gesagt in Aberdeen. Sie findet Samstag in drei Wochen statt. Heißt, es wäre mit Übernachtung von Donnerstag bis Sonntag. Was hältst du davon, mich dorthin zu begleiten?" Er sieht mich angespannt an.

Mein Herz rutscht mir in dem Moment in die Hose. Ein ganzes Wochenende mit Nate alleine und dann auch noch bei seiner Familie? Das geht einfach zu weit. Das verstößt mal wieder gegen die Regeln. Aber wie komme ich jetzt aus der Nummer wieder raus? Hätte ich nur nicht diesen bescheuerten Satz von mir gegeben. Die Suppe habe ich mir wirklich selbst eingebrockt, wie man so schön sagt.

„Ähm, also ich glaube nicht, dass das was für mich ist …", beginne ich, zu stammeln.

Nate zieht seine Augenbrauen nach oben. „Aber du hast mir gesagt, du tust alles."

Ich verdrehe genervt die Augen. Er hat damit recht und mich komplett in der Hand. „Das ist nicht fair, Nate. Wir haben eine Vereinbarung, was unser Arrangement angeht und ein Romantikwochenende bei deiner Familie ist da sicherlich nicht mit inbegriffen."

Nate reibt sich das Kinn. „Wir können es auch zu einer Geschäftsreise machen, wenn du dich dann besser damit fühlst? Du als meine Assistentin Plus begleitest mich zu einer Wohltätigkeitsgala, um Kunden zu akquirieren, mehr nicht. Was hältst du davon?"

Nervös beginne ich, meine Hände zu kneten. Das ist wirklich absurd. Aber wenn er jetzt mit dem Geschäftlichen kommt, kann ich natürlich nicht Nein sagen. Das hat er sich wirklich geschickt ausgedacht, dieser Fuchs.

„Ich weiß nicht. Dir ist schon klar, dass das sehr an den Haaren herbeigezogen ist? Außerdem, wie stellst du dir das Ganze vor? Dass du mich als deine Freundin vorstellst und wir in einem Bett schlafen?" Ich schaue ihn erwartungsvoll an.

„Bitte, Emilia, das wäre mir wirklich sehr wichtig. Wir können ja sagen, dass du eine gute Freundin und zugleich auch meine Assistentin bist. Natürlich werden wir getrennte Zimmer haben."

Mir schwirrt der Kopf und ich weiß nicht, was ich dazu sagen soll. Kann ich das denn? Ist es richtig, solch eine Reise mit ihm zu machen?

„Okay, ich komme mit. Aber wirklich nur, wenn wir getrennte Zimmer haben! Sollte das nicht der Fall sein, werde ich sofort abreisen. Dass dir das klar ist."

Nate nickt siegreich und gibt mir einen Kuss auf die Wange. „Alles, was du willst. Danke, das bedeutet mir wirklich sehr viel. Ich hoffe, das weißt du?" Damit ist die Diskussion beendet.

Wenige Minuten später verabschiedet sich Nate von mir, da er noch eine Verabredung hat. Das versetzt mir irgendwie einen Stich, da ich hoffe, dass er sich nicht mit einer anderen Frau trifft.

Den restlichen Tag verbringe ich eingekuschelt auf der Couch. Irgendwann überkommt mich dann doch die Müdigkeit und ich schlafe ein.

Vom Klingeln des Telefons fahre ich abrupt aus dem Schlaf hoch. Ich brauche einen Moment, um mich zu sammeln, bevor ich mich zum Telefon begebe und abnehme.

„Hallo, Emilia Clayton." Nichts. Niemand meldet sich. „Wer ist denn da? Das ist wirklich nicht lustig. Entweder reden sie jetzt oder ich lege auf." Ich warte noch ein paar Sekunden, lege dann schließlich auf. Was ein Schwachkopf. Noch völlig neben mir schlurfe ich in die Küche, um mir ein Glas Wasser zu holen. Irgendwie habe ich ein komisches Gefühl im Bauch. Ich kann mir darauf einfach keinen Reim machen, woher es kommt, aber es ist da.

Bevor ich noch weiter darüber grübeln kann, höre ich, wie die Wohnungstür aufgeschlossen wird. Sekunden später steckt Jamie ihren Kopf in die Küche.

„Na du, alles klar? Ist Nate noch da?"

Ich schüttle den Kopf. „Nein, er ist vor circa zwei Stunden gegangen. Termine."

Jamie grinst mich wissend an. „Nate ist wirklich sehr nett. Ich

126

mag ihn. Man merkt bei ihm überhaupt nicht, dass er stinkreich ist. Er ist so normal und bodenständig. Er ist wirklich beeindruckend. Außerdem sieht er wirklich verdammt gut aus. Findest du nicht?"

„Ja das ist er", seufze ich. Ich weiß genau, worauf sie hinauswill. Aber nicht mit mir.

„Was ist, Maus? Habt ihr euch gestritten?", fragt sie besorgt.

„Nein, gar nicht. Wir haben einen wirklich schönen Tag gehabt. Bis er dann gefragt hat, ob ich zur Wohltätigkeitsgala seiner Familie komme und zwar nach Schottland. Sie ist am Samstag in drei Wochen. Das heißt, wir würden am Donnerstag losfahren und erst Sonntag zurückkommen. Wie soll ich das nur schaffen, J? Das geht mir alles irgendwie zu weit. Ich habe das Gefühl, wir schlittern geradewegs in eine feste Beziehung. Genau das wollte ich vermeiden", sage ich aufgebracht.

Jamie kommt auf mich zu und nimmt mich liebevoll in den Arm. „Soll ich dir mal was sagen, Em? Du machst dir einfach viel zu viele Gedanken. Nate ist ein toller Mann und du eine tolle Frau. Ihr solltet die gemeinsame Zeit einfach nur genießen. Wer weiß schon, wie lange das anhält. Und wenn er dich nach Schottland zu seiner Familie mitnimmt, so what? Genieß es doch einfach mal und entspann dich. Lass doch einfach mal alles auf dich zukommen, ohne alles akribisch zu planen oder vorher schon abzuwehren. Manchmal kommt bei so etwas auch was wirklich Gutes heraus." Sie streicht mir beruhigend über den Rücken.

Ich bin extrem aufgewühlt und kann meine Tränen einfach nicht mehr zurückhalten. „Ich hab solche Angst, J. Was ist, wenn er mich genauso verarscht wie Louis? Oder wenn er irgendwann von allem erfährt und mich dann nicht mehr will, weil er mich abstoßend findet? Das könnte ich nicht ertragen. Das wäre einfach zu viel für mich."

„Ich weiß, aber die brauchst du nun wirklich nicht bei ihm haben. Ich habe Nate beim Frühstück beobachtet … Dieser Mann liegt dir zu Füßen und er hat längst sein Herz an dich verloren. Er hat dich so verliebt angeschaut. Ich bin schon ganz neidisch geworden! Er ist nicht wie Louis und dein Geld hat er nun wirklich nicht nötig. Solltet ihr aber irgendwann tatsächlich eine feste Beziehung führen, wirst du nicht darum herumkommen, ihm alles über dich zu erzählen. Und ich glaube nicht, dass Nate zu der Sorte Mensch gehört, die sich einfach abwendet. Schon gar nicht, wenn er dich so sehr liebt. Ich habe dich übrigens genauso beobachtet und weißt du, was mir das erste Mal aufgefallen ist?"

Ich schüttle den Kopf. „Nein, was denn?", schniefe ich.

Jamie streicht mir eine Haarsträhne hinters Ohr. „Dass du das erste Mal richtig strahlst und glücklich aussiehst. Er tut dir gut, das kann man deutlich sehen. Emilia, ich muss dich was fragen und bitte flipp nicht gleich aus, okay?"

Ich nicke. Oh Mann, was kommt denn jetzt schon wieder?

„Kann es sein, dass du dich längst in Nate verliebt hast?"

Ich halte für ein paar Sekunden die Luft an. Habe ich mein Herz schon längst an Nate verloren? Jamie hat recht. Nate tut mir wirklich gut und ich habe mich schon lange nicht mehr so geborgen und sicher gefühlt, aber habe ich mich tatsächlich in ihn verliebt? Wenn ich ehrlich zu mir selbst bin, dann muss ich nicht lange über diese Frage nachdenken, denn die Antwort kenne ich längst. Ich nicke zaghaft als Antwort. Sofort kommen wieder neue Tränen. Warum muss ich dämliche Kuh mich auch verlieben? Als ich mich wieder halbwegs beruhigt habe, beginne ich: „Was mach ich denn jetzt, J? Ich will keine Beziehung. In so etwas bin ich einfach nicht gut. Schau mich doch nur an. Ich bin so verkorkst. Niemand möchte so einen Partner haben. Wenn Nate von meiner Geschichte erfährt, wird er sich vor mir ekeln und mich verlassen, das weiß ich ganz genau. Und dann wird eine Welt für mich zusammenbrechen. Das schaffe ich kein zweites Mal. Bei Louis war es schon schlimm genug für mich, aber ich weiß jetzt schon, dass es bei Nate noch viel schrecklicher werden wird. Ich könnte seine Ablehnung einfach nicht ertragen, verstehst du?"

Jamie versteht mich, das weiß ich sofort. Sie hat mich in meiner schlimmsten Zeit miterlebt und stand dabei immer stets an meiner Seite. „Ich weiß nicht, warum, aber Nate ist anders. Das spüre ich einfach. Er könnte dein Licht sein, Em. Du musst es nur zulassen und nach deinem Glück greifen. Denn ohne Liebe wirst du irgendwann zugrunde gehen. Jeder Topf braucht seinen passenden Deckel und Nate ist dein Deckel. Glaube mir. Vielleicht solltest du wirklich mit ihm reden, ich bin mir sicher er wird es verstehen. Eine andere Möglichkeit hast du nicht. Es sei denn, du genießt jetzt die Zeit mit ihm, stellst deine Gefühle hinten an und beendest die Sache irgendwann zwischen euch! Aber ist das auch wirklich das, was du willst? Ach, Emmi, ich hab dich lieb und ich verspreche dir, ich werde immer für dich da sein, ganz gleich, wie du dich entscheidest oder was passiert." Damit gibt sie mir einen Kuss auf den Kopf und drückt mich nochmals fest an sich, bevor sie sich von mir löst.

Ich nehme einen Schluck Wasser aus meinem Glas und denke über ihre Worte nach. Dann frage ich Jamie: „Wo warst du heute eigentlich so lange? Und vor allem, mit wem?"

Jamies Augen beginnen plötzlich, zu leuchten. „Ich hab dir doch von Dads neuem Mitarbeiter erzählt, der für das Marketing zuständig ist. Joshua. Na ja, ich bin heute mit Josh essen gegangen und ich glaube, ich habe mich wirklich verliebt. Ich fand ihn von Anfang an nett und na ja, wir hatten die letzten Wochen viel miteinander zu tun und da hat er mich irgendwann gefragt, ob ich nicht mit ihm zu Mittag essen möchte. Daraus wurde dann irgendwie täglich und heute haben wir uns das erste Mal geküsst. Oh Gott, er ist der Wahnsinn. Ich bin noch nie so verliebt gewesen."

Ich kann nur staunen. Jamie und verliebt? Das ist ja was ganz Neues. Jamie ist eher von der Sorte ungezwungene Liebschaften, aber nie mehr. Und danach hört sich das hier nicht an.

„Das freut mich so für dich. Wurde aber auch mal Zeit, dass du jemandem dein Herz schenkst. Erzähl mir mehr über ihn. Wann lerne ich ihn kennen?"

Wir sprechen noch bis spät in die Nacht und es ist schön, Jamie so strahlen zu sehen. Erst als ich im Bett liege, bemerke ich, dass Nate mir geschrieben hat.

Hey, kleine Lady, danke für den schönen Tag heute und für Schottland. Ich hoffe, du hattest noch einen schönen restlichen Tag?! Ich vermisse dich und ich freue mich schon auf Montag. Kuss Nate

Bei diesen Worten muss ich unwillkürlich lächeln. Er ist wirklich süß. Womit habe ich das nur verdient? Ich tippe ihm schnell eine Antwort.

Ich danke dir auch für alles. Der restliche Tag verlief eher faul, aber schön. Ich freue mich auch schon auf dich. Bis Montag. Schlaf gut. Em

Dann nehme ich meine Medikamente und falle in einen tiefen Schlaf.

Jamie und ich beschließen am Sonntag, auszumisten und bestellen abends von unserem Lieblingschinesen. Ansonsten vergeht der Tag ziemlich ereignislos.

KAPITEL 8

Emilia

Am Montag auf dem Weg zur Arbeit habe ich irgendwie immer wieder das Gefühl, beobachtet zu werden. Was natürlich völliger Quatsch ist. Trotzdem bin ich froh, als ich schließlich im Büro ankomme. Nate kommt heute erst gegen 12 Uhr, da er auswärts einen Geschäftstermin hat. Somit komme ich ganz gut mit meiner Arbeit voran, denn es ist ja niemand da, der mich ablenken kann.

Bis zur Mittagspause habe ich alle wichtigen Sachen erledigt. Um Punkt 12 Uhr steht dann plötzlich Nate vor mir.

„Hey, alles klar bei dir?", fragt er strahlend.

Mein Herz beginnt sofort, schneller zu schlagen. „Alles in bester Ordnung, Chef. Ich habe alles Wichtige auf deinen Schreibtisch gelegt. Schau alles in Ruhe durch. Der Stapel links hat höchste Priorität. War dein Termin erfolgreich?"

„Ja, ist ganz gut gelaufen. Aber mir schwirrt der Kopf. Ich brauche dringend eine Pause und Ablenkung. Hast du Hunger? Ich habe Essen mitgebracht." Er wedelt mit einer Tüte vor meinem Gesicht herum.

Ich muss sofort grinsen. Dieser Mann überrascht mich immer wieder aufs Neue. „Hunger ja, aber nicht auf Essen."

Er schaut mich nachdenklich an. „Ich denke, daran könnte ich etwas ändern, Miss Clayton. In fünf Minuten in meinem Büro! Keine Sekunde später. Und dein Telefon kannst du auf den Empfang umstellen."

„Aber sehr gerne, Sir." Ich mache mich noch kurz in dem Waschraum frisch und begebe mich dann sofort in Nates Büro.

Er scheint längst auf mich gewartet zu haben, denn als ich die Tür öffne, zieht er mich schon in seine Arme und verriegelt sie hinter mir. Ausgehungert und stürmisch beginnt er, mich zu küssen. „Ich habe dich vermisst. Wie wäre es, wenn wir den Nachtisch einfach vorziehen und den Rest später essen?", fragt er und wackelt dabei mit seinen Augenbrauen auf und ab.

„Hört sich perfekt an. Da kann ich natürlich nicht Nein sagen", schnurre ich wie ein williges Kätzchen. „Was gibt es denn als Nachtisch? Ich hoffe doch, etwas Großes und Hartes?!"

Nate nimmt unverzüglich meine Hand und legt sich diese in den Schritt. „Ich hoffe, groß und hart genug für Sie?"

Was ich da spüre, bringt mein Blut sofort in Wallung. Ich beginne, seine Wölbung durch die Hose zu massieren. Dabei entfährt ihm ein lautes Stöhnen.

„Du machst mich fertig", flüstert er dicht an meinem Ohr.

Ich führe ihn rückwärts zur Couch und lasse ihn darauf Platz nehmen. Langsam gehe ich zu Boden und knie mich zwischen seine gespreizten Beine. Mit den Händen fahre ich seine Oberschenkel hinauf und öffne mit wenigen Handgriffen seine Hose. Nate lässt mich dabei keine Sekunde aus den Augen. Ich befreie seinen Schwanz aus den Fängen der Hose und verreibe mit meinem Daumen seinen Lusttropfen auf seiner glänzenden Spitze. Nates Schwanz beginnt sofort, unkontrolliert zu zucken. Ich verliere keine Zeit und fahre mit meiner Zunge seinen kompletten Schaft entlang. Dabei massiere ich mit der anderen Hand gezielt seine prallen Hoden. Nates beschleunigte Atmung bestätigt mir, was ich auch schon sehe. Er ist unglaublich angetörnt.

Einige Minuten verfahre ich auf diese Weise. Als ich dann seinen kompletten Schwanz in meinen Mund gleiten lasse, schmeißt Nate seinen Kopf in den Nacken und beginnt, leicht zu zittern. Er ist extrem empfindlich.

Sofort schiebt Nate seine Hände zu meinem Hinterkopf und steuerte ihn damit. Er gibt mir seinen Rhythmus vor, was mich noch mehr anspornt. Sein Griff in mein Haar wird mit jedem Stoß fester. Nach wenigen Minuten hält er plötzlich inne. „Wenn du jetzt nicht sofort damit aufhörst, komme ich in deinem süßen, kleinen Mund und um ehrlich zu sein, möchte ich das jetzt nicht. Ich will deine nasse Wärme um meinen Schwanz spüren. Spüren, wie deine Muskeln sich zusammenziehen, während dein ganzer Körper bebt." Er umfasst meine Hüften und hebt mich auf seinen Schoß, sodass ich rittlings auf ihm zum Sitzen komme. Dann küsst er mich wieder und seine Hände gleiten zu meinem Rock, um diesen bis zu meinen Hüften hochzuschieben. Ungeduldig schiebt er meinen Slip nur zur Seite. Er spürt sofort meine Nässe und lächelt mich gierig an. Er hebt mich leicht an und dringt dann mit einem kräftigen Stoß in mich ein. Er fickt mich hart und schnell und mit tiefen, gezielten Stößen. Es ist zu heftig für mich. Ich kralle mich an seinen breiten Schultern fest, um nicht den Halt zu verlieren, dann breitet sich auch schon ein Sturm in mir aus, den ich noch versuche, hinauszuzögern. Leider ist das kaum noch möglich. In diesem Moment haucht Nate leise in mein Ohr: „Komm, Emilia, jetzt!" Und ich komme mit solch einer Wucht, dass ich das Gefühl habe, abzuheben.

Ich bin immer noch so benommen von meinem eigenen Orgasmus, dass ich nur weit entfernt mitbekomme, wie auch Nate sich ein letztes Mal in mir versenkt und zum Höhepunkt kommt.

„Das war der beste Nachtisch aller Zeiten", flüstere ich leise in sein Ohr.

Damit entlocke ich Nate ein kleines Lächeln. „Dito. Daran könnte ich mich wirklich gewöhnen."

Einige Minuten sitzen wir bewegungslos da, keiner ist gewillt, sich zu lösen. Bis Nate irgendwann sagt: „Ich glaube, wir sollten so langsam mal was essen."

Widerwillig erhebe ich mich und streiche meine Kleidung zurecht. Als ich in die Tüte auf dem Tisch spähe, entdecke ich, dass Nate etwas vom Italiener mitgebracht hat. „Das riecht wirklich sehr lecker. Was ist das alles?"

„Für dich habe ich Ricotta-Trüffel-Tortellini mit einer Weißwein-Estragon-Soße und Garnelen mitgebracht und für mich eine Spinatlasagne. Ich hoffe, das ist okay?", fragt er lächelnd.

„Mehr als okay. Ich liebe die italienische Küche. Danke." Ich gebe ihm einen kleinen Kuss auf die Wange und dann fangen wir an, zu essen. „Oh mein Gott, schmeckt das fantastisch. Ich glaube, ich bin im Himmel. Möchtest du mal probieren?"

Nate schaut mich belustigt an und nickt dann. Ich schiebe ihm eine volle Gabel in den Mund und Nate schließt dabei genüsslich die Augen. „Wirklich sehr lecker. Möchtest du auch mal von der Lasagne probieren?"

„Ich dachte, du fragst nie!" Ich merke, wie Nate mich mit einem Blick anschaut, den ich nicht wirklich deuten kann ... War es das, was Jamie meinte? „Was ist? Hab ich Soße im Gesicht?", frage ich.

Nate schüttelt nur merklich den Kopf. „Nichts, es ist nur unglaublich schön mit dir. Außerdem habe ich noch nie eine Frau gesehen, die so sinnlich isst."

Bei seinen Worten werde ich leicht rot. Um abzulenken, schiebe ich mir eine weitere Gabel Tortellini in den Mund. Das Zeug ist wirklich verdammt gut.

„Wie wollen wir das eigentlich am Donnerstag vor der Reise nach Schottland machen? Soll ich dich abholen und wir fahren gemeinsam zum Flughafen oder möchtest du dich dort mit mir treffen? Übrigens, vergiss bitte nicht, dir ein Abendkleid mitzunehmen. Wir können aber auch gerne eines zusammen kaufen, wenn du möchtest?" Er sieht mich fragend an.

Ich überlege kurz. Wenn ich ehrlich bin, habe ich nicht ein Kleid, das zu einem solchen Anlass passen könnte und ich muss wohl oder übel einkaufen gehen. „Also, wenn es dir nichts ausmacht, würde ich gerne mit dir gemeinsam zum Flughafen. Was das Kleid angeht.

Das werde ich nächste Woche mit Jamie erledigen. Sie freut sich schon riesig darauf. Ich hoffe, das ist für dich in Ordnung? Welche Farbe hat eigentlich dein Anzug?"

Nate schaut mich fragend an.

„Wegen der Farbe meines Kleides. Nicht, dass wir nicht zusammenpassen."

„Gut, dann würde ich dich gegen 12 Uhr abholen. Der Flug ist für 14 Uhr angesetzt. Das Kleid kannst du gerne mit Jamie kaufen gehen. Ich lass mich dann einfach überraschen. Was die Farbe meines Anzuges angeht. Ich trage Schwarz und ein weißes Hemd dazu. Du kannst dich also austoben."

Ich bin erleichtert. Somit muss ich meine Kleiderwahl nicht ganz so sehr einschränken. „Okay. Ich würde dann nächste Woche Freitag auch etwas früher gehen, so gegen 16 Uhr, wenn nichts Wichtiges ansteht?"

Nate nickt und beginnt anschließend, die Essensreste zusammenzuräumen.

Der Rest des Nachmittags verläuft relativ ruhig und ich kann pünktlich zu meinem Termin bei Dr. Andrew gehen.

Dr. Andrew verschreibt mir erneut Tabletten und wir machen weitere Termine aus. Ich hasse es einfach. Wann wird dieser Teufelskreis endlich ein Ende nehmen?

Als ich am Abend heimkomme, erwartet mich Jamie schon.

„Hey, Schatz. Wie war dein Tag?" Sie gibt mir zur Begrüßung einen Kuss auf die Wange.

„Schön wie immer", strahle ich.

„Und wie war der Termin bei Dr. Andrew? Du hattest doch heute einen?"

Ich nicke. „War auch ganz gut, denke ich. Er meint, ich soll die Sache mit Nate langsam angehen und alles auf mich zukommen lassen. Aber ich soll mich auch mit dem Gedanken anfreunden, ihm irgendwann alles zu erzählen, denn nur so könnte es zwischen uns auch klappen. Außerdem soll ich weiterhin meine Medikamente nehmen. Alles Weitere klären wir dann nächste Woche. Und wie war dein Tag? Was macht dein süßer Kollege?"

Jamie nimmt einen Schluck aus ihrer Tasse. „Das hört sich doch gut an. Kopf hoch, das wird schon. Ich habe ein gutes Gefühl. Wir bekommen das in den Griff. Und du weißt ja, was Mama J sagt, ist auch so", lacht sie. „Ansonsten war die Arbeit wie immer. Mein Dad ist wirklich gnadenlos. Ich fühle mich wie eine Sklavin im Mittelalter. Er schafft mich total. Jamie mach dies, Jamie mach das, nein, Jamie, das hast du falsch gemacht. Grh. Aber gut, da muss ich jetzt wohl durch. Wenigstens versüßt mir Josh den Tag etwas. Du lernst ihn übrigens am Mittwoch kennen. Er kommt zum Abendessen. Das macht dir doch nichts aus, oder? Du kannst ja Nate fragen, ob er auch kommen möchte?!"

Ich kräusle meine Lippen. War ja klar, dass sie einen Pärchenabend anpeilt. „Nein, das ist in Ordnung für mich. Ich freu mich schon riesig, den Mann kennenzulernen, der dich verrückte Nudel gezähmt hat. Und was Nate angeht … Ich werde ihn fragen, okay? Ach so, übrigens, die Shoppingtour nächste Woche Freitag steht. Ich kann um 16 Uhr Schluss machen. Ich würde sagen, wir treffen uns vorm Kingston, so gegen 16:15 Uhr?"

Jamie beginnt, fröhlich zu jauchzen und wie ein kleines Kind in die Hände zu klatschen. „Ich bin ja sooooo aufgeregt. Das wird klasse, sage ich dir. Nate werden die Augen rausfallen. Ich werde aus dir eine richtige Prinzessin machen."

„Ich hoffe doch nicht! Seine Augen sind dafür viel zu schön", sage ich belustigt und wir beide fangen an, zu lachen.

So gegen 21 Uhr gehe ich schließlich zu Bett. Ich schaue noch kurz auf mein Handy, in der Hoffnung, eine Nachricht von Nate darauf vorzufinden, doch leider hat er nicht mehr geschrieben. Enttäuscht drehe ich mich um und schlafe sofort ein.

Der nächste Arbeitstag verläuft sehr stressig, da Nate den ganzen Tag viele Meetings hat und ich eine Menge vorzubereiten habe. In einer ruhigen Minute frage ich ihn, ob er morgen Abend Zeit hätte, zu uns zum Essen zu kommen und Nate stimmt sofort zu.

Leider schafft er es dann doch nicht am nächsten Tag. Sein Terminkalender ist gerammelt voll mit wichtigen Meetings etc., sodass ich Joshua alleine kennenlerne.

Er ist ein äußerst attraktiver Mann und er hat einen superschrägen Humor. Er hätte sich mit Nate bestimmt gut verstanden. Außerdem passt er perfekt zu Jamie und ich bin wirklich froh, dass sie Mr. Right gefunden hat und in guten Händen ist.

Die darauffolgenden Tage verlaufen ähnlich. Es ist verdammt viel zu tun und nicht allzu viel Zeit für Zweisamkeit oder schöne Dinge zwischendurch. Aber das ist in Ordnung. Nate ist Geschäftsmann durch und durch und somit gibt es immer mal Zeiten, in denen er mehr zu tun hat.

Die Tage fliegen nur so dahin und schwuppdiwupp ist eine gute Woche vorbei und es ist Freitag. Pünktlich um 16 Uhr verlasse ich das Büro. Vor dem Kingston wartet schon Jamie auf mich.

„Hey, wartest du schon lange?" Jamie ist gerade in eine Nachricht vertieft und scheint mich gar nicht gehört zu haben. Ich tippe auf Josh. Doch dann antwortet sie doch.

„Nein, bin auch erst vor ein paar Minuten gekommen. Wollen wir?"

Ich nicke und bedeute ihr, voranzugehen.

Es gibt eine wirklich große Auswahl und ich bin jetzt schon restlos überfordert. Zum Glück habe ich Jamie dabei, sie hat immer den Durchblick und ein gutes Händchen für Mode.

Wenige Minuten später hat sie schon eine beachtliche Anzahl an Kleidern ausgesucht und befördert mich in die Umkleidekabine. Sie fragt die Verkäuferin noch nach den jeweils passenden Schuhen und Taschen und lässt sich dann auf einem Sofa vor der Kabine nieder. „So, mein Hase, dann mal hopp, hopp. Ich bin schließlich zum Bewerten hier", grinst sie zufrieden und schlägt mir leicht auf den Po.

Die ersten Kleider sind wirklich schrecklich und nicht passend. Sie reichen von knie bis bodenlang, von Blau bis Rot. Es ist einfach alles dabei, aber nichts gefällt mir. So langsam verlässt mich der Mut. Was, wenn ich kein Kleid finde? Vielleicht ist das ein Zeichen, um alles abzusagen und doch daheim zu bleiben?

Als Jamie mir zum Schluss ein schwarzes Kleid reicht, verwerfe ich den Gedanken sofort. Es ist ein Traum. Schwarz und bodenlang mit einer Menge Spitze. Es wirkt dadurch keineswegs langweilig oder altmodisch, sondern extrem sexy und elegant. Der Rock fällt durch den leichten Stoff luftig über meine Beine und ist nicht allzu eng geschnitten. Es ist bis zur Mitte des Oberschenkels eng anliegend und breitet sich dann um meine Beine wie ein Fächer aus. Das Dekolleté ist herzförmig und mit Steinen und Spitze besetzt. Da es schulterfrei ist, endete die Spitze an meinen Schultern und umschmeichelt diese sanft. Aber das Highlight ist definitiv die Rückseite. Denn die hat einen Ausschnitt bis zu meinem Steißbein, umsäumt von zarter Spitze. Ich bin wirklich geplättet. Das Kleid ist umwerfend und ich bin mir sicher, dass es Nate umhauen wird. Etwas schlicht, aber durch den Rücken dennoch unglaublich sexy.

„Alles in Ordnung da drin?", fragt Jamie ungeduldig.

„Ich bin gleich so weit." Ich drehe mich noch einmal kurz vor dem Spiegel und öffne schließlich den Vorhang.

Jamie starrt mich mit offenem Mund sprachlos an.

Mich verlässt sofort der Mut. Ist es doch nicht so schön, wie ich angenommen habe? „Sag doch was, bitte! Nicht gut?"

Jamie räuspert sich kurz und sagt dann: „Wow, Emmi, du siehst traumhaft schön aus. Das Kleid ist wie für dich gemacht. Nate würde dir spätestens mit diesem Kleid zu Füßen liegen, wenn er es nicht schon bereits täte. Ich weiß gar nicht, was ich sagen soll. Du bist so unglaublich schön."

Ich entdecke Tränen in Jamies Augen. So kenne ich sie gar nicht. „Hey, du musst jetzt aber nicht gleich heulen, es ist doch alles gut. Nach deiner Reaktion zu urteilen, ist es das perfekte Kleid. Was meinst du, soll ich es nehmen?"

Jamie nickt kräftig. „Du musst es sogar nehmen. Jetzt brauchst du nur noch passende Schuhe und eine Clutch und fertig bist du. Nate wird gar nicht mehr wegschauen können."

Mir fällt wirklich ein Stein vom Herzen und ich bin froh, dass ich dieses Thema abhaken kann. Zum krönenden Abschluss dieses Tages gönnen wir uns noch eine Kleinigkeit vom Chinesen und genießen diese vor dem Fernseher bei einem Krimi.

Lange halten wir allerdings nicht durch und gehen schon bei der Hälfte des Films zu Bett. Ich entscheide mich, Nate noch eine kurze Nachricht zu schreiben.

Hey, hoffe, dir geht es gut und du hast nicht mehr allzu lange gearbeitet?! Ich habe ein umwer-fendes Kleid gefunden und ich hoffe, ich habe deinen Geschmack damit getroffen. Ich wünschte, du wärst jetzt hier. Schlaf gut. xoxo Em

Es dauert nicht mal zwei Minuten und seine Antwort kommt prompt.

Hey, Süße, mir geht es gut. Etwas kaputt vielleicht. Bin gerade erst heimgekommen. War ein wirklich langer Tag. Das hört sich wirklich sehr gut an. Ich freue mich schon, es an dir zu sehen und noch mehr, es dir anschließend wieder auszuziehen. Wünschte mir auch, du wärst bei mir, aber ich glaube, mit mir wäre heute nicht wirklich viel anzufangen. Ich schlafe schon fast im Sitzen ein. Schlaf auch gut. Kuss Nate

Lächelnd lege ich das Handy zur Seite und schlafe zufrieden ein.

KAPITEL 9

Emilia

Auch die restlichen Tage bis zur Gala vergehen wie im Flug und ich bekomme Nate kaum zu Gesicht. Aber das stört mich nicht, denn wir haben schließlich das komplette Wochenende vor uns.

Meine Nervosität und Anspannung wächst jedoch auch mit jedem Tag mehr. Immer wieder stelle ich mir die Fragen, wie es laufen und wie mich seine Familie aufnehmen wird.

Besagter Tag kommt ziemlich schnell. Da wir recht früh zum Flughafen müssen, hat Nate mir heute freigegeben, damit ich mich in Ruhe fertig machen kann.

Punkt 12 Uhr klingelt es dann an der Tür. Ich nehme meinen kleinen Koffer und laufe nach unten. Von Jamie habe ich mich schon gestern Abend verabschiedet und ich musste ihr versprechen, mich zu melden, sobald wir schottischen Boden unter den Füßen haben. Ich weiß, dass Jamie sich große Sorgen macht.

Als ich die Stufen vor dem Haus herunterlaufe, sehe ich Nate, der lässig an seinem Auto lehnt. Zur Begrüßung zieht er mich sofort in seine Arme und gibt mir einen keuschen Kuss auf den Mund. „Hey, alles gut? Hübsch siehst du aus."

Okay, so wirklich herausgeputzt habe ich mich jetzt nicht gerade, aber wenn er meint. „Danke, aber ich trage gewöhnliche Jeans, ein Top und einen Blazer, also nichts Besonderes."

Nate stupst meine Nasenspitze an und sagt dann, bevor er sich vom Auto abstößt und mir die Tür aufhält: „Für mich siehst du immer wunderschön aus, egal, was du trägst! Sogar eine Mülltüte würde an dir perfekt aussehen."

Kichernd steige ich in den Wagen. Dieser Mann ist wirklich verrückt. Aber süß verrückt.

Auf der Fahrt zum Flughafen erzählt er mir ein bisschen über die Gala und deren Hintergründe. Seine Familie veranstaltet diese schon seit vielen Generationen und es handelt sich dabei um eine Art Spendengala für hilfebedürftige Kinder. Also eine tolle Sache, wie ich finde. Es sind um die 150 Gäste geladen und sein Bruder Jeremy und dessen Familie werden natürlich auch dabei sein. Für einen kurzen Moment habe ich das Gefühl, dass sich ein dunkler Schatten über Nates Gesicht legt, jedoch fängt er sich wieder recht schnell. Was hat er so plötzlich? Seine Großeltern väterlicherseits, Grace und Hugh, werden natürlich auch da sein. Die Eltern seiner Mutter sind schon vor mehreren Jahren verstorben. Außerdem werden noch Tanten und Onkel kommen. Also jede Menge Menschen.

Seine Erzählungen lenken mich von meiner Angst und Nervosität ab und dafür bin ich ihm wirklich sehr dankbar. Außerdem liebe ich es, ihm zuzuhören. Er kann wirklich gut erzählen. Man spürt einfach, dass er seine Familie vergöttert und sie über alles liebt. Vor allem, als er von seiner kleinen Nichte Tracy erzählt, leuchten seine Augen. Auch während des anderthalbstündigen Fluges lenkt Nate mich ab, diesmal jedoch nicht mit Worten.

Als wir aus dem Flugzeug steigen, schreibe ich Jamie eine kurze Nachricht, dass wir gut angekommen sind und sie sich keine Sorgen machen muss und ich mich bei ihr melden werde. Kurze Zeit später sitzen wir auch schon im Mietwagen Richtung Aberdeen.

Während der 30-minütigen Fahrt hängt jeder seinen Gedanken nach. Ich bin richtig aufgeregt und hoffe, dass alles gut gehen wird.

Als wir schließlich auf einem Waldweg und ein Tor passieren, bin ich einfach nur noch fassungslos. Wir parken vor einem riesigen, schlossähnlichen Anwesen.

„Oh mein Gott, Nate. Du hast mir nicht gesagt, dass deine Familie in einem riesigen Schloss lebt."

Nate fängt an, leise zu lachen. „Ja, so reagieren viele, wenn sie das erste Mal hier sind. Ich wollte dich überraschen und wie es scheint, ist mir das auch ganz gut gelungen. Mach dir keinen Kopf, es ist nur ein Haus."

Ich schaue ihn irritiert von der Seite an. „Haus? Das nennst du Haus? Das ist ein Palast." Jetzt werde ich noch nervöser. Was, wenn mich niemand mag und sie mich herablassend behandeln? Ich fühle mich gerade völlig fehl am Platz. Wie soll ich nur das ganze Wochenende aushalten?

„Hey." Nate hebt seine Hand an meine Wange und streicht sanft darüber. „Mach dir keine Gedanken, es wir alles gut. Du wirst sehen, meine Familie ist ganz normal und ihr werdet euch mögen. Außerdem habe ich noch eine kleine Überraschung für dich. Also schau nicht so traurig."

Jetzt schaue ich Nate interessiert an. „Eine Überraschung? Was denn?"

Nate lacht laut los. „Meine kleine, neugierige Maus. Das sagt das Wort ‚Überraschung' ja schon aus. Wenn ich sie dir jetzt schon verrate, wäre es ja keine mehr! Geduld liegt in der Ruhe der Kraft, kleine Lady. Und jetzt komm, ich wette mit dir, sie warten schon sehnsüchtig und beobachten uns gerade heimlich vom Fenster aus."

Wir steigen die riesige Treppe hinauf und im gleichen Moment wird die Haustür aufgerissen. Ja, richtig gehört, sie wurde aufgerissen.

Heraus kommt eine kleine, rundliche, ältere Dame. „Sir Nate, wie schön, Sie wieder bei uns zu haben. Willkommen daheim!" Dabei drückt sie ihn sanft an sich.

Auch Nate erwidert ihre Umarmung herzlich. „Hallo, Haddy, wie geht es Ihnen? Es ist wirklich schön, wieder daheim zu sein."

Haddy winkt ab. „Wie soll es schon einer alten Frau wie mir gehen? Natürlich fabelhaft. Aber wie ich sehe, haben Sie noch jemanden mitgebracht?" Neugierig mustert sie mich.

Nate schiebt mich sanft mit seiner Hand nach vorne. „Darf ich vorstellen, dass ist Emilia, meine Assistentin und eine sehr gute Freundin. Ich dachte, ich bringe sie mal mit und zeige ihr, wo ich herkomme." Dabei schaut er mir eindringlich in die Augen.

Ich reiche der alten Dame die Hand. „Schön, Sie kennenzulernen."

Plötzlich zieht Haddy mich in eine herzliche Umarmung und sagt dann: „Lassen wir das Förmliche. Für Sie bin ich einfach nur Haddy."

Ich nicke. „Mein Gott, Nate, sie ist wirklich ein bezauberndes Mädchen. Ihre Mutter wird aus allen Wolken fallen, wenn sie sie sieht. Emilia, Sie müssen wissen, dass Nate eigentlich so gut wie nie Besuch mitbringt. Zumindest keinen Damenbesuch. Sie dürfen sich also geehrt fühlen." Sie zwinkert mir lächelnd zu.

Ich bin sprachlos. Bin ich wirklich die erste Frau, die er seinen Eltern vorstellt? Irgendwie kann ich mir das so gar nicht vorstellen. Es muss doch vorher schon Frauen in seinem Leben gegeben haben? Ich muss ihn später unbedingt danach fragen.

„Das letzte Mal haben Sie …"

Sofort unterbricht Nate Haddy. „Ich glaube, die anderen warten schon auf uns, Haddy. Wir sollten endlich reingehen."

Was ist denn nun mit ihm los? So ruppig kenne ich ihn gar nicht. Das ist definitiv nicht nett von ihm. Auch Haddy schaut leicht verwundert drein. Fängt sich aber schnell wieder.

„Sie haben recht, Junge. Dann folgen Sie mir mal. Die Taschen wird Roger gleich nach oben bringen, lassen Sie sie einfach neben der Treppe stehen."

Wenn ich gedacht habe, von außen ist das „Haus" schon imposant, habe ich mich getäuscht. Von innen ist es noch viel extravaganter. Der Eingangsbereich ist riesig, eher eine Eingangshalle gleich.

Von ihr gehen unzählige Türen ab und eine große, geschwungene Treppe führt zur obersten Etage. Alles erscheint zwar altertümlich, dennoch gibt es auch moderne Elemente darunter. Ich komme aus dem Staunen gar nicht mehr heraus. Noch nie zuvor habe ich so etwas Wunderschönes und Beeindruckendes gesehen. Ich kann es kaum abwarten, den Rest des Hauses zu erkunden. Plötzlich hallt eine laute Kinderstimme durch den Eingangsbereich und reißt mich aus meinen Ge-danken.

„Oooonkel Nate, du bist endlich hier." Ein kleines, dunkelhaariges Mädchen läuft schnurstracks auf Nate zu und wirft sich in seine Arme.

Nate fängt das Mädchen auf und wirbelt es sofort durch die Luft. „Tracy, mein Schatz. Du bist seit dem letzten Mal ja schon wieder richtig gewachsen." Er gibt der Kleinen einen riesigen Kuss auf die Wange.

„Ja, ich bin schon sooooo groß", zeigt die Kleine mit ihren dünnen Ärmchen.

Ich muss unverzüglich schmunzeln. So habe ich Nate noch nie erlebt. Es ist rührend, ihn dabei zu beobachten, wie er seine Nichte knuddelt.

„Tracy, darf ich dir jemanden vorstellen?", fragt er das kleine Mädchen.

Erst jetzt scheint sie mich zu bemerken und nickt schüchtern.

„Trace, das ist Emilia."

Tracy sieht mich mit ihren großen, braunen Augen an. Bevor ich überhaupt reagieren kann, zieht sie mich in eine heftige Umarmung. „Hallo, Emilia, ich bin Tracy, aber Onkel Nate sagt immer Trace zu mir. Bist du jetzt meine Tante?"

Ich schaue sie etwas verdutzt an. Ich bin mir nicht ganz sicher, was ich der Kleinen darauf antworten soll. Hilfe suchend blicke ich zu Nate, der Gott sei Dank reagiert. „Nein, Trace, Emilia ist nicht deine Tante."

Die Kleine schaut auf einmal enttäuscht drein. „Aber warum denn nicht? Sie ist doch wunderschön. Wie eine Prinzessin."

Nate schaut mich belustigt an. Mir kommt es vor, als würde er jeden Moment loslachen. „Ja, das ist sie, mein Schatz. Aber damit sie deine Tante würde, müssten wir zuerst heiraten."

Tracy überlegt kurz und reißt dann ganz aufgeregt ihre Augen auf. „Dann heirate sie doch einfach, Onkel Nate. Und dann ist sie auch meine Tante."

Obwohl mich diese Situation überfordert, muss ich trotzdem über das kleine Mädchen lachen. Ich gebe mir einen Ruck und nehme ihre kleinen Hände in meine. „Auch wenn ich deinen Onkel wirklich sehr gerne habe, Tracy, wäre eine Hochzeit doch etwas zu früh. Wir kennen uns doch noch gar nicht so lange." Ja, gerade Mal anderthalb Monate, um genau zu sagen. „Aber weißt du was? Wir können so lange Freunde sein. Was hältst du davon?"

Nate scheint erstaunt.

Tracy jauchzt laut auf und fällt mir um den Hals. Sie hat irgendwie jetzt schon mein Herz im Sturm erobert. „Das wäre wunderbar, Emilia."

„Ich glaube, wir sollten mal so langsam zu den anderen gehen, Trace. Zeigst du uns, wo alle stecken?"

Tracy nickt aufgeregt, dann nimmt sie meine Hand und zieht mich mit sich. Wir gehen durch eine Art Salon und betreten schließlich das große Esszimmer. Auch hier ist wieder alles großzügig gehalten und in der Mitte des Raumes prangt eine riesige Tafel aus Holz. Einfach beeindruckend.

„Schaut mal, wen ich mitgebracht habe", schreit Tracy den anderen stolz entgegen. „Onkel Nate und meine neue Freundin Emilia."

Alle schauen überrascht in unsere Richtung. Es sitzen etwa acht Leute am Tisch und scheinen schon ungeduldig auf uns gewartet zu haben. Eine schlanke, hübsche, blonde Frau erhebt sich sofort und kommt auf uns zu. Es scheint Nates Mutter zu sein, denn sie hat unverkennbar das gleiche Lächeln wie er.

„Oh, Nate, da seid ihr ja endlich. Wir haben schon auf euch gewartet." Die Frau zieht Nate in eine innige Umarmung und gibt
ihm einen Kuss auf die Wange.

„Hi, Mom. Schön, dich zu sehen." Nate gibt seiner Mom einen
liebevollen Kuss auf die Stirn.

Bei dem Anblick wird mir ganz warm ums Herz. Das hier ist eine
ganz andere, neue Facette von ihm, die ich noch nicht kenne. Ich
kenne Nate jetzt auch schon mehr und ich weiß, dass er ein liebevoller Mensch ist, aber im Kreise seiner Familie hat das Wort noch
mal eine ganz andere Bedeutung.

Seine Mutter wendet sich nun an mich. „Und du musst Emilia
sein? Nate hat uns schon so viel von dir erzählt. Ich darf doch du
sagen? Ich bin Elisabeth, aber alle nennen mich nur Beth." Auch ich
werde herzlich gedrückt.

Nun stehen auch alle anderen auf und die Begrüßung ist im vollen Gang.

„Hallo, mein Junge, schön, dass du uns mal wieder besuchen
kommst." Mr. Forbes drückt seinen Sohn an sich und stellt sich
dann mir vor. Nate ist ihm wie aus dem Gesicht geschnitten. „Hallo, Emilia. Ich bin Ben, Nates Vater. Schön, dich endlich mal kennenzulernen." Er lächelt mich freundlich an.

Dann sind seine Großeltern dran. Grace und Hugh sind wirklich
bezaubernde, ältere Menschen und unglaublich offen. Auch seine
Tante May und sein Onkel Hector sind sehr nett.

Dann ist sein Bruder an der Reihe. Er und seine Frau begrüßen
zuerst Nate und anschließend mich. „Es ist wirklich schön, dass
du da bist. Ich bin Jeremy, Nates älterer Bruder und das ist meine bezaubernde Frau June. Tracy hast du ja bereits kennengelernt
und Freundschaft geschlossen", sagt er belustigt. „Dass wir das noch
einmal erleben dürfen, dass der Sack hier eine so schöne Frau mitbringt. Hätte ich ihm gar nicht zugetraut." Jeremy boxt Nate leicht
auf den Oberarm. Beide fangen sofort an, zu lachen.

„Jungs, benehmt euch bitte, was soll denn Emilia sonst von euch denken?", tadelt Beth ihre Söhne.

Ich bin wirklich überrascht, wie ausgelassen alle miteinander umgehen und wie herzlich alles ist. Diese Erkenntnis trifft mich mitten ins Herz. Der Gedanke an meine eigenen Eltern und an meine kleine Schwester kommt in mir auf und der Schmerz ist kaum noch auszuhalten. Ich habe mir immer eine so wundervolle Familie gewünscht wie diese.

Meine Familie ist nie perfekt gewesen, aber es war trotzdem ein Zusammensein. Wenn auch distanziert. Auch wenn meine Eltern nicht gerade die wärmsten Menschen gewesen sind und es uns doch sehr an Liebe und Zuneigung gefehlt hatte, waren sie doch stets immer für uns da. Bis zu jenem schicksalhaften Tag, der alles kaputt gemacht hat und mir alles genommen hat, was mir wichtig und lieb war. Es schien meinen Eltern völlig egal zu sein. Hauptsache, das Geld und ihr Ansehen stimmten. Was mit Amy und mir geschah, schien sekundär zu sein. Die Einzigen, die immer zu mir gehalten haben, waren die Sinclairs. Sie waren für mich meine Ersatzfamilie, als ich keine eigene mehr hatte und auf mich alleine gestellt war.

Eine Berührung an meinem Arm holt mich wieder aus meinen schmerzenden Gedanken. Es ist Nate. „Süße, alles in Ordnung? Du bist ganz blass."

Ich nicke nur merklich.

„Vielleicht sollten wir uns setzen. Es gibt sowieso gleich Essen." Er mustert mich besorgt und führt mich schließlich zu unseren Plätzen.

Ich sitze direkt neben der kleinen Trace, die anfängt, ausgelassen über ihre Puppen zu plaudern. Das hilft mir ein wenig, meine schwarzen Gedanken zu vertreiben.

Die Tischgespräche sind ausgelassen und es ist gar nicht anders möglich, man muss sich einfach wohlfühlen. Ich hätte nie gedacht, dass ich so nett aufgenommen werden würde.

Ohne darüber nachzudenken, lege ich meine Hand auf Nates Oberschenkel und drücke ihn sanft.

Nate blickt mich sofort verwundert an und legt schließlich seine Hand auf meine. Sanft beginnt er, mich zu streicheln.

Als das Essen kurze Zeit später aufgetischt wird, bin ich sprachlos. Es ist einfach unglaublich lecker. Zur Vorspeise gibt es eine Kürbiscremesuppe und obwohl ich kein Suppenfan bin, wird diese hier sofort zu meiner Lieblingssuppe. Als Hauptgang wird ein Rinderbraten serviert. Dazu diverse Beilagen wie Rosmarinkartoffeln, glasierte Möhrchen, Bohnen mit Speck. Aber das Beste daran ist die Soße. Ich könnte mich darin wälzen, so lecker schmeckt sie. Wie Grace mir erzählt, ist es ein altes Familienrezept, basierend auf Bier und Schokolade. Einfach unglaublich. Zum Nachtisch gibt es dann ein verdammt leckeres Zitronensorbet. Das ganze Essen ist einfach ein Traum und Beth hat sich damit selbst übertroffen.

Nach dem opulenten Essen versammeln wir uns alle nochmals im Salon. Die Männer trinken schottischen Whisky, die Frauen Rotwein. Es ist wieder ein nettes Geplauder. Die Familie kann es einfach nicht lassen, einige Anekdoten der Brüder zum Besten zu geben. Zum Beispiel, als Nate seinem älteren Bruder im Schlaf einen Bart mit Edding malte oder Jeremy Nates Büchersammlung verbrannte, weil dieser nicht mit ihm spielen wollte, sondern das Lesen vorzog. Beth scheint es nicht gerade einfach mit den Jungs gehabt zu haben. Aber sie erzählt es mit so viel Humor und Zuneigung. Es ist einfach schön, zuzuhören und diese Einheit zu beobachten.

Plötzlich wendet Ben das Wort an mich. „Sag, Emilia, wo kommst du ursprünglich her? Was macht deine Familie?"

Ich bin total perplex, da ich genau vor diesen Fragen Angst habe. Ich schaue Hilfe suchend zu Nate, der sofort versteht und sich zu mir setzt. Ich atme kurz tief ein und aus und beantworte seine Frage so gut wie nur möglich. „Also, gebürtig komme ich aus Cambridge. Mit 17 verschlug es mich schließlich nach London, wo ich mit meiner besten Freundin in eine WG zog und dort bis heute wohne. Damals fing ich zu studieren an. Literatur und Germanistik. Danach arbeitete ich in einem kleinen Verlag als Assistentin. Leider konnte sich der Verlag nicht mehr über Wasser halten. Ihr wisst ja, wie schwer das heutzutage mit den neuen Medien ist. Letztendlich musste der Verlag schließen und so landete ich dann bei Nate in der Bank. Mit meinen Eltern habe ich schon seit vielen Jahren keinen Kontakt mehr, aber sie leben nach wie vor in Cambridge." Ich fixiere einen Punkt vor mir auf dem Tisch und versuche, mich wieder zu beruhigen.

Dann fragt mich Grace: „Hast du Geschwister oder bist du ein Einzelkind?"

Kurz hört mein Herz auf, zu schlagen. Wie soll ich das nur erklären, ohne zu viel preiszugeben? Nervös beginne ich, meine Hände zu kneten. „Nein, ich bin kein Einzelkind beziehungsweise war." Ich beiße mir auf die Unterlippe und fahre dann fort. „Meine kleine Schwester Amy ist einige Jahre nach mir auf die Welt gekommen. Leider verstarb sie sehr jung bei einem tragischen Unfall im Alter von siebeneinhalb." Ich versuche, meine Tränen herunterzuschlucken. Der Verlust meiner Schwester ist das Schlimmste, was ich je erlebt habe und bis heute bin ich nicht darüber hinweg. Ich traue mich kaum, meinen Blick zu heben. Keiner sagt etwas und jeder scheint seinen eigenen Gedanken nachzuhängen. Irgendetwas stimmt hier gerade nicht. Aber was, kann ich mir nicht erklären.

Plötzlich legt sich eine kleine Hand auf meine und streichelt diese. „Nicht traurig sein. Sie ist jetzt sicher bei Granny und Grandpa. Ich denke, dass die beiden gut auf sie aufpassen."

Die Worte der kleinen Tracy sind so ergreifend, dass ich gar nicht anders kann, als das Mädchen auf meinen Schoß zu ziehen und sie fest an mich zu drücken. Ich vergrabe mein Gesicht in ihre weichen Haare, die nach Erdbeeren und Süßigkeiten riechen.

Wie aus dem Nichts ertönt plötzlich ein Klavier. Ich hebe meinen Kopf und bin erstaunt. Nate sitzt auf dem Hocker vor dem Klavier und spielt eine unglaublich schöne, aber auch sehr traurige Melodie. Jeremy gesellt sich zu ihm und beginnt, zu singen. Es hört sich unglaublich schön an. Ich wusste gar nicht, dass Nate so gut spielen kann. Aber wie viel weiß ich schon von ihm? Nicht wirklich viel.

Als Nate und Jeremy die letzten Töne singen beziehungsweise spielen und die Musik verklingt, klatschen alle Beifall. Irgendetwas in mir sagt mir, dass dieser Familie einmal etwas Tragisches passiert sein muss. Ich weiß nur noch nicht, was.

Nate erhebt sich und kommt auf mich zu. „Na, hat es dir gefallen?"

„Unglaublich. Ich wusste gar nicht, dass du solche Talente besitzt. Sie überraschen mich immer wieder, Mr. Forbes."

„Tja, ich habe viele verborgene Talente, Clayton. Sie müssten das doch am besten wissen. Ich glaube, wir sollten so langsam nach oben gehen und auspacken. Was meinst du?"

Ich nicke zustimmend. Wir erheben uns und verabschieden uns dann von allen.

Bevor wir jedoch die Treppe hinaufgehen können, fängt uns plötzlich Beth ab. „Nate, Emilia, wartet doch bitte kurz. Ich muss noch etwas mit euch besprechen." Sie wirkt zerknirscht. „Ich weiß gar nicht, wie ich das jetzt sagen soll. Es ist mir unglaublich peinlich. Bei der Zimmervergabe ist etwas schiefgelaufen und wir haben ein Platzproblem. Ihr wisst ja, dass heute Nacht noch einige Gäste anreisen und na ja, um es kurz zu machen … Wir haben leider nur noch ein Zimmer frei und das ist deines, Nate. Ich hoffe, das ist in Ordnung für euch?" Fragend schaut sie abwechselnd zu Nate und mir.

Ich bekomme sofort Panik. Was soll ich jetzt machen? Im Auto schlafen? Vielleicht auf dem Sofa? Nein, das würde irgendwie merkwürdig aussehen. Aber was sonst?

Nate räuspert sich kurz. „Also für mich ist das kein Problem", fragend sieht er nun mich an.

Ich werde zusehends nervöser, aber da muss ich jetzt wohl durch. Für eine Heimreise ist es jetzt sowieso zu spät und außerdem bringe ich es nicht übers Herz, die Familie so vor den Kopf zu stoßen. „Na ja, ähm, das geht schon in Ordnung. Mach dir keine Sorgen, Beth." Ich lächle sie schief an.

Beth atmet hörbar erleichtert aus. „Jetzt ist mir aber ein Stein vom Herzen gefallen. Dann ist ja alles perfekt. Ich wünsche euch beiden eine schöne und erholsame Nacht. Frühstück gibt es wie immer um neun Uhr, aber das weiß Nate ja." Sie drückt uns noch einmal und verschwindet dann.

Nate zieht mich an sich und flüstert in mein Ohr: „Ich hoffe, es macht dir wirklich nichts aus?"

Als Antwort gebe ich ihm einen keuschen Kuss und nehme seine Hand.

Auf dem Weg zum Zimmer komme ich kaum aus dem Staunen heraus. Alles ist so groß und imposant. Aber auch ein wenig unheimlich. Unser Zimmer ist jedoch ganz anders, als alles zuvor Gesehene. Es ist sehr modern eingerichtet mit vereinzelten antiken Stücken. Auch nicht so dunkel gehalten, sondern eher in Creme- und Beigetönen. Hier fühlt man sich sofort wohl. Auch das Bett sieht extrem gemütlich aus. Das Highlight ist aber der Kamin im Zimmer. Da er schon brennt, gehe ich davon aus, dass ihn jemand vom Personal zuvor entzündet hat, damit es bei unserer Ankunft reichlich warm ist. Obwohl ich mich hier sehr heimelig fühle, habe ich Angst, neben Nate einzuschlafen. Ich darf auf keinen Fall meine Tabletten vergessen, dann wird schon alles gut gehen. Es ist wirklich komisch. Ich habe bisher nur neben Louis geschlafen und natürlich ab und an neben Jamie, wenn ich mal wieder Albträume hatte. Ansonsten konnte ich Situationen wie diese immer gut umgehen.

Ich spüre, wie Nate mich von der Seite mustert. „Was ist? Möchtest du doch lieber alleine sein? Ich kann auch unten auf dem Sofa schlafen."

Bei der Vorstellung muss ich grinsen. Das wäre ja noch schöner, wenn ich ihn aus seinem eigenen Zimmer vertreiben würde. „Nein, alles in Ordnung. Es ist wunderschön hier. Ich werde bestimmt wie ein Stein schlafen. Meinst du, ich kann kurz das Badezimmer benutzen? Oder wolltest du zuerst?"

Nate schüttelt den Kopf. „Nein, mach nur. Ich räume so lange meine Tasche aus."

Ich krame kurz in meinem Koffer, hole meine Sachen heraus und begebe mich in das Badezimmer. Auch hier ist alles modern und in beigefarbenen Tönen gehalten. Die Dusche tut unglaublich gut und ich fühle mich bereit fürs Bett. Frisch geduscht trete ich aus dem Badezimmer. Nate ist schon längst fertig mit seinem Koffer und sitzt auf dem Bett. Er hebt den Blick von seinem Handy und schaut mich an. Zaghaft lächle ich. Irgendwie ist es komisch, ungeschminkt und in meinen Schlafsachen vor ihm zu stehen.

Er steht ebenfalls lächelnd auf und kommt auf mich zu. „Fertig? Du siehst wirklich süß in deinem Pyjama aus", sagt er schelmisch und gibt mir einen kleinen Kuss auf die Nase. Er nimmt seine Sachen von der Kommode und geht ebenfalls ins Badezimmer. Derweil lege ich mich auf das Bett und entscheide, Jamie noch eine Nachricht zu schreiben.

Hey, J, hoffe, dir geht es gut und du hattest einen schönen Abend mit Josh?! Hier ist es wirklich sehr schön und Nates Familie ist ein netter Haufen. Es würde dir hier gefallen. Ich melde mich wieder bei dir. Schlaf gut. Ich hab dich lieb. Em

Dann stelle ich es auf lautlos und lege es zurück in meine Handtasche. Dabei stechen mir meine Tabletten ins Auge. Ich muss sie unbedingt noch nehmen, bevor Nate zurückkommt. Ich stehe noch einmal auf und nehme mir die Wasserflasche samt Glas vom Tisch. Mit einem Schluck ist die Tablette heruntergespült und ich bin erleichtert. In dem Moment öffnet sich die Badezimmertür und Nate tritt, mit noch feuchten Haaren und nur mit seinen Boxershorts bekleidet, aus dem Badezimmer. Wow, wie kann dieser Mann nur immer so unverschämt gut aussehen?

„Na, Musterung bestanden?", fragt er breit grinsend.

Salopp antworte ich: „Jap, wie es aussieht, ist noch alles dran, was benötigt wird." Bevor Nate nach mir greifen kann, springe ich zurück aufs Bett und ziehe mir die Decke bis zum Kinn.

Er tut es mir gleich. „Magst du noch fernsehen?"

Meine Medikamente beginnen allmählich, zu wirken und ich werde schläfrig. Daher antworte ich ihm gähnend: „Nein, ich glaube, ich kann nicht mehr lange die Augen aufhalten, aber du kannst wirklich gerne noch etwas schauen."

Nate schüttelt den Kopf. „Nein, ich bin auch müde." Er löscht das Licht und zieht mich sofort in seine starken Arme.

Nate

Nach wenigen Minuten vernehme ich ihre gleichmäßigen Atemzüge. Leider überkommt mich nicht so schnell der Schlaf. Zu viel geht mir noch durch den Kopf. Die letzten Wochen mit ihr waren wunderschön und ich habe mich schon lange nicht mehr so glücklich und lebendig gefühlt. Nicht mal mit Charlotte hat es sich damals so angefühlt. Ich bin heute mehrmals kurz davor gewesen, ihr zu sagen, dass ich sie liebe. Aber wäre es vielleicht zu früh? Mit Emilia muss man sehr behutsam und vorsichtig umgehen. Man muss ihr ihren Freiraum lassen und sie nicht einengen. Vielleicht sollte ich noch warten und es ihr zu einem späteren Zeitpunkt sagen? Was mich auch nicht loslässt, ist ihr Geständnis, dass ihre Schwester tot ist. Mich selbst hat dies kurz zurück in meine eigene Vergangenheit gezogen. Ich weiß nur zu gut, wie es sich anfühlt, wenn man jemanden verliert, den man liebt und der einem sehr nahestand. Mein Herz sagt mir, dass ihr etwas Schlimmes passiert sein muss, dass sie heute dieses ängstliche, scheue Reh ist. Und genau das will ich herausfinden und ihre innerliche Mauer einreißen. Und mit diesem Gedanken schlafe auch ich endlich ein.

KAPITEL 10

Emilia

Am nächsten Morgen werde ich durch ein Kitzeln an meiner Nase geweckt. Abrupt öffne ich die Augen und schaue in Nates belustigtes Gesicht.

Er liegt seitlich zu mir gewandt und hat den Kopf auf seine Hand abgestützt. „Na, gut geschlafen?"

„Bis jetzt schon", grummle ich vor mich hin. Wieso weckt er mich denn schon so früh? Ich will noch nicht aufstehen. Also drehe ich mich mit dem Rücken zu ihm und vergrabe mein Gesicht in mein noch vom Schlaf warmes Kissen.

„Em, nicht wieder einschlafen. Wir haben es schon halb acht und um neun wird das Frühstück serviert." Sanft küsst er meinen Nacken und sofort überzieht sich mein Körper mit einer Gänsehaut.

„Du sagst es. Wir haben es erst halb acht, also noch mindestens eine halbe Stunde zum Schlafen", murmle ich.

„Komm schon, Em, wir könnten die Zeit bis zum Frühstück noch etwas ausnutzen." Dabei fährt er mit seiner Hand über meine Hüfte direkt zwischen meine Beine.

Seine gezielten Berührungen wecken mich nicht nur komplett, nein, sie bringen mich in Ekstase. Ein Stöhnen kann ich nicht mehr unterdrücken, als Nate zwei Finger in mich schiebt. Ich drehe mich zu ihm und beginne, ihn stürmisch zu küssen. Sein Penis ist längst erigiert, als ich meine Hand in seine Boxershorts gleiten lasse und ihn zu streicheln beginne. Nates Atmung geht sofort schneller und er keucht auf, als ich leicht zudrücke. Dieser Mann bringt mich noch um. Ich ziehe mir mein Shirt über den Kopf und schmeiße es achtlos zu Boden, während Nate sich an meiner und seiner Hose zu schaffen macht und auch diese in Windeseile verschwinden. Mit einer fließenden Bewegung dreht Nate mich um, sodass ich wieder mit dem Rücken zu ihm liege und sofort spüre ich seine Eichel an meinem bereits feuchten Eingang. Sanft streicht er mehrmals darüber, um ihn mit meiner Nässe zu benetzen. Das Gefühl, ihn an meinem Eingang zu spüren, jedoch noch nicht in mir, macht mich schier wahnsinnig. Er soll endlich anfangen, mir die Seele aus dem Leib zu vögeln. Ich lasse meine Hand hinter mich gleiten und umfasse seinen Po. Dann dirigiere ich ihn noch näher zu mir, sodass er sofort versteht und in mich gleitet. Ich kann einfach nicht genug von ihm bekommen. Es fühlt sich hervorragend an, ihn in mir zu spüren. Seine langsamen, leichten Stöße, die immer wieder diesen Punkt in mir berühren, bringen mich binnen Sekunden zum Beben, während sich Nate weiter in mir bewegt. Nach nur wenigen Minuten versteift er sich hinter mir und kommt ebenfalls heftig. Ich liebe das Gefühl seines zuckenden Schwanzes in mir.

Er küsst mich sanft unter dem Ohr und sagt leise: „Das war schön."

Ich drehe mich langsam zu ihm um und lächle ihn verschmitzt an. „Hattest du mir nicht eine Überraschung versprochen?" Ich schaue ihn erwartungsvoll an.

„Hatte ich das gesagt? Ernsthaft? Ich kann mich nicht daran erinnern, von einer Überraschung gesprochen zu haben. Da musst du was falsch verstanden haben", flachst er.

Ich tippe ihm leicht mit dem Zeigefinger auf die nackte Brust. „Nicht mit mir, Mr. Forbes. Sollte ich meine Überraschung nicht bekommen, werde ich Sie dafür bestrafen und glauben Sie mir, Sie werden darunter mehr leiden als ich." Mit diesen Worten stehe ich lasziv auf und begebe mich nackt und mit wiegenden Hüften ins

Badezimmer. Bevor ich dir Tür schließe, vernehme ich noch Nates heiseres Lachen. Ich liebe es, wenn er das tut.

Natürlich lässt Nate mich nicht alleine duschen. Nur wenige Minuten später folgt er mir und wir lieben uns ein zweites Mal unter der heißen Dusche.

Auch das Frühstück ist wieder sehr vielfältig und lecker und ich finde es schön, den verschiedenen Gesprächen währenddessen zu lauschen. So etwas wünsche ich mir später auch einmal. Eine richtige Familie.

Nachdem wir aufgegessen haben, beugt sich Nate zu mir und fragt mich: „Bist du bereit?"

„Ich bin schon seit Stunden bereit, mein Lieber und ich platze schon fast vor Neugierde."

„Dann würde ich sagen, verlieren wir keine Zeit und machen uns los." Ich gebe der kleinen Tracy einen Kuss auf die Stirn und stehe mit Nate auf.

„So, Leute, wir sind dann mal unterwegs … Ihr wisst ja", sagt er zwinkernd.

„Viel Spaß euch beiden!", erwidert Beth.

„Den werden wir haben, Mum. Wir sehen uns dann zum Essen wieder." Nate nimmt meine Hand und führt mich in die Eingangshalle. „Zieh dir bitte eine Jacke an, es könnte kühl werden."

In dem Moment betritt Roger, der Butler, die Halle und übergibt uns die Jacken. Woher hat er die denn jetzt so plötzlich her?

„Danke, Roger", sagt Nate freundlich.

Dieser nickt kurz und wendet sich wieder zum Gehen ab. Nate kramt noch kurz in seiner Tasche und zieht dann tatsächlich Mütze, Schal und Handschuhe für mich heraus. Er übergibt mir Mütze und Handschuhe.

Ich hasse Mützen, da ich damit immer wie ein kleines Kind wirke, aber ich ziehe sie trotzdem an.

Nate nimmt den Schal und wickelt diesen um meinen Hals. Dann schnappt er sich beide Enden und zieht mich mit einem Ruck näher an sich, um mich zärtlich zu küssen. Er schmeckt nach Kaffee und Zimt, aber auch nach sich selbst. Einfach eine wundervolle Mischung.

Nate löst sich wieder von mir und greift nach meiner Hand. „So, Madame, es wird Zeit für Ihre Überraschung, finden Sie nicht?"

Ich nicke aufgeregt und folge ihm nach draußen. Das Anwesen ist wirklich riesig und atemberaubend. Überall sind Blumen, Wiesen und kleine Teiche. Einfach traumhaft. So viel schöne Landschaft. Ich kann mich gar nicht sattsehen an den schönen Farben. Und es riecht nach Natur und Freiheit. Nate zieht mich einen schmalen Pfad entlang, den wir circa zehn Minuten entlanglaufen. Schließlich halten wir vor einer Scheune an. Was hat Nate nur vor?

„Vertraust du mir?", fragt er.

Ich nicke sofort. Ja, ich vertraue ihm tatsächlich, was mir bei anderen Menschen oftmals sehr schwerfällt. Aber bei ihm ist es einfach.

„Dann schließ deine Augen und mach sie erst wieder auf, wenn ich es dir sage, okay? Und nicht schummeln!"

Widerwillig schließe ich sie und sofort beginnt mein Herz, vor Aufregung zu rasen. Wie bei einem kleinen Kind, bevor es zu Weihnachten Geschenke bekommt. Was wohl jetzt kommt?

Er nimmt mich an die Hand und ich höre, wie er das Tor öffnet. Dann führt er mich wohl hinein. Nach wenigen Schritten bleiben wir schon wieder stehen.

„Du darfst die Augen jetzt wieder öffnen."

Was ich mir natürlich nicht zweimal sagen lasse. Ich öffne sie und bin sofort überrascht.

„Pferde?"

„Jap, ich dachte mir, wir machen einen kleinen Ausritt? Was hältst du davon?"

Ich umarme ihn jauchzend. Ich bin extrem aufgeregt. Ich habe lange nicht mehr auf dem Rücken eines Pferdes gesessen. „Das ist eine wirklich schöne Überraschung. Ich freue mich so. Danke."

Zufrieden lächelt er mich an. „Na dann. Eine Jeans trägst du ja schon. Jetzt brauchen wir nur noch die Reitstiefel. Du trägst eine 37, wenn ich mich nicht irre?"

„Gut beobachtet, Sherlock Holmes."

Damit verschwindet er in einem Nebenraum und kommt zwei Minuten später mit zwei Paar Stiefeln in der Hand wieder raus. „Hier, zieh die an. Ich hoffe, sie passen dir."

Und sie passen wie angegossen. Ich kann es kaum erwarten, mich auf den Rücken des Pferdes zu schwingen. Ich habe in meinem Leben bis jetzt nur ein einziges Mal auf einem Pferd gesessen und es geliebt. Leider habe ich nie wieder die Gelegenheit dazu gehabt.

Er führt mich zu einer Pferdebox, ein paar Schritte weiter. „Darf ich vorstellen, das ist Leandra. Leandra, das ist Emilia."

Die weiße Stute sieht wunderschön und anmutig aus. Als ich ihre Nüster streichle, stupst Leandra mich zur Begrüßung an. „Sie ist bezaubernd, Nate." Ich streiche Leandra liebevoll über das Fell.

„Ja, das ist sie. Leandra ist eine der einfühlsamsten Stuten, die wir hier haben und glaube mir, sie würde dich mit ihrem Leben beschützen, wenn sie es müsste. Wir nutzen sie oft als Ersatzmutter, sollte eine Stute bei der Geburt ihres Fohlens nicht durchkommen. Und Leandra ist eine Vollblutmutter." Nate streicht ihr liebevoll über die Stirn. „Ich bin gleich wieder da."

Er geht zum Ende des Ganges und kommt mit einem weiteren Pferd an der Hand zurück. „Und das hier ist Amigo. Mein Hengst." Dabei tätschelt er stolz den Bauch des schwarzen Rappen. „Ich habe ihn vor acht Jahren gekauft. Leider habe ich nicht mehr so viele Gelegenheiten, ihn zu reiten. Aber ich freue mich immer sehr auf ihn, wenn ich nach Hause komme."

Ich beobachte beide. Nate geht mit dem Hengst sehr liebevoll und einfühlsam um. Man merkt, dass ihm das Pferd sehr am Herzen liegt.

Nates Stimme reißt mich plötzlich aus den Gedanken. „Wollen wir dann?"

Ich nicke zustimmend. „Ich kann es kaum erwarten."

Wir satteln die Pferde und begeben uns nach draußen. Dort übergibt mir Nate noch den Reithelm. Der Tag ist wirklich herrlich für einen Ausritt. Leandra zu reiten, ist einfach großartig. Sie ist ein tolles Pferd. Auch die Landschaft ist nicht zu verachten und bemerkenswert. Egal, wo man hinsieht, gibt es nur Natur pur. Keine Autos, Hochhäuser oder Lärm. Alles ist so weitläufig und grün.

Wir machen eine lange Pause auf einem Felsvorsprung, von dem aus man einen herrlichen Blick auf das Meer hat. Es ist traumhaft. Wir unterhalten uns lange und lachen viel miteinander. Kein einziges Mal fragt Nate mich nach meiner Familie, wofür ich ihm wirklich sehr dankbar bin.

Nach etwa zwei Stunden kehren wir zurück zum Anwesen. Im Stall kümmern wir uns noch schnell um die Pferde und geben ihnen ein paar Möhren zur Belohnung. Ich bin in diesem Augenblick unglaublich glücklich. Es ist ein sehr schöner Tag gewesen. Und Nate ist wirklich ein Traummann. Kann aus uns wirklich mehr werden? Diese Frage stelle ich mir in letzter Zeit öfter als mir lieb ist. Wenn ich ihn so beobachte, füllt sich mein Körper mit Liebe. Ja, ich liebe ihn, aber ich würde es ihm nie sagen. Zu groß ist meine Angst vor Ablehnung und Zurückweisung.

Nate ist mit Amigo schon fertig, als ich Leandra zurück in ihre Box führe. Kurz bleibe ich noch vor dem Tor stehen und beobachte, wie sie genüsslich ihr Heu frisst.

Plötzlich schlingen sich zwei Arme von hinten um mich und schließen mich in eine feste Umarmung. „Hat es dir heute gefallen?"

Ich drehe meinen Kopf in Nates Richtung und nicke. „Sehr sogar. Ich hatte lange nicht mehr einen so schönen Tag. Ich danke dir dafür." Ich drehe mich nun komplett zu ihm und schlinge meine Arme um seinen Nacken. Kurz blicke ich ihm tief in die Augen, bevor ich mich auf meine Zehenspitzen stelle und ihn zärtlich küsse.

An meinem Mund nuschelt er leise „Du musst dich dafür nicht

bedanken. Das habe ich wirklich gerne gemacht. Es ist schön, dich so glücklich zu sehen.".

Dann zieht er mich noch dichter an sich und küsst mich inniger. Der Kuss wird schnell leidenschaftlicher und mir wird leicht schwindlig. Er kann aber auch küssen. Plötzlich hebt mich Nate hoch auf seine Arme und trägt mich um die Ecke. Dort lässt er mich auf den gelagerten Heuballen nieder.

„Was hast du vor?", frage ich verwirrt.

„Was denkst du? Ich will dich. Jetzt und hier", antwortet er mir heiser.

„Hier? Was, wenn uns jemand sieht?" Ohne mir eine Antwort zu geben, schmeißt er sich ins Heu, direkt neben mich.

Ich schreie überrascht auf. „Du bist wirklich verrückt! Das kann unmöglich dein Ernst sein, Nate!"

Er schaut mich mit glühenden Augen an. Er meint es tatsächlich vollkommen ernst. Was, wenn uns wirklich jemand erwischt? Das wäre extrem peinlich. „Ganz genau, ich bin verrückt nach dir, Emilia Clayton. Ich habe wirklich noch nie zuvor so für eine Frau empfunden. Und glaube mir, es wird uns niemand stören. Die Arbeiter haben noch Pause und die Familie ist im Haus beschäftigt. Entspann dich." Er zieht mich wieder an sich und küsst mich stürmisch.

Bevor ich überhaupt eine Chance habe, zu rebellieren, zieht er mir schon mein Hemd über den Kopf sowie den BH aus. Er setzt sich leicht auf und liebkoste sanft meine Brüste. Saugt und knabbert an ihnen. Es ist ein betörendes Gefühl und ich will einfach mehr davon. Er lässt kurz von mir ab und zieht sich sein eigenes Oberteil aus. Dann wendet er sich wieder mir zu. Seine Hände beginnen, meinen Oberkörper sanft zu streicheln. Wie eine Feder gleiten seine Finger über meine Haut. Küssen mich hier und da. Ich fühle mich wie in einem Rausch, als läge ich unter einer Glocke, wo es nur ihn und mich gibt.

Nate dreht mich auf den Rücken und zieht mir meine restliche

Kleidung aus. Danach macht er sich an seiner eigenen zu schaffen, bis auch er völlig nackt zwischen meinen Beinen kniet. Dadurch, dass eine kleine Laterne den Raum erhellt, kann ich jede Regung seines wunderschönen Körpers beobachten. Er sieht wie ein Gott aus. Seine Augen funkeln leicht im Licht und sein Körper ist von einer leichten Schweißschicht überzogen. Er beugt sich über mich und küsst sanft meinen Bauch, dabei streicht seine Hand immer wieder über die Innenseite meiner Schenkel. Ganz zart umkreist seine Zunge meinen Bauchnabel und taucht immer wieder leicht hinein. Dann wandert er langsam weiter nach unten zu meiner Scham. Ich bin jetzt schon klatschnass. Als er beginnt, meine Perle mit seiner Zunge zu umkreisen, entfährt mir ein leises Stöhnen. Sofort vergrabe ich meine Hände in Nates Haaren. Er erhöht sein Tempo und lässt seinen Daumen in mich gleiten.

Sofort bäume ich mich auf. „Oh Gott, Nate … Bitte nicht aufhören.“

Ihm entfährt ein kehliges Lachen. „Keine Sorge, das werde ich ganz sicher nicht“, flüstert er mir sanft ins Ohr. Kurz bevor ich meinen Höhepunkt erreicht habe, entzieht er mir seine Hand und Zunge.

Frustriert stöhne ich auf. „Nicht aufhören, bitte …“

Das lässt er sich kein weiteres Mal sagen. Mit einem Stoß dringt er tief in mich ein und beginnt, sich sanft und zärtlich in mir zu bewegen. Seine Hände gleiten immer wieder über meinen Körper und liebkosen ihn mit seinen Berührungen. „Du fühlst dich verdammt gut an, Baby. So zart und weich. Wie ein Schmetterling.“ Mit jedem weiteren Stoß kommen wir unserem Höhepunkt näher. „Ich liebe es, dich zu ficken“, stöhnt er und lässt seine Hüften dabei langsam kreisen. Das ist das Einzige, was ich noch brauche, um abzuheben. Sofort ziehe ich mich rhythmisch um Nates Härte zusammen und komme zum Höhepunkt.

„Oh Gott, ist das geil“, stöhnt nun auch Nate laut. Und im selben Moment ergießt er sich heftig in mir. Schwer atmend gleitet er aus mir heraus und legt sich dicht neben mich. Er zieht mich in seine Arme und beginnt, mich zärtlich zu streicheln. „Das war verdammt geil. Der Sex mit dir ist immer unglaublich, aber heute war es irgendwie anders … intensiver, intimer."

Ich hebe leicht meinen Kopf, sodass ich ihm direkt in die Augen schauen kann und lächle. „Ja, das war es. Ich versteh genau, was du damit meinst."

Beide hängen wir eine Weile unseren Gedanken nach, ohne etwas zu sagen. Es ist keine bedrückende Stille, im Gegenteil.

Plötzlich räuspert sich Nate und fragt mich: „Warum hast du es mir nicht eher gesagt?"

Ich schaue ihn verwundert an. „Was meinst du?"

„Na ja, das mit deiner Familie …"

Ich hole tief Luft. Ich wusste, er würde irgendwann danach fragen. „Weißt du, ich rede nicht besonders gerne darüber. Es gab Zeiten in meinem Leben, die waren nicht immer leicht und der Tod meiner Schwester gehört dazu. Ich habe es bis heute nicht überwunden und es tut immer noch unendlich weh, wenn ich nur an sie denke. Sie war meine heile Welt, mein Anker und mein Licht in der Dunkelheit, als es keines mehr gab. Von einem Tag auf den anderen wurde mir das alles genommen und ich fühle mich dafür schuldig. Ich hätte sie nie alleine lassen dürfen, dann wäre sie heute noch am Leben." Mittlerweile laufen mir die Tränen über das ganze Gesicht. Ich bin kaum noch in der Lage, mich zu beruhigen, zu sehr wühlen mich diese Gedanken auf. Nate nimmt mich schützend in die Arme. „Das Verhältnis zu meinen Eltern war nie wirklich gut. Für sie standen das Geld und ihr Status immer an erster Stelle, danach kamen erst Amy und ich. Nach Amys Tod war unser sowieso schon schlechtes Verhältnis komplett zerrüttet. Ich konnte die Nähe meiner Eltern einfach nicht mehr ertragen. Ich hasse sie so sehr für alles. Sie haben einfach weggeschaut als …" Mein Körper zittert immer mehr und ich bekomme mich kaum noch unter Kontrolle.

„Darf ich dich etwas fragen?" Nate schaut mich besorgt an.

Ich nicke leicht.

„Wie ist es passiert? Ich meine, der Unfall deiner Schwester?", fragt er mich leise.

Ich merke ihm seine Anspannung deutlich an. Er hat Angst, etwas Falsches zu sagen oder zu fragen, jetzt, wo ich mich das erste Mal öffne. „Ich …" Ich breche ab, versuche es aber dann erneut. „Ich kann es dir nicht erzählen, Nate. Nicht jetzt. Bitte versteh das. Vielleicht irgendwann. Es ist eine wirklich schreckliche Geschichte und ich habe vor deiner Reaktion Angst. Kannst du mir noch etwas Zeit geben? Bitte sei mir nicht böse."

Nate gibt mir einen Kuss auf den Kopf. „Nein, im Gegenteil, Süße. Ich bin froh, dass du mir ein bisschen von dir erzählst. Vertrau mir einfach und erzähl es mir, wenn du so weit bist. Du weißt, ich bin für dich da!" Er streicht mir sanft über den Rücken. „Wie war Amy so?"

„Sie war bezaubernd und unglaublich klug. Sie hatte lange, blonde Locken und sah wie ein kleiner Engel aus. Immer wenn ich traurig war oder mich etwas bedrückte, war sie da und munterte mich auf. Sie konnte mich einfach immer zum Lachen bringen, egal wie. Sie war wie ein kleiner Schmetterling, so zart und unbeschwert flatterte sie durch das Leben. Eine richtige Frohnatur. Manchmal frage ich mich, wie sie wohl heute wäre. Wie sie aussehen würde …" Ich schaue Nate tief in die Augen.

Er hebt seine Hand, um mir zärtlich über die Wange zu streicheln. „Sie wäre bestimmt ein ganz wundervoller Mensch. So wie ihre große Schwester", lächelt er und küsst meine Nasenspitze.

„Danke, dass du mir zugehört hast und dass du mich nicht bedrängst."

Nate nickt verständnisvoll. „Für dich würde ich alles tun, Emilia. Du bist mir unglaublich wichtig und ich bin froh, dass wir uns kennengelernt haben."

Ich lächle ihn an. Seine Worte geben mir Trost und Wärme. „Übrigens hast du eine wundervolle Familie. Ich mag es, wie ihr miteinander umgeht. Und Tracy ist so unglaublich süß. Manchmal erinnert sie mich ein klein wenig an Amy."

„Das sind sie. Aber sie können auch manchmal ziemlich nerven. Aber im Großen und Ganzen liebe ich sie. So wie ich di…".

In dem Moment reißt jemand die Stalltür auf. „Nate, Emilia … Seid ihr hier?"

Oh nein, es ist Jeremy. Beide springen wir, wie von der Tarantel gestochen, auf und versuchen, uns so schnell wie nur möglich anzuziehen. Bevor wir jedoch vollständig bekleidet sind, kommt Jeremy schon um die Ecke gebraust.

Abrupt bleibt er stehen. „Ups … hätte ich gewusst, was ihr hier drin treibt, dann …" Jeremy versucht, ein Lachen zu unterdrücken.

„Jer, halt einfach deine Klappe und verpiss dich, okay? Und hör sofort auf, Emilia so anzuglotzen, sonst verpass ich dir eine", sagt Nate sauer.

Jeremy hebt entschuldigend die Hände. „Sorry Mann, echt. Mum hat mich beauftragt, nach euch zu suchen, weil es gleich Essen gibt. Na ja, das hab ich ja jetzt getan. Wäre also schön, wenn ihr euch beeilen würdet, ich hab einen Bärenhunger." Er dreht sich um und verlässt fröhlich pfeifend den Stall.

Nate sieht mich schuldbewusst an. „Tut mir leid … Hätte ich das gewusst …"

Ich sehe Nate an und beginne, zu lachen.

Er sieht mich leicht irritiert an. „Dir ist schon klar, dass wir jetzt Gesprächsthema Nummer eins sind? Jer wird es ihnen in diesem Moment brühwarm erzählen."

Ich zucke mit den Schultern. „Was soll's. Ändern können wir es jetzt sowieso nicht mehr."

Nate ist überrascht über meine gelassene Reaktion. Ich bin mir sicher, er hat geglaubt, ich würde komplett ausflippen und an die Decke gehen. Gut, zu verdenken ist es ihm nicht.

Er nimmt mich noch einmal in den Arm und drückt mir einen Kuss auf die Stirn. „Dann lass uns rasch den Rest anziehen, bevor wir zusätzlich noch Ärger bekommen, weil wir zu spät sind. Granny ist da sehr eigen, was die Pünktlichkeit der Mahlzeiten angeht."

In Windeseile ziehen wir uns an und gehen Händchen haltend ins Haus. Zum Frischmachen haben wir leider keine Zeit mehr, also muss es auch so gehen. Als wir das Speisezimmer betreten, verstummen sofort jegliche Gespräche und wir stehen plötzlich im Mittelpunkt. Ich laufe sofort feuerrot an. Ich begrüße alle kurz mit gesenktem Blick und nehme sofort Platz.

Plötzlich beugt sich Jeremy zu mir und greift mir ins Haar. Heraus zieht er natürlich einen Strohhalm. „Scheint wohl ein turbulenter Ritt gewesen zu sein", lacht er laut.

Und plötzlich brechen alle anderen auch in Gelächter aus. Peinlich berührt traue ich mich nicht, meinen Blick zu heben.

Nate greift unter dem Tisch nach meiner Hand und streichelt mich beruhigend. „Halt die Klappe, Jer! Du bist ja nur neidisch!"

Und damit ist das Thema erledigt. Trotzdem bemerke ich immer wieder die neugierigen Blicke.

Nach kurzer Zeit habe ich mich wieder so weit entspannt, dass mich die Tischgespräche ablenken. Das Essen ist auch diesmal wieder grandios und die Gespräche lustig. Jeder foppt irgendwie jeden, was zum Schießen ist.

Nach dem Essen erhebt sich Nate sofort.„Ich glaube, wir werden jetzt mal nach oben gehen und weiter auspacken. Außerdem wird Emilia bestimmt schon müde sein, oder?"

Dieser Fuchs. Ich weiß genau, was er vorhat und das ist mit Sicherheit nicht herkömmliches „schlafen". Ich lasse mir allerdings nichts anmerken und nicke nur zustimmend.

Am nächsten Morgen wecke diesmal ich Nate, der noch tief und fest schläft. Er öffnet völlig verschlafen seine Augen und schaut mich müde an.

„Guten Morgen, Schlafmütze", sage ich freudig.

Nate streicht sich verschlafen über das Gesicht.

„Guten Morgen. Wie spät ist es?"

„Sieben Uhr. Also Zeit zum Aufstehen. Ich hoffe, ich habe dich nicht zu früh geweckt, aber ich dachte, da wir um neun Uhr beim Frühstück sein müssen, solltest du vielleicht jetzt aufstehen? Was hältst du von einer gemeinsamen Dusche?", frage ich ihn verführerisch und ziehe dabei kleine Kreise auf seiner nackten, warmen Brust.

Nate zieht mich sofort am Handgelenk auf sich und ich kann deutlich seine Erektion an meinem Bauch spüren. „Das ist eine sehr gute Idee, Miss Clayton."

Nachdem wir uns ausgiebig geküsst haben, lösen wir uns voneinander und begeben uns in das angrenzende Badezimmer. Gott sei Dank ist die Dusche so groß, dass mit Sicherheit noch vier weitere Personen Platz gehabt hätten. Daher ist zu zweit Duschen gar kein Problem und äußerst angenehm. Bevor wir jedoch in die Dusche steigen, dreht Nate das Wasser zum Wärmen auf und wir beginnen erst einmal, unsere Zähne zu putzen.

Es ist irgendwie ein merkwürdiges, vertrautes Gefühl so neben Nate zu stehen und mit ihm gemeinsam Zähne zu putzen. Aber es ist auch irgendwie schön. Wie ein altes Ehepaar, das das schon gefühlte hundertmal gemacht hat. Wo kommt das denn jetzt wieder her? Nate beginnt, zu lächeln. „Was?", frage ich unsicher.

Nate spült seinen Mund aus und umarmt mich von hinten. „Nichts. Es ist einfach schön mit dir, auch wenn wir nur so banale Dinge wie Zähne putzen machen."

Ich schaue ihn mit hochgezogenen Augenbrauen an. „Ernsthaft, Nate?"

Er küsst meinen Hals und nuschelt „Ernsthaft … Wir sollten das ab sofort jeden Morgen machen. Findest du nicht?"

Ich schüttle amüsiert den Kopf. „Na klar, ich werde ab sofort meine Zahnbürste im Büro deponieren, damit wir gemeinsam Zähne putzen können … Du bist echt ein Spinner."

Seine Hände wandern zu meinen Brüsten und beginnen, sie sanft zu massieren. „Da könntest du in der Tat recht haben. Ich bin ein totaler Spinner, aber nur, weil du mich um den Verstand bringst und verrückt machst. In deiner Nähe kann ich einfach nicht mehr klar denken und mein Freund da unten nimmt so langsam definitiv überhand beim Denken." Damit dreht er mich schwungvoll um und presst seinen bereits harten Schwanz gegen meinen Unterleib. Küssend schiebt er uns Richtung Dusche, die schon ordentlich dampft. „Bleib genau so stehen", haucht er mir von hinten ins Ohr und greift nach meinem Shampoo. Er verreibt etwas davon auf seiner Hand und beginnt, mir die Haare zu waschen.

Noch nie zuvor hat jemand meine Haare gewaschen. Das Gefühl ist der Wahnsinn. Ich fühle mich wie eine Katze und hätte fast schon angefangen, zu schnurren.

Kurze Zeit später ist er fertig und beginnt, mir den Schaum auszuspülen. „Dreh dich um, Süße", befiehlt er mir. Ich tue es sofort. Er seift mich von oben bis unten ein. Dabei lässt er wirklich keine Stelle aus. Okay, für die eine oder andere Stelle lässt er sich definitiv mehr Zeit als für andere.

Ich habe das Gefühl, gleich verrückt zu werden. „Bitte, Nate, ich will dich. Fick mich endlich!"

Nate lacht heiser auf. „Noch nicht, Baby. Erst musst du das Gleiche bei mir machen. Und in der Leistengegend solltest du dir besonders viel Mühe geben."

Ich greife nach dem Duschgel, was herrlich nach ihm riecht und beginne, auch ihn zu waschen. Dabei bin ich darauf bedacht, schön seine „Leistengegend" auszusparen. Rache ist süß, nicht wahr? Jedes Mal, wenn ich mich Millimeter davor bewege, beginnt er, leise und frustriert zu stöhnen. Das mache ich einige Minuten so, bis Nate knurrend nach meiner Hand greift und sie demonstrativ zu seinem Schwanz führt.

„Jetzt!", sagt er herrisch und dominant. Ich muss zugeben, dass es mich unglaublich scharfmacht. Ich streiche immer wieder sanft seinen Schaft auf und ab und umkreise dabei seine pralle Eichel.

Nate scheint es zu gefallen, denn seine Atmung wird schneller und sein Stöhnen lauter. „Du solltest besser damit aufhören, sonst ist es gleich vorbei." Er dreht mich schwungvoll um und drückt mich mit meinen Brüsten gegen die warmen Kacheln. Leicht hebt er mein rechtes Bein an und stößt sofort in mich. Dabei entfährt mir ein leiser Schrei. Während Nate mich hart und schnell von hinten nimmt, versuche ich, mich irgendwie an den Kacheln festzuhalten, was gar nicht so einfach ist. Obwohl er diesmal grob und animalisch ist, törnt es mich extrem an. Ich liebe den zärtlichen Nate, aber das Tier in ihm ist auch nicht zu verachten. Seine rechte Hand verkrallt sich in meinem nassen Haar und zieht heftig daran, sodass ich meinen Kopf nach hinten biegen muss. Als er plötzlich in meinen Hals beißt, ist es um mich geschehen und ich komme heftig zuckend zum Höhepunkt.

„Dein Körper macht mich extrem scharf und ich liebe es, wie du dich um meinen Schwanz zusammenziehst, während du kommst." Mehr benötige ich nicht und ich komme ein weiteres Mal mit solch einer Wucht, dass ich das Gefühl habe, ohnmächtig zu werden. Noch nie bin ich zweimal hintereinander in so kurzer Zeit gekommen. Zwei Stöße später kommt auch Nate mit einem lauten Knurren. Er lässt vorsichtig mein Bein wieder herunter und dreht mich zu sich um, sodass ich ihm ins Gesicht schauen kann. Dann nimmt er mein Gesicht in seine Hände und küsst mich wie ein Ertrinkender. „Tut mir leid, ich hoffe, ich war nicht zu grob? Irgendwie habe ich die Kontrolle verloren", sagt er unsicher.

„Mach dir keine Sorgen. Manchmal ist es genau richtig, grob und animalisch gevögelt zu werden. Ich mag das an dir."

Er zieht mich an seine Brust und hält mich einen Augenblick fest, während das warme Wasser auf uns hinab prasselt. Dann sagt er: „Du bist eine wirklich atemberaubende Frau, Emilia."

Ich hebe meinen Blick und schaue ihn schüchtern an. „Danke, das kann ich nur zurückgeben. Aber weißt du was? Auch atemberaubende Frauen haben ab und an mal Hunger und deshalb sollten wir uns endlich fertig machen und frühstücken gehen." Ich gebe ihm einen Klaps auf seinen nackten Hintern und verlasse kichernd die Duschkabine.

Als wir eine halbe Stunde später das Esszimmer betreten, ist noch niemand zu sehen. Aber es ist ja schließlich erst viertel vor neun. Das Hausmädchen bringt den Kaffee und Orangensaft und so langsam trudelt auch der Rest der Familie ein.

Auch die Stimmung während des Frühstücks ist wieder sehr angenehm. Ich fühle mich wirklich extrem wohl hier und bin irgendwie jetzt schon etwas traurig, wenn ich an unsere bevorstehende Abreise denke.

Plötzlich richtet Beth ihr Wort an mich. „Emilia, bitte vergiss nicht, dass heute um 17 Uhr der Friseur und Stylist kommt, damit er uns alle rechtzeitig für den Abend herrichten kann. Nate, sei doch so lieb und bring sie bitte pünktlich in das Blaue Zimmer."

Ich bin baff, denn ich wusste gar nicht, dass extra jemand kommt, um uns zu stylen. Ich bin ziemlich erleichtert, weil ich schon davor Angst hatte, den Ansprüchen nicht gerecht zu werden, wenn ich das selbst übernehmen würde.

Nate bemerkt meine Erleichterung sofort und streicht sanft über meinen Handrücken.

Nach dem Frühstück beschließen wir alle zusammen, das heißt Jeremy, June, Nate, Tracy und meine Wenigkeit, einen kleinen Spaziergang am See zu machen. Es ist heute etwas kühler, aber die Sonne scheint zumindest. Also perfekt für einen kleinen Spaziergang.

Tracy nimmt Nate sofort in Beschlag und will von ihrem Lieblingsonkel auf den Schultern getragen werden. Das sieht unglaublich süß aus, denn Tracy scheint etwas Angst vor dem Fallen zu haben und hält sich mit beiden Händen an Nates Haaren fest. Na ja, sie verwüstet seine Haare ganz ordentlich, was ihm aber irgendwie steht und ihn jünger wirken lässt.

Während die Männer also mit Tracy vorangehen, laufen June und ich gemütlich hinterher. June ist eine wirklich sympathische, hübsche Frau, die immer ein Lächeln auf den Lippen trägt. Und man spürt sofort, wie sehr diese Frau ihre kleine Familie liebt.

„Gefällt es dir hier bei uns in Schottland?"

„Ja, es ist wirklich schön hier. Ich liebe die Natur und hier gibt es eine Menge davon. Außerdem macht es mir die ganze Familie ja recht einfach, mich wohlzufühlen. Es ist schön, zu sehen, dass es heutzutage noch so einen Familienzusammenhalt gibt."

June hakt sich plötzlich bei mir ein. Es ist komisch und untypisch für mich, aber es macht mir rein gar nichts aus. „Wir sind zwar alle manchmal verrückt und auch bei uns kommt es ab und zu mal zu Streitigkeiten, aber wenn es darauf ankommt, sind wir immer alle füreinander da und halten zusammen. Es ist schön, ein Teil von ihnen zu sein. Und du gehörst ab jetzt auch dazu."

Ich weiß nicht wirklich, was ich darauf antworten soll. Gehöre ich wirklich dazu? Eigentlich nicht, denn Nate und ich sind schließlich kein richtiges Paar. Oder doch? Irgendwie fühlt es sich verdächtig danach an, muss ich mir eingestehen. Ich beschließe, June nicht darauf zu antworten, sondern lächle sie nur freundlich an.

„Du tust ihm gut, weißt du das? Ich habe ihn schon lange nicht mehr so glücklich gesehen. Er strahlt regelrecht. Er hatte in der Vergangenheit wirklich viele Tiefpunkte und es ist wundervoll, ihn wieder so zu erleben. Wir dachten schon, er würde nie wieder eine Frau an sich heranlassen." June streicht mir liebevoll über den Arm. „Tu ihm nicht weh, okay?!"

Ich schüttle den Kopf. „Bestimmt nicht." Eher würde er mir das Herz brechen. Wovon hat June eigentlich gerade gesprochen? Was ist ihm widerfahren? Ob ich ihn danach fragen soll? Nein, er muss es von sich aus erzählen. Womöglich wird June dann noch wegen mir Ärger bekommen und für einen Familienstreit will ich nicht verantwortlich sein. Außerdem sind wir kein richtiges Paar und somit darf jeder von uns seine Geheimnisse haben.

Plötzlich holt mich mein Handy aus meinen Gedanken. Es ist eine unterdrückte Nummer. „Hallo, Emilia Clayton hier." Wieder kein Laut zu hören. „Halloooo? Wer ist denn da?" Wieder nichts. In letzter Zeit häufen sich solche Anrufe. Immer wieder ruft jemand mit unterdrückter Nummer an, sagt allerdings nichts. Das geht nicht nur auf meinem Handy so, auch das Festnetz bekommt dieselben Anrufe. Nervös lege ich wieder auf. Wer kann das nur sein? Louis vielleicht? Oder doch meine Eltern, die sich nicht trauen, etwas zu sagen? Mein Herz beginnt, zu rasen. Irgendetwas sagt mir, dass etwas nicht stimmt, aber ich kann mir einfach keinen Reim darauf machen.

„Alles in Ordnung mit dir? Wer war das? Du siehst blass aus, Emilia", sagt June besorgt.

Erst jetzt ist mir bewusst, dass ich stehen geblieben bin. „J-j-ja, alles gut. Hat sich wohl jemand verwählt", sage ich schnell.

„Sicher? Du siehst aus, als hättest du einen Geist gesehen."

„Nein, geht schon wieder. Lass uns weitergehen, bevor die Männer noch einen Suchtrupp losschicken."

Der Spaziergang ist wirklich schön und Tracy ist ein so süßes Mädchen. Wir füttern gemeinsam die Enten und Tracy erzählt mir bei unserem Rückweg alles, was ich über jegliche Arten von Tieren wissen muss. Die Kleine ist unglaublich clever.

Als wir in der Villa ankommen, sind wir recht durchgefroren und begeben uns für eine Tasse Tee und Sandwichs in das Kaminzimmer. Vom Rest der Familie ist weit und breit nichts zu sehen und Nate erklärt mir, dass die anderen wohl noch mit den Vorbereitungen für heute Abend beschäftigt sind, denn seine Mutter ist eine Perfektionistin. Das muss Nate wohl dann von ihr haben, denn er ist kein Deut besser.

Eine Stunde später begeben wir uns auf unser Zimmer. Mittlerweile ist es schon 14 Uhr und ich will unbedingt noch ein warmes Bad zur Entspannung nehmen, bevor der ganze Trubel losgeht. Als ich ins Badezimmer trete, halte ich abrupt inne.

Nate stellt sich hinter mich und gibt mir einen sanften Kuss auf den Nacken. „Ich habe das Personal gebeten, alles vorzubereiten. Ich hoffe, es ist zu deiner Zufriedenheit?"

In Ordnung? Das ist wirklich unglaublich. Sie haben nicht nur das Bad eingelassen, was unglaublich gut duftet, nein, in der Wanne liegen auch noch Rosenblätter und überall stehen Kerzen herum. „Du bist verrückt! So langsam mach ich mir ernsthaft Sorgen um dich. Ich glaube, du hast Extremismus der Romantik." Ich drehe mich zu ihm um und umarme ihn heftig. „Danke. Du verwöhnst mich viel zu sehr. Ich gewöhne mich ja noch richtig daran. So was hat noch nie jemand für mich getan. Erst heute Morgen die Haare waschen und jetzt ein romantisches Bad? Was führen Sie im Schilde, Mr. Forbes?"

Nate lacht leise auf. „Das mach ich wirklich gerne. Und zwar nur für dich, Baby. Aber ich gebe zu, ich war dabei nicht ganz uneigennützig. Ich habe gehofft, dass ich vielleicht mit dir baden darf?", gibt er schmunzelnd zu.

Obwohl ich mir nicht sicher bin, ob das eine gute Idee ist, kann ich es trotzdem nicht verhindern, ihm zu sagen: „Aber sicher doch. Außerdem macht zu zweit baden doch viel mehr Spaß. Du alter Romantiker. Denken Sie an unsere Regeln, Mr. Forbes! Sie stellen mittlerweile einen Rekord im Brechen davon auf."

So schnell kann ich gar nicht reagieren, als Nate mich plötzlich packt und in die Wanne schmeißt. Er fängt sofort an, schallend zu lachen.

Ich muss wirklich urkomisch aussehen. Wie ein begossener Pudel. „Das gibt Rache, mein Lieber! Wart nur ab, irgendwann, wenn du nicht mehr daran denkst, werde ich zuschlagen. Sei darauf gefasst", lache ich ebenfalls.

Während Nate sich entkleidet, versuche ich, die durchnässten Sachen von meinem Körper zu schälen, was gar nicht so einfach ist, da alles an mir wie eine zweite Haut klebt. Als Nate in die Wanne gleitet, zieht er mich sofort zwischen seine Beine, sodass ich mit dem Rücken auf seiner Brust liege. Es ist unglaublich entspannend und wohltuend. Nate hält mich mit der linken Hand um die Taille fest und fängt mit der rechten an, mich mit einem Waschlappen zu waschen. Alles ist so vertraut und romantisch und ich verspüre ein warmes Kribbeln in meiner Magengegend. Ja, ich kann es nicht länger leugnen. Ich habe mich unsterblich in diesen verrückten Mann verliebt und ich habe furchtbare Angst, ihn eines Tages wieder zu verlieren.

Bei dem Gedanken laufen mir plötzlich einzelne Tränen über die Wangen, die Nate, Gott sei Dank, durch die Feuchtigkeit im Raum nicht sehen kann. Was wäre, wenn ich es zulasse? Würde ich dann endlich mein Glück finden? Oder wäre ich dann wieder auf dem direkten Weg in den nächsten Albtraum? Kann ich den Mut aufbringen und es noch ein letztes Mal wagen, ohne dabei verletzt zu werden? Warum kann ich nicht einfach alles so unbeschwert angehen wie Jamie? Ich beneide sie dafür.

In meinen Gedanken vertieft, spüre ich nicht, wie Nates Hand meine Brust hinabgleitet, auf den direkten Weg zu meiner Scham. Erst, als er beginnt, meine Perle zu umkreisen, bin ich wieder voll da. Es fühlt sich so unfassbar gut an, dass ich ein leises Stöhnen nicht unterdrücken kann. Auch Nate ist längst in sein Fingerspiel vertieft und ich kann seine Härte an meinem Rücken spüren.

Während Nate mich weiter berührt, lasse ich meine Hand nach hinten zu seinem Schwanz wandern. Während ich immer wieder sanft über Nates geschwollene Spitze reibe, beginnt er, vor Erregung zu zittern. Mein Verlangen nach ihm wird immer größer und selbst durch das Wasser kann Nate meine Nässe spüren.

„Ich will in dir sein, Baby. Dreh dich zu mir um", flüstert er mir sanft ins Ohr.

Auch ich halte es kaum noch aus. Obwohl wir wirklich ständig Sex haben, kann ich einfach nicht genug von ihm bekommen. Ich drehe mich geschmeidig zu ihm um und lasse mich direkt auf seine Härte nieder. Am Wannenrand abgestützt, beginne ich, mich zuerst langsam auf ihm zu bewegen. Doch ich will mehr. Ich brauche mehr. Also beschleunige ich meinen Rhythmus und beginne, ihn hemmungslos mit kreisenden Hüften zu reiten. Es scheint ihm wirklich zu gefallen. Nate legt seine Hände an meine Hüften und packt immer fester zu. Zuerst tut es etwas weh, aber letztendlich macht es mich einfach nur an, weil er mich wie ein Tier vorantreibt.

Nate

Ich gleite kurz aus ihr heraus und atme zweimal tief durch, um wieder Herr meiner Sinne zu werden. Sie macht mich so unglaublich an, dass ich alles um mich herum vergesse und fast gekommen wäre. Aber ich will nicht, dass es schon so schnell vorbei ist. Ich will es genießen.

Emilia sieht mich verführerisch durch ihre halb geschlossenen Lider an und fragt mich dann leise: „Alles in Ordnung?"

Ich nicke leicht. „Gib mir nur einen Moment, sonst ist es schneller vorbei als uns lieb ist." Während ich die Worte ausspreche, packe ich ihren Hintern und drücke sie gegen meinen pochenden Schwanz. Zu gerne würde ich jetzt ihren kleinen, süßen Hintern nehmen, aber dafür ist es vielleicht noch zu früh. Also taste ich mich langsam vor. Schließlich will ich sie nicht gleich verschrecken, da ich nicht weiß, ob sie es jemals zuvor ausprobiert hat. Ich fahre ganz sanft von hinten zwischen ihre Beine und tauche meinen Mittelfinger in ihre geschwollene Mitte ein. Sie ist unglaublich feucht und heiß. Während mein Finger noch in ihr steckt, lasse ich ein paarmal meinen Daumen um ihre Perle kreisen. Sofort fängt sie leise an, vor Lust zu wimmern, was mich extrem anmacht. Ich fange an, an ihrem Hals zu knabbern und lasse ganz nebenbei meinen Finger aus ihr herausgleiten, mit gezieltem Weg zu ihrem Po. An ihrem Anus halte ich kurz inne, um ihre Reaktion abzuwarten. Kurz versteift sie sich und ich nehme all meinen Mut zusammen und beginne, sie an genau dieser verbotenen Stelle sanft zu massieren. Sofort merke ich, wie ihre Anspannung abnimmt und sie anfängt, leise zu stöhnen. Trotzdem frage ich sie: „Soll ich damit aufhören?" Als Emilia schließlich ein Nein haucht, fahre ich mit meinen Bewegungen fort. Mittlerweile bin ich noch härter geworden, sodass es schon langsam anfängt, zu schmerzen. Ich umfasse meiner linken Hand meinen Schwanz und führe ihn zu ihrem Anus. Langsam beginne ich, ihren engen Eingang damit zu massieren, bevor ich etwas Druck aufbaue und vorsichtig Stück für Stück in sie eindringe. Das Gefühl ist unbeschreiblich geil, weil sie extrem eng ist. Kurz halte ich inne, um nicht nur ihr Zeit zu geben, sondern auch mir selbst, denn ich bin kurz davor, zu explodieren. Schließlich nehme ich meine Bewegungen wieder auf. Immer wieder lasse ich ihn in ihre enge Öffnung rein- und rausgleiten, sodass sie immer wieder heiser aufstöhnt. Es scheint ihr zu gefallen. Langsam lasse ich meinen rechten Daumen zu ihrer Perle wandern und beginne, auch diese mit festem Druck zu stimulieren. Da sie extrem eng ist, muss ich mein Tempo etwas zügeln. Ich bin mir sicher, sofort zu kommen, würde ich mich schneller in ihr bewegen. Mittlerweile sind wir beide so in Ekstase, dass unsere Bewegungen immer schneller werden und Emilia immer lauter aufstöhnt.

„Oh Gott, ich glaube, ich komme gleich", schreit sie auf einmal.

Und Sekunden später kommt sie heftig um meinen Schwanz, während ich mich zeitgleich in ihr ergieße. Noch vollkommen außer Atem küsse ich sanft ihre Schulter. „Das war mit Abstand das Geilste, was ich je erlebt habe."

Emilia schaut mir tief in die Augen und sagt dann leise: „Für mich war es genauso. Es war unbeschreiblich."

„Hat es dir wirklich gefallen? Ich meine, wir haben über so etwas noch nie gesprochen und ich hab dich ein wenig überrumpelt."

Emilia lächelt mich sanft an. „Es war wirklich schön. Das hast du doch gemerkt. Na ja, ich muss zugeben, nicht viel Erfahrung darin zu haben … Um ehrlich zu sein, gar keine." Beschämt senkt sie ihren Blick. Sie traut sich nicht, mir in die Augen zu schauen.

„Ernsthaft? Noch nie? Warum?"

Emilia zuckt mit den Schultern. „Ich finde, man braucht dafür viel Vertrauen und bislang hatte ich das noch bei keinem Mann."

Ich schaue sie ungläubig an. „Und bei mir ist es anders?"

Emilia nickt zaghaft. „Irgendwie schon. Ich weiß auch nicht … Ich habe einfach auf mein Bauchgefühl gehört. Ich würde mit dir womöglich noch viel weiter gehen."

Nun sieht sie mir direkt in die Augen. Ich kann kaum glauben, was ich da höre. Sie vertraut mir also. Das ist ein sehr guter Anfang. Ich küsse sie leicht auf die Schläfe und ziehe sie noch fester an mich. „Danke. Das bedeutet mir wirklich sehr viel. Und auf dein Angebot komme ich sicherlich noch einmal zurück, aber nicht mehr heute. Für heute sind wir weit genug gegangen. Ich glaube, wir sollten auch so langsam raus. Das Wasser ist ziemlich kalt geworden."

Ich ziehe sie mit mir hoch und lasse das Wasser ab. Dann steige ich aus der Badewanne und greife nach einem Bademantel, den ich ihr um die Schultern lege. Sie mummelt sich sofort darin ein. Auch ich ziehe mir einen über und wir gehen gemeinsam zurück ins Schlafzimmer.

KAPITEL 11

Emilia

Als wir das Zimmer betreten, springt mir sofort die Uhrzeit entgegen. Es ist schon 16 Uhr und Zeit, sich fertig zu machen. Das Kleid werde ich nach dem Styling anziehen, da ich etwas Angst habe, es könnte schmutzig werden oder gar kaputtgehen. Daher entscheide ich mich vorerst für Jeans und Shirt.

„Ich bin gespannt, was du zu Whong sagst."

Ich schaue Nate fragend an. Wer oder was ist Whong?

Bei meinem wohl sehr komischen Gesichtsausdruck beginnt Nate, lauthals zu lachen. „Der Stylist, Em. Er heißt Whong. Wie soll ich es sagen, er ist speziell."

„Warum? Hat er fünf Arme oder Tentakel?"

Nate prustet los. „Wenn es nur das wäre. Aber lass dich einfach überraschen. Ich kann dir aber versichern, dass er sein Handwerk wirklich gut beherrscht. Du wirst es lieben."

Ich bin immer noch leicht irritiert. Was meint er damit „er ist speziell"? Jetzt macht er mir doch Angst damit. „Wann machst du dich eigentlich fertig?"

Jetzt steht Nate direkt vor mir und gibt mir einen kleinen Kuss auf die Nasenspitze. „Genau jetzt. Ich bringe dich noch schnell zu den anderen, damit du uns nicht verloren gehst. Und später treffen wir uns alle unten im Salon und gehen gemeinsam los, okay?"

Vor dem Blauen Zimmer verabschiedet er sich von mir und ich klopfe zaghaft an. Als ich eintrete, bin ich etwas erschrocken.

„Oh mein Gott, ist sie das? Ist sie das?", sagt eine schrille, aufgeregte Stimme.

Und dann geschieht es. Ein großer, bunter Vogel läuft direkt auf mich zu und gibt mir ein Küsschen links und rechts auf die Wange. Ich meine, kennt ihr Bibo von der Sesamstraße? Er betrachtet mich eingehend. Ich komme mir sofort vor wie ein Tier im Zoo.

„Sie ist wirklich fabelhaft … Diese Frau ist ein Vamp, Beth. Wenn ich nicht auf deine Söhne stehen würde, hätte ich sie längst vernascht", sagt er mit einer divenhaften Handbewegung.

Ich sehe perplex zu June und Beth. Beide sind schon fertig gestylt und sehen wirklich atemberaubend schön aus.

Beth erhebt sich und eilt mir zu Hilfe. „Whong, du verschreckst sie ja noch. Benimm dich etwas. So hibbelig, wie du bist, machst du sie noch ganz verrückt."

Beth legt mir beruhigend den Arm um die Schulter und beginnt dann mit der Vorstellung. „Also, Whong, das ist Emilia, Nathans Freundin. Darf ich vorstellen, Emilia, das ist Whong. Er ist zwar verrückt und schräg, aber er beherrscht sein Handwerk wie kein anderer in seiner Branche", zwinkert sie mir zu.

Immer noch verdattert begrüße ich ihn. Spätestens jetzt ist mir klar, was Nate mit „speziell" gemeint hat. Er ist unverkennbar asiatischer Herkunft. Allerdings ist er ungewöhnlich groß und extrem schlank. Vielleicht doch ein Hauch Europäer im Blut? Was mir gleich an ihm auffällt, sind seine glatten, schwarzen Haare, die ihm selbst im geflochtenen Zustand bis zum Po reichen. Ein Traum jeder Frau. Also die Haare. Außerdem hat er einen wirklich bunten Overall an. Sehr gewöhnungsbedürftig. Man muss wirklich sagen, er fällt definitiv auf. Ein Paradiesvogel halt.

„So, mein Kätzchen, wir müssen uns wirklich beeilen. Setz dich bitte schon einmal auf den Stuhl dort drüben. Ich bin sofort da. Husch, husch, Kätzchen." Mit einem leichten Schubs drängt er mich Richtung Stuhl. „Soso, du bist also Nathans Herzensdame … Dass ich das noch mal erleben darf. Ich bin ja schon etwas neidisch auf dich. Mich wollte er ja leider nicht, dieser Schuft. Er weiß ja gar nicht, was er da alles verpasst", kichert er. „Sag, Kätzchen, was hast du dir vorgestellt?" Er sieht mich fragend an.

Ich bin nervös, da ich mir noch nicht so richtig Gedanken gemacht habe. „Na ja, ich dachte an einen seitlichen Zopf vielleicht? Aber nicht zu streng gebunden. Und Smokey Eyes, da mein Kleid schwarz ist." Ich schaue ihn fragend an.

„Das hört sich wundervoll an. Einfach wundervoll. Sag mir, hast du dein Kleid dabei?"

Ich schüttle den Kopf. „Es hängt noch in unserem Zimmer. Soll ich es schnell holen?"

Whong verneint mit dem Zeigefinger. „Eh, eh, das wird June für dich übernehmen. Stimmt doch, Liebes? Also hopp, hopp. Beweg deinen süßen Hintern."

June steht sofort auf. „Klar, kein Problem. Wo hängt es denn genau?"

Ich erkläre es ihr und June macht sich sofort auf den Weg.

Knappe zehn Minuten später kommt sie mit meinem Kleid in der Hand zurück. „Tut mir leid, es hat länger gedauert. Nate wollte einfach nicht aus dem Zimmer verschwinden, damit ich das Kleid holen kann. Der ist ja total neben der Spur, sag ich dir. Ich glaube, der Mann ist etwas aufgeregt wegen heute Abend." Sie übergibt Whong die Hülle.

Als er das Kleid ausgepackt hat, macht er eine theatralische Handbewegung, als würde er gleich in Ohnmacht fallen. „Oh mein Gott, was ist das?", fragt er hysterisch.

Jetzt sackt mir das Herz in die Hose. Habe ich vielleicht doch das falsche Kleid ausgewählt? Ich fühle mich zunehmend unwohler. Mit rotem Kopf frage ich schließlich ängstlich: „Stimmt etwas nicht damit?"

Whong sieht mich mit hochgezogenen Augenbrauen an. „Etwas nicht stimmen? Ich sag nur eins: Hot, hot, hot." Dabei schnippt er mit seinen Fingern hin und her. „Die Männer werden dich heute

Abend verschlingen, Kätzchen. Und Nathan wird dabei ganz vorne mitspielen. Das Kleid ist einfach atemberaubend. Er wird die Finger nicht von dir lassen können."

Mir fällt augenblicklich ein Stein vom Herzen. Puh, geschafft. Das Kleid scheint die richtige Wahl gewesen zu sein. Auch Beth und June scheinen derselben Meinung zu sein.

„Und jetzt legen wir los, mein Kätzchen. Dein Herzbube wartet schon ungeduldig auf dich."

Eine Stunde später bin ich komplett fertig gestylt. Als ich vor den Spiegel trete, kann ich es kaum fassen. Ich sehe einfach unglaublich aus. Whong hat meine Locken seitlich zu einem lockeren Zopf gebunden und viele kleine Glitzersteine darin fixiert, die im Licht gut zur Geltung kommen und funkeln. Mein Make-up hat er genauso umgesetzt, wie ich es mir gewünscht habe. Zusätzlich hat er meine Lippen mit einem kirschroten Lippenstift betont. Ich sehe unglaublich elegant und zugleich sinnlich und sexy aus. Wenn ich jetzt noch das Kleid trage, kann nichts mehr schiefgehen.

„Und?", fragt Whong ungeduldig.

„Es sieht einfach perfekt aus. Ich weiß gar nicht, was ich sagen soll. Du bist unglaublich. Ich danke dir." Ich umarme ihn kurz und Whong ist zunehmend gerührt.

Er winkt ergriffen ab. „Ach, Kätzchen, das ist mein Job und ich liebe meinen Job einfach. Außerdem bist du von Natur aus schon unglaublich schön, da musste ich nicht viel machen." Kurz darauf verabschiedet sich Whong und June schlägt vor, mir bei meinem Kleid zu helfen.

Derweil geht Beth schon zu den anderen nach unten, um nach dem Rechten zu sehen.

„Oh mein Gott, du siehst wirklich bezaubernd aus, Em. Nate wird die Luft wegbleiben und er wird alle Handvoll zu tun haben heute Abend, um die ganzen Männer von dir fernzuhalten."

„Meinst du wirklich, es gefällt ihm?"

June streicht mir eine gelöste Strähne aus dem Gesicht. „Ich meine es nicht nur, ich bin mir da ganz sicher. Komm, wir sollten ihn nicht länger warten lassen, sonst dreht er noch komplett durch." Sie nimmt meine Hand und zieht mich mit sich in den Flur.

Ich bin unglaublich aufgeregt. Nicht nur wegen Nates Reaktion, sondern auch wegen der bevorstehenden Gala.

Als wir die Treppen hinabsteigen, höre ich schon Gelächter aus dem Salon. Mittlerweile habe ich das Gefühl, von der Treppe zu stürzen, so sehr zittern meine Beine vor Aufregung. Als June und ich den Salon betreten, verstummen die Gespräche. Alle Augen sind auf uns gerichtet und urplötzlich fängt das Gepfeife an.

Nate steht am Kamin gelehnt und starrt mich mit offenem Mund an. Er sieht in seinem Smoking atemberaubend aus. Zaghaft lächle ich ihn an und drehe mich einmal um meine eigene Achse. Immer noch keine Regung. Ist er schockiert? Gefalle ich ihm nicht? Ich habe also doch die falsche Wahl getroffen.

Jeremy stößt Nate mit dem Ellbogen in die Seite. Augenblicklich löst er sich aus seiner Starre und kommt langsam auf mich zu. Vor mir bleibt er stehen und schaut mich nochmals von oben bis unten an. „Du siehst wunderschön aus, Emilia. Ich bin total sprachlos."

Ich bin sofort erleichtert. Es gefällt ihm also doch. „Du bist aber auch nicht zu verachten. Ziemlich sexy."

Er gibt mir einen keuschen Kuss auf die Wange und sagt dann: „Ich freue mich schon auf die neidischen Blicke heute Abend, weil dir definitiv keine andere Frau das Wasser reichen kann. Außerdem kann ich es kaum erwarten, dir heute Nacht dieses unverschämt sexy Kleid wieder auszuziehen."

Ich schaue ihn schockiert an und laufe sofort rot an. Hoffentlich hat das keiner gehört. Jedoch scheinen alle in ihre eigenen Gesprächen vertieft zu sein.

Plötzlich zupft jemand an meinem Kleid. Ich blicke zur besagten Stelle und entdecke die kleine Tracy. Sofort gehe ich in die Hocke. Na ja, so gut es mir in diesem Kleid eben möglich ist.

„Trace, du siehst wirklich zauberhaft aus. Wie eine kleine Elfe."
Tracy zieht mich sofort in ihre Arme.

„Und du siehst aus wie eine wunderschöne Prinzessin." Die Zuneigung der Kleinen rührt mich ungemein.

„So, meine Lieben, es wird Zeit. Gleich kommen schon die ersten Gäste. Also hopp, hopp."

Damit machen wir uns gemeinsam auf den Weg zur Location. Ich wusste noch gar nicht, wo die Gala stattfinden soll und somit lasse ich mich einfach von den anderen mitziehen. Etwa fünf Minuten später erreichen wir den Saal. Ja, richtig gehört, es ist ein riesiger, festlicher Saal. Ich komme kaum aus dem Staunen heraus. Es sieht gigantisch aus. Im hinteren Bereich ist eine gro-ße Bühne aufgebaut. Davor findet man genug Platz zum Tanzen. Dahinter reihen sich mittig mehrere runde Tische, die wunderschön und elegant dekoriert sind. In der Mitte jedes Tisches befindet sich ein XXL-Weinglas in dem Blumenarrangements in Weiß und Schwarz drapiert sind. Auch die Gedecke sind nur vom Feinsten. Am Rande des Saals sind ebenfalls überall di-verse runde Stehtische aufgereiht. Außerdem stehen überall Laternen, Blumenarrangements und Lampions. Es sieht traumhaft aus. Beth hat sich wirklich viel Mühe bei der Planung gegeben und man merkt, dass hier viel Herzblut drinsteckt.

„Und, gefällt es dir?", fragt Nate.

Ich strahle ihn sofort an. „Es ist wunderschön. Deine Mum ist wirklich unglaublich."

Nate nickt. „Ich sagte doch, meine Mum ist verdammt gut in so etwas. Komm, wir setzen uns schon zu den anderen."

Natürlich sitzt die ganze Familie an den vordersten Tischen. Mittlerweile beginnt auch eine Swing-Band, leise zu spielen. Alles ist einfach perfekt. Der Saal füllt sich von Minute zu Minute und eine Stunde später scheinen alle Gäste anwesend zu sein und die Gala kann beginnen.

Nates Vater begibt sich auf die Bühne und begrüßt alle mit seiner lockeren und lustigen Art, dass mehrmals im Raum gelacht wird. Er hat wirklich Humor und kann die Leute mit seiner Art fesseln und mitreißen. Das hat Nate auf jeden Fall von ihm. Diese Facette liebe ich an ihm.

Nach der Begrüßung wird das Dinner eröffnet. Es gibt ein 5-Gänge-Menü und ich habe wirklich noch nie so gut und so viel gegessen. Nach dem letzten Gang habe ich das Gefühl, zu platzen. Die Band beginnt nun, lauter zu spielen und die ersten Gäste begeben sich auf die Tanzfläche.

„Hast du vielleicht Lust, mit mir zu tanzen?" Nate erhebt sich und streckt mir seine Hand entgegen, die ich sofort ergreife. Manchmal ist es gar nicht so falsch, einen Tanzkurs gemacht zu haben. Nate zieht mich eng an sich und bewegt sich langsam zum Takt der Musik. „Du siehst traumhaft schön aus, weißt du das eigentlich? Ich kann kaum aufhören, dich anzusehen. Und ich glaube, nicht nur mir geht es heute Abend so, wenn ich mich so umschaue", sagt er grinsend.

Ich erröte leicht und senke verlegen meinen Blick. Ich genieße Nates Nähe ungemein und seine Worte sind wie Balsam für meine geschundene Seele. Nate ist außerdem ein fantastischer Tänzer. „Wo hast du eigentlich so gut tanzen gelernt?"

„Muss ich dir das wirklich noch erklären, nachdem du meine Mum kennengelernt hast? Sie hat mich damals dazu genötigt, in eine Tanzschule zu gehen. Ich hab es gehasst. Damals hätte ich lieber mit den Jungs Fußball gespielt, als diese dämlichen Tänze zu lernen. Na ja, heute bin ich ihr allerdings dankbar dafür. Wer weiß, wie deine Füße heute Abend ausgesehen hätten, wenn ich es nicht getan hätte."

Ich muss unwillkürlich lachen. „Na, dann muss ich Beth wohl dankbar dafür sein."

Nach zwei weiteren Tänzen erscheint Jeremy neben uns. „Darf ich dich ablösen, Bruderherz und mit meiner Schwägerin in spe tanzen?", fragt er mit einem kecken Augenzwinkern.

Hat er das gerade wirklich gesagt? Aber irgendwie gefällt mir der Gedanke und das erste Mal kommt keine Panik in mir hoch. Eher ein warmes Gefühl.

„Aber sicher doch. Aber nur ein Tanz, hast du verstanden?! Dann will ich sie zurück. Und behalt deine verdammten Griffel bei dir!", sagt er in einem gespielt ernsten Ton.

Jeremy schüttelt belustigt den Kopf. „Gefällt dir der Abend, Emilia?"

„Es ist wirklich schön, was deine Mum organisiert hat. Sie hätte das als Beruf machen sollen."

Jeremy nickte nur kurz. „Du passt gut zu meinem Bruder", sagt er dann plötzlich. „Ich habe ihn noch nie so glücklich gesehen. Er muss dich wirklich sehr lieben. Nach … Ach egal." Jeremy schüttelt den Kopf, als wolle er damit schlechte Gedanken vertreiben.

Schon wieder so eine merkwürdige Andeutung und immer noch bin ich so schlau wie vorher. Doch bevor ich ihn darauf ansprechen kann, wird meine Aufmerksamkeit auf etwas anderes im Raum gezogen. Besser gesagt, auf jemand anderes. Wie gelähmt starre ich auf die beiden Personen abseits der Tanzfläche. Es ist Nate, der mit einer sehr hübschen Blondine tanzt. Mich stört es nicht, dass er mit ihr tanzt. Mich stört eher, dass sie sehr vertraut und innig miteinander wirken, als wären sie ein Paar. Mich überkommt sofort ein Gefühl, das ich eigentlich nicht von mir kenne. Eifersucht. Warum tut er das? Und wer ist diese Frau?

Jeremy merkt, dass etwas mit mir nicht stimmt und folgt sofort meinem Blick. Ich vernehme nur ein leises „Scheiße" von ihm.

Dann sehe ich, wie die Frau Nate zärtlich über die Wange streicht und ihm etwas ins Ohr flüstert. Nate wird leicht rot und ich kann mir nur allzu gut denken, in welche Richtung ihre Worte gingen. Dann ergreift er plötzlich ihre Hand und führt sie aus dem Saal, dabei schaut er sich mehrmals suchend um. Er will nicht, dass ich ihn dabei sehe. Das ist einfach zu viel für mich. Ich entschuldige mich kurz bei Jeremy und verlasse wutentbrannt und enttäuscht die

Tanzfläche Richtung Außenterrasse. Ich brauche dringend frische Luft, sonst ersticke ich noch. Ich habe es die ganze Zeit gewusst. Er ist kein Deut besser als Louis. Warum tut er mir das nur an? Auch noch vor seiner ganzen Familie und den Gästen. Ich habe wirklich gedacht, er meint es ernst mit mir … All die liebevollen Worte von ihm. Es fühlt sich an, als hätte man mir mein Herz herausgerissen und die ersten Tränen verlassen meine Augen. Ich will eigentlich gar nicht weinen, weil er es einfach nicht wert ist, aber es tut so furchtbar weh. Ich kann es einfach nicht mehr aufhalten. Schluchzend setze ich mich auf eine kleine Bank und lasse meinen Gefühlen freien Lauf. Ich fühle mich hintergangen und gedemütigt.

Spätestens jetzt erkenne ich, dass Nate für mich niemals nur eine Affäre sein wird. Ich liebe ihn mit jeder Faser meines Körpers und genau das tut mir gerade entsetzlich weh. Zu sehen, wie er mit dieser Frau verschwindet und … Ich hätte auf mein Bauchgefühl hören und mich von Anfang an von ihm fernhalten sollen. Was Louis mir damals angetan hat, war nur halb so schmerzhaft gewesen, weil ich für ihn nie so empfunden habe, wie jetzt für Nate. Es zerreißt mich förmlich und ich habe das Gefühl, tief zu fallen.

Bevor ich meinen nächsten Gedanken laut aussprechen kann, fühle ich eine warme Hand auf meiner Schulter. „Emilia?" Nate steht direkt hinter mir. So dicht, dass ich seine Körperwärme spüren kann.

„Bitte geh einfach, Nate und lass mich in Ruhe", weine ich leise.

Nate denkt wohl gar nicht daran und nimmt einfach neben mir Platz. Er versucht, nach meiner Hand zu greifen, die ich ihm aber hastig entziehe. Ich will jetzt nicht von ihm berührt werden. Nicht, nachdem er eine andere Frau damit berührt hat. „Em, es ist nicht so, wie du denkst."

Ach nein? Seine Worte machen mich auf einmal unglaublich wütend. Das ist so ein typischer Spruch und ich könnte förmlich kotzen. „Nicht? Was denke ich denn, Nate? Wie sah es deiner Meinung nach für mich aus? Es war eindeutig. Weißt du, es ist doch immer das Gleiche mit euch Männern. Ich hätte es wissen müssen. Hätte wissen müssen, dass du nicht anders bist als er … Dass ich dir nicht vertrauen darf. Ich wünschte, ich hätte dich nie kennengelernt.“

Nate

Ihre harten Worte treffen mich wie ein Schlag ins Gesicht. Das meint sie doch nicht wirklich ernst? Als sie Anstalten macht, aufzustehen, halte ich sie reflexartig am Arm fest und drücke sie zurück auf die Bank. „Das meinst du doch nicht ernst? Sag mir, dass du das nicht ernst meinst, Emilia!“ Verzweifelt fahre ich mir durchs Haar. „Emilia, ich wollte mit Janine gar nicht tanzen. Sie hat mich einfach überrumpelt und sich mir aufgedrängt. Ich wollte vor den anderen Gästen einfach keine Szene machen und deshalb habe ich mit ihr getanzt und sie danach nach draußen gebeten, um ihr klarzumachen, dass ich vergeben bin. Ich will nichts von ihr, okay! Sie war eine von vielen. Nichts weiter. Ein Zeitvertreib. Sie hat absolut keine Bedeutung für mich. Verstehst du es eigentlich immer noch nicht?“

Ich bin extrem aufgebracht und wütend. Sie muss es doch mittlerweile selbst merken. Sie kann doch nicht so blind sein. Ich umfange Emilias Kinn mit meiner Hand und drehe ihr Gesicht zu mir, damit sie meinem Blick nicht weiter ausweichen kann. Sie muss es doch in meinen Augen lesen können, spüren? Ich atme noch einmal tief durch. Danach nehme ich all meinen Mut zusammen. Jetzt oder nie.

„Ich liebe dich, verdammt noch mal! Hast du gehört? ICH LIE-BE DICH! Und das nicht erst seit heute. Eigentlich schon die ganzen letzten Wochen. Nein, um ehrlich zu sein, seit ich dich das erste Mal im Club gesehen habe.“

Emilia schaut mich sprachlos an.

Emilia

Was hat Nate da gerade eben gesagt? Mir wird leicht schwindlig. Meint er das wirklich ernst und kann ich seinen Worten Glauben schenken? Tief in meinem Herzen weiß ich längst die Antwort darauf. Ganz leise und kaum hörbar beginne ich, zu flüstern: „Ich liebe dich auch."

Ehe ich mich versehe, hat Nate mich auf seinen Schoß gezogen und beginnt, mich leidenschaftlich zu küssen. Nach einer gefühlten Ewigkeit, so kommt es mir zumindest vor, löst er sich von mir und schaut mir tief in die Augen. „Weißt du eigentlich, wie glücklich du mich machst? Ich will nie wieder ohne dich sein, Emilia. Du bist das Wertvollste, das ich besitze. Ich dachte gerade wirklich, ich hätte dich verloren. Sag mir, dass du mir glaubst und wir nicht mehr darüber streiten."

„Du hast mich nicht verloren, hörst du. Niemals. Dafür liebe ich dich viel zu sehr. Es tut mir leid, wie ich reagiert habe. Als ich dich mit dieser Frau da drin gesehen habe … Da ist alles wieder hochgekommen und ich habe Panik bekommen. Ich war so enttäuscht. Verzeih mir bitte!"

Er zieht mich fest an sich. „Das muss es nicht, mir muss es leidtun. Ich hätte auf Janines Bitte einfach nicht eingehen dürfen und ihr sofort sagen sollen, dass ich mit dir hier bin. Aber es ging alles so schnell. Ist wieder alles in Ordnung zwischen uns?"

Ich nicke müde. „Sicher, mehr als in Ordnung."

Nate erwidert mein Lächeln. „Was hältst du davon, wenn wir uns eine Flasche Champagner schnappen und heimlich von der Party verschwinden?"

Ich beiße mir nachdenklich in die Unterlippe. Würde das nicht komisch wirken, wenn einer der Gastgeber schon vor Ende der Gala verschwindet? Aber so, wie ich momentan aussehe, kann ich sowieso nicht mehr zurück. Ich sehe mit Sicherheit aus wie ein Waschbär nach meiner Heulattacke. „Das wäre wirklich wunderbar."

Nate erhebt sich und sagt dann: „Bin gleich wieder zurück. Nicht verschwinden."

Ein paar Minuten später kommt er mit einer Flasche und zwei Gläsern zurück.

Auf dem Zimmer brennt längst der Kamin und es ist warm und gemütlich. Nate nimmt ein paar Kissen und Decken und breitet diese direkt vor dem Kamin aus. Dann zieht er sich bis auf die Boxershorts aus und setzt sich in die Kissen. Er fackelt nicht lange und zieht mich zu sich hinunter. Mit einem kleinen Schrei lande ich direkt auf seinem Schoß. „Du siehst so wunderschön aus. Ich kann einfach nicht genug von dir bekommen. Dieses Kleid sieht an dir einfach unfassbar sexy aus. Aber so leid es mir tut, ich muss es dir jetzt sofort ausziehen." Er greift nach dem Reißverschluss und öffnet diesen ganz langsam.

Ich stehe auf und das Kleid gleitet mit einer einzigen Bewegung zu Boden. Nun stehe ich nur noch in Unterwäsche und High Heels vor ihm.

Nate entfährt ein leises „Wow" und er muss heftig schlucken.

In meiner schwarzen Spitzenunterwäsche und den dazu passenden halterlosen Strümpfen fühle ich mich verrucht und sexy. Leicht wie eine Feder lasse ich mich neben ihn auf die Kissen sinken. Sofort nimmt Nate mich in seine Arme und ich kuschle mich an ihn. Es ist ein schönes neues Gefühl, offiziell zu ihm zu gehören.

„Magst du etwas trinken?", fragt er.

„Gerne."

Er öffnet gekonnt die Champagnerflasche und gießt ihn in die Gläser. „Auf uns und unsere gemeinsame Zukunft, Süße." Dabei blitzen seine Augen kurz auf.

Nach drei Gläsern fühle ich mich leicht beschwipst und schmiege mich noch näher an ihn. Nate scheint nachdenklich zu sein. „An was denkst du gerade", frage ich.

Er seufzt auf.

„Du hast vorhin gesagt, dass ER dich sehr verletzt hat … Von wem hast du da gesprochen?"

Mit dieser Frage habe ich jetzt nicht gerechnet. Mein Herz schlägt schneller.

„Du musst es mir auch nicht erzählen, okay." Versucht er, mich zu beruhigen.

Na ja, irgendwann muss ich ihm ja sowieso alles erzählen, also Augen zu und durch. Ich setze mich auf und ziehe mir die Decke etwas höher. Ich atme einmal tief durch und fange dann mit Louis und meiner Geschichte an: „Wo soll ich da nur anfangen? Ich habe vorhin von Louis gesprochen, meinem Ex. Unsere Beziehung nahm damals kein gutes Ende. Aber dafür müsste ich weiter ausholen. Louis war mein erster richtiger Freund. Als ich ihn kennenlernte, war ich schon 24 und hatte eine schlimme Zeit hinter mir. Ich war auf einer öden Gala mit den Sinclairs, also Jamies Familie. Jamie war längst an einem netten Mann dran, also stand ich die meiste Zeit alleine herum. Dann stieß ich auf einmal mit Louis zusammen. Er verzauberte mich vom ersten Augenblick an mit seiner charmanten, witzigen Art. Der Abend wurde also doch noch recht lustig und angenehm. Als es Zeit wurde, zu gehen, tauschten wir unsere Telefonnummern aus, da wir uns gerne wiedersehen wollten. Nach diesem Abend gingen wir mehrere Male aus. Wir merkten recht schnell, dass es zwischen uns einfach passte. Wir beide wollten mehr und gingen eine feste Beziehung ein. Damals glaubte ich, er sei meine große Liebe. Der Mann meiner Träume, du weißt schon … All diesen Kitsch halt. Heute weiß ich, dass es nicht so war. Die Kurzfassung ist … er hat mir wenige Monate später einen Heiratsantrag gemacht. Ich war in dem Moment der glücklichste Mensch auf der ganzen Welt und ich freute mich auf eine gemeinsame Zukunft mit ihm. Zusammenziehen wollten wir jedoch erst nach der Hochzeit. Nach einigen Wochen fing er an, mich immer öfter zu bedrängen, dass wir doch einen Ehevertrag abschließen sollten etc. Natürlich war dieser zu seinen Gunsten ausgelegt. Ich dachte mir nichts dabei, sondern verstand ihn. Wir sollten beide im Falle einer Scheidung abgesichert sein. Ich war wirklich so blind und naiv. Keiner meiner Freunde konnte ihn wirklich leiden und sie haben mich immer wieder vor ihm gewarnt. Auf mich eingeredet, keinen Fehler zu begehen und nichts zu überstürzen. Alleine das hätte mir damals zu denken geben sollen. Gerade bei Jamie. Aber ich bin nun mal eine Verdrängungskünstlerin und wollte es einfach nicht wahr haben. Für mich war Louis das Beste, was mir passieren konnte." Ich lächle ihn kurz traurig an. „Kurz vor der Hochzeit erwischte ich ihn durch einen Zufall im Bett mit einer Kollegin. Wie ich später erfuhr, hatte er mich nicht nur das eine Mal betrogen. Letztendlich kam heraus, dass er mich nur heiraten wollte, weil er dachte, ich hätte Geld. Die ganze Zeit hat er mir nur etwas vorgespielt. Seine Gefühle … Einfach alles. Jedes einzelne Wort war eine große Lüge und genauestens kalkuliert. Verstehst du jetzt, warum ich es nicht so mit Beziehungen habe und es mir schwerfällt, jemandem zu vertrauen?"

Nate schüttelt verständnislos den Kopf. „Ich verstehe nicht, wie ein Mensch so abgebrüht sein kann. Danke, dass du mir davon erzählt hast und mir so vertraust. Aber eins musst du mir glauben, Emilia. Ich bin nicht wie er. Ich liebe dich von ganzem Herzen und ich würde so ziemlich alles für dich tun." Er gibt mir einen zarten, kurzen Kuss auf die Lippen. „Hast du ihn seit damals wiedergesehen?"

Ich schüttle den Kopf. „Nein, Gott bewahre. Er hat einige Male versucht, mit mir Kontakt aufzunehmen, aber ich habe jegliche Versuche abgeblockt. Für mich war es vorbei und es gab auch nichts mehr zu bereden. Nach einer Weile gab er endlich auf und ich habe bis heute nichts mehr von ihm gehört. Jamies Mum hat ihn vor ein paar Wochen in einem Restaurant getroffen. Er war dort mit seinem neuesten Opfer. Er besaß auch noch die Frechheit, an Rachels Tisch zu gehen und sie über mich auszuquetschen. Du kennst Rachel nicht. Sie ist wie eine Löwenmutter. Sie hat ihm gehörig den Marsch geblasen. Diese Frau ist wirklich furchterregend, wenn sie erst einmal in Rage ist. Das hat Jamie eindeutig von ihr geerbt."

Mit einem Mal überkommt mich die Müdigkeit und ich kann kaum noch meine Augen offen halten. Der Abend war einfach zu viel für mich. Erst die Aufregung wegen der Gala, der Streit und das Gespräch eben. Außerdem habe ich viel zu viel getrunken. Ehe ich noch ein Wort herausbringen kann, falle ich in einen tiefen Schlaf.

Nate

Ich kann mir ein Schmunzeln nicht verkneifen. Emilia ist einfach so von einer Sekunde auf die andere im Sitzen eingeschlafen. Diese Frau ist einfach unglaublich. Ich ziehe sie vorsichtig auf die Kissenlandschaft und decke sie zu. Sie sieht unglaublich zerbrechlich aus, wenn sie schläft. Ich könnte ihr stundenlang dabei zusehen. Sie ist einfach das Beste, was mir je passiert ist und ich werde diese wunderbare Frau niemals wieder gehen lassen. Nach einer Weile versuche auch ich, zu schlafen, allerdings geht mir zu viel durch den Kopf. Emilia scheint es in der Vergangenheit nicht wirklich leicht gehabt zu haben. Erst der Tod ihrer geliebten Schwester. Dann die ganze Sache mit diesem Louis. Wie kann ein so zartes Wesen wie sie bei alldem, was ihr passiert ist, nur so stark bleiben? Viele Menschen wären daran zugrunde gegangen. Emilia jedoch nicht. Ich liebe diese Frau wie verrückt und ich werde sie in Zukunft vor allem Bösen beschützen. Mit diesem Gedanken schlafe auch ich endlich ein.

KAPITEL 12

Nate

Ich erwache plötzlich durch ein merkwürdiges Geräusch. Was zur Hölle ist das? Ich schaue mich schlaftrunken im fast schon dunklen Zimmer um, kann aber nichts Außergewöhnliches im leichten Schein des Kaminfeuers erkennen. Da war es wieder. Es hört sich an, als würde jemand schmerzvoll wimmern. Aber wo kommt das nur her? Das Wimmern wird lauter und erst jetzt realisiere ich, dass diese Geräusche von Emilia stammen. Ich strecke mich etwas und knipse die Lampe auf dem kleinen Beistelltisch an. Dann wende ich mich wieder Emilia zu, die immer noch schläft. Sie scheint schlecht zu träumen.

Schmerzvoll kneift sie ihre Augen zusammen und sagt leise: „Bitte nicht. Ich will das nicht mehr … Du tust mir weh." Emilia fängt am ganzen Körper an, zu zittern und Tränen laufen ihr über die Wangen.

Was zur Hölle träumt sie da nur? Eigentlich sollte ich sie sofort wecken, aber ich bin wie gelähmt von dem, was sich gerade vor meinen Augen abspielt. Das ist doch nicht normal. Kann man so real träumen?

„Nein, tu mir das nicht an. Warum hilft mir denn keiner … Mum", schluchzt sie.

Länger ertrage ich es nicht mehr. Ich habe wirklich genug gesehen und beuge mich leicht über sie, um sanft an ihrer Schulter zu rütteln. „Emilia, wach bitte auf. Du träumst. Hörst du mich? Ich bin es, Nate. Du musst jetzt sofort aufwachen, Em."

Plötzlich versteift sie sich und reißt ängstlich ihre Augen auf. Sie scheint noch etwas benommen zu sein. Ich streiche ihr sanft über die Wange. „Es ist alles gut, mein Schatz. Ich bin bei dir." Sie sieht unglaublich blass und verängstigt aus. Was hat sie da nur Grausames geträumt?

Langsam löst sich ihre Schockstarre und sie blinzelt leicht. „Nate?", flüstert sie mit dünner Stimme.

„Ich bin hier. Keiner kann dir mehr was Böses. Ich bin bei dir." Ich versuche, sie mit meiner Stimme weiter zu beruhigen und streiche ihr dabei immer wieder sanft über den Kopf.

„Kannst du mich bitte festhalten?", schnieft sie.

Ich tue es und ziehe sie fest in meine Arme. Ich spüre ihren schnellen Herzschlag an meiner Brust. „Es ist alles in Ordnung. Alles wird wieder gut."

Nach wenigen Minuten merke ich, wie Emilia sich langsam beruhigt und ihr Körper an Spannung verliert und sie wieder eingeschlafen ist. Was zur Hölle ist das gerade gewesen? Wovon hat sie nur geträumt? Alleine ihr Anblick lässt mir einen kalten Schauer über den Rücken laufen. Ihre Augen waren voller Angst und Panik gewesen. Mittlerweile ist es schon 4:38 Uhr und an Schlaf ist nicht mehr zu denken. Ich bin viel zu aufgewühlt und ich habe zu viele Fragen in meinem Kopf. Ich muss später unbedingt mit Emilia darüber sprechen. Um 6:30 Uhr beschließe ich schließlich, aufzustehen und eine Runde joggen zu gehen, um wenigstens einen freien Kopf zu bekommen. Danach werde ich Emilia wecken und mit ihr reden.

Nachdem ich vom Laufen zurück bin und eine kalte Dusche genommen habe, setze ich mich zu Emilia auf den Boden, die immer noch tief schläft. Was ist ihr nur Schreckliches widerfahren? Mein Bauchgefühl sagt mir, dass sie mir noch nicht alles über ihre Vergangenheit erzählt hat. Aber vielleicht muss ich noch etwas Geduld haben? Sie dazu zu drängen, wäre völlig falsch und würde sie in die Enge treiben. Die Gefahr, dass sich Emilia wieder verschließt, ist einfach zu groß. Ich streiche ihr sanft über die Wange und hauche ihr einen Kuss darauf.

Völlig verschlafen öffnet sie halb die Augen. „Guten Morgen. Schon so früh wach?"

Ich nicke kurz. „Ich bin halt nicht so eine Schlafmütze wie du. Ich war auch schon joggen."

Emilia schaut mich verwundert an. „Wie spät ist es denn?"

„Keine Angst, es ist erst um acht. Also noch genug Zeit bis zum Frühstück." Soll ich sie einfach auf letzte Nacht ansprechen? „Geht es dir wieder besser?"

Emilia schaut mich fragend an. Doch plötzlich scheinen ihre Erinnerungen wiederzukehren.

Emilia

Oh verdammt, ich habe letzte Nacht vergessen, meine Medikamente zu nehmen und prompt geträumt. Und Nate hat alles mitbekommen. Das ist mir so entsetzlich unangenehm. Ich weiche seinem fragenden Blick aus. Wie soll ich ihm das Ganze jetzt nur erklären?

„Hey, rede mit mir. Ich verstehe es einfach nicht. Du hast mir eine Heidenangst eingejagt. Die letzte Nacht war nicht das erste Mal, dass du so etwas geträumt hast. Habe ich recht?"

Ich nicke leicht. Ich habe wahnsinnige Angst vor dieser Unterhaltung. Ich kann es ihm einfach noch nicht sagen. Es ist viel zu früh dafür.

„Hatte der Traum mit dem Tod deiner Schwester zu tun? Du musst es mir nicht erzählen, mir langt auch, wenn du nur kurz nickst. Danach lass ich dich auch in Ruhe. Versprochen!"

Er will mich nicht in die Enge treiben, das merke ich sofort. Nate steht plötzlich auf und geht Richtung Badezimmer. Bevor ich weiter darüber nachdenke, sprudeln die Worte nur so aus mir heraus. „Ich habe letzte Nacht vergessen, meine Medikamente einzunehmen", sage ich leise.

Nate dreht sich zu mir um und schaut mich verwirrt an. „Wie meinst du das?"

Nervös knete ich meine Hände. Ich darf jetzt bloß nicht zu viel sagen. „Meine Vergangenheit belastet mich nach wie vor sehr und ich bin seit damals, also seit dem Tod von Amy, in psychologischer Behandlung. Am Anfang hatte ich jede Nacht Angst, die Augen zu schließen und einzuschlafen. Ich träumte jede Nacht immer wieder das Gleiche. Meine Träume sind sehr echt und ich brauche immer etwas Zeit, um zu realisieren, was real und was nur ein Traum ist. Irgendwann verschrieb mir mein Arzt Medikamente dagegen. Sozusagen eine Art Traumblocker. Ich muss sie täglich abends vorm Schlafengehen einnehmen. Leider habe ich sie gestern Abend vergessen … daher der Traum. Ich wollte dich damit nicht belasten und schon gar nicht, dass du mich in diesem Zustand siehst. Ich habe dir Angst gemacht, das tut mir sehr leid." Während ich spreche, kann ich Nate kein einziges Mal in die Augen schauen. Zu groß ist meine Scham.

Nate kniet sich neben mich und nimmt meine Hände in seine. „Das ist okay, mein Schatz. Am besten achten wir in Zukunft besser darauf. In Ordnung?! Danke für deine Ehrlichkeit."

Ich hebe meinen Blick und schaue in seine liebevollen Augen. Was ich darin sehe, lässt jegliche Anspannung von mir abfallen. Es ist Verständnis und Liebe. „Wir sollten uns so langsam fertig machen, bevor wir noch zu spät zum Frühstück kommen und Granny böse wird."

Am Frühstückstisch ist die Gala das Gesprächsthema überhaupt. Alle sind sichtlich begeistert und der Abend war ein großer Erfolg.

„Übrigens waren alle sehr begeistert von euch beiden", strahlt Beth uns entgegen.

„Es wurden schon Wetten über einen möglichen Hochzeitstermin abgeschlossen", witzelt Jeremy. „Ihr wisst, was ihr zu tun habt?! Ich hab eine Menge Kohle auf euch gesetzt."

Mir ist das Thema unglaublich unangenehm, schließlich sind Nate und ich erst seit Kurzem ein Paar. Genau genommen erst seit gestern.

Nate scheint es gelassen zu nehmen. „Wer weiß, was die Zukunft so alles bringt. Aber bis ich um Emilias Hand anhalte, denke ich, haben wir noch etwas Zeit. Hab ich recht?"

Ich nicke erleichtert. „Außerdem muss ja nicht jeder so schnell heiraten wie du, Bruderherz!", sagt Nate spitz.

„Tja, ich habe halt sofort gemerkt, dass ich diese Frau nie wieder gehen lassen will und sie sofort an mich gekettet", lacht nun Jeremy und boxt Nate leicht gegen die Schulter.

Ob Nate und ich auch mal so glücklich werden? Ich beneide die beiden schon ein wenig darum und wünsche es mir von ganzem Herzen. Trotzdem sind wir uns einig, alles langsam angehen zu lassen und nichts zu überstürzen.

Nach dem Frühstück begeben wir uns wieder auf unser Zimmer, da unser Flieger heute geht und wir um 15 Uhr am Flughafen sein müssen. Gepackt haben wir nämlich noch nicht und es wird höchste Zeit. Außerdem will ich noch einmal in den Stall zu Leandra und Amigo, um mich zu verabschieden. Leider haben wir für einen Ausritt keine Zeit mehr. Aber Nate verspricht mir, demnächst noch einmal herzukommen.

Um 13 Uhr ist es dann Zeit, aufzubrechen. Es herrscht eine sehr melancholische Stimmung und die Verabschiedung fällt allen zusehends schwer.

Ich werde von Beth ganz liebevoll in den Arm genommen. Dabei flüstert sie mir leise ins Ohr: „Es war schön, dich kennenzulernen. Ich hoffe, wir sehen uns jetzt öfter, meine Süße? Und lass dich von meinem Sohn nicht ärgern. Hast du verstanden?! Biete ihm ab und an mal die Stirn, das tut den Forbes Männern gut."

Ich muss bei ihren Worten schmunzeln. „Glaub mir, ich hab ihn besser im Griff als er mich. Danke, dass ich hier sein durfte."

Dann nehme ich Tracy auf den Arm. Die Kleine scheint bedrückt zu sein. „Hey, Trace. Was hast du denn? Bist du traurig?"

Sie nickt mit herunterhängenden Schultern. Ich gebe ihr einen kleinen Kuss auf die Wange. „Nicht doch. Wir sehen uns doch bald wieder. Ihr könnt uns auch mal in London besuchen. Was hältst du davon? Wir haben da einen wirklich fantastischen Zoo."

Sofort beginnen ihre Augen, zu leuchten. „Wirklich? Auch ganz bestimmt?"

Ich mache das Indianerzeichen und sage „Indianerehrenwort, Süße".

Tracy zieht mich in eine feste Umarmung und flüstert dann ganz leise: „Ich hab dich lieb, Tante Emilia."

Die Worte rühren mich so sehr, dass meine Augen verräterisch anfangen, zu brennen. „Ich dich auch, Maus."

Nachdem wir uns von allen ausgiebig verabschiedet haben, machen wir uns auf den Weg zum Flughafen. Nate legt während der Fahrt seine Hand auf meine und streichelt mich sanft. „Ich liebe dich, weißt du das?!"

„Ich liebe dich auch. Danke für dieses unglaubliche Wochenende. Meinst du, es dauert lange, bis wir wieder herkommen können?"

Nate beginnt, zu strahlen. „Das will ich doch hoffen. Nichts zu danken. Auch für mich war es eines der schönsten Wochenenden seit Langem. Klar, kommen wir so schnell wie möglich wieder. Glaub mir, die wirst du jetzt nicht mehr so schnell los. Wenn sie einmal jemanden ins Herz geschlossen haben, dann bleibt das auch so."

London empfängt uns, wie sollte es auch anders sein, mit tristem Regenwetter. Vor meinem Haus müssen auch wir uns voneinander trennen. Es fällt uns beiden nicht wirklich leicht, aber wir sehen uns ja morgen wieder.

„Du könntest auch bei mir schlafen und morgen fahren wir gemeinsam ins Büro? Bitte! Ich will heute Nacht nicht alleine schlafen", bettelt Nate mit einem Welpenblick.

Ich muss sofort lachen. Er sieht unglaublich süß aus, wenn er das tut. Aber ich brauche heute etwas Zeit für mich, um alles Geschehene zu verarbeiten. Außerdem habe ich Jamie einiges zu berichten. Also bleibe ich hart. „So schön das auch klingt, aber nein, Nate. Ich brauche wirklich Zeit für mich. Jamie wartet sicher auch schon auf mich. Seit wir gelandet sind, hat sie mir bestimmt schon zehn Nachrichten geschickt. Wir sehen uns doch morgen früh wieder und am Wochenende verspreche ich, übernachte ich auch bei dir. In Ordnung?"

Nate verzieht schmollend das Gesicht. Jetzt versucht er es also auf die Tour. Aber nicht mit mir, Mr. Forbes. Nachdem er merkt, dass ich auf sein Schmollen nicht eingehe, erwiderte er: „In Ordnung. Wie du willst. Ich nehme dich beim Wort wegen des Wochenendes." Er zieht mich in seine Armen und küsst mich leidenschaftlich zum Abschied. „Dann grüß Jamie ganz lieb von mir. Ich ruf dich später noch mal an." Damit steigt er in sein Auto und brauste davon.

Als ich an der Fassade nach oben schaue, sehe ich, dass in unserer Wohnung Licht brennt. Jamie scheint also daheim zu sein. Hoffentlich ist sie alleine. Nicht, dass ich sie und Josh bei irgendetwas störe, was ich wirklich nicht sehen will. Im Hausflur schaue ich noch kurz nach der Post und nehme diese gleich mit nach oben.

Noch bevor ich meinen Schlüssel ins Schloss stecken kann, wird die Wohnungstür schon von innen aufgerissen. Jamie fällt mir sofort um den Hals. „Da bist du ja endlich. Ich hab dich so vermisst."

Ich mustere sie irritiert. „Ich war doch nur ein paar Tage weg. Sag mal, hast du die ganze Zeit aus dem Fenster geschaut oder warum wusstest du, dass ich komme?"

Jamie hebt entschuldigend die Schultern. „Du kennst mich doch.

Ich bin halt neugierig. Außerdem wollte ich sehen, welche Karre Nate fährt. Nicht schlecht, meine Liebe. Wenn man es sich leisten kann", pfeift Jamie anerkennend.

Ich mache mir nicht sonderlich viel aus Autos. Solange sie fahren, ist alles in bester Ordnung. Das Aussehen ist für mich eher sekundär. Daher interessiert es mich auch nicht sonderlich, dass Nate einen schwarzen Audi RS 7 Sportback fährt. Das ist der Unterschied zwischen uns. Jamie liebt Autos. Umso teurer, umso besser.

„Jetzt erzähl schon, wie ist es gelaufen?", überrumpelt sie mich sofort.

„Dürfte ich vielleicht erst einmal meine Jacke ausziehen und mich umziehen? Du bist ja schlimmer als ein Kind."

Jamie gibt mir einen Klaps auf den Po. „Hopp, hopp, Süße. Meine Geduld hängt am seidenen Faden! Also beeil dich."

Ich gehe in mein Zimmer und lege die Post auf meinen Schreibtisch. Später ist noch genug Zeit dafür. Dann gehe ich kurz ins Badezimmer, um mich frisch zu machen und um mir etwas anderes anzuziehen.

Als ich das Wohnzimmer wenige Minuten später betrete, wartet Jamie schon mit einer Flasche Wein auf mich.

„Du bist was?", fragte Jamie fassungslos.

Ich verdrehe die Augen. „Du hast mich schon richtig verstanden. Nate und ich sind jetzt fest zusammen, mit allem Drum und Dran. Und bitte erspar mir dein ‚ich habe es dir doch gleich gesagt'-Gerede!"

Mehr braucht es nicht und Jamie springt mir förmlich in die Arme. Dabei schreit sie so laut, dass ich Angst habe, einen Hörsturz zu bekommen: „Ich hab es doch gewusst! Ich freu mich so für dich. Für euch beide. Ihr seid so ein schönes Paar." Nachdem sie sich wieder beruhigt hat, gehen auch schon die Fragen los. „Aber erzähl mir erst einmal, wie es dazu kam."

Ich lasse nichts aus und erzähle ihr jedes noch so kleine Detail.

Um 23 Uhr bin ich dann so müde, dass ich kaum noch die Augen aufhalten kann. Als ich mich auf mein Bett setze, klingelt plötzlich mein Handy. Das kann nur Nate sein. Ohne auf das Display zu schauen, nehme ich ab. „Hey, hast du schon öfter versucht, mich zu erreichen?" Nichts. „Nate?" Keine Antwort. Irritiert schaue ich auf das Display. Unbekannter Anrufer. Schon wieder. „Hören Sie endlich auf, mich anzurufen, sonst schalte ich die Polizei ein." Schnell lege ich wieder auf. Sofort klingelt es wieder. Jetzt habe ich aber wirklich die Schnauze voll. Was soll das überhaupt? Ich nehme ab und sage diesmal etwas schärfer: „Hören Sie. Ich weiß nicht, was das Ganze soll oder was Sie damit bezwecken, aber hören Sie endlich auf, mich ständig anzurufen!"

Dann meldet sich eine mir vertraute Stimme am anderen Ende der Leitung. Verdammt, es ist doch Nate. Ich habe vergessen, auf das Display zu schauen. „Alles in Ordnung, Em? Also wenn du dich über meinen Anruf nicht freust, dann kann ich auch wieder auflegen?"

Mist, ich muss mir für die Zukunft angewöhnen, vor dem Abnehmen auf das Display zu schauen.

„Tut mir leid, Nate. Ich hab nicht gesehen, dass du es bist. Vor ein paar Minuten hat mich schon mal jemand mit unbekannter Nummer angerufen und nichts gesagt. Ich dachte einfach, es wäre wieder dieser Anrufer. Sorry."

„Das hört sich schon seltsam an. Wenn das öfter vorkommt, sagst du mir bitte Bescheid und ich lasse das kontrollieren, okay?"

Ich räuspere mich kurz. Wenn er nur wüsste. „Ja, klar", stottere ich. Ich muss ihm ja nicht gleich auf die Nase binden, dass das nicht der erste Anruf in diese Richtung ist. Er würde sich nur unnötig Sorgen machen. Und solange es nur Anrufe sind, ist ja nichts weiter dabei. Gut, es nervt etwas, muss ich zugeben, aber es ist ja nichts Bedrohliches an sich.

„Ich vermisse dich, Süße", sagt Nate traurig. „Mein Bett ist so leer ohne dich."

„Nate, ich lag noch nie in deinem Bett. Also kannst du gar nicht wissen, wie es sich anfühlt, wenn ich darin liege", gebe ich lachend zurück. Als ich das letzte Mal bei ihm war, haben wir es gar nicht bis ins Schlafzimmer geschafft. Ich frage mich gerade ernsthaft, ob ich es überhaupt schon gesehen habe.

„Das nächste Mal werde ich dich an mein Bett fesseln, damit du nicht wieder weglaufen kannst."

Ich muss bei dem Gedanken kichern. Irgendwie hat es seinen Reiz. „Das dürfen Sie sehr gerne ausprobieren, Mr. Forbes", hauche ich in mein Handy.

Nate stöhnt leise auf. „So was kannst du doch nicht am Telefon zu mir sagen. Ist dir eigentlich bewusst, was das in mir auslöst? Wegen dir bin ich jetzt steinhart und bekomme den Gedanken von dir, gefesselt auf meinem Bett, nicht mehr aus dem Kopf."

Jetzt kann ich mich nicht mehr halten und pruste laut los. Glucksend sage ich: „Nate, ich kann mich ganz gut daran erinnern, dass der liebe Gott dich mit zwei gesunden Hände ausgestattet hat. Was du jetzt mit dieser Information anfängst, überlasse ich dir. Ich werde jetzt auf jeden Fall auflegen und schlafen gehen. Mein Chef sieht es nämlich gar nicht gerne, wenn man zu spät kommt. Bis morgen. Und viel Spaß! Ich liebe dich." Bevor Nate noch etwas erwidern kann, lege ich kichernd auf. Er ist wirklich ein Freak. Ein äußerst süßer. Ich freue mich schon riesig auf morgen.

Mein Handy piepst kurz und signalisiert mir den Eingang einer Nachricht. Wie soll es auch anders sein, sie ist von Nate.

Du bist der Teufel in Person. Wie kannst du mir nur so was antun?! Dafür werde ich dich noch bestrafen. Darauf kannst du dich verlassen. Schlaf gut. Kuss Nate

Ich beschließe, ihm nicht mehr zu antworten. Aber auf die Bestrafung bin ich jetzt schon extrem gespannt.

KAPITEL 13

Emilia

Als ich am nächsten Morgen aufwache, fühle ich mich frisch und ausgeruht und bereit für den Start in einen neuen Tag. Gut gelaunt schlendere ich in mein Badezimmer, um mich für die Arbeit fertig zu machen. Es ist ein merkwürdiges, aber auch ein gutes Gefühl, offiziell mit Nate zusammen zu sein. Das Gefühl, zu jemandem zu gehören und nicht einsam durch das Leben zu gehen. Trotzdem bin ich sehr aufgeregt. Es ist der erste Arbeitstag als Paar und ich bin mir nicht wirklich sicher, ob es jeder positiv aufnehmen wird. Außerdem weiß ich nicht wirklich, wie ich mich ab jetzt Nate gegenüber verhalten soll. Ich sollte mich weiterhin professionell geben. Ich bin schließlich immer noch seine Assistentin und dabei wird es auch bleiben. Wer letztendlich von uns erfährt, überlasse ich Nate.

Zurück in meinem Zimmer fällt mein Blick sofort auf den Schreibtisch. Mist, ich habe gestern vergessen, die Post durchzuschauen. Ich nehme den Stapel in die Hand und schaue alles durch. Die meisten Briefe sind für Jamie oder einfach nur Werbung, die gleich im Müll landet. Dann fällt mein Blick auf einen nicht adressierten Umschlag mit lediglich meinem Vornamen darauf. Komisch. Hat Nate ihn eingeschmissen und will mich überraschen? Irgendwie beschleicht mich ein beklemmendes Gefühl. Ich öffne ihn und ziehe den Inhalt heraus. Mir wird sofort übel. In dem Umschlag befinden sich mehrere Bilder von mir, die definitiv in den letzten Wochen aufgenommen worden sind. Dann fällt mir der anonyme Anrufer ein und dass ich mich in den letzten Wochen des Öfteren beobachtet gefühlt habe. Ich dachte, ich hätte mir das alles nur einge-bildet. Aber nun … Wer sollte mich also beobachten? Das ist doch verrückt. Außer Louis kommt eigentlich niemand infrage. Außer … Ich verwerfe den Gedanken sofort. Ich stelle mir die Frage, ob Louis dazu imstande wäre und was er sich davon erhofft? Zum Schluss bemerke ich noch eine Karte, auf der etwas gedruckt ist.

Du bist immer noch so wunderschön wie damals. Ich vermisse dich jeden Tag mehr, den wir getrennt voneinander sind.

Diese Worte können nur von Louis stammen. Wer sollte es sonst sein? Vielleicht erlaubt sich auch jemand nur einen dummen Scherz mit mir? Was soll ich jetzt nur tun? Ignorieren? Zur Polizei gehen? Oder doch mit Nate darüber sprechen? Nein, er wird sich nur unnötig Sorgen machen. Ich entscheide mich vorerst für Ersteres. Einfach ignorieren. Irgendwann wird es sicherlich wieder aufhören. Und Louis oder wer auch immer es ist, wird den Spaß daran verlieren, wenn keine Reaktion kommt. Aber was, wenn es jemand ganz anderes ist? Es muss jemand sein, der mich kennt. Ansonsten schreibt man doch nicht „Ich vermisse dich". Was, wenn ER mich doch gefunden hat? Wenn ER zurück ist? Panik steigt in mir auf und ich schaffe es gerade noch rechtzeitig ins Badezimmer, bevor ich mich übergebe.

In dem Moment betritt Jamie das Badezimmer. Erschrocken kniet sie sich neben mich und streichelt mir beruhigend über den Rücken. „Was ist denn mit dir los, Süße? Geht es dir nicht gut? Du bist weiß wie die Wand, Em." Jamie hält mir einen gefüllten Becher mit Wasser entgegen. „Hier, trink erst einmal etwas."

Ich nehme einen großen Schluck und versuche, mich zu sammeln. Was soll ich ihr denn antworten? Ich kann ja schlecht sagen: „Hey, Jamie, ich glaube, er hat mich gefunden". Vielleicht ist es ja wirklich nur falscher Alarm und Louis ist der Übeltäter oder sonst ein Verrückter. Zuzutrauen ist es Louis jedenfalls, nach allem, was war.

Besorg mustert mich Jamie. „Em, du machst mir langsam Angst. Was ist denn nur los mit dir? Soll ich einen Arzt rufen? Tut dir was weh?"

Ich schüttle schnell den Kopf. „Nein, es ist alles in Ordnung. Danke. Ich glaube, ich habe einfach etwas Schlechtes gegessen. Sonst nichts. Es geht auch schon wieder."

Jamie sieht mich skeptisch an. Sie kennt mich schon zu lange, als dass ich ihr was vormachen kann. Aber als sie merkt, dass von mir nichts weiter zu erwarten ist, sagt sie nur: „Okay, wenn du meinst. Du würdest mir aber doch sagen, wenn etwas passiert wäre?", fragt sie leise.

„Klar, dir kann man ja nichts vormachen, Mrs. Marple. Mach dir jetzt bitte keine Sorgen. Ich habe mir einfach nur den Magen verdorben. Mehr nicht. Jetzt schau mich nicht so an." Ich stupse sie in die Seite und lächle schief.

Das scheint Jamie zu überzeugen und sie erhebt sich sofort. „Gut. Soll ich dir noch schnell einen Magentee machen, bevor ich gehe?"

„Nein, danke. Ich werde mich jetzt auch auf zur Arbeit machen und dort einen trinken."

Jamie mustert mich mit hochgezogenen Augenbrauen. „Du willst doch nicht ernsthaft so zur Arbeit gehen? Geschweige denn, dich in die Bahn setzen?"

„Natürlich werde ich arbeiten gehen. Aber keine Sorge, heute fahr ich ausnahmsweise mal mit dem Taxi."

Das scheint sie wieder zu beruhigen und nur wenige Minuten später verabschiedet sie sich von mir.

Das war knapp. Ich kann ihr nichts von dem anonymen Brief und den Anrufen erzählen. Jamie wird sich nur unnötig Sorgen machen und das will ich auf gar keinen Fall. Zu oft ist dies in der Vergangenheit vorgekommen. Und Nate kann ich auch nichts davon erzählen. Er würde mich keine Sekunde mehr aus den Augen lassen.

Ich nehme den Brief vom Bett und verstecke ihn weit hinten in meinem Kleiderschrank. Sicher ist sicher. Wieder schweifen meine Gedanken ab. Was, wenn er es wirklich ist? Was will er dann von mir? Sich rächen?

Ein Blick auf die Uhr sagt mir, dass es höchste Zeit ist, aufzubrechen. Ich rufe mir ein Taxi und fahre zur Arbeit. Die ganze Fahrt über habe ich das Gefühl, verfolgt zu werden. Allmählich werde ich noch wirklich paranoid.

Als ich wenig später Nate in seinem Büro sitzen sehe, fällt eine Last von meinen Schultern. Hier bin ich vor allem sicher. Ohne meinen Mantel auszuziehen, gehe ich direkt in Nates Büro und setze mich auf seinen Schoß.

„Hey, Baby, so anschmiegsam heute? Alles in Ordnung mit dir?", fragt er besorgt.

„Lass mich raten … Jamie?"

Nate nickt schuldbewusst. „Sorry, sie hat mich vor ein paar Minuten besorgt angerufen und mir erzählt, was passiert ist. Sie hat es nicht böse gemeint. Sie liebt dich einfach nur. So wie ich."

Ich verdrehe genervt die Augen. „Warum ruft sie dich einfach hinter meinem Rücken an? Das geht so nicht."

Nate gibt mir einen zarten Kuss auf die Schläfe. „Nimm es ihr bitte nicht übel. Sag mir lieber, wie es dir geht."

„Mir geht es schon viel besser. Ehrenwort."

Er glaubt mir offensichtlich kein Wort, das sehe ich ihm sofort an. Einen Augenblick mustert er mich skeptisch. Doch bevor er etwas sagen kann, klingelt sein Telefon.

Da habe ich ja noch mal Glück gehabt. Ich signalisiere ihm stumm, dass ich an die Arbeit gehe und verlasse den Raum.

Er nickt nur kurz und widmet sich dann seinem Telefonat.

Den ganzen Vormittag über konzentriere ich mich auf meine Arbeit und versuche, alles Liegengebliebene aufzuarbeiten. Das ist gut, denn die Arbeit lenkt mich von meinem eigentlichen Problem ab.

Kurz vor Mittag steht Nate plötzlich vor mir. „Ich bin dann jetzt bei dem Hurlington Termin. Ich denke, dass ich so gegen 14 Uhr wieder zurück bin. Soll ich Essen mitbringen?"

„Ja, gerne. Dann warte ich auf dich."

Nate scheint, als wolle er noch etwas sagen, tut es dann aber doch nicht. „Okay. Ist Sushi der Dame recht?"

Ich nicke zustimmend. Nate beugt sich noch schnell über meinen Tresen und gibt mir zum Abschied einen kleinen Kuss. Dann ist er verschwunden.

Eine Stunde später, ich bin immer noch in meine Arbeit vertieft, klingelt das Telefon. „*Forbes Investmentbank*, Sie sprechen mit Emilia Clayton. Was kann ich für Sie tun?" Außer schwere Atemgeräusche vernehme ich nichts in der Leitung. „Hallo? Haben Sie mich verstanden?" Immer noch nichts. Mein Herz beginnt, zu rasen. „Louis, bist du das? Was willst du von mir?", frage ich kühl und mit einem Kloß im Hals. Als keine Reaktion kommt, lege ich einfach auf.

Dann fängt mein Handy an, zu piepsen und signalisiert mir den Eingang einer Nachricht. Der Inhalt ist ein Bild von mir, das vor wenigen Sekunden geschossen wurde. Der Titel darunter lautet „Ich liebe es, wenn du so ängstlich aussiehst".

Wie erstarrt schaue ich auf mein Handy. Ich muss länger so dagesessen haben, als ich plötzlich eine Berührung an meiner Schulter spüre und vor Schreck das Handy zu Boden fallen lasse. „Oh mein Gott, Emilia. Es tut mir leid, es war nicht meine Absicht, Sie zu erschrecken. Sie haben auf meine Rufe gar nicht reagiert und da dachte ich … Geht es ihnen nicht gut? Soll ich einen Arzt rufen?"

Es ist Gott sei Dank nur Lydia. Trotzdem kann ich mich aus meiner Schockstarre einfach nicht lösen. Irgendjemand stalkt mich und will mich in die Irre führen.

„Emilia, hörst du mich? Ist alles in Ordnung mit dir?", fragt Lydia nun lauter.

Ich nicke nur merklich. „Warte, ich hol dir schnell ein Glas Wasser, du bist ja ganz blass um die Nase. Nicht, dass du mir hier noch umkippst. Mr. Forbes reißt mir sonst noch den Kopf ab."

Mit einem Glas Wasser in der Hand kommt Lydia schließlich zurück. „Trink einen Schluck. Hast du irgendetwas für den Kreislauf da? Schokolade? Traubenzucker? Irgendetwas?"

Ich schüttle benommen den Kopf. Ich habe das Gefühl, als würde mir jemand den Hals zudrücken. Ich bin nicht imstande, nur ein Wort zu sagen. Dann überkommt mich plötzlich Übelkeit. Ich bekomme nur noch ein „brechen" heraus, bevor ich aufspringe und in Richtung Toiletten renne. Wie gut, dass ich heute Morgen nichts mehr gegessen habe.

Lydia klopft zaghaft an die Tür und tritt, ohne eine Antwort abzuwarten ein. „Alles wieder okay mit dir?" Sie geht vor mir in die Hocke und hält mir ein feuchtes Tuch entgegen. Besorgt mustert sie mich.

Plötzlich wird mir bewusst, wo ich mich eigentlich befinde. Oh mein Gott, das ist alles so peinlich. Mein Verhalten ist vollkommen unangemessen. Peinlich berührt schaue ich Lydia in die Augen. „Danke, für deine Hilfe. Ich weiß auch nicht, was heute mit mir los ist. Mir ging es heute Morgen schon nicht so gut. Wahrscheinlich habe ich mir einen Virus eingefangen. Tut mir leid."

Lydia streicht mir eine Strähne aus dem Gesicht. „Das kann doch jedem mal passieren. Komm, ich koch dir einen Tee. Du wirst sehen, danach geht es dir bestimmt wieder besser. Ich hoffe, es macht dir nichts aus, dass ich dich einfach geduzt habe? Ich dachte nur, vielleicht hörst du dann eher auf mich. Du warst ja völlig weggetreten."

Ich nicke verlegen. „Ich bin Emilia", lächle ich und reiche ihr die Hand.

„Und ich Lydia." Sie erwidert meine Geste und hilft mir beim Aufstehen. „Na komm, ich bring dich erst einmal in Mr. Forbes' Büro. Er wird sicherlich nichts dagegen haben, wenn du dich einen kurzen Moment auf seine Couch legst."

Ich nicke zustimmend. Natürlich wird er das nicht, aber das weiß Lydia natürlich nicht. In Nates Büro lege ich mich hin und warte auf Lydia, die gerade einen Tee für mich kocht.

Plötzlich vernehme ich Stimmen auf dem Flur. Es sind die von Lydia und Nate. Besorgt kommt Nate, dicht gefolgt von Lydia, in das Büro gestürmt und kniet sich vor mich.

„Was machst du nur für Sachen, Em? Kann man dich nicht mal für ein paar Stunden alleine lassen?"

Lydia schaut irritiert von einem zum anderen. Schließlich räuspert sie sich laut.

„Oh, Lydia, Sie habe ich gerade ganz vergessen. Vielen Dank, dass Sie sich um Emilia gekümmert haben. Das war sehr nett von Ihnen. Aber was ist eigentlich passiert?" Nun wendet er sich wieder mir zu.

„Ich weiß auch nicht. Mir wurde plötzlich total komisch und dann musste ich mich übergeben. Wahrscheinlich habe ich mir einen Virus eingefangen oder so."

Nate nimmt mein Gesicht in seine Hände und mustert mich einen Augenblick. „Bist du dir ganz sicher?"

„Natürlich bin ich mir sicher. Gestern ging es mir ja noch gut." Ich kann ihm ja schlecht sagen, woher meine Übelkeit wirklich kommt. Hoffentlich glaubt er jetzt nicht, ich sei schwanger.

„Du gehörst ins Bett, Emilia und dorthin werde ich dich auch jetzt bringen." Ohne eine Antwort abzuwarten, wendet er sich wieder Lydia zu. „Können Sie bitte alle meine Termine für heute absagen und das Telefon auf die Zentrale umstellen?! Ich würde meine Freundin ungern alleine nach Hause fahren lassen."

Lydia scheint zuerst überrascht, lächelt aber dann freudig. „Aber natürlich, Mr. Forbes. Ich werde mich um alles kümmern. Und dir, Emilia, wünsche ich gute Besserung." Damit verlässt sie den Raum.

Nate hilft mir mit meinem Mantel und wir machen uns sofort auf den Weg nach Hause.

Während der Autofahrt bemerke ich, wie Nate mich immer wieder nachdenklich von der Seite mustert. Aus Angst, er könnte mich etwas fragen, stelle ich mich irgendwann schlafend. Nur so kann ich seinen Fragen ausweichen. Meine Gedanken kreisen immer wieder um die eine Frage: Was, wenn er mich wirklich gefunden hat? Ich werde alle Menschen, die ich liebe, unwillkürlich in Gefahr bringen. Er ist schon damals skrupellos gewesen. Wie kann ein Mensch nur so besessen sein? Und um mich zu treffen, würde er vor nichts zurückschrecken, das weiß ich. Aber vielleicht ist es ja wirklich nur falscher Alarm oder purer Zufall? Ich darf mich einfach nicht weiter verrückt machen. Mir bleibt so oder so nichts anderes übrig, als abzuwarten.

„Hey, Süße, wir sind da." Nate streicht mir sanft über die Wange. Er steigt aus und läuft um den Wagen herum, um mir zu helfen.

Dankbar greife ich nach seiner Hand. „Danke, es geht schon."

„Bist du dir sicher? Du bist immer noch ganz blass. Ich habe Angst, dass du mir noch umfällst. Komm, ich trage dich hoch." Bevor ich etwas einwenden kann, hat er mich schon gepackt und zum Haus getragen. In der Wohnung legt er mich sofort auf mein Bett. „Bleib liegen, ich mach dir nur schnell einen Tee." Er gibt mir noch einen Kuss auf die Stirn und verlässt dann das Zimmer.

Währenddessen schlüpfe ich aus meiner unbequemen Kleidung und tausche diese gegen Jogginghose und Shirt ein. Eingemummelt in meiner Decke warte ich auf Nate.

Wenige Minuten später öffnet sich auch schon die Tür und Nate tritt ein. „Ich hab dir noch trockenes Toastbrot mitgebracht, damit du wenigstens etwas im Magen hast." Er setzt sich neben mich und schaut mich wortlos an.

Das macht mich wiederum immer nervöser. Er macht sich sichtlich Sorgen, das spüre ich. Und ich habe sofort ein schlechtes Gewissen, weil ich ihn anlüge. Ich bin einfach niemand, der gerne lügt. Aber ich kann ihm unmöglich die Wahrheit sagen.

Nachdem meine Tasse leer ist und ich ein paar Bissen vom Toastbrot genommen habe, fragt er: „Geht es dir wieder besser?"

„Ja, viel besser. Solange du bei mir bist, geht es mir immer gut. Könntest du dich zu mir legen und mich einfach nur festhalten?"

Nate nickt und zieht sich Schuhe sowie die restliche Kleidung aus. Dann legte er sich, nur mit Boxershorts und Shirt bekleidet, neben mich und zieht mich in seine starken Arme. „Gut so?"

„Ja, perfekt. Danke", gähne ich müde. Die Ereignisse des Tages haben mich extrem ausgelaugt und ich merke, wie meine Augen immer schwerer werden.

Nate

Nachdem Emilia eingeschlafen ist, liege ich noch eine ganze Zeit wach neben ihr und beobachte sie beim Schlafen. Irgendetwas stimmt nicht mit ihr. Ich kann es spüren. Es muss seit gestern etwas passiert sein, wovon sie mir nicht erzählen will. Anders kann ich mir das alles nicht erklären. Ich weiß, sie wird von selbst mit mir reden, wenn sie bereit dazu ist. Aber wann wird das sein? Ich merke, wie Emilia zusehends unruhiger wird und sich herumwälzt. Was ist nur mit ihr los?

Plötzlich beginnt sie, am ganzen Körper zu zittern. Sie träumt schon wieder. „Was willst du von mir? Bitte lass mich endlich in Ruhe. Ich will das nicht mehr … Nein, nein, NEIN … ", schreit Emilia plötzlich laut los. Tränen laufen ihr dabei über die Wangen.

Ich muss sie so schnell wie möglich wecken. Leicht rüttle ich sie aus dem Schlaf. „Em, wach auf, hörst du mich? Ich bin es, Nate. Ich bin bei dir."

Ein schmerzhaftes Schluchzen überkommt ihre Lippen. Dann

reißt sie abrupt die Augen auf. „Nate", haucht sie nur leise. Kaum in der Lage, zu sprechen.

„Ich bin hier, mein Schatz. Alles ist gut. Du hast nur geträumt." Ich nehme sie fest in den Arm und streiche ihr sanft über den Rücken.

„Es tut mir so leid. Es ist alles nur meine Schuld", weint sie leise.

„Nein, es ist alles in Ordnung. Nichts ist deine Schuld. Es ist doch gar nichts passiert. Du hast nur schlecht geträumt." Ich sehe kurz auf die Uhr. Es ist inzwischen nach sieben Uhr am Abend und sie hat heute kaum etwas gegessen. „Du solltest eine Kleinigkeit essen, damit du zu Kräften kommst. Wollen wir Essen bestellen?"

Emilia nickt müde. „In Ordnung. Am Kühlschrank hängen verschiedene Flyer vom Lieferservice. Such dir einfach einen davon aus. Das Telefon steht auf der Kommode im Wohnzimmer. Ich geh kurz ins Badezimmer und mache mich etwas frisch."

Ich nicke kurz. Ich muss unbedingt für die Zukunft ein paar Kleidungsstücke bei Emilia deponieren. Im Anzug ist es doch recht unbequem.

Als ich in der Küche stehe und die Flyer durchschaue, höre ich einen Schlüssel an der Wohnungstür klimpern. Das muss wohl Jamie sein?

Sie kommt um die Ecke gebraust und bleibt erschrocken vor mir stehen. „Oh mein Gott, hast du mich erschreckt. Ich dachte schon, du wärst ein Einbrecher", sagt sie atemlos.

Ich grinse sie entschuldigend an. „Sorry, war nicht meine Absicht. Ich wollte nur gerade etwas bestellen. Möchtest du mitessen?"

„Klar. Da sag ich doch nicht Nein. Aber nur, wenn du auch zahlst?", lacht sie frech. „Was machst du eigentlich hier? Wo ist Em?"

„Sie ist im Badezimmer. Ihr ging es nicht so gut und ich habe sie nach Hause gebracht. Da ich sie nicht alleine lassen wollte, bin ich bei ihr geblieben. Ich hoffe, das ist in Ordnung für dich?"

Jamie nickt mir zu.

„Klar ist das in Ordnung. Du bist ja schließlich Emilias Freund und hier immer herzlich willkommen. Mi casa es su casa", lacht sie.

„Sag mal, Jamie, weißt du vielleicht, was heute mit Emilia los ist? Irgendwie weicht sie ständig meinen Fragen aus und zieht sich zurück."

Jamie denkt kurz nach.

„Dir ist es also auch schon aufgefallen"

„Ich weiß es nicht, Nate. Wirklich nicht. Heute Morgen, als ich in ihr Badezimmer gekommen bin, hat sie sich gerade übergeben und gemeint, sie hätte wohl etwas Falsches gegessen. Aber irgendwie kommt mir das schon sehr komisch vor. Allerdings wollte ich nicht weiter nachbohren, da ich genau weiß, dass sie sich dann komplett verschließt. Sie ist da wirklich wie eine Auster. Ich kann mir auch keinen Reim darauf machen. Tut mir leid."

Ich streiche mir nachdenklich über das Gesicht. „Mmh, irgendwie habe ich ein merkwürdiges Gefühl. Ich weiß auch nicht, warum. Aber vielleicht irre ich mich ja auch und sie kränkelt wirklich nur." Ich stoße mich von der Arbeitsplatte ab und nehme das Telefon zur Hand. „Ist Pizza in Ordnung?"

Jamie nickt zustimmend und verschwindet kurz in ihrem Zimmer.

Nach der Pizza, für Emilia gab es eine leichte Minestrone, schauen wir uns noch gemeinsam einen Film an und lassen den Tag ruhig ausklingen. Als der Film zu Ende ist, bemerke ich, dass Emilia längst eingeschlafen ist. „Sie schläft schon. Ich glaube, ich trage sie mal in ihr Bett", flüstere ich Jamie zu.

„In Ordnung. Ich räum noch schnell auf und mach mich dann auch ins Bett. Bleibst du heute Nacht hier?"

Ich überlege kurz. Sollte ich bleiben oder doch eher gehen? Vielleicht ist es besser, Emilia etwas Ruhe zu gönnen? „Ich denke, ich werde mich besser auf den Heimweg machen, damit sie sich noch ausruhen kann. Außerdem habe ich nichts zum Anziehen hier. Sag ihr bitte, dass sie sich noch schonen und im Bett bleiben soll. Ich will sie auf gar keinen Fall im Büro sehen."

Jamie lächelt mich an und nickt kurz. „Das wird sie zwar nicht gerne hören, aber ich gebe mein Bestes. Wenn es hart auf hart kommt, fessle ich sie einfach ans Bett."

Ich muss bei der Vorstellung lachen. Ich mag Jamie wirklich sehr. Sie ist ein guter Mensch und sie hat eine ganz schön lose Zunge. Ich bin froh, dass Emilia so eine gute Freundin an ihrer Seite hat.

Ich hebe sie vorsichtig auf meine Arme und bringe sie in ihr Schlafzimmer. Dann gebe ich ihr noch zum Abschied einen vorsichtigen Kuss auf die Stirn.

Plötzlich regt sie sich. „Nate? Gehst du etwa?", fragt sie verschlafen.

Ich laufe wieder zu ihr und setze mich auf ihr Bett. „Tut mir leid, hab ich dich geweckt? Ich denke, es ist besser, wenn ich heute Nacht bei mir schlafe. Du solltest dich noch ausruhen. Ich komm dich morgen auch besuchen, okay?"

Emilia reibt sich verschlafen die Augen. „Ich möchte aber nicht, dass du gehst. Kannst du nicht heute Nacht bei mir bleiben? Bitte?", fleht sie förmlich.

Ich beuge mich zu ihr herunter und küsse sie zärtlich auf die Wange. Ich kann ihr einfach nichts abschlagen. „Was immer du willst, kleine Lady." Also ziehe ich mich wieder aus und lege mich neben sie ins Bett.

„Könntest du mir bitte noch meine Tabletten geben? Die liegen auf der Kommode."

Nachdem sie ihre Medikamente genommen hat, kuschelt sie sich an mich und schläft sofort wieder ein. Auch ich brauche nicht lange, um in den Schlaf zu finden.

KAPITEL 14

Emilia

Als ich am nächsten Morgen erwache, liegt Nate nicht mehr neben mir. Seufzend schlurfe ich ins Badezimmer und nehme eine kalte Dusche zum Wachwerden. Fertig angezogen gehe ich in die Küche.

„Oh, Dornröschen ist auch schon wach. Geht es dir besser?", fragt Jamie immer noch besorgt.

„Was heißt hier wach? Es ist doch erst …" Ja, wie spät ist es eigentlich?

Jamie schneidet mir das Wort ab. „Genau zehn Uhr, meine Liebe."

Erschrocken sehe ich sie an. „Oh mein Gott, ich muss mich beeilen, ich bin spät dran. Warum hat mich denn keiner geweckt? Ich muss noch Unterlagen fertigstellen und …"

Jamie packt mich am Arm. „Süße, es ist alles in Ordnung. Beruhig dich doch mal. Nate hat mir vorhin gesagt, dass du dich schön ausschlafen sollst und er dich heute nicht in der Firma sehen möchte. Er kommt heute Nachmittag aber vorbei. Also alles im grünen Bereich."

Erleichtert atme ich aus. „Okay. Wann ist er denn weg? Hat er sonst noch was gesagt?"

Jamie schüttelt den Kopf. „Nein, hat er nicht. Nur, dass du heute bitte noch daheimbleiben sollst. Er macht sich ziemliche Sorgen um dich, weißt du das? Und um deine andere Frage zu beantworten, er ist so gegen sieben aus dem Haus. Aber jetzt iss erst einmal etwas. Soll ich dir noch einen Tee machen?"

„Danke, gerne. Großen Hunger hab ich aber irgendwie immer noch nicht wirklich. Ich werde nur etwas Trockenes essen. Mein Magen ist noch nicht so ganz fit. Musst du nicht auch langsam mal los?"

„Ja, gleich. Ich fang heute später an, da ich heute Abend länger arbeiten muss. Wir haben heute einen Empfang und Dad hat mich gebeten, ein Auge darauf zu werfen, weil er mit Mum noch was vorhat. Daher warte nicht auf mich, okay? Wir hören uns, ich ruf dich später an." Damit gibt sie mir einen Kuss auf den Kopf und verschwindet.

Ich atme all die Anspannung raus. Endlich bin ich alleine und kann mich etwas ordnen. Als es auf einmal an der Tür läutet, zucke ich zusammen. Wer könnte das sein? Vielleicht hat Jamie ihren Schlüssel vergessen? Das tut sie öfter mal. Ich drücke die Gegensprechanlage und frage: „Hallo? Wer ist da?"

„Hallo, spreche ich da mit Emilia Clayton? Ich habe eine Lieferung für sie."

Eine Lieferung? Vielleicht von Nate? „Kommen Sie hoch. Dritter Stock rechts."

Als es wenige Minuten später an der Tür klopfte, öffne ich diese. Vor mir steht ein UPS-Bote. „Guten Tag, Miss Clayton. Ich habe hier eine Lieferung für Sie. Ich benötige dann noch hier eine Unterschrift von Ihnen."

Ich nehme den Stift entgegen und zeichne das Dokument ab.

„Schönen Tag noch", verabschiedet sich der Mann. In meinen Händen halte ich ein längliches, schmales Päckchen mit einer schwarzen Schleife darauf. Einen Absender kann ich allerdings nicht ausmachen. Es ist mit Sicherheit von Nate zur Aufmunterung. Ich entferne die Schleife sowie den Deckel und zum Vorschein kommt eine einzelne weiße Rose, gebettet auf vielen schwarzen Federn. Darauf liegen außerdem eine Karte und ein Bild von mir. Es zeigt mich schlafend in meinem Bett.

Du siehst einfach wunderschön aus, wenn du schläfst. So unschuldig und zart. Wie ein kleiner Schmetterling.

Plötzlich klingelt das Telefon. Das ist bestimmt Nate. „Hallo?", frage ich mit leiser Stimme.

„Hey, Süße, gut geschlafen?" Mein Herz beginnt, zu klopfen, als ich Nates Stimme am anderen Ende der Leitung vernehme.

„Selber hey. Ja klar, und du?"

„Etwas kurz, aber das ist schon okay. Sorry, dass ich dich nicht geweckt habe, aber ich wollte, dass du dich ausschläfst. Wie geht es dir?"

„Mir geht es schon viel besser. Noch etwas flau im Magen, aber besser. Danke noch mal, dass du letzte Nacht geblieben bist."

„Für dich immer. Das weißt du doch."

Dann fällt mein Blick auf das Päckchen. „Danke übrigens für die Aufmunterung."

Nate scheint kurz irritiert zu sein. „Welche Aufmunterung meinst du?", fragte er.

„Na die Rose und die Karte. Das ist eine wirklich schöne Geste von dir."

Nate räusperte sich laut. „Em, ich hab dir keine Rose geschickt. Das muss ein Missverständnis sein. Nicht, dass ich nicht froh bin, dass du dabei gleich an mich denkst, aber ich muss dich leider enttäuschen, von mir ist sie nicht."

Sofort überschlagen sich meine Gedanken. Es ist von dem Stalker beziehungsweise Louis. Aber wie hat er ein Bild von mir machen können? Das ist nämlich definitiv ein aktuelles Foto von mir. Da bin ich mir ziemlich sicher, da ich das Nachthemd darauf erst letzte Woche gekauft habe. Alleine der Gedanke, dass jemand in meine Privatsphäre eingedrungen ist, lässt meinen Puls höherschlagen.

„Em, bist du noch dran?", fragt Nate besorgt.

„J-j-ja. Sorry, vielleicht war es ja auch für jemand anderes und der Bote hat es nur falsch abgegeben."

„Mmh, okay. Steht ein Absender darauf? Ich könnte mal nachforschen, wenn du möchtest?"

Ich schließe für einen kurzen Moment meine Augen. „Nein, kein Absender. Mein Name steht ja auch nicht darauf. Da hat sich einfach jemand vertan. Sorry." Ich hasse es, zu lügen.

„Sollte das noch einmal vorkommen, musst du mir das sagen. Dann setze ich jemanden darauf an. Süße, ich glaube, ich muss auflegen. Mein nächster Termin ist da. Ich melde mich später noch mal bei dir, bevor ich losfahre. Ich liebe dich. Leg dich noch etwas hin, in Ordnung?"

Ich muss breit lächeln. Nate ist einfach ein wunderbarer Mann. „Klar, Boss, wird gemacht. Ich liebe dich auch. Bis später." Ich habe gerade den Hörer aufgelegt, als das Telefon erneut klingelt. „Hast du noch was vergessen?", frage ich lachend.

„Es gibt vieles, was ich vergessen habe, aber dich sicherlich nicht, mein Engel. Ich hoffe, du hast meine kleine Aufmerksamkeit erhalten?!"

Als ich seine Stimme höre, habe ich das Gefühl, langsam und tief zu fallen. In dem Moment sterbe ich tausend Tode. Jetzt ist es also offiziell. Er hat mich nach all den Jahren gefunden.

Plötzlich steigt mir mein Mageninneres die Kehle hinauf. Ich lasse den Hörer zu Boden fallen und laufe so schnell ich kann zur Spüle und übergebe mich darin. Alles dreht sich in meinem Kopf und ich habe das Gefühl, als würde ich in ein großes, dunkles Loch fallen und niemand ist da, um mich aufzufangen. Oh Gott, die Erkenntnis, dass er, während ich geschlafen habe, in meiner Wohnung, in meinem Zimmer gewesen ist, lässt mich vor Angst erzittern. Und plötzlich fängt es in meinen Ohren an, zu rauschen und mir wird sofort schwarz vor Augen.

„Em, Süße, wach auf."

Von ganz weit her vernehme ich leise Stimmen, die immer wieder meinen Namen rufen. Aber wo kommen sie her? Wer ruft mich da? Dann fühle ich sanfte Schläge auf meiner Wange.

„Süße, mach bitte die Augen auf. Hörst du mich? Ich glaube, sie wacht langsam auf."

„Soll ich nicht doch lieber einen Arzt rufen, Nate? Sie ist jetzt schon wirklich ziemlich lange bewusstlos."

Das ist Jamie. Ich kann es ganz deutlich hören. Langsam schärft sich auch mein Blick wieder und ich sehe in Nates und Jamies besorgte Gesichter.

„Hey, Süße, da bist du ja wieder", lächelt Jamie mich an.

„Was ist passiert?", flüstere ich kaum hörbar. Dabei versuche ich, mich ruckartig aufzusetzen, was definitiv nicht gut ist. Denn meinen Kopf durchfährt dabei ein stechender Schmerz.

„Vorsicht. Nicht so schnell. Du hast dir anscheinend den Kopf gestoßen. Was ist denn eigentlich passiert?", fragt nun Nate.

Ich halte mir den Kopf und versuche, einen klaren Gedanken zu fassen. „Ich weiß es nicht", lüge ich. Ich kann ihnen schlecht sagen: „Ach, hey, Leute, übrigens, mein Stiefonkel ist wieder da. Er hat mich also doch nach so vielen Jahren gefunden. Aber macht euch keine Sorgen, ich habe alles im Griff". Ich muss sie belügen, um sie zu schützen. Das ist das, was jetzt zählt. Solange ich nicht weiß, was Bug wirklich von mir will, kann ich niemanden damit belasten oder in Gefahr bringen. Es langt, wenn ich mich selbst damit verrückt mache. „Irgendwie wurde mir vorhin wieder übel und dann hat wohl mein Kreislauf versagt und ich bin ohnmächtig geworden."

Nate gibt mir einen sanften Kuss auf die Stirn. „Du hast uns einen ganz schönen Schrecken eingejagt. Ich habe eine Stunde vor deiner Tür gestanden und Sturm geklingelt. Als du einfach nicht reagiert hast, habe ich schließlich Jamie angerufen. Sie konnte Gott sei Dank sofort kommen."

Ich sehe schuldbewusst zu Boden.

„Wir haben dich hier bewusstlos in der Küche vorgefunden. Mein Gott, Em, was ist denn nur los mit dir? Du solltest wirklich mal zu einem Arzt gehen. Das ist doch alles nicht mehr normal."

Ein Arzt kann mir bei meinem Problem gewiss nicht helfen und auch kein anderer. Ich sehe, wie Jamie mich mustert. Sie kennt mich schon fast mein ganzes Leben und ich habe Angst, dass sie meine Lüge durchschaut. *Also reiß dich zusammen, Emilia*, tadle ich mich selber. Es ist einfach zu gefährlich, sie einzuweihen. Jeder Einzelne in meiner näheren Umgebung ist ab sofort in Gefahr. „Es tut mir wirklich leid, dass ich euch so viel Kummer bereitet habe. Ich weiß auch nicht, was los ist. Vielleicht habe ich mir wirklich einen Virus eingefangen und sollte mich noch schonen", versuche ich, abzulenken.

Nate nimmt plötzlich sein Handy zur Hand.

„Was machst du da?"

„Ich werde jetzt meinen Arzt anrufen und ihn bitten, herzukommen, um dich zu untersuchen."

Ich will gerade protestieren, als Nate mir die Handfläche entgegenstreckte. „Nein, Emilia, keine Widerrede. Ich hätte dich gestern schon zu einem Arzt bringen sollen, dann wäre das heute gar nicht erst passiert."

Als Nate das Wohnzimmer verlässt, um zu telefonieren, setzt Jamie sich zu mir. Für einen kurzen Moment sagt sie nichts und streicht mir lediglich liebevoll über den Kopf. Sie scheint nachzudenken. Das ist gar nicht gut! „Em, bist du dir wirklich ganz sicher, dass alles in Ordnung ist? Ich weiß, das ist jetzt vielleicht etwas direkt, aber wann hattest du deine letzte Periode?"

Ich sehe sie schockiert an. War ja klar, dass sie gleich denkt, ich sei schwanger.

„Das ist jetzt nicht dein Ernst, oder? Spinnst du? Ich nehme die Pille, das weißt du doch. Ich bin doch nicht schwanger. Und um dich zu beruhigen, die hatte ich erst."

Bevor Jamie noch etwas erwidern kann, betritt Nate wieder das Zimmer. „Dr. Dawson wird in einer halben Stunde hier sein."

„Nate, das ist wirklich nicht notwendig. Mir geht es schon wieder viel besser und du wirst sehen, in ein bis zwei Tagen bin ich wieder fit."

Nate schüttelt energisch den Kopf. „Ganz sicher nicht. Ich schau mir nicht weiter an, wie du ständig umkippst und dich übergibst. Mein Gott, Emilia, er untersucht dich doch bloß. Ich habe echt keine Lust mehr, weiter darüber zu diskutieren. Jamie, kannst du kurz auf Emilia aufpassen, ich muss noch einen dringenden Anruf tätigen."

Jamie nickt nur.

Exakt eine halbe Stunde später betritt Dr. Dawson das Zimmer und begrüßt mich freundlich. „Hallo, Miss Clayton. Ich bin Dr. Dawson. Nate bat mich, Sie zu untersuchen. Wo drückt denn der Schuh?" Dr. Dawson ist ein älterer, stämmiger und kleiner Mann mit einer ergrauten Lockenmähne auf dem Kopf sowie einer runden Brille auf der Nase. Er sieht nett und irgendwie wie ein verrückter Professor aus.

„Hallo. Vielen Dank, dass Sie sich die Zeit genommen haben. Nun ja, mich plagen seit ein paar Tagen Kreislaufprobleme und Übelkeit."

Dr. Dawson greift in seinen Arztkoffer und zieht einige Utensilien für die Untersuchung heraus. „Dann wollen wir mal schauen."

Circa eine halbe Stunde später sind wir fertig. „So, also ich konnte nichts Schlimmes feststellen. Und nach dem Test zu urteilen, ist eine Schwangerschaft völlig ausgeschlossen. Ich denke, Sie haben sich tatsächlich einen Virus eingefangen. Deshalb empfehle ich für den Rest der Woche absolute Bettruhe und leichte Kost. Mehr können wir nicht machen. Ich lasse Ihnen noch ein Medikament gegen die Übelkeit da, dieses sollten sie dreimal täglich einnehmen. Und vor allem viel trinken. Am besten Tee oder stilles Wasser. Sollte sich Ihr Zustand verschlechtern, kann mich Nate jederzeit anrufen." Er reicht mir freundlich die Hand. „Dann wünsche ich Ihnen gute Besserung, junge Dame."

„Ich begleite dich noch raus, Peter", sagt Nate kurz.

Nate

„Danke, Peter, dass du so schnell kommen konntest. Bist du dir ganz sicher, dass es nichts Ernstes ist? Sollte ich vielleicht doch mit ihr ins Krankenhaus fahren?"

Peter lacht leise auf. „Junge, dich hat es aber ganz schön erwischt. Da hast du übrigens einen guten Fang gemacht, nur so nebenbei bemerkt. Aber ich denke nicht, dass es etwas Gravierendes ist. Da ich nichts feststellen konnte, tippe ich eher auf Stress oder Ähnliches. Manchmal haben solche Symptome auch einen psychischen Ursprung."

Okay, seine Aussage kommt jetzt nicht wirklich überraschend für mch, sondern bestätigt nur meinen eigenen Verdacht. „Mmh, klar, in der Firma ist oftmals Stress, aber sonst würde mir nicht wirklich etwas einfallen. Was schlägst du vor?"

Peter kratzt sich nachdenklich am Bart. „Na ja, erst einmal sollte sie sich ein paar Tage ausruhen. Umsorge sie etwas, koche ihr ein Süppchen und gib ihr Zeit. Sollte sie Probleme haben, wird sie irgendwann mit dir reden. Sollte es doch ein Virus sein, ist sie in ein paar Tagen wieder ganz die Alte. Aber du kannst mich jederzeit anrufen, falls etwas sein sollte."

Ich nicke ihm dankbar zu. „Danke, aber ich hoffe nicht, dass ich dich noch mal anrufen muss. Nicht, dass ich dich nicht gerne sehe, aber andere Umstände wären mir lieber gewesen."

Peter lacht auf und klopfte mir väterlich auf den Rücken. „Gerne, Junge. Grüß mir deine Eltern, wenn du sie das nächste Mal hörst. Und du meldest dich, wenn du mich brauchst. Mach es gut, Nate."

„Du auch, Peter. Komm gut heim."

Nachdem Peter gegangen ist, lehne ich mich kurz an die geschlossene Tür. Irgendetwas stimmt seit ein paar Tagen nicht mit Emilia und das bereitet mir wirklich große Sorgen. Wenn sie nur mit mir reden würde …

Emilia

Ein paar Minuten später kommt Nate zurück. „Na, Süße, wie wäre es mit einer Suppe, damit du was im Magen hast? Das Essen sollte in wenigen Minuten da sein. Ich hab schon bestellt."

„Wenn ich ehrlich bin, hab ich gar keinen Appetit. Ich würde viel lieber noch schlafen."

Nate atmet hörbar ein und aus. „Du bist wirklich eine schwierige Patientin, weißt du das eigentlich? Wie wäre es damit. Du isst ein paar Löffel Suppe und danach kannst du dich wieder hinlegen?"

Ich stimme zu. Was hätte ich auch sonst tun sollen? Plötzlich klingelt mein Handy. Sofort beginnt mein Herz, zu rasen.

Nate nimmt es in die Hand und schaut auf das Display.

„Wer ist es?", frage ich so beiläufig wie möglich. In Wirklichkeit habe ich Panik.

Nate zuckt mit den Schultern. „Keine Nummer zu sehen. Ich nehme mal ab, okay?" Noch bevor ich etwas einwenden kann, hat er schon die Taste gedrückt. „Hallo? Hallo, wer ist denn da?" Verwirrt nimmt Nate das Telefon vom Ohr und schaut auf das Display. „Komisch, hat einfach aufgelegt."

Mir wird sofort wieder übel und ich schaffe es gerade so auf die Toilette, bevor ich mich erneut übergebe. Fuck!

Nate ist mir natürlich gefolgt und hält mir die Haare aus dem Gesicht. Dabei streichelt er liebevoll über meinen Rücken. „Alles gut. Lass es einfach raus."

Nachdem nur noch trockenes Würgen kommt, lasse ich mich

erschöpft neben die Toilette sinken. Ich fühle mich kraftlos und ausgelaugt. Das alles zerrt ungemein an mir.

„Komm, ich bring dich wieder ins Bett zurück." Nate hebt mich behutsam hoch und trägt mich zurück ins Schlafzimmer. „Du siehst wirklich nicht gut aus. Vielleicht sollen wir doch lieber ins Krankenhaus fahren?" Nate sieht mich fragend an.

„Nein, bitte nicht ins Krankenhaus. Das wird schon wieder. Und sollte es in ein paar Tagen nicht besser werden, können wir immer noch hinfahren, okay?"

Nate nickt zaghaft.

Ein leises Klopfen an der Tür unterbricht uns. Die Tür öffnet sich und Jamie lugt hinein. „Das Essen ist da. Möchtest du lieber im Bett oder im Wohnzimmer essen?"

Ich schaue Nate fragend an. „Wäre es in Ordnung, wenn wir gemeinsam hier essen?"

„Klar, alles, was du willst, mein Schatz", antwortet er liebevoll.

Jamie verabschiedet sich derweil, da sie noch mit Josh verabredet ist.

Wenige Minuten später betritt Nate das Zimmer mit einem voll beladenen Tablett in den Händen. Nachdem er sich neben mich gesetzt hat, fragt er mich: „Möchtest du fernsehen?"

„Das wäre schön. Zum Reden fehlt mir, um ehrlich zu sein, im Moment die Kraft."

„Auf was hättest du denn Lust? Eher was Lustiges oder Romantisches?"

Ich zucke mit den Schultern. Hauptsache, er ist da. Das ist im Moment das Wichtigste für mich. „Egal, such du einfach was aus."

Nate entscheidet sich für *50 erste Dates*. Obwohl ich nicht wirklich hungrig bin, schaffe ich sogar die halbe Schüssel.

Nachdem Nate alles in die Küche gebracht hat, legt er sich neben mich und betrachtet mich lange. „Brauchst du noch irgendetwas? Tee, Wasser?"

Ich verneine. „Nein, danke." Ich bin mir nicht sicher, ob ich ihn wirklich fragen soll. Entschließe mich aber dann doch dazu. „Mmh, Nate? Würdest du heute Nacht vielleicht hierbleiben?"

Nate lacht leise. „Klar, hatte ich eigentlich sowieso vor. Ich habe mir auch extra ein paar Sachen eingepackt. Du glaubst doch nicht wirklich, dass ich dich alleine lasse? Außerdem hat Jamie gesagt, dass sie heute Nacht bei ihrem Freund bleibt und hat mich gebeten, ein Auge auf dich zu haben."

Nate steht auf und geht mit seiner Tasche kurz ins Badezimmer. In Shorts und T-Shirt legt er sich schließlich wieder zu mir. „Macht es dir was aus, wenn ich noch lese? Ich muss mich noch auf einen Termin morgen vorbereiten und ich hatte heute kaum Zeit, mich in die Unterlagen einzulesen."

Während ich müde gähne, sage ich: „Nein, kein Problem. Ich nehme jetzt eh meine Medikamente und schlafe gleich ein."

Nate gibt mir einen sanften Gutenachtkuss. „Ich liebe dich. Schlaf gut und sollte etwas sein, weck mich einfach, okay?"

„Mach ich. Ich liebe dich auch." Und schon bin ich eingeschlafen.

Ich erwache am nächsten Morgen durch die zarte Berührung von Nates weichen Lippen. Verschlafen öffne ich meine Augen und blicke in Nates braune Augen.

„Guten Morgen, Süße. Tut mir leid, dass ich dich schon so früh wecke, aber ich muss langsam los. Ich habe dir schon Frühstück gemacht." Er zeigt auf mein Nachtschränkchen, auf dem ein Tablett steht. „Hier liegt auch dein Handy. Ich hab es auch schon aufgeladen. Ruf mich bitte sofort an, wenn etwas ist. Ich habe mein Handy den ganzen Tag auf Laut."

Er gibt mir noch einmal einen zärtlichen Kuss und verabschiedet sich dann von mir.

Als ich die Tür ins Schloss fallen höre, atme ich erleichtert aus. Erst einmal brauche ich eine kalte Dusche, um wieder klarer im Kopf zu werden. Danach werde ich versuchen, etwas zu essen.

Nachdem ich fertig bin, nehme ich das Tablett vom Schrank und schlurfe damit in die Küche. In der Wohnung ist es beängstigend still und jedes fremde Geräusch lässt mich sofort zusammenschrecken. Ich habe panische Angst, ER könnte plötzlich vor meiner Tür stehen. Was soll ich dann tun? Die Polizei kann ich ja schlecht rufen … Was soll ich denen auch sagen? Dass mein Stiefonkel mich belästigt? Niemand weiß von dem Vorfall damals, also wird es auch keinen Grund für die Polizei geben, etwas dagegen zu unternehmen. Wird er mich überhaupt in meiner Wohnung aufsuchen? Oder mir doch eher in der Öffentlichkeit auflauern, wenn ich alleine unterwegs bin? Alleine bei diesen Vorstellungen bricht mir der Angstschweiß aus. Mir sind die Hände gebunden. Ich kann weder Nate noch Jamie da mit reinziehen. Letztere hat schon in der Vergangenheit genug wegen mir gelitten.

Plötzlich klopft es laut an der Wohnungstür. Erschrocken zucke ich zusammen. Mein Herzschlag beschleunigte sich sofort und ich merke, wie sich eine Panikattacke nähert. Was soll ich denn jetzt machen? Ich bin ganz alleine in der Wohnung. Niemand wird mir helfen können, wenn er es ist. Vorsichtig schleiche ich zur Tür und luge durch den Spion.

„Hallo, Miss Clayton? Sind Sie zu Hause?" Es ist wieder der UPS-Bote. Ich öffne vorsichtig die Tür.

„Wie sind Sie ins Haus gekommen?", frage ich schroffer als beabsichtigt.

Der Mann schaut mich entschuldigend an. „Tut mir leid, wenn ich sie erschreckt habe. Ich habe schon eine Lieferung, ein Stockwerk unter Ihnen abgegeben und bin dann direkt zu Ihnen rauf. Hier benötige ich wieder ein Autogramm von Ihnen."

„J-j-ja, natürlich."

Er übergibt mir die Lieferung und verabschiedet sich dann. Mit wackeligen Beinen laufe ich in mein Schlafzimmer und lasse mich zitternd auf meinem Bett nieder. Die Angst in mir steigt ins Unermessliche. Was wird es diesmal sein? Mit nassen und zittrigen Händen öffne ich die Sendung. Was ich diesmal vorfinde, schnürt mir die Kehle zu. In dem Päckchen liegt eine schwarze Rose sowie weiße Dessous. An der Rose ist eine kleine Karte befestigt.

Als ich die Worte lese, kann ich ein lautes Schluchzen nicht mehr unterdrücken.

Ich kann es kaum erwarten, dich darin zu sehen, mein kleiner, zarter Engel. In Liebe B.

Wie gelähmt starre ich auf die Zeilen und lese sie immer und immer wieder. Er ist wieder da. Ich habe alles so gut geplant und versucht, meine Spuren zu verwischen und doch hat er mich hier gefunden. Und er wird nicht eher Ruhe geben, bis er das bekommt, was er schon immer wollte, und zwar MICH.

KAPITEL 15

Emilia

Ich weiß nicht, wie lange ich hier schon sitze und wie gelähmt auf die Karte starre. Aber es muss lange gewesen sein, denn plötzlich höre ich die Wohnungstür ins Schloss fallen. Ohne darüber weiter nachzudenken, packe ich alles zusammen und verstecke es, wie auch schon das erste Päckchen, in meinem Kleiderschrank.

„Em? Bist du da?", höre ich Jamie laut durch die Wohnung rufen. Ehe ich antworten kann, öffnet sich schon meine Zimmertür. „Hey, da bist du ja. Wie geht es dir?"

Ich versuche ein kleines Lächeln. „Etwas besser als gestern. Und bei dir alles gut?"

Jamie runzelt die Stirn. Sie glaubt mir kein Wort und mustert mich weiterhin. „Ja, bei mir auch alles gut. Die Arbeit ist wie immer die Hölle, aber ich will ja nicht meckern. Ich soll dich übrigens von Josh und meinem Dad grüßen und dir gute Besserung wünschen."

„Danke, das ist wirklich sehr lieb von ihnen. Bleibst du heute daheim oder bist du später wieder mit Josh verabredet?", frage ich sie in der Hoffnung, sie bleibt daheim.

„Also ich wollte heute eigentlich mal daheim schlafen, wenn es dir nichts ausmacht? Oder hast du dich schon an die Ruhe gewöhnt? Was hältst du davon, wenn ich dir eine Suppe koche und wir uns zusammen eine DVD anschauen? Nate hat mich übrigens angerufen und mir gesagt, dass er erst so gegen 19 Uhr da sein wird. Außerdem wollte er wissen, ob du noch was benötigst? Guck nicht so mürrisch. Er hat mich angerufen, weil er Angst hatte, dich zu wecken", zwinkert sie mir zu.

„Ich habe, um ehrlich zu sein, keinen großen Hunger, aber DVD hört sich perfekt an. Ich schreibe Nate nur kurz eine Nachricht, dass ich nichts benötige und dann komme ich ins Wohnzimmer."

„Alles klar", sagt sie nur und wendet sich zum Gehen.

Ich nehme mein Handy in die Hand und beginne, eine Nachricht an Nate zu tippen.

Hey, wann kommst du? Ich vermisse dich. Übrigens musst du mir nichts besorgen. Mir langt es, wenn du endlich da bist. Ich liebe dich. Em, P.S.: Beim nächsten Mal kannst du mich auch gerne anrufen!

Als nach ein paar Minuten immer noch keine Antwort kommt, gehe ich zu Jamie ins Wohnzimmer. Nachdem sich der Film dem Ende neigt, klingelt es an der Tür.
Jamie seufzt und erhebt sich sofort. „Ich mache schon auf. Wird sicherlich Nate sein."

Wenige Sekunden später höre ich leises Stimmengemurmel. Eine davon ist Nates. Als er ins Wohnzimmer kommt, steuert er sofort auf mich zu. „Na, kleine Lady, wie geht's dir? Wie ich sehe, hat dich Jamie gut umsorgt", grinst Nate und deutet dabei auf den Couchtisch mit den Essensresten.

Ich nicke nur leicht. Ich muss ihm ja nicht gleich auf die Nase binden, dass ich noch gar nichts gegessen habe. Ich gebe ihm zur Begrüßung einen kleinen Kuss auf die Wange. „Mir geht es schon besser. In ein paar Tagen bin ich wieder wie neu, glaub mir."

Nate streichelt mir sanft über die Wange. „Das hoffe ich. Ohne dich bin ich im Büro völlig aufgeschmissen. Was hältst du davon, wenn wir ins Bett gehen und noch kuscheln?"

Lächelnd nicke ich. „Das hört sich wundervoll an."

Die restliche Woche verläuft im gleichen Rhythmus. Ich hüte artig das Bett und Nate kommt jeden Abend zu mir, um bei mir zu schlafen. Es ist ein beruhigendes Gefühl, ihn bei mir zu haben und ich bin froh, dass ich die letzten Tage nichts mehr von Bug gehört habe. Trotzdem zucke ich bei jedem Anruf oder Klingeln zusammen. Ich habe wirklich Angst, dass er plötzlich vor mir steht. Aber ich weiß auch, dass es nicht so bleiben wird. Das ist nur die Ruhe vor dem Sturm. Ich habe vor dem Tag furchtbare Angst, an dem ich ihm wieder gegenüberstehen werde. Ich bin mir sicher, dass es nicht mehr lange dauern wird. DAS hier ist nur der Anfang von Bugs krankem Spiel und nicht zu wissen, was als Nächstes kommt, macht mich ganz krank.

Nach einer Woche Bettruhe nehme ich sogar wieder meine Arbeit auf. Das Arbeiten hat mir unglaublich gefehlt und ich bin froh, wieder hier zu sein. Und Nate wohl auch, denn er hat ein unglaubliches Chaos hinterlassen. Das heißt für mich eine Menge Arbeit. Überstunden sind dabei jetzt schon vorprogrammiert. Da Nate sowieso viele Termine hat, ist dies kein Problem, bis spät in den Abend im Büro zu bleiben. Da er sich immer noch Sorgen um mich macht, holt er mich jeden Abend vom Büro ab und wir fahren entweder zu ihm oder zu mir nach Hause.

Ich bin gerade bei einer Kalkulation, als sich plötzlich ein Chat-Fenster öffnet. Das ist sicherlich Nate, der mir sagen will, dass er später kommt. Beim genaueren Hinsehen stelle ich jedoch schnell fest, dass es nicht Nate ist. Die Nachricht zeigt ein Foto von mir, das wohl gerade eben geschossen wurde. Und da wird es mir klar … Er ist hier … Hier im Gebäude. Ich habe das Gefühl, dass mein Puls rast. Unter dem Bild steht:

Du siehst so unglaublich schön aus, wenn du so ernst schaust und dich konzentrierst. Und vor allem bist du ganz alleine …

Plötzlich fängt sich alles an zu drehen und ich bekomme eine Panikattacke. Wie ist er in das Gebäude gekommen, ohne gesehen zu werden? Wo ist er gerade? Ich beginne, vor Angst zu zittern.

Dann klingelt plötzlich mein Handy. Es ist Gott sei Dank Nate. Er wartet also schon unten auf mich. „Hey, Schatz, bist du noch in der Firma?" Nate hört sich müde und abgeschlagen an.

„Ja, ich habe gar nicht bemerkt, wie die Zeit vergangen ist. Bist du schon da? Dann beeile ich mich."

„Leider nicht. Das Meeting nimmt einfach kein Ende und danach will mich Mr. White noch auf einen Drink einladen. Ich glaube, du musst heute ohne mich heimfahren. Ist das okay für dich?", fragt er traurig.

Ausgerechnet heute muss ihm etwas dazwischenkommen. Ich versuche, so ruhig wie möglich zu antworten. „Kein Problem. Ich räume jetzt alles zusammen und rufe mir ein Taxi. Sehen wir uns dann heute noch oder fährst du direkt zu dir?"

„Okay, braves Mädchen. Ich denke, ich schlafe heute Nacht besser bei mir. Es wird bestimmt ziemlich spät und ich will dich nicht wecken. Ich werde dann auch morgen früh erst gegen zehn im Büro sein, nur damit du Bescheid weißt. Melde dich bitte, wenn du daheim bist, damit ich weiß, dass du gut angekommen bist. Ich liebe dich."

„Mach ich und ich liebe dich. Bye." Damit lege ich auf. Verdammter Mist. Ich kann förmlich spüren, dass ich beobachtet werde, versuche aber, so ruhig wie möglich zu bleiben. *Ganz ruhig, Emilia. Du bist hier sicher. Unten am Empfang sitzt noch jemand und außerdem läuft die Security jede halbe Stunde ihre Runden.*

Ich speichere noch schnell die Tabelle und fahre dann den Computer herunter. Wenn ich mir jetzt ein Taxi rufe, wird es bestimmt in wenigen Minuten da sein. Ich nehme den Hörer ab und wähle die Nummer der Taxizentrale.

Mein Taxi wird in wenigen Minuten vor dem Gebäude auf mich warten. Ich gehe noch schnell in Nates Büro, um das Fenster zu schließen und um mich zu vergewissern, dass alle Geräte ausgeschaltet sind und dann kann ich verschwinden.

Als ich zurück an meinem Platz bin, bleibe ich wie gelähmt stehen. Auf meinem Tisch liegt eine rote Rose. Panisch sehe ich mich um, kann aber niemanden entdecken. Er ist gerade hier gewesen und ich habe es nicht einmal bemerkt. Dann vernehme ich plötzlich leise Schritte. So schnell ich kann, schnappe ich meine Sachen und renne zu den Aufzügen. Ich muss hier sofort weg. Die Schritte kommen immer näher. Leider tut sich an den Aufzügen rein gar nichts. „Das kann doch jetzt nicht wahr sein!", murmle ich leise. Nichts. Die Aufzüge sind schon ausgeschaltet. Warum hat John die Aufzüge schon abgeschaltet? Das tut er doch sonst nie, da er weiß, dass ich oft bis 21 Uhr noch im Büro bin. Der kann gleich was erleben. Also nehme ich fluchtartig die Treppen. Nach acht Stockwerken habe ich das Gefühl, jemand folgt mir. Mir tritt der Schweiß aus. Panisch rufe ich: „John, sind Sie das? Stimmt etwas mit der Aufzugsanlage nicht?"

Keine Antwort.

Jetzt werde ich wirklich langsam paranoid. Also laufe ich weiter. Weitere zwei Stockwerke tiefer höre ich wieder Schritte hinter mir auf der Treppe. Als ich abrupt stehen bleibe, verstummen auch die anderen Schritte. Derjenige ist natürlich auch stehen geblieben. Sofort beginnt mein Herz, schier zu rasen. Ich bin nicht verrückt, ich habe ganz deutlich Schritte gehört. Ohne weiter nachzudenken, ziehe ich meine Pumps aus und renne noch schneller die Treppen nach unten. Auch die Schritte der anderen Person werden mit einem Mal schneller. Oh Gott, was soll ich jetzt bloß tun? Niemand kann mich im Treppenhaus hören und wie es aussieht, bin ich völlig alleine. Die anderen Schritte werden immer lauter und ich habe das Gefühl, dass jemand direkt hinter mir läuft und ich traue mich kaum, nur eine Sekunde anzuhalten. Ich ziehe weiter mein Tempo an. *Jetzt nur nicht fallen, Emilia. Ganz ruhig.*

Mir geht so langsam die Puste aus und ich bekomme kaum noch

Luft. Es sind mittlerweile nur noch fünf Stockwerke. Das muss ich einfach schaffen. Ich beschleunige abermals mein Tempo und wenige Sekunden später erblicke ich auch schon die Tür zum Foyer. Gerade, als ich die Türe aufreiße, berührt mich eine Hand an der Schulter. Panisch und ohne mich umzublicken, entziehe ich mich ihr und renne weiter. Atemlos und mit wackeligen Beinen falle ich auf die Knie. Ich habe das Gefühl, kaum noch Luft zu bekommen und alles dreht sich. Ich höre nur noch die Stimme von John, als es plötzlich schwarz um mich wird.

Wie lange bin ich ohnmächtig gewesen? Sekunden? Minuten oder gar Stunden? Ich habe völlig die Zeit und Orientierung verloren. Das Einzige, was ich wahrnehme, ist eine männliche Stimme, die sanft auf mich einredet.

„Miss Clayton, alles in Ordnung mit Ihnen? Können Sie mich hören?"

Das ist doch John? Ich versuche, ganz langsam meine Augen zu öffnen. Da erblicke ich ihn auch schon. Seufzend greife ich an meinen Kopf. Ich habe das Gefühl, er wird jeden Augenblick explodieren. „John, was ist passiert?", frage ich leise.

„Ich weiß es nicht, Miss. Sie kamen wie von Sinnen aus dem Treppenhaus gestürmt, als wäre der Teufel höchstpersönlich hinter Ihnen her und dann sind Sie einfach zusammengebrochen. Ich habe schon Mr. Forbes verständigt, er wird in wenigen Minuten hier sein."

Als ich mich vorsichtig aufsetze, kommt Nate schon durch die Halle gerannt.

„Emilia, was ist passiert?", fragt er völlig aufgebracht, während er sich neben mich kniet.

„Ich weiß es nicht. Nach unserem Telefonat habe ich mir ein Taxi gerufen und wollte mich auf den Weg nach unten machen. Allerdings waren die Aufzüge schon ausgeschaltet."

Nate sieht John mit gerunzelter Stirn an, hört mir aber weiter zu.

„Na ja, dann habe ich die Treppe genommen. Auf halbem Weg hatte ich das Gefühl, dort nicht alleine zu sein. Als würde mich jemand verfolgen. Da bin ich die Treppe, so schnell ich konnte, heruntergerannt in der Hoffnung, John unten anzutreffen. Ich dachte erst, es wäre John, aber nachdem ich ihn gerufen und er nicht geantwortet hat, hatte ich ein merkwürdiges Gefühl. Vielleicht habe ich mich auch geirrt und es ist niemand anderes da gewesen. Keine Ahnung. Als ich unten angekommen bin, bin ich wohl ohnmächtig geworden." Ich blicke Nate schuldbewusst an. „Es tut mir leid. Jetzt musstest du wegen mir deinen Termin vorzeitig beenden."

Nate nimmt mich liebevoll in den Arm und streichelt mir beruhigend über den Rücken. „Rede nicht so einen Quatsch, Em. Es ist alles in Ordnung. Ich war gerade sowieso auf dem Weg zu dir, als ich den Anruf erhielt. Wir sind doch eher fertig geworden, da Mr. White noch einen Anruf erhielt und dringend wegmusste. Was ich aber nicht verstehe, warum die verdammten Aufzüge aus waren? John?" Nate blitzt John böse an.

„Mr. Forbes, es tut mir wirklich leid, aber vor einer halben Stunde habe ich das Signal erhalten, dass die Sicherung der Aufzüge herausgesprungen ist. Ich habe mich sofort auf den Weg gemacht und mich darum gekümmert. Ich war höchstens 15 Minuten fort. Die Aufzüge funktionieren auch wieder. Miss Clayton, mir tut der Vorfall wirklich sehr leid. Ich hätte Sie kurz benachrichtigen sollen, aber ich dachte, Sie würden noch auf Mr. Forbes warten." Man sieht John an, wie aufgebracht er wegen der ganzen Sache ist. Und er tut mir furchtbar leid. Ihn trifft ja keine Schuld.

„Machen Sie sich keine Vorwürfe, John. Allerdings verzichte ich gerne auf eine Wiederholung", sage ich in einem beruhigenden Tonfall.

„Was ich aber immer noch nicht verstehe, wer mit dir im Treppenhaus war. John, prüfen Sie bitte alle Überwachungskameras im Haus und informieren Sie mich umgehend, sobald Sie etwas gefunden haben. Ich werde Emilia jetzt heimfahren."

John nickt uns kurz zu und begibt sich dann sofort an die Arbeit. „Komm, Süße, lass uns verschwinden. Kannst du laufen?"

Obwohl ich immer noch wackelig auf den Beinen bin, versuche ich, den Weg zum Auto zu Fuß zu gehen.

Im Wagen zieht Nate mich erneut fest an sich. „Em, ich möchte nicht mehr, dass du ohne mich so lange im Büro bleibst. Wer weiß, was das für ein Irrer war. Du hättest vergewaltigt werden können oder sonst was. Wenn du unbedingt noch arbeiten möchtest, kannst du das auch von daheim aus machen. Ich werde gleich morgen früh bei der IT-Abteilung anrufen und dir einen externen Zugang verschaffen. Als ich Johns Anruf erhalten habe, bin ich 1.000 Tode gestorben. Weißt du eigentlich, welche Angst ich um dich hatte?!" Nate gibt mir einen sanften Kuss auf die Stirn.

Sofort fange ich an, zu weinen. Ich will ihm keinen Kummer bereiten und doch tue ich es immer wieder in letzter Zeit. Was soll ich auch machen, ihm alles erzählen? Nein, das kann ich nicht. Zu groß ist die Angst, ihn in die ganze Sache mit hineinzuziehen. Bug ist unberechenbar und zu allem fähig. Ich fühle mich gerade wie eine kleine Fliege, gefangen in einem Spinnennetz. Erst lässt die Spinne ihre Beute im Netz vor Angst zappeln, bis sie zuschlägt und sie verspeist. Genau das hat Bug vor und er wird mich für die letzten Jahre bluten lassen.

KAPITEL 16

Emilia

Als ich am nächsten Morgen auf die Arbeit komme, finde ich eine kleine Schachtel auf meinem Schreibtisch vor. Sofort beschleunigt sich mein Puls. Ich bin froh, dass Nate noch etwas mit dem Empfang bespricht und es nicht sehen kann. Mit zittrigen Fingern hebe ich den Deckel der Schachtel hoch und atme sofort wieder erleichtert aus. Mir war gar nicht bewusst, dass ich die Luft angehalten habe. Das Päckchen ist von John, der sich wohl entschuldigen möchte.

Miss Clayton, ich hoffe, Ihnen geht es wieder besser. Der Vorfall gestern tut mir schrecklich leid und wird nicht wieder vorkommen. Ich hoffe, Sie mögen Cupcakes. Eine kleine Wiedergutmachung. Ich hoffe, Sie nehmen sie an. Gruß John

„Hey, was hast du denn da."

Erschrocken zucke ich zusammen. Ich habe Nate nicht kommen hören. „Mann, du hast mich erschreckt. Was schleichst du dich denn auch so an?"

Nate zuckt entschuldigend mit den Schultern. „Sorry, ich dachte, du hättest mich gehört. Hast du etwa Geheimnisse vor mir?", fragt er mit hochgezogenen Augenbrauen.

Sofort werde ich rot. Ja, habe ich, aber das hat gewiss nicht mit diesem Cupcake zu tun. „Klar, du etwa nicht? Ich finde, Geheimnisse machen das Ganze irgendwie interessanter", lache ich Nate entgegen. „Jetzt schau nicht so. Das habe ich von John als Entschuldigung für gestern Abend. Schau." Als Beweis halte ich das Törtchen und die Karte in die Höhe.

Nate lacht leise und geht dann kopfschüttelnd in sein Büro. „Lass es dir schmecken, du kleines Biest."

Sofort habe ich eine Idee. Oh ja, ich bin ein kleines, schmutziges Biest. Nates Biest. Ich schaue in Nates Kalender und stelle sicher, dass er jetzt noch keinen Termin hat, sondern erst in zwei Stunden. Ich nehme also das Törtchen und steuere sein Büro an. Als ich leise klopfe und eintrete, hebt Nate seinen Kopf. Ich schließe hinter mir die Bürotür ab und gehe mit wiegenden Hüften lasziv auf ihn zu. Belustigt betrachtet er mich und lehnt sich entspannt in seinem Stuhl zurück. Er sieht verdammt heiß aus. „Ich dachte, du hättest vielleicht auch Lust auf etwas Süßes?!" Ich setze mich direkt vor ihm auf den Schreibtisch und tauche meinen Zeigefinger in das cremige Topping des Törtchens. Dann führe ich ihn zu meinem Mund und schiebe ihn genüsslich hinein. Stöhnend beginne ich, an ihm zu lutschen und zu saugen.

Nate merkt sofort, was ich vorhabe. Schmunzelnd lässt er mich keine Sekunde aus den Augen. „Das sieht wirklich lecker aus, darf ich auch mal probieren?", fragt er süffisant.

„Aber sicher, Mr. Forbes", wispere ich leise. Langsam knöpfe ich meine Bluse auf und lecke mir dabei immer wieder genüsslich über die Lippen. Ein Blick auf Nates Schritt bestätigt mir nur, was ich längst weiß. Nate ist extrem hart und ihm gefällt mein kleines Spiel. Ich lasse meine Bluse von den Schultern gleiten und mache mich sofort an meinem BH zu schaffen. Auch dieser fällt zu Boden. Dann tauche ich meinen Finger erneut in die Creme und bedecke damit meine längst aufrecht stehenden Brustwarzen.

Bevor ich überhaupt etwas sagen kann, zieht Nate mich schon auf seinen Schoß, sodass ich rittlings auf ihm sitze und er beginnt, langsam die Creme von meinen Knospen zu lecken. Immer wieder leckt und saugt er abwechselnd an ihnen. Mein Höschen ist jetzt schon komplett durchnässt und meine Perle pocht vor Erregung. Die Kombination der kühlen Creme auf meinen Brustwarzen und Nates warmer Zunge macht mich extrem an und ich stöhne immer wieder leise auf. „Ich muss schon sagen, das schmeckt verdammt gut, Baby. Der beste Cupcake meines Lebens. Und ich will definitiv mehr davon", wispert er.

Langsam erhebe ich mich und lasse mich langsam vor ihm auf die Knie sinken. „Ich hätte gerne auch noch mehr, wenn Sie erlauben, Sir?" Dabei fange ich an, an Nates Hose zu nesteln. Sofort springt mir sein steinharter Penis entgegen. Ich bedecke seine Spitze mit dem Topping und beginne, langsam und genussvoll daran zu schlecken. Immer wieder lecke ich über seine empfindliche Spitze.

„Oh mein Gott, ist das geil", stöhnt Nate heiser. Während ich meine Zunge um seine Eichel kreisen lasse, wandern Nates Hände zu meinem Hinterkopf und krallen sich in meinen Haaren fest. „Nimm ihn ganz in den Mund", befiehlt er mir.

Seine Worte machen mich noch mehr an, sodass ich meine Schenkel fest aneinanderpresse, um den Druck zwischen meinen Beinen zu lindern. Ich lasse seine volle Härte bis zum Anschlag in meinem Mund verschwinden, was Nate mit halb geschlossenen Lidern beobachtet. Diese Bewegung wiederhole ich einige Male. Sein Griff in meinen Haaren wird zusehends stärker. Plötzlich schiebt er mich von sich und sein Penis gleitet vollständig aus meinem Mund heraus. Verwundert schaue ich zu ihm auf. „Was ist? Habe ich was falsch gemacht?"

Nate atmet einmal tief ein und aus. „Im Gegenteil, das war einfach der Hammer. Hättest du so weitergemacht, wäre ich in wenigen Sekunden gekommen. Aber ich habe was anderes mit dir vor." Er legt seine Hände auf meinen Po und hebt mich auf seinen Tisch. Wild zieht er mich an sich und beginnt, mich hart zu küssen. Der Kuss wird heftiger und animalisch und hat nichts Zärtliches an sich.

Seine rechte Hand gleitet langsam zu meiner linken Brust und fängt an, sie fest zu kneten.

Ich habe das Gefühl, sofort zu zerbersten. Er verstärkt seine Berührungen und zieht auch seine zweite Hand hinzu. Es fühlt sich so fantastisch an, dass ich denke, jeden Augenblick zu kommen. „Oh Gott, ist das gut. Bitte hör nicht auf, Nate", stöhne ich immer lauter. Immer wieder saugt, leckt und knetet er an ihnen. Plötzlich beißt er in meine Brustwarze und Sekunden später fängt mein ganzer Körper an, vor Lust zu zittern. Die Welle meines Höhepunktes fegt so schnell durch mich hindurch, dass ich unkontrolliert zu zucken beginne. Völlig erschöpft lasse ich meinen Kopf nach vorne fallen und lehne ihn an seine Brust.

„Alles in Ordnung? Ich liebe den Ausdruck auf deinem Gesicht, wenn du kommst."

Ich hebe schwerfällig meinen Kopf und blicke ihm lächelnd in die Augen. „Das war … Das war einfach unglaublich. Ich habe so etwas noch nie zuvor erlebt. Wie hast du das gemacht? Ich habe davon gelesen, habe aber nicht gedacht, dass es auch bei mir funktioniert."

Nate gibt mir einen sanften Kuss auf den Mund. „Na ja, das funktioniert auch nicht bei jeder Frau. Ich wollte es einfach mal ausprobieren und schauen, ob du genauso reagierst, wie ich gehofft habe."

Ich ziehe ihn an seinem Hemdkragen an mich und küsse ihn leidenschaftlich. Sofort beginnt sich die Stimmung im Raum, wieder aufzuheizen. Meine Hand umschließt seine immer noch beachtliche Härte und beginnt, an ihr auf und ab zu fahren.

Dabei stöhnt Nate immer wieder auf. Er ist extrem empfindlich. Nate schiebt meinen Rock ein Stück nach oben und zieht mein feuchtes Höschen zur Seite, dann taucht er mit nur einem Stoß in mich ein. Das Gefühl, von ihm ganz ausgefüllt zu werden, ist unbeschreiblich gut. Seine tiefen Stöße katapultieren mich in immer höhere Sphären. Nach nur wenigen Stößen überrollt mich erneut ein Orgasmus und auch Nate schreit zeitgleich seinen Höhepunkt heraus. Hoffentlich hat uns niemand gehört. Schwer atmend lässt er seinen Kopf auf meine Schulter sinken.

Dann muss ich kichern. „Ich glaube, dich hat man bis zum Empfang gehört, so laut, wie du warst."

Nate hebt seinen Kopf und lächelt schelmisch. „Da mir diese Firma sowieso gehört, ist es mir scheißegal. Das hier war gerade definitiv überfällig. Ich dachte schon, meine Eier platzen bald, so geil war ich."

Ich gleite langsam vom Schreibtisch und beginne, mich wieder vollständig zu bekleiden.

Nate tut es mir gleich.

„Dann solltest du dich wohl bei John bedanken."

Nate schaut mich verwirrt an.

„Guck nicht so. Ohne sein Törtchen hätte ich nicht diese geniale Idee gehabt und du nicht diesen bombastischen Orgasmus."

Er zieht mich abrupt an sich und gibt mir einen festen Kuss auf die Lippen. „Erinnere mich daran, ihm eine Danksagungskarte und Pralinen zu schicken."

Bevor wir jedoch den Kuss vertiefen können, klingelt das Telefon. Ich schnappe mir das restliche Törtchen und mache mich wieder auf den Weg zu meinem Arbeitsplatz.

Am Abend beschließen wir, spontan zum Asiaten um die Ecke essen zu gehen. Hand in Hand schlendern wir die Straße entlang. Wie ein richtiges verliebtes Paar. Ich genieße die Zeit mit Nate. Ich hebe meinen Kopf und schaue auf die andere Straßenseite. Plötzlich überkommt mich ein ungutes Gefühl. Jemand beobachtet uns. Ich spüre es deutlich. Mein Blick scannt die Gegend ab und nur Sekunden später entdecke ich ihn an einen Baum gelehnt. Ich habe das Gefühl, ohnmächtig zu werden und bekomme kaum noch Luft. Dort steht er und schaut mir grinsend direkt in die Augen. Abrupt bleibe ich wie angewurzelt stehen und meine Beine drohen, nachzugeben. Er ist wirklich wieder da und ich kann in seinen Augen lesen, dass das Spiel gerade begonnen hat.

Erst als Nate beginnt, mich durchzuschütteln, wende ich kurz meinen Blick ab. „Em, was ist mit dir? Du siehst aus, als hättest du einen Geist gesehen. Du warst völlig weggetreten."

Als ich erneut in Bugs Richtung schaue und er mir einen Kuss zuwirft, geben meine Beine nach. Das ist das letzte, was ich noch wahrnehme, bevor mich die Dunkelheit einholt.

Langsam lichtet sich der Nebel wieder in meinem Kopf und ich vernehme leise Stimmen. Ich versuche, meine Augen zu öffnen, kann es aber nicht, da mich das Licht zu sehr blendet.

„Ich weiß nicht, was passiert ist. Das sagte ich dir doch bereits. Emilia blieb abrupt stehen und war wie in Trance. Völlig apathisch. Sie hat mich gar nicht mehr richtig wahrgenommen und dann ist sie plötzlich zusammengebrochen", sagt Nate aufgebracht.

„Aber man bricht doch nicht einfach so auf offener Straße zusammen. Ich bitte dich, Nate. Es muss doch einen Grund dafür geben? Ist dir rein gar nichts aufgefallen? Ich weiß nicht, aber ich habe schon seit einiger Zeit das Gefühl, dass sie uns etwas verschweigt. Vielleicht hat es mit …"

Nein, sie darf es ihm nicht sagen. So schnell es mir möglich ist, öffne ich meine Augen und versuche, mich aufzusetzen. „Nate?", sage ich leise.

Nate steht am Fenster und kommt sofort zu mir gelaufen. „Hey, Süße. Wie geht es dir?" Er streicht besorgt über meine Wange.

„Okay. Glaube ich. Mir tut der Kopf nur etwas weh." Jetzt muss ich mir schleunigst eine Ausrede einfallen lassen.

Auch Jamie hat sich neben mich gesetzt und beide schauen mir erwartungsvoll entgegen. „Emmi, alles in Ordnung bei dir? Du siehst immer noch ganz blass aus. Was ist denn überhaupt passiert?"

Was soll ich jetzt sagen? *Lass dir was einfallen!* Die Wahrheit scheidet definitiv aus. Bugs Blick sprach Bände und ich will die Menschen, die ich liebe, nicht in Gefahr bringen. Und genau das würde mit der Wahrheit passieren. Noch mal stirbt niemand wegen mir. „Keine Ahnung. Irgendwie hat mein Kreislauf schlappgemacht und alles hat sich plötzlich gedreht. Und bevor ich mich versah, wurde mir schwarz vor Augen. Wahrscheinlich habe ich einfach heute zu wenig getrunken und gegessen", lächle ich beide entschuldigend an.

Nate und Jamie werfen sich eindeutige Blicke zu. Sie glauben mir kein einziges Wort, belassen es aber dabei. „Wie wäre es, wenn ich uns etwas bestelle und wir gemütlich zusammen einen Film anschauen?", schlägt Jamie vor.

Erst jetzt wird mir bewusst, dass ich schon daheim bin. Nate muss mich heimgebracht haben. „Ja, klar, Maus, mach das. Ich habe einen Bärenhunger. Ich schlage vor, den Film darf heute unser Held Nate aussuchen. Was meinst du?" Mit einem aufgesetzten Lächeln schaue ich Jamie fragend an.

„Na klar. Aber dir ist schon klar, dass es dann nichts mit Herzchen und Blümchen ist? Sag nicht, ich hätte dich nicht gewarnt!", sagt Jamie mit erhobenem Zeigefinger.

Nate fängt an, zu lachen. „Keine Sorge, Ladys, so schlecht ist mein Filmgeschmack nun auch wieder nicht."

Während ich kurz ins Badezimmer verschwinde, begeben sich Jamie und Nate schon mal ins Wohnzimmer. Mein eigener Anblick im Spiegel schockiert mich. Ich bin extrem blass und habe dunkle Ringe unter den Augen. Der Gedanke an Bug lässt mich erzittern. Panik macht sich in mir breit und ich bekomme Schweißausbrüche. Ich darf jetzt nicht die Fassung verlieren. Vorerst bin ich hier sicher und solange Nate in meiner Nähe ist, kann mir auch nichts passieren, oder? Um wieder klar denken zu können, spritze ich mir kaltes Wasser ins Gesicht. Ich muss mich so geben wie immer. Ich darf mir einfach nichts anmerken lassen, dann wird bestimmt alles gut gehen. Vielleicht, wenn Bug merkt, dass er keine Chance hat, an mich heranzukommen, vielleicht verschwindet er dann wieder?

Das Piepen meines Handys reißt mich aus meinen Gedanken.

Ich gehe zurück in mein Schlafzimmer und nehme das Handy aus meiner Tasche. Eine Kurznachricht ist eingegangen. Als ich sie öffne, muss ich mir die Hand vor den Mund pressen, um nicht laut aufzuschreien.

Unser erstes Wiedersehen habe ich mir eigentlich anders vorgestellt … liebevoller, wie früher, mein Engel. Ich kann dich auch nach so vielen Jahren immer noch riechen. Ich bin mir sicher, wir werden noch viele Gelegenheiten haben, unsere Vergangenheit wieder aufleben zu lassen. In Liebe B.

Fassungslos starre ich auf die Zeilen vor mir. Die Vergangenheit hat mich eingeholt und ich habe keine Chance, ihr zu entkommen. Mein mühselig aufgebautes Leben wird Stück für Stück zerbrechen und in sich zusammenfallen, ohne dass ich es aufzuhalten kann. Und niemand wird mich retten können … NIEMAND.

KAPITEL 17

Emilia

Die nächsten Tage sind für mich die Hölle, immer wieder erhalte ich Nachrichten oder Geschenke von Bug. Es macht mir wahnsinnige Angst, nicht zu wissen, wie sein nächster Schachzug aussieht. Ich versuche, so gut wie es mir nur möglich ist, meine Arbeit zu erledigen und mein Leben wie gehabt zu leben. Auch gegenüber Jamie und Nate setze ich eine fröhliche Maske auf. Während ich innerlich immer mehr an den Vorkommnissen zerbreche. Ich versuche, die Zeit mit Nate weiterhin zu genießen und mir nichts anmerken zu lassen. Was für mich mehr als schwierig ist. An manchen Tagen würde ich mich am liebsten in Nates Arme werfen und ihm alles beichten und ihn anflehen, mir zu helfen.

In letzter Zeit bekomme ich öfter Gespräche zwischen Jamie und ihm mit, wie sie über mich sprechen. Sie merken, dass etwas nicht stimmt, aber sie geben mir Zeit und wollen, dass ich von selber auf sie zukomme. Aber ich kann es einfach nicht. Sie um Hilfe zu bitten, wäre ihr sicherer Tod. Ich will einfach nicht noch jemanden auf dem Gewissen haben.

Vor einer Woche hat sich Bug das letzte Mal gemeldet. Und ich hoffe, dass er endlich aufhören wird. Vielleicht wird doch noch alles gut? Ja, genau das rede ich mir immer wieder ein, in der Hoffnung, es wird wahr. Aber ich weiß, dass es ganz sicher nicht so ist.

Als Nate mir vor drei Tagen verkündet, dass er geschäftlich von Mittwoch auf Freitag nach Irland muss, bekomme ich sofort Panik.

„Kann das denn nicht jemand anderes für dich übernehmen?", frage ich aufgebracht.

„Das geht nicht, Süße. Der Kunde möchte mit mir persönlich verhandeln und das Risiko ist einfach zu hoch, dass er abspringt. Ich muss da hin. Ich wäre auch viel lieber bei dir. Em, es sind doch nur ein paar Tage, du wirst gar nicht merken, dass ich weg bin. Du kannst doch mal wieder was mit Jamie und deinen Freunden unternehmen? Hey, sei nicht traurig. Ich würde dich sofort mitnehmen, wenn ich könnte, aber du weißt, dass Freya deine Zuarbeit für die Verträge braucht und durch die Grippewelle momentan zu viele Leute ausfallen." Er nimmt mich liebevoll in den Arm und gibt mir einen sanften Kuss auf den Kopf.

„Ich weiß. Tut mir leid, ich wollte dir kein schlechtes Gewissen machen. Ich komm schon klar", versuche ich, die Situation zu kitten, ohne gleich loszuheulen. Alleine der Gedanken, so viele Stunden ohne ihn zu sein, macht mir Angst. Ohne Nate in meiner Nähe bin ich völlig schutzlos und angreifbar. Am liebsten würde ich mich für morgen auch krankmelden, damit ich nicht aus dem Haus muss. Aber ich kann Freya keinesfalls im Stich lassen. Das wäre völlig unkollegial.

Bevor Nate sich auf den Weg zum Flughafen macht, setzt er mich noch an meiner Wohnung ab. „Wenn etwas sein sollte, kannst du mich jederzeit auf dem Handy erreichen, okay?! Ich melde mich, sobald ich gelandet bin. Ich vermiss dich jetzt schon wahnsinnig, meine Süße." Nate zieht mich nochmals fest an sich und gibt mir einen leidenschaftlichen Kuss zum Abschied.

„Gute Reise und pass auf dich auf." Bevor ich in das Haus gehe, drehe ich mich noch ein letztes Mal um und winke Nate zu. Jetzt ist er weg.

Es ist ein komisches Gefühl, ohne ihn zu sein. In der Wohnung versuche ich, meine aufkeimende Panik zu kontrollieren. Ich muss einen kühlen Kopf bewahren und darf keinesfalls ausflippen. Da Jamie heute nicht mehr heimkommt, verriegle ich sofort die Wohnungstür sowie alle Fenster. Sicher ist sicher. Vielleicht sollte ich Bob bitten, ein zusätzliches Schloss anbringen zu lassen oder sogar eine Alarmanlage? Genau das würde ich morgen als Erstes angehen.

Ich entscheide mich, heute früh zu Bett zu gehen. Denn umso schneller die Zeit vergeht, umso eher ist Nate wieder zurück. Gegen vier Uhr morgens reißt mich das laute Piepen meines Handys aus dem Schlaf. Eine Nachricht von Nate ist eingegangen.

Guten Morgen, Liebling. Ich bin gut angekommen, hat alles super funktioniert. Tut mir leid, dass ich nicht eher geschrieben habe, aber es war noch einiges zu organisieren und total chaotisch. Wahrscheinlich schläfst du noch. Ich melde mich später noch mal. Ich liebe dich über alles. Ich vermisse dich ziemlich. Das Bett ist so unglaublich leer ohne dich. Kuss Nate

Jetzt bin ich beruhigt. Ich habe mir schon Sorgen gemacht, dass etwas passiert sein könnte. Wie schön wäre es jetzt, sich eng an ihn zu kuscheln und seine Wärme zu spüren. Mit ihm gemeinsam in den Tag zu starten, wie wir es in den letzten Wochen täglich gemacht haben. Da ich nun schon wach bin, beschließe ich, mich schon für die Arbeit fertig zu machen und früher anzufangen. Es gibt heute sowieso jede Menge zu erledigen. Da ich heute nicht mit Nate fahren werde, nehme ich mir ausnahmsweise ein Taxi.

Im Büro angekommen, fängt schon die Hektik an. Jeder will Informationen oder sonst was und der ganze Arbeitstag fliegt nur so dahin.

Gegen 19:24 Uhr klingelt dann mein Handy. Endlich ruft Nate an. „Hallo?"

„Hi, mein Schatz, wie geht es dir? Hat heute alles soweit geklappt?"

„Mir geht es gut. Ich vermisse dich nur ganz schrecklich. Außerdem bin ich extrem kaputt. Es war heute alles sehr chaotisch, aber wir haben alles mit Bravour gemeistert, Chef." Ich höre förmlich, wie Nate am anderen Ende der Leitung grinst.

„Sehr schön. Hier klappt auch alles nach Plan. Wenn das so weitergeht, bin ich Freitagabend wieder da. Ich glaube, ich muss dann wieder. Mach dich bitte auch heim, es ist schon viel zu spät. Und bitte nimm dir ein Taxi. Ich liebe dich, Em. Ich melde mich."

„Mach ich, Sir. Ich liebe dich auch. Bis dann." Damit lege ich auf. Einige Minuten später wähle ich die Nummer der Taxizentrale.

„Taxizentrale, was kann ich für Sie tun?", meldete sich eine Frauenstimme.

„Hallo, Clayton hier. Ich benötige ein Taxi zur *Forbes Bank*. Wäre das zeitnah möglich?" Die Dame am anderen Ende der Leitung räusperte sich kurz.

„Miss Clayton, leider kann das heute länger dauern. Auf der Benedict Street gab es einen schweren Unfall und die Straße ist vollgesperrt. Es kann sicherlich eine Stunde dauern, bis ein Fahrer durchkommt. Wenn Sie so lange warten möchten?"

Eine Stunde? So lange wollte ich nun wirklich nicht mehr bleiben. „Okay, das dauert mir dann doch zu lange. Ich werde dann mit der Sub fahren. Trotzdem vielen Dank und noch einen schönen Abend."

Es hilft ja nichts. Ich nehme meine Handtasche und fahre mit dem Aufzug ins Foyer. Kurz unterhalte ich mich noch mit John am Empfang und begebe mich schließlich Richtung Sub-Station. Während des ganzen Heimweges habe ich ein ungutes Gefühl. Ich fühle mich beobachtet, kann aber niemanden entdecken. Das Beste ist, einfach schnell nach Hause zu gehen. Hoffentlich ist Jamie schon da und vielleicht können wir mal wieder einen Film zusammen schauen und etwas vom Chinesen bestellen? Seit sie mit Josh und ich mit Nate zusammen sind, sehen wir uns manchmal tagelang nicht.

Als die Haustür hinter mir ins Schloss fällt, atme ich erst einmal erleichtert aus. Das wäre also geschafft. Und bald ist ja Gott sei

Dank Nate wieder da. Als ich die Treppe hochlaufe, signalisiert mir mein Handy den Eingang einer Nachricht. Sie ist von Jamie. Hoffentlich will sie nur wissen, wann ich endlich heimkomme.

Hi, Süße, ich hoffe, dir geht es gut? Wäre es für dich in Ordnung, wenn ich heute Nacht doch bei Josh schlafe? Wir gehen noch ins Kino und es könnte spät werden. IHDL. Kuss J

Na super, das muss ja heute so kommen. Aber was soll auch schon groß passieren? Die letzte Nacht habe ich ja schließlich auch überstanden und es ist ja nur noch diese eine Nacht, bevor Nate wieder zurück ist. Also schreibe ich ihr zurück.

Hey, mach dir wegen mir keinen Kopf. Alles ist gut. Bin sowieso gerade erst heimgekommen. Ich werde jetzt erst einmal ein heißes Bad nehmen und dann früh zu Bett gehen. Habt viel Spaß, ihr Turteltäubchen. Liebe Grüße an Josh und euch noch einen schönen Abend. Kuss Em

Geschafft. Ich stecke das Handy zurück in meine Tasche und laufe die Treppe weiter hoch. Das tue ich eigentlich immer, da mir der alte Fahrstuhl im Haus irgendwie nicht geheuer ist. Ich habe wirklich Angst, dass er irgendwann stehen bleibt und das sicherlich genau dann, wenn ich mich darin befinde. Das muss ich nicht wirklich erleben. Außerdem ist Treppenlaufen viel gesünder und man bekommt zusätzlich einen knackigen Po davon.

Ich schließe die Wohnungstür auf und betrete den Flur. Habe ich etwa heute Morgen das Licht vergessen, auszuschalten? Anscheinend. Denn die kleine Lampe im Wohnzimmer brennt noch. Wundert mich jetzt nicht wirklich, da ich heute Morgen doch noch recht müde und verpeilt war. Morgen früh werde ich darauf besser achten.

Ich stelle meine Handtasche auf das Sideboard und ziehe mir danach Schuhe und Mantel aus. Was für eine Wohltat. Einen ganzen

Tag auf diesen Pumps ist manchmal wirklich die Hölle auf Erden. Wer hat so was nur erfunden? Während ich ins Wohnzimmer laufe und mein hochgestecktes Haar löse, steigt mir sofort ein seltsamer Geruch in die Nase. Es riecht nach Zigarre. Aber woher? Habe ich vielleicht auch noch das Fenster vergessen, zu schließen und es zieht jetzt vom Nachbarn herein? Ich steuere geradewegs die Lampe an, um sie auszuschalten. Ich will einfach nur noch in die Badewanne und dann ins Bett. Der Tag ist wirklich anstrengend gewesen. Plötzlich halte ich inne. Ich sehe ganz deutlich eine Bewegung in der dunklen Küche. Die Gestalt löst sich aus dem Schatten und tritt ins Licht. Sofort bricht mir der Angstschweiß aus.

„Hallo, mein kleiner Engel. Lange nicht gesehen."

Für einen Moment habe ich das Gefühl, mein Herz würde aufhören, zu schlagen. Wie kann das möglich sein? Wie ist er, trotz Sicherheitsschloss, in die Wohnung gekommen? Ich stehe dort wie gelähmt und unfähig, mich nur einen Millimeter zu rühren, geschweige denn, etwas zu sagen.

Dafür setzt sich Bug in Bewegung und bleibt dicht vor mir stehen. Ich kann seinen altbekannten, ekelhaften Duft riechen und sofort kriecht in mir die Übelkeit hoch. Immer noch schweigend und erstarrt stehe ich vor ihm. Die Hand fest um den Schalter der Lampe gelegt. Die Gedanken in meinem Kopf überschlagen sich förmlich. Jetzt ist es also so weit. Nach so vielen Jahren stehe ich meinem Peiniger gegenüber. Dem Mann, der mein Leben zerstört und das meiner Schwester ausgelöscht hat. Was wird er jetzt mit mir machen? Mein ganzer Körper zittert.

Bug hebt langsam seine rechte Hand und streicht mir über die kalte Wange. „Wie sehr ich dich all die Jahre vermisst habe. Immer zu musste ich an dich denken. An unsere Zeit … Du bist immer noch genauso schön wie damals. Wenn nicht noch schöner. Wie eine kleine, zarte Elfe." Sein Daumen wandert zu meinem Mund und er streicht mit seinem rauen Finger über meine Unterlippe.

Am liebsten hätte ich ihn angeschrien, dass er verschwinden soll, aber ich kann einfach nicht. Zu groß ist meine Angst vor diesem unberechenbaren Menschen.

„Einfach wunderschön … so weich und voll. Ich kann mir gut vorstellen, wie sie sich um meinen Schwanz anfühlen." Unsanft umfasst seine Hand meinen Kiefer. Gierig legt er seinen Mund auf meinen. Da ich mich weigere, ihn zu öffnen, drückt er fest seinen Daumen und Zeigefinger in meine Wangen, was unglaublich schmerzt.

Mir bleibt nichts anderes übrig, als nachzugeben. Brutal schiebt er seine widerliche Zunge in meinen Mund. Es ist einfach nur ekelhaft. Er schmeckt nach Zigarre und Alkohol. Sofort beginnt mein Magen, zu rebellieren und ich muss würgen.

Bug lässt sofort von mir ab. „Du schmeckst so verführerisch. Genauso wie ich es in Erinnerung hatte. Wie eine süße, verbotene Frucht." Erneut zieht er mich an sich und vergräbt seine Nase in meinem Haar. „Du riechst so gut", flüstert er erregt.

Mir ist jetzt schon klar, was als Nächstes geschehen wird und ich habe keine Chance, ihm zu entkommen. Ich kann deutlich seine Erregung spüren.

„Ich kann es kaum erwarten, dich wieder ganz zu spüren … Dich besinnungslos zu ficken."

In meinem Kopf beginnt sich alles zu drehen. Tränen sammeln sich in meinen Augen und ich kann sie längst nicht mehr aufhalten. Ich bin ihm nun völlig ausgeliefert. Mein größter Albtraum hat wieder begonnen und ich weiß, dieses Mal werde ich es nicht überstehen.

In diesem Moment klingelt das Telefon und ich schrecke zusammen. Nach dem fünften Klingelton geht der AB ran.

Hey, Süße, ich erreiche dich leider nicht. Wahrscheinlich schläfst du schon. Also, ich wollte dir eigentlich nur sagen, dass ich morgen Abend um 22 Uhr lande. Es wäre schön, wenn du in meinem Appartement auf mich wartest. Ich liebe dich. Bis morgen.

Voller Wut greift Bug nach dem Telefon und schleudert es gegen die nächste Wand, wo es in tausend Teile zerspringt. Vor Angst fange ich unkontrolliert an, zu zittern. Dann wendet er sich wieder mir zu. In seinen Augen kann ich blanke Wut und Hass erkennen. Er greift grob in mein Haar und zieht meinen Kopf so weit nach hinten, dass es schon anfängt, zu schmerzen.

„Bitte nicht", wimmere ich leise. Ich habe das Gefühl, als würde er mir sämtliche Haare vom Kopf reißen.

Eiskalt schaut er mir in die Augen und sagt dann: „Jetzt zu dir, mein Engel. Du wirst die Beziehung zu diesem Mann sofort beenden. Ich dulde nämlich keinen anderen Mann an deiner Seite. Du gehörst einzig und alleine mir, das weißt du doch. Das hast du immer schon gewusst. Sollest du dich nicht daran halten, werde ich dafür sorgen, dass dieser Loser dich nie wieder anfassen kann. Und deine kleine Freundin entsorge ich gleich mit ihm. Wie hieß sie noch gleich? Ach ja, Jamie! Hast du mich verstanden?" Sein Griff wird nochmals fester.

Mir bleibt nichts anderes übrig, als leicht zu nicken. Das eben ist keine leere Drohung. Wenn ich mich nicht daran halte, wird er Ernst machen und beide qualvoll ermorden. Widerstand ist zwecklos und wird ihn nur noch wütender machen. Bug kennt viele zwielichtige Leute, die nicht gerade zimperlich sind und für Geld alles tun. Und Bug hat jede Menge davon. Das Geld auf meinem Konto stammt ja schließlich von ihm.

„Gut, dann sind wir uns ja einig, mein kleiner Engel. Und jetzt würde ich sagen, solltest du dich ganz förmlich bei mir entschuldigen und mehr Respekt zeigen. Also schön auf die Knie und Mund auf."

Ich muss unwillkürlich würgen. Während er sich die Hose öffnet, kneife ich fest meine Augen zusammen. Immer noch laufen mir die Tränen und ich versuche, die aufkeimende Übelkeit wegzuatmen. Er hat es geschafft, mein Leben erneut zu zerstören und diesmal wird er mir alles nehmen. So lange, bis von mir selbst nichts mehr übrig bleibt. Alles, was ich mir all die Jahre mühselig erarbeitet und erkämpft habe, wird in Sekunden zunichtegemacht. Die neu aufgerissenen Wunden werden nie wieder heilen und ich werde daran langsam und schmerzvoll zugrunde gehen.

Während des Aktes lege ich meinen altbekannten, unsichtbaren Schalter um. Das habe ich damals als kleines Mädchen schon gemacht. So war es einfach erträglicher für mich. Jetzt ist mein Körper nur noch eine leblose Hülle. Damals flüchtete ich mich gedanklich in eine ganz andere Welt, zum Beispiel an das Meer und den Strand. Einfach weit weg von hier.

Nur noch wie in Trance vernehme ich, wie Bug sich wieder die Hose schließt und mir kurz, wie bei einem alten Hund, über den Kopf streicht und die Wohnung verlässt.

Als ich die Tür ins Schloss fallen höre, breche ich sofort auf dem Boden zusammen. Weinend kauere ich mich auf den harten Boden, unfähig, nur einen klaren Gedanken zu fassen. Die Schatten meiner Vergangenheit haben mich also eingeholt.

Ich muss eingeschlafen sein, denn als ich wieder erwache, dämmert es längst. Mit voller Wucht kommen die gestrigen Bilder zurück. Ich kann ihn immer noch an mir riechen. Sofort überkommt mich Übelkeit. Gerade noch rechtzeitig schaffe ich es zur Toilette, als ich mich schließlich übergebe. Ich fühle mich schmutzig und erniedrigt. Wie auf Autopilot erhebe ich mich und steige in die Dusche. Ich will den ganzen Dreck einfach nur wegspülen, also beginne ich, mich wie eine Wahnsinnige am ganzen Körper zu schrubben. Ich weiß nicht, wie lange ich schon unter dem Wasser stehe, erst, als meine Haut schon wund geschrubbt ist und beginnt, zu schmerzen, stelle ich das Wasser aus. Mechanisch trockne ich mich ab und putze mir die Zähne. In meinen Bademantel gehüllt lasse ich mich auf meinem Bett nieder und beginne erneut, zu weinen. Ich fühle mich taub und leblos. Als hätte man mir gestern jegliches Leben ausgehaucht. Erst das Klingeln meines Handys holt mich in die Gegenwart zurück. Als ich den Namen auf dem Display lese, schnürt sich meine Kehle zusammen. Was soll ich jetzt machen? In meinem Zustand kann ich unmöglich mit Nate reden. Er würde sofort bemerken, dass etwas nicht stimmt. Also lasse ich es weiterklingeln, bis die Mailbox rangeht. Ich werde mich von ihm trennen müssen. Nur so ist er vor Bug sicher. Und auch Jamie werde ich von mir stoßen müssen. Die Frage ist nur, wie? Es muss ein wirklich guter Plan her. Beim Gedanken, Nate nie wieder berühren oder küssen zu können, überkommt mich der erste Heulkrampf von vielen an diesem Tag.

KAPITEL 18

Emilia

Den ganzen Tag überlege ich fieberhaft, wie ich Nate am besten von mir fernhalten kann. Wenn ich ihm einfach nur sage, dass es vorbei ist, wird er mir mit Sicherheit nicht glauben. Dafür kennt er mich schon viel zu gut. Ich muss etwas machen, das ihn überzeugt und letztendlich verletzen wird. Ich muss ihn so weit bringen, dass er sich selbst von mir abwendet und anfängt, mich zu hassen. Alleine der Gedanke daran schmerzt bis ins Unermessliche. Und in dem Moment kommt mir die erlösende Idee. Allerdings will ich das UNS noch ein paar Tage genießen. Vielleicht können wir sogar über das Wochenende wegfahren? Nur er und ich. Ein letztes Mal würde ich es genießen, neben ihm aufzuwachen.

Ich packe ein paar Sachen in meine Reisetasche und fahre gegen 20 Uhr zu Nate. Da er mir gesagt hat, dass er erst gegen 22 Uhr da sein wird, habe ich also noch zwei Stunden Zeit, um uns eine Kleinigkeit zu kochen.

Pünktlich um 22 Uhr vernehme ich Schritte im Flur. Ich schließe kurz die Augen, wische mir die Tränen aus dem Gesicht und versuche, mich wieder zu fassen. Ich darf mir nichts anmerken lassen und muss so tun, als wäre alles in Ordnung. Ich will unsere letzten gemeinsamen Tage nicht mit dunklen Gedanken verschwenden, sondern genießen.

Als Nate in die Küche tritt, strahlt er mir glücklich entgegen. *Wenn wir eine Zukunft hätten, könnte das jeden Abend so sein*, denke ich. Er kommt sofort auf mich zu und zieht mich fest an sich. Er fühlt sich so unglaublich gut an. In seinen Armen fühle ich mich angekommen und daheim.

„Hey, Baby. Ich hab dich vermisst." Er beginnt, mich ganz zart zu küssen.

Langsam löse ich mich wieder von ihm. „Hey, hattest du einen guten Flug?", frage ich ihn so normal wie nur möglich.

Kurz mustert er mich skeptisch. „Hast du geweint?"

Für einen kurzen Moment steht mein Herz still. *Lass dir was einfallen. Sofort!* „Nein, natürlich nicht. Das ist nur von den Zwiebeln, siehst du." Dabei halte ich ihm demonstrativ die Zwiebelschalen entgegen.

Das scheint ihm auch sofort als Erklärung zu reichen. „Der Flug war ganz in Ordnung. Aber der Termin war nicht so, wie ich mir das vorgestellt habe. Es wird, glaube ich, noch dauern, bis wir uns einig werden. Jetzt will ich aber nicht mehr über die Arbeit reden. Sag mir lieber mal, was hier so gut riecht."

Lächelnd schüttle ich meinen Kopf. Er ist wirklich unglaublich süß und erinnert mich in manchen Situationen an einen kleinen Jungen. „Also, Mr. Forbes. Es gibt Emmis Speziallasagne. Ich hoffe, du hast Hunger mitgebracht?!"

Nate packt mich und setzt mich auf die Arbeitsplatte. Dann küsst er mich erneut. „Du bist einfach die Beste. Ich bin nämlich fast am Verhungern. Wie wäre es, wenn ich mich kurz unter die Dusche stelle und wir danach gemeinsam essen und den Abend vor dem Kamin ausklingen lassen?"

Ich sehe ihm tief in die Augen. Bei ihm stimmt der Satz „Augen sind das Fenster zur Seele". Bei Nate kann man ganz tief blicken, wenn man ihn gut genug kennt. „Alles klar. Dann beeil dich. Das Essen müsste in 15 Minuten fertig sein." Ich gebe ihm einen leichten Klaps auf den Po und erhalte dafür einen tadelnden Blick.

Wenige Minuten später betritt Nate mit noch feuchtem Haar und in Jogginghose und Shirt bekleidet das Esszimmer. Auch darin macht er eine unglaublich gute Figur. Eigentlich sieht er in allem gut aus. Nate scheint wirklich großen Hunger zu haben, denn er verdrückt gleich zwei Portionen.

Nach dem Essen nehmen wir unsere Weingläser und machen es uns vor dem Kamin gemütlich. Es ist eine beruhigende Atmosphäre. *Jetzt oder nie* , denke ich. „Darf ich dich etwas fragen?"

„Nur zu, frag mich, was immer du willst", fordert er mich auf.

„Also, ich habe mir gedacht … Na ja … Was würdest du davon halten, wenn wir über das Wochenende wegfahren? Einfach mal raus aus der Stadt. Vielleicht können wir uns ein Strandhaus mieten und ausspannen? Nur du und ich. Was meinst du?"

Nate schaut mich überrascht an. „Das ist wirklich eine fantastische Idee. Ich wüsste auch schon, wohin. Ich kenne da ein wunderschönes, kleines Häuschen in Cornwall, direkt am Strand gelegen. Ich war dort einige Male mit meiner Familie. Ich rufe gleich morgen früh dort an und frage, ob es noch frei ist."

Glücklich schmiege ich mich an ihn. Zwei Tage, 48 Stunden.

Am nächsten Morgen wache ich durch den Duft von Kaffee und frischgebackenen Brötchen auf. Nur mit Nates Hemd gekleidet tapse ich barfuß in die Küche. Nate steht am Herd und brät Spiegeleier. Er bemerkt mich nicht mal. Also schleich ich ganz leise an ihn heran. Als ich ihn gerade erschrecken will, fahren plötzlich seine Hände nach hinten und packen mich. Vor lauter Schreck schreie ich laut auf. Er hat mich also doch bemerkt.
Nate fängt sofort an, zu lachen. „Und, erschrocken?", fragt er mich belustigt, während er mir einen sanften Kuss auf den Mund gibt.

„Wie hast du mich gesehen? Du standst mit dem Rücken zu mir. Das ist unmöglich, dass du mich gesehen hast", sage ich ungläubig.

„Tja, Miss Clayton. Das ist reine Telepathie."

Sanft knuffe ich ihm in die Seite. „Spinner!"

„Nein, im Ernst. Ich hab deine Spiegelung im Schrank gesehen."
Jetzt lache auch ich.

„Ich hoffe, du hast Hunger?"

Ich nicke zustimmend. Den habe ich in der Tat. Ich habe seit Tagen kaum etwas gegessen. Wir setzen uns gemeinsam an den Tisch und essen schweigend.

Immer wieder schaut Nate mich verliebt an. „Im Übrigen habe ich heute Morgen bei der Hausvermietung angerufen. Wir können es haben. Ich dachte mir, dass wir direkt nach dem Frühstück zu dir fahren und du ein paar Sachen packst? Dann könnten wir eigentlich schon los." Nate sieht mich fragend an.

Mit vollem Mund antwortete ich: „Nicht nötig, ich habe gestern schon gepackt und alles mitgebracht."

Nate stupst mir auf die Nase. „Du Schlingel hast das von Anfang an geplant, hab ich recht?"

Ich grinse nur frech als Antwort.

Das Haus ist unglaublich schön. Es ist zwar keine Luxusvilla, aber schlicht und gemütlich. Ich habe mich sofort verliebt. Vom großen Panoramafenster im Wohnzimmer hat man einen herrlichen Ausblick direkt auf das Meer und den Strand. Einfach wunderschön. Hier könnte ich mir vorstellen, für immer zu bleiben. Mit Nate, verheiratet … und vielleicht würden wir eines Tages ein paar Kinder haben, die ich beim Drachensteigen von der Terrasse aus beobachten kann. Aber leider ist das reines Wunschdenken. Ich werde nie diese Zukunft mit ihm haben und ihn schon bald für immer verlieren.

„Hey, was guckst du so traurig?", fragt mich Nate, während er seine Arme von hinten um mich schlingt.

„Tue ich doch gar nicht. Ich musste nur daran denken, dass wir morgen schon wieder abreisen. Am liebsten würde ich mit dir für immer hierbleiben. Nur wir beide", sage ich traurig.

Nate gibt mir einen Kuss auf die Wange. „Ich könnte es kaufen, wenn du möchtest? Ich hatte es schon vor längerer Zeit vor. Aber ohne Frau oder Familie war ich mir nicht ganz sicher. Aber mit dir hätte ich einen Grund."

Ich schaue ihn perplex an. „Meinst du das ernst? Das ist doch verrückt, Nate. Was ist, wenn du es heute kaufst und wir uns morgen trennen? Wenn du es kaufst, dann nur, weil du es willst und nicht wegen mir."

„Darf ich dich etwas fragen, Em? Und bitte sei ehrlich zu mir."

Ich nicke nur merklich.

„Bist du glücklich mit mir? Ich meine, so richtig?"

„Ja, natürlich. Warum fragst du?"

Nate schließt kurz die Augen. „Na ja, weil ich in letzter Zeit das Gefühl habe, dass du nicht ganz bei mir bist. Ich sehe doch, dass dich etwas bedrückt. Du weißt, du kannst mit mir über alles reden. Egal, was es ist."

Ich nicke traurig. „Ja, das weiß ich. Aber glaub mir, es ist alles in Ordnung. Ich bin nur im Moment ausgelaugt. Mehr nicht." Ich drehe mich zu ihm um und nehme sein Gesicht in meine Hände. Dann stelle ich mich auf meine Zehenspitzen und küsse ihn zärtlich auf die Lippen. Es ist ein weicher, liebevoller Kuss.

Einige Minuten stehen wir nur so da, eng umschlungen und küssend. Es ist ein wunderschöner, sehr intimer Augenblick und ich wünschte, er würde nie enden.

Am Abend überrascht mich Nate mit einem Picknick am Strand. Es ist herrlich und unglaublich romantisch. An diesem Abend lieben wir uns unter dem freien Sternenhimmel, umhüllt vom Rauschen des Meeres. Das ist einer der schönsten Momente, die ich mit Nate hatte.

Ich werde mitten in der Nacht wach und kann nicht mehr einschlafen. Zu viel geht mir gerade durch den Kopf. Ich habe wahnsinnige Angst vor Montag. Vor seiner Reaktion. Ich fühle mich wie ein Tier, das man zur Schlachtbank führt. Nate wird mich dafür hassen, das ist sicher.

Die Fahrt nach Hause verläuft sehr ruhig und entspannt. Ich genieße die letzten Stunden mit ihm in vollen Zügen.

„Schläfst du heute Nacht bei mir oder willst du lieber nach Hause?", fragt er mich kurz vor London.

Am liebsten würde ich sagen „Nimm mich mit zu dir und lass mich nie wieder alleine", aber das ist nicht möglich. Nicht mehr. Also antworte ich: „Ich denke, ich schlafe heute lieber daheim. Ich habe Jamie jetzt auch schon fast eine Woche nicht gesehen. Außerdem sehen wir uns ja morgen wieder."

Nate nickt traurig.

Als wir eine Stunde später vor meiner Haustür ankommen, muss ich mich zusammenreißen, nicht gleich loszuheulen. Das hier ist unser letzter gemeinsamer Moment als Paar. Ein Abschied für immer. Ab morgen wird er mich verachten und nur noch Hass empfinden. Der Gedanken daran verpasst mir einen gewaltigen Stich ins Herz. Ich sehe ihm tief in die Augen und bin kaum in der Lage, mich von ihm zu lösen. „Danke für das wundervolle Wochenende. Das werde ich dir nie vergessen."

Nate nimmt mich fest in den Arm und streicht mir durch das Haar. „Das hab ich sehr gerne gemacht. Es war eine gute Idee, dorthin zu fahren. Vielleicht können wir das öfter machen? Einfach mal raus hier."

Das würde ich so unglaublich gerne. Aber das ist nur ein Wunschtraum. *Schon morgen wirst du anders darüber denken. Das weiß ich.* In unseren letzten Kuss lege ich all meine Liebe hinein, in der Hoffnung, er kann es spüren. „Ich liebe dich, Nate. Vergiss das nie."

„Alles okay? Das hörte sich gerade irgendwie nach Abschied an?"

Ich kann ihm kaum noch in die Augen schauen. „Alles gut. Ich glaube, ich sollte so langsam mal nach oben gehen. Schlaf gut und wir sehen uns morgen." Ich gebe ihm noch einen letzten keuschen Kuss und verschwinde dann rasant ins Haus.

Im Hausflur sinke ich zu Boden und weine. Wie soll ich nur

ohne Nate je weiterleben können? Ich liebe ihn doch. Er ist mein Licht. Mein Leben. Nach wenigen Minuten rapple ich mich wieder auf und laufe nach oben. Inzwischen habe ich mich schon wieder so weit gefasst, dass ich nicht gleich wieder anfange, zu weinen.

„Hi, Em. Alles klar bei dir?", empfängt mich plötzlich Josh im Flur.

„Äh, ja, alles gut. Bei dir? Ist Jamie auch da?" Ich bin gerade leicht verwirrt, da ich nicht mit ihm gerechnet habe.

„Jap, alles bestens. Jamie ist gerade unter der Dusche. Hast du vielleicht Lust, mit uns eine Kleinigkeit zu essen?"

„Eigentlich habe ich schon gegessen. Aber nachdem ich mich frisch gemacht habe, setze ich mich gerne für ein Glas Wein zu euch." Ich nehme mein Gepäck und verschwinde in meinem Zimmer. Was ist das nur für ein elender Geruch? Ich renne sofort zum Fenster und öffne es. Dann erblicke ich ein schwarzes Päckchen auf meiner Kommode. Sofort wird mir übel, denn mir ist jetzt schon klar, von wem es ist. Ich nehme es mit zum Bett und öffne es zaghaft. Sofort muss ich laut würgen. Darin befindet sich eine tote Ratte an deren Herz ein Zettel mit einer Nadel befestigt ist.

Leider hast du dich NICHT an meine Anweisung gehalten, mein Engel. Nur um dich noch einmal daran zu erinnern, ich teile nicht gerne. Die Ratte hätte auch Nathan sein können. Vergiss das nicht. Du solltest besser tun, was ich dir sage, ansonsten hast du ihn heute das letzte Mal gesehen. B.

Ich spüre, wie sich die säuerliche Flüssigkeit meines Magens den Weg nach oben bahnt. Ich springe rasant vom Bett und renne zur Toilette, wo ich mich wieder einmal übergebe. Das ist keine Bitte von Bug, sondern ganz klar eine Drohung. Er wird nicht lange zögern und Nate aus dem Weg schaffen. Dieser Gedanke bestätigt mich nur noch mehr in meinem Vorhaben. Ohne weiter darüber nachzudenken, wähle ich die Nummer meines Kollegen Ben und verabrede mich mit ihm für heute Abend. Doch davor lasse ich noch die Ratte verschwinden.

Der Abend verläuft angenehm und Ben sucht immer wieder meine Nähe. Das gefällt mir zwar nicht, gehört aber zum Plan. Ich muss es durchziehen. Für Nate und auch für Jamie. So lasse ich mich auch auf einen richtigen Abschiedskuss ein, auch wenn sich alles in mir dagegen sträubt.

Die halbe Nacht haben mich meine wirren Träume immer wieder hochschrecken lassen. Träume von einem toten Nate, der durch einen Autounfall umkommt oder von einer toten Ratte. Immer wieder wache ich schweißgebadet auf.

Da an Schlaf nicht mehr zu denken ist, beschließe ich, schon aufzustehen und vor der Arbeit spazieren zu gehen. Es ist noch recht früh am Morgen und noch etwas kühl und feucht von der Nacht, aber der kalte Wind tut mir gut und hilft mir, klarer zu werden. Ich denke an die schönen Momente mit Nate, wie wir uns kennengelernt haben und die wunderschönen Nächte, die wir miteinander verbracht haben. Ich setze mich auf eine abgelegene Bank und beginne, leise vor mich hin zu weinen. Wie sehr ich ihn vermisse und mir gerade nichts sehnlicher wünsche, als bei ihm zu sein. Wie gerne würde ich mich jetzt in seine Arme kuscheln und weinen. Alles rauslassen. Aber es wird nie wieder so sein. Bug hat mir mein Leben genommen. Meine Erinnerungen kann er mir dennoch nicht nehmen. Der bloße Gedanke an das, was gleich kommen wird, schnürt mir den Magen zu. Ich werde Nate das Herz brechen und ihn tief verletzen. Er wird mir das niemals verzeihen. Der Gedanke zerreißt mich innerlich. Doch ich habe keine andere Wahl. Ich muss es tun.

Ich fahre genau um sieben Uhr in die Tiefgarage der Bank. Ich habe heute vorausschauend Jamies Wagen genommen. Nervös nehme ich den Aufzug in die Chefetage. Ich hoff, dass Nate noch nicht da ist, denn dies würde meinen Plan komplizierter machen. Als ich um die Ecke zu meinem Tisch biege, ist Nates Büro noch dunkel und verlassen. Ich entledige mich meiner Sachen und fahre wie gewohnt meinen Computer hoch. Ich weiß, Nate wird spätestens in einer halben Stunde das Büro betreten, daher muss ich schnell handeln. Ich nehme also den Hörer meines Telefons in die Hand und wähle Bens Nummer.

„Guten Morgen, Emilia, was kann ich für dich tun?", fragt er noch leicht verschlafen.

Ich räuspere mich kurz und versuche, so fröhlich wie möglich zu klingen. „Dir auch einen schönen guten Morgen. Ich hoffe, du bist gestern noch gut heimgekommen? Danke noch mal für den schönen Abend. Warum ich anrufe? Hast du vielleicht Lust, in zehn Minuten zu mir hochzukommen und einen Kaffee mit mir zu trinken?"

„Klar, sogar sehr gerne. Ist der Chef noch nicht da?"

Nun habe ich doch ein schlechtes Gewissen. Ben ist wirklich nett und ich lasse ihn im Grunde ins offene Messer laufen und benutze ihn nur für meine Zwecke. „Nein, der kommt heute später. Also keine Sorge, wir haben Zeit und sind ungestört. Dann in zehn Minuten in der Küche?"

Ben stimmt zu und wir legen auf. Das ist geschafft. Jetzt ist nur noch zu hoffen, dass mein Plan aufgeht. Der Gedanke daran versetzt mir einen gewaltigen Stich mitten ins Herz. Die Gewissheit, es wird in nicht mal einer halben Stunde Schluss sein, schmerzt mich fürchterlich. Warum kann ich nicht einmal in meinem Leben glücklich sein? Ich habe die Liebe meines Lebens gefunden und kann sie doch nicht haben.

Wie ferngesteuert begebe ich mich Richtung Küche. Mechanisch betätigte ich die Kaffeemaschine und warte auf Ben. Von Sekunde zu Sekunde werde ich nervöser. Ich hoffe nur, dass nicht alles umsonst ist und Ben auch darauf eingeht.

Es dauert nicht lange, da klopft Ben auch schon an der Tür. Mit strahlendem Gesicht begrüßt er mich und gibt mir einen sanften Kuss auf die Wange. „Noch mal, guten Morgen, schöne Frau."

Ich zwinge mich zu einem Lächeln. „Guten Morgen", hauche ich. Ich kann das hier einfach nicht. Ich will es auch nicht. Aber ich muss. Das sage ich mir immer wieder wie ein Mantra. Dann schalte ich meinen Kopf komplett aus und tue einfach nur noch. Ich ziehe Ben an seinem Hemdkragen an mich und beginne, ihn stürmisch zu küssen. Es ist nicht schlimm, ihn zu küssen, aber er ist einfach nicht Nate. Zuerst scheint er irritiert zu sein, doch nach wenigen Sekunden fällt er in mein Spiel mit ein. „Das wollte ich schon die ganze Zeit machen."

Er drängt mich plötzlich gegen die Wand und ab da übernimmt er die Führung. Ich bin froh darüber, denn ich hätte es womöglich nicht geschafft. Überall spüre ich seine Hände und Lippen. Kurz kommen meine Gefühle ins Wanken und ich bin fast so weit, alles abzubrechen, aber dann kommt mir Bugs letztes Geschenk in den Sinn und ich verdränge den Gedanken sofort wieder. Zielstrebig schiebe ich meine Hand in Bens Schritt und beginne, ihn von außen zu massieren. Er ist schon komplett erregt, was mich nicht wirklich verwundert. Ich öffne seine Hose, immer meinen Blick auf die Uhr gerichtet und hole seine Erektion heraus. Dabei entfährt ihm ein tiefes Stöhnen. Er packt den Saum meines Kleides und zieht es mir über die Hüften.

Mit erregter Stimme fragt er mich: „Nimmst du die Pille? Ich habe leider kein Kondom dabei."

Ich lächle gespielt und ziehe eines aus meinem BH. Auch daran habe ich natürlich gedacht.

Noch bevor ich es registriere, hat er es mir schon aus der Hand gerissen und es sich übergezogen. Er dreht mich schwungvoll um, sodass ich mit dem Rücken zu ihm stehe und dringt mit einem kräftigen Stoß in mich ein. Ich habe das Gefühl, innerlich zu zerreißen. Ich bin weder feucht noch in irgendeiner Form erregt. Das hier ist ausschließlich ein Mittel zum Zweck. Und ich hoffe, es ist schnell vorbei.

Als ich merke, wie mir die Tränen aufsteigen, versuche ich, diese gekonnt wegzuatmen. Ich darf jetzt auf keinen Fall weinen. Immer wieder stöhnt Ben hinter mir auf und stößt unkontrolliert zu.

Dann vernehme ich schnelle Schritte auf dem Flur und ehe ich mich versehe, steht Nate regungslos und sichtlich geschockt in der Tür und starrt uns beide aus zornigen Augen an. Sein eigentlich immer liebevoller Blick wird sofort kalt und emotionslos. Ich kann die Verachtung und den Hass in seinen Augen sehen. Ich werde nie wieder diesen Ausdruck vergessen.

Jetzt wird auch Ben endlich auf Nate aufmerksam. Mit hochrotem Kopf zieht er sich sofort aus mir zurück und stammelt eine Entschuldigung. „Mr. Forbes, das tut mir wirklich leid. So etwas wird nicht wieder vorkommen. Ähm … Ich mach mich dann mal wieder an die Arbeit und die Zeit werde ich natürlich nacharbeiten." Er hat sich derweil die Hose gerichtet und läuft Richtung Tür.

„Mr. Cane, das wird ein Nachspiel haben. Darauf können Sie sich verlassen", entgegnet Nate kühl.

Oh mein Gott, der arme Ben. Das ist alles nur meine Schuld. Ich hoffe, Nate schmeißt ihn nicht raus. Währenddessen richte auch ich wieder mein Kleid. Ich muss jetzt einen kühlen Kopf bewahren, sonst war alles umsonst.

Nate schließt die Tür und bleibt noch einen Moment mit dem Rücken zu mir stehen. Auch er scheint um Fassung zu ringen. Dann dreht er sich langsam zu mir um. Mein Herz rast und ich habe das Gefühl, kaum noch atmen zu können. Er schaut mich einige Sekunden nur an und sagt nichts. Ich kann genau sehen, wie sehr ich ihn damit getroffen habe und es bricht mir schier das Herz. Am liebsten würde ich ihn um Verzeihung anbetteln. Doch ich untersage es mir.

Nachdem Nate registriert, dass er von mir keine Erklärung erwarten kann, richtet er sein Wort an mich. „Ich benötige für meinen Termin in 15 Minuten noch Unterlagen, danach bitte ich Sie, Miss Clayton, Ihren Platz zu räumen. Ich denke, es ist das Beste, wenn Sie einer anderen Abteilung zugewiesen werden. Die Personalabteilung wird Sie diesbezüglich in ein paar Tagen kontaktieren. Bis dahin sind Sie beurlaubt." Dann dreht er sich um und lässt mich alleine zurück.

Ich habe das Gefühl, als habe mir gerade jemand das Herz bei lebendigem Leibe herausgerissen. Ich fühle mich kalt und leer. Mein Plan hat also funktioniert. Doch meine Freude hält sich in Grenzen. Er hat nicht einmal eine Erklärung verlangt, geschweige denn mich angeschrien. Nichts. Er hat mich einfach aus seinem Leben gestrichen, als hätte ich ihm nie etwas bedeutet. Ich atme tief durch und straffe meine Schultern. Ich muss mich wieder sammeln, um Nate die gewünschten Unterlagen zu bringen.

Da ich längst alles vorbereitet habe, gehe ich direkt in den Besprechungsraum, um sie dort zu platzieren und ein letztes Mal nach den Getränken zu schauen. Nach einem letzten Check begebe ich mich wieder an meinen Arbeitsplatz und packe meine persönlichen Sachen zusammen. Gerade, als die Gäste eintreffen und ich mich zur Begrüßung erheben will, tritt Nate aus seinem Büro und fängt sie ab. Ohne mich nur eines Blickes zu würdigen, führt er die Herrschaften in den Besprechungsraum. Das war es dann also. Jetzt ist es endgültig.

Ich fahre meinen Computer herunter, nehme meine sieben Sachen und fahre mit dem Aufzug ins Parkhaus. Erst, als ich in meinem Wagen sitze und mir sicher bin, unbeobachtet zu sein, breche ich zusammen und gebe mich meinen Tränen und dem tiefen Schmerz hin. Wie konnte mein Leben nur so schnell außer Kontrolle geraten? Der einzige Mensch, den ich je geliebt habe, hasst und verachtet mich zutiefst. Ich konnte seine Abscheu förmlich spüren. Und wenn Jamie davon erfährt, wird auch sie mich hassen. Aber vorerst beschließe ich, ihr nichts davon zu erzählen. Sie wird es noch früh genug erfahren.

Wie in Trance fahre ich nach Hause. Dabei nehme ich meine Umgebung kaum noch wahr. In der Wohnung angekommen, bin ich froh, noch alleine zu sein. Okay, das ist ja auch nicht schwer, schließlich ist es nicht mal neun Uhr morgens. Allerdings hat Jamie mir schon eine Nachricht geschrieben, dass sie heute Abend mit mir reden muss.

Als ich im Badezimmer Nates Zahnbürste sehe, breche ich komplett zusammen und beginne, hysterisch zu weinen. Was habe ich da nur getan?

Nachdem ich mich einigermaßen beruhigt habe, gehe ich unter die Dusche und wasche mir den Geruch von Sex und Ben vom Körper. Ben ist zwar ein netter Kerl, aber alleine der Gedanke, dass er mich überall berührt hat, ist unerträglich und abstoßend. Ich schrubbe und schrubbe, dabei vergesse ich völlig die Zeit.

Plötzlich legen sich zwei Arme um meine Taille und ziehen mich aus der Dusche. Gerade, als ich heftig um mich schlagen will, registriere ich, dass es nur Jamie ist.

„Hey, Süße, was ist denn nur los mit dir? Ich habe dich gerufen, aber du warst wie weggetreten. Hast mich gar nicht wahrgenommen. Wie lange duschst du überhaupt schon? Du bist eiskalt und schrumpelig." Sie nimmt meinen Bademantel vom Haken und zieht ihn mir über den nackten Körper.

Erst jetzt bemerke ich, dass ich vor Kälte zittere. Ein Blick in den Spiegel zeigt, dass ich schon blau angelaufene Lippen habe. Ich muss wirklich Stunden hier drin gewesen sein.

Jamie schiebt mich sanft Richtung Bett. „Setz dich. Ich mach dir schnell eine heiße Tasse Tee, bevor du noch krank wirst." Kopfschüttelnd verlässt sie das Zimmer.

Wenige Minuten später tritt Jamie mit einem Tablett und zwei Tassen Tee ins Zimmer. Sie reicht mir eine und setzt sich neben mich. „Und jetzt erzählst du mir, was passiert ist. Du siehst schlecht aus, als hättest du tagelang nicht geschlafen." Sie streicht mir liebevoll eine nasse Haarsträhne aus dem Gesicht.

Ich kann ihr das von mir und Nate noch nicht erzählen. Ich muss mir schnell etwas einfallen lassen. Nervös beginne ich, an meiner Unterlippe zu kauen.

Jamie schaut mich weiterhin fragend an. „Emmi, bitte rede doch mit mir. Ich merke doch, dass mit dir schon länger was nicht stimmt. Wie soll ich dir denn helfen, wenn du immerzu schweigst?"

Ich fahre mir mit der Hand durchs Gesicht. Mir bleibt nichts anderes übrig, als sie anzulügen und mir eine Geschichte auszudenken, die halbwegs plausibel klingt. „Ich habe heute Morgen ein Telefonat erhalten. Meine Tante Gil ist gestorben. Herzinfarkt." Sorry, Tante Gil, ich hoffe, du verzeihst mir diese kleine Lüge. Nach einer kurzen Pause spreche ich weiter. „Außerdem haben Nate und ich uns gestritten. Ziemlich heftig sogar."

Ungläubig schaut Jamie mich an. „Ach, Em, dass mit deiner Tante tut mir so leid. Wirst du zu ihrer Beerdigung fahren?"

Ich schüttle den Kopf. „Ich denke eher nicht. Ich möchte ungern meinen Eltern dort begegnen."

Jamie nickt verständnisvoll. „Und warum haben Nate und du euch gestritten?"

Was soll ich denn jetzt sagen. Am besten die halbe Wahrheit. Also atme ich noch mal tief ein und aus und beginne dann: „Ich habe mit einem anderen Mann geschlafen."

Völlig schockiert schaut Jamie mich an und erhebt sich dabei vom Bett. „Du hast WAS? Sag mal, spinnst du jetzt völlig? Was ist dann passiert?"

„Nate hat mich beim Fremdgehen erwischt, J. Es war ein Kollege", sage ich leise.

„Sag mir, dass das nicht dein Ernst ist. Du hast auf der Arbeit fremdgevögelt und Nate hat dich dabei erwischt? Ich weiß gerade wirklich nicht, was ich dazu sagen soll. Ich erkenne dich gar nicht mehr wieder, Em. Du bist einer der aufrichtigsten und ehrlichsten Menschen, die ich kenne … entschuldige, du warst. Wie konntest du das nur tun?" Jamie starrt mich fragend an.

Ich fühle mich elend. Nicht nur wegen der Sache mit Nate, nein, ich belüge auch noch meine beste Freundin aufs Übelste. Aber ich darf jetzt auf gar keinen Fall einknicken. Ich muss stark bleiben, für

Nate und Jamie. Also hole ich zum Gegenschlag aus. „Ich sag dir jetzt mal was, Jamie. Es kann dir wirklich scheißegal sein, was ich mache. Ich bin eine erwachsene Frau und kann tun und lassen, was ich will. Hast du verstanden?! Ich habe dir vor Josh ja auch nicht vorgeschrieben, was du zu tun hast und dich für dein Rumgehure verurteilt." Mir tut es furchtbar leid, Jamie so anzugreifen, aber nur so kann ich auch sie auf Abstand halten. Kurz herrscht Totenstille, bis Jamie sich wieder gefangen hat. Ich habe sie mitten ins Herz getroffen, das sehe ich in ihren Augen. Noch nie habe ich so mit ihr geredet.

„Das hast du gerade wirklich ernst gemeint, oder? Ich weiß wirklich nicht, was in dich gefahren ist, aber das war gerade unterstes Niveau, Em. Ich frage mich wirklich, was mit dir in den letzten Tagen los ist? Du hast dich verändert und das zum Negativen. Wie konnte ich mich nur so in dir täuschen? Ich dachte, ich würde dich kennen, aber da habe ich wohl falsch gelegen. Ich hoffe für dich, dass du dein Handeln nicht irgendwann bitter bereust. Ich werde ein paar Sachen packen und für einige Tage zu Josh ziehen. Ich hoffe, du nutzt die Zeit zum Nachdenken und kommst zur Vernunft?!" Bevor Jamie das Zimmer verlässt, sagt sie noch leise mit Tränen in den Augen „Du weißt, dass du immer zu mir kommen kannst, egal, was ist. Das gilt auch jetzt noch".

Als die Zimmertür ins Schloss fällt, kann ich mich nicht mehr halten und lasse meinen Tränen freien Lauf. Ich habe nicht nur meine große Liebe verloren, nein, auch meine beste Freundin hat sich von mir abgewandt. Es tut mir so leid, ich will euch doch nur beschützen, schluchze ich leise in mein Kissen.

Erst als ich mir sicher bin, dass Jamie längst die Wohnung verlassen hat, gehe ich aus meinem Zimmer, um mir etwas zu trinken zu holen. Auf dem Küchentisch finde ich einen Teller mit Cupcakes, daneben eine Notiz von Jamie.

Bitte denk noch mal über alles nach. Egal, welche Probleme du hast, es gibt für alles eine Lö-sung. Melde dich, wenn du mich brauchst. Kuss Jamie

Voller Wut nehme ich das volle Glas und schleudere es quer durch den Raum, bevor ich an der Wand zu Boden gleite und anfange, bitterlich zu weinen. Ich fühle mich so unglaublich hilflos und einsam. Die Schmerzen sind kaum noch zu ertragen und fressen mich innerlich auf. In dem Moment wünsche ich mir nichts sehnlicher, als tot zu sein. Einfach unbeschwert, ohne Angst und Probleme. Am liebsten würde ich vergessen, was war und was noch kommen wird. Ohne weiter darüber nachzudenken, ziehe ich mich an und bestelle mir ein Taxi Richtung City. Heute Nacht werde ich vergessen.

KAPITEL 19

Emilia

Das *Blue Ivy* ist einer der angesagtesten Clubs in London und perfekt für einen Abend zum Abschalten. Schon beim Eintreten begrüßt mich der wummernde Bass. Ohne groß nachzudenken, steuere ich direkt die Bar an und bestelle mir ein Wodka-Red Bull.

Nach dem zweiten Glas fühle ich mich schon leicht beschwingt und gehe tänzelnd auf die Tanzfläche. Der Bass schießt durch meinen Körper und ich beginne, mich im Takt der Musik zu bewegen.

Es dauerte nicht lange, da legen sich schon zwei Hände von hinten auf meine Hüften. Der Kerl sieht nicht schlecht aus und ein bisschen Ablenkung ist mir im Moment ganz recht. Lasziv bewegen wir uns zur Musik. Nach kurzer Zeit spüre ich schon die volle Wirkung des Alkohols. Der Typ dreht mich mit Schwung um, sodass ich nun in sein Gesicht blicke. Man merkt, dass auch er längst angetrunken ist. Aber das stört mich nicht im Geringsten. Er zieht mich an sich und legt seine rechte Hand in meinen Nacken. Nur wenige Augenblicke später berühren sich unsere Lippen. Er küsst mich ausgehungert mit der Hoffnung auf mehr. Und ich mache anstandslos mit.

Nachdem wir uns eine halbe Ewigkeit geküsst haben, flüstert er mir ins Ohr: „Wollen wir vielleicht verschwinden?"

Ich nicke zustimmend. Sofort zieht er mich von der Tanzfläche, Richtung Ausgang. Auf der Straße winkt er ein Taxi herbei. Und wir fahren direkt zu ihm. Im Taxi beginnen wir, unsere Zungenspiele fortzusetzen.

Keine Ahnung, wie lange wir unterwegs sind, aber erst als der Fahrer genervt sagt „Wir sind jetzt da!", steigen wir aus und bezahlen.

Der Typ zieht mich in ein altes Backsteingebäude. In seiner Wohnung angekommen, merke ich, dass die Wirkung des Alkohols langsam nachlässt und mein schlechtes Gewissen meldet sich lauthals.

Dann kommt wieder der unerträgliche Schmerz in meiner Brust und ich sage, ohne weiter darüber nachzudenken: „Hast du vielleicht etwas Stärkeres hier?"

„Kyle, ich heiße Kyle. Und du?"

„Lila." Ich will ihm nicht meinen richtigen Namen sagen, daher nehme ich meinen alten Decknamen aus längst vergangenen Zeiten.

Kyle geht zu der Kommode und zieht ein flaches Kästchen heraus. „Was hättest du denn gerne? Ich hab so ziemlich alles da. Wie wäre es mit einer Line für den Anfang?" Er sieht mich fragend an.

Als ich das weiße Pulver sehe, kommen meine Gefühle leicht ins Wanken. Soll ich es wirklich wagen und das Risiko eingehen, wieder rückfällig zu werden? Oder ist es besser, zu gehen? Ich habe einen sehr langen Weg hinter mir und bin schon so lange clean. Ich hatte nie wieder Verlangen danach verspürt. Aber heute ist es anders. Ich will meinen Schmerz nur für einen Moment vergessen und mich betäuben. Also nicke ich leicht und setze mich neben Kyle, der längst auf dem Sofa Platz genommen hat. Und mit dem ersten Zug weiß ich, dass ich diesmal in ein noch tieferes Loch rutschen werde.

Als ich das nächste Mal erwache, ist es längst Tag. Kurz bin ich orientierungslos und weiß nicht genau, wo ich mich befinde. Dann kommen aber die Erinnerungen der letzten Nacht mit voller Wucht zurück. Was habe ich nur getan? Ich drehe meinen Kopf zur Seite und erblicke Kyle, der immer noch tief und fest schläft. Ich erhebe mich so vorsichtig wie nur möglich, in der Hoffnung, Kyle nicht zu wecken und beginne, meine Kleidung einzusammeln. Dann schleiche ich aus dem Zimmer. Im Wohnzimmer ziehe ich mich rasch an und suche nach meiner Handtasche. Fündig werde ich auf dem Wohnzimmertisch. Dort erblicke ich auch das Holzkästchen. Ohne weiter darüber nachzudenken, öffne ich es und entnehme die kleinen Tütchen, die ich mir sofort in die Handtasche stecke. Dann verlasse ich leise die Wohnung.

Auf der Straße versuche ich, mich kurz zu orientieren und herauszufinden, wo ich mich eigentlich befinde. Wie sollte es auch anders sein, ich bin in Brixton gelandet. Eine der zwiespältigen Gegenden Londons. Ich laufe ein Stück die Straße entlang in der Hoffnung, zu einer Hauptstraße zu gelangen, um mir ein Taxi zu rufen. Nach einer Viertelstunde erblicke ich ein Taxi und fahre nach Hause.

Ein Blick während der Fahrt in meinen kleinen Handspiegel verrät mir, dass ich schrecklich aussehe. Mein Haar ist verwüstet und unter meinen Augen zeichnen sich tiefe, dunkle Augenringe ab. Außerdem bin ich extrem blass. Ich hoffe, so keinem Nachbarn im Treppenhaus zu begegnen.

In meiner Wohnung angekommen, steuere ich sofort das Badezimmer an, um den Schmutz der letzten Nacht von mir zu waschen. Danach steige ich in meine Jogginghose und einen alten Hoodie und nehme eine Kopfschmerztablette. Mein Kopf fühlt sich an, als hätte mich ein Güterzug überrollt.

Plötzlich klingelt es an der Tür. *Hoffentlich ist es nicht Nate*, ist mein erster Gedanken. Ich betätige die Gegensprechanlage. „Hallo? Wer ist da?"

„Miss Clayton?"

„J-ja, die bin ich."

„Ich habe Post. Sie müssen mir aber noch den Erhalt quittieren."

Ich drücke den Türsummer und sage: „Kommen Sie rauf."

Von dem jungen Mann erhalte ich ein weißes Paket mit einer

roten Schleife. Ich muss nicht lange darüber nachdenken, um zu wissen, von wem es ist. Mit zittrigen Beinen gehe ich in die Küche. Mir ist jetzt schon speiübel. Doch bevor ich es öffnen kann, klingelt mein Handy. „Hallo, Emilia Clayton hier", melde ich mich müde.

„Hi, Emilia, hier ist Lydia. Wie geht es dir?", fragt sie vorsichtig.

Ich versuche, ihr mit fester Stimme zu antworten. „Mir geht's gut, Lydia. Und selbst?"

Lydia räuspert sich. „Auch gut. Emilia. Du kannst dir sicher denken, warum ich anrufe? Mr. Forbes hat mit mir gesprochen und du sollst nächste Woche Montag wieder zur Arbeit kommen. Deine neue Stelle wird in der Archivierungsabteilung sein. Komm am Montag doch bitte zuerst zu mir. Sagen wir so gegen neun Uhr? Ich bringe dich dann zu deiner neuen Abteilung. Ich weiß zwar nicht, was da zwischen dir und Mr. Forbes vorgefallen ist, aber es tut mir wirklich leid. Du hast gute Arbeit geleistet. Es ist wirklich schwer, adäquaten Ersatz für dich zu finden. Momentan sitzt dort Janice von der Rechtsabteilung, aber um ehrlich zu sein, geht das nicht auf Dauer. Vielleicht renkt es sich ja wieder ein und du kannst zurück?"

Ich seufze. „Das ist lieb von dir, Lydia, aber ich glaube kaum, dass es wieder wird. Aber hey, ich komm schon klar. Ich bin ja froh, dass er mich nicht gleich ganz gefeuert hat", lache ich gespielt fröhlich ins Telefon. „Dann würde ich sagen, sehen wir uns am Montag. Ich wünsche dir noch eine schöne Woche, Lydia. Bis dann." Noch bevor Lydia etwas entgegnen kann, lege ich schnell auf. Nate hat mich komplett aus seinem Leben gestrichen. Jetzt ist es auch in der Firma offiziell.

Niedergeschlagen gehe ich zurück in die Küche. Dort fällt mein Blick wieder auf das ungeöffnete Paket. Ich ziehe an der roten Schleife und hebe den Deckel an. Darunter befinden sich viele kleine Engelsflügel und darauf eine goldene Karte.

Mein kleiner Engel, ich hoffe, dir gefällt mein Geschenk?! Trage es am Freitag. Ein Fahrer wird dich gegen 18 Uhr abholen und zu mir bringen. In Liebe B.

Ich greife zwischen die Flügel und finde dort eine goldene Korsage mit entsprechendem Zubehör. Bei dem Anblick rebelliert mein Magen und ich muss mich sofort übergeben. Die Fragen überschlagen sich in meinem Kopf und die Angst nimmt langsam Übermaße an. Ich habe furchtbare Angst vor dem, was noch kommen wird. Wer weiß, vielleicht werde ich ja bald bei Amy sein und endlich meinen Frieden finden?

Die Türklingel reißt mich aus den düsteren Gedanken. Hastig schließe ich die Box und gehe zur Gegensprechanlage. „Hallo, wer ist da?"

„Emilia? Hier ist John. Mr. Forbes hat mich gebeten, Ihnen etwas vorbeizubringen."

Ich beginne augenblicklich, zu zittern. „Na klar, John, kommen Sie doch bitte rauf."

Wenige Minute später klopft es an meiner Wohnungstür. „Hallo, John, kommen Sie doch herein."

Er tritt leicht beschämt ein. „Es tut mir wirklich leid, dass ich Sie störe, aber Mr. Forbes hat darauf bestanden. Ich soll Ihnen diese Kiste überbringen und Ihnen ausrichten, sollte noch etwas fehlen, das mit seiner Sekretärin zu klären."

„Okay, danke, John. Stellen Sie die Kiste doch bitte auf dem Esstisch ab."

Wenige Minuten später verabschiedet er sich auch schon wieder. Als ich die Kiste öffne und den Inhalt sehe, beginne ich augenblicklich, zu weinen. Er hat all meine persönlichen Dinge aus seiner Wohnung eingepackt, ohne noch einmal mit mir zu sprechen. Eigentlich sollte ich erleichtert sein, dass er es mir so leicht macht, trotzdem tut es unglaublich weh. Es kommt mir so vor, als hätte ich ihm nie wirklich etwas bedeutet. Ansonsten hätte er doch um mich gekämpft, oder nicht? Ich weiß, ich muss die wenigen Kleidungsstücke von Nate auch ihm zurückgeben, aber ich habe dazu einfach nicht die Kraft. Das würde bedeuten, dass es endgültig ist.

Als ich alles in mein Zimmer bringe, fällt mein Blick auf meine Handtasche. Ich weiß genau, was sich noch darin befindet und wie ein Magnet werde ich förmlich davon angezogen. Ich öffne sie und greife nach den vielen kleinen Tütchen. Wie automatisch nehme ich mein Portemonnaie und den Handspiegel und setze mich auf das Bett. Ich schütte ein wenig des Pulvers auf den Spiegel und beginne, es mit meiner Kreditkarte zurechtzuschieben, nehme einen Schein, rolle diesen zusammen und schniefe das Pulver durch die Nase. Die Wirkung setzt schon nach kurzer Zeit ein.

Wenige Minuten später fühle ich mich voller Tatendrang und wie neu geboren. Ich öffne meinen Kleiderschrank, ziehe mir etwas Hübsches an, style mich und schnappe mir mein Handy. „Hey, Bernie, hast du heute Abend Zeit? Ich würde gerne ins *Red Velvet* gehen, hast du Lust?"

Nachdem Bernie zugestimmt hat, mich zu begleiten, mache ich mich eine Stunde später auf den Weg.

Als ich aus dem Taxi steige, wartet Bernie bereits auf mich. „Hey, Em, wie geht's dir, mein Hase? Wo hast du Jamie gelassen?"

Ich gebe ihm zur Begrüßung einen Kuss auf die Wange. „Ach, du kennst sie ja, die schwebt im Moment auf Wolke sieben und ist von Josh gar nicht mehr loszukriegen. Da ist nicht viel mit ihr anzufangen. Ich sag nur Joshi hier, Joshi da. Einfach nur LANGWEILIG. Aber mir geht es ganz fantastisch. Dir auch?"

Bernie, der eigentlich Bernhard heißt, mustert mich einen kurzen Moment lang, antwortet aber dann: „Jap, mir auch. Dann lass uns mal das Tanzbein schwingen und uns was Hübsches aufreißen."

Der Abend verläuft ausgelassen und lustig. Wenn man mit einem feiern kann, dann mit Bernie. Wir tanzen viel und trinken noch viel mehr. Nach einigen Stunden merke ich allerdings, dass der Rausch langsam nachlässt. Ich beuge mich zu ihm und flüstere ihm ins Ohr: „Du, ich geh mal kurz für kleine Mädchen.

Bin gleich wieder da." Damit verschwinde ich in Richtung Damentoilette und ziehe dort eine Line. Neu beschwingt gehe ich zurück. Beim Nähertreten sehe ich, dass neben Bernie zwei Personen stehen. Und es ist niemand Geringeres als Joshua und Jamie. Voller Freude steuere ich auf meine Freunde zu und begrüße sie überschwänglich. „Hey, ihr zwei Turteltäubchen. Was macht ihr denn hier?"

Jamie wirft Josh einen komischen Blick zu und wendet sich dann an mich. „Wir hatten oben in der Lounge einen geschäftlichen Termin und wollten gerade gehen, als Bernie uns in die Arme gelaufen ist. Sag mal, was ist eigentlich mit dir los? Bist du betrunken?"

Ich fange an, zu kichern. „Ach, nur ein klitzekleines bisschen vielleicht."

Jamie sieht mich traurig an. „Bist du dir sicher, dass du nur was getrunken hast? Du siehst aus, als wärst du total drauf, Em. Bitte bau keinen Scheiß, hörst du? Ich hab Angst, dich zu verlieren. Bitte, sei ehrlich. Hast du wieder was genommen?"

In dem Moment kotzt mich alles einfach nur noch an. Meine Laune ist auf dem Tiefpunkt. Ich mache einen Schritt zurück und sage dann: „Weißt du was, Miss Ichbinsotoll? Leck mich am Arsch und halt dich aus meinem Leben raus. Ich komm ganz gut ohne dich klar." Ich drehe mich um und verschwinde in der Menge.

Nachdem ich die anderen einfach stehen gelassen habe, gehe ich direkt an die Bar und lasse mir einen Shot geben.

Dabei setzt sich ein junger, gut aussehender Mann neben mich. „Hey, Süße, hast du Lust, mit mir zu tanzen?"

Ich grinse ihn frech an. „Ehrlich jetzt? Wenn du mich nur vögeln willst, dann sag es doch einfach und lass das Gesäusel!"

Im ersten Moment scheint er überrascht, streckt mir aber dann die Hand hin, die ich sofort ergreife und wir verschwinden.

Am nächsten Morgen wache ich erneut in einem fremden Bett, mit einem fremden, nackten Mann auf. Ich weiß nicht einmal seinen Namen. Ich habe keine Ahnung mehr, was nach dem Club passiert ist. Ich kann mich nur noch schemenhaft daran erinnern, dass Bernie mich angerufen und mich angeschrien hat, weil ich einfach, ohne Bescheid zu geben, abgehauen bin. Danach habe ich irgendwie einen Filmriss. Wie auch beim letzten Mal verschwinde ich klammheimlich aus der Wohnung des Fremden.

Die darauffolgenden Tage verlaufen ähnlich. Ich verdränge meinen Kummer weiter mit Drogen, Alkohol und Sex und wache am nächsten Morgen in einer völlig unbekannten Umgebung auf. Tagsüber schlafe ich meinen Rausch aus und nachts feiere ich.Das hinterlässt auch äußerlich Spuren. Ich wirke blass und müde. Unter meinen Augen zeichnen sich dunkle Augenringe ab und auch körperlich habe ich durch das wenige Essen an Gewicht verloren. Aber all das interessiert mich nicht, einzig und alleine das Vergessen ist wichtig.

Die Tage vergehen und der Freitag kommt. An diesem Morgen geht es mir besonders schlecht und die Angst vor dem Abend nimmt von Minute zu Minute zu. Der bloße Gedanke an Bug lässt mein Herz rasen. Ich weiß, was auf mich zukommt und es wird mich diesmal komplett zerstören. Ich überlege schon, die Stadt zu verlassen und weit weg zu gehen, aber Bug würde mich immer wieder finden. Selbst mit dem Nachnamen meiner Großmutter hat er das. Er wird mich immer suchen, bis er bekommt, was er will. Damit ich auch wirklich kommen werde, hat Bug mir am Morgen noch eine Nachricht geschickt, mit einem Bild von Tracy, mit dem Hinweis, dass die Kleine doch viel zu jung zum Sterben ist. Ich soll auf keinen Fall auf dumme Gedanken kommen und schön heute Abend erscheinen.

Um mich über den Tag hinweg zu beruhigen, nehme ich immer mehr von dem Zeug. Und sobald die Wirkung nachlässt, gebe ich mir die nächste Dröhnung.

Ich kann mich nicht mehr erinnern, wie ich mich überhaupt fertig gemacht habe und in die Limousine gekommen bin. Irgendwann hält der Wagen vor einer alten Villa. Jedoch wo genau diese sich befindet, kann ich nicht sagen, zu sehr war ich während der Fahrt in Gedanken versunken.

Ein fremder Mann nimmt mich in Empfang und führt mich ins Innere. „Hallo, Emilia, Bug erwartet dich schon."

Ohne mich zu wehren, folge ich ihm. Der Eingangsbereich ist sehr kühl und sporadisch gehalten. Man merkt, dass hier noch nicht lange jemand wohnt.

Plötzlich vernehme ich Schritte hinter mir und ohne ihn zu sehen, weiß ich, dass er es ist. Ganz dicht hinter mir bleibt er stehen und flüstert mir zu: „Du siehst wunderschön aus, mein kleiner Engel. Zieh deinen Mantel aus, damit ich dich bewundern kann."

Wie ferngesteuert öffne ich ihn und übergebe diesen dem anderen Mann.

Bug legt seine Hände auf meine Hüften und dreht mich zu sich. Einige Minuten wandert sein Blick gierig über meinen Körper und ich kann längst eine Ausbeulung in seiner Hose ausfindig machen. Alleine der Gedanke daran lässt meinen Magen krampfen. Er legt seine Hand unter mein Kinn und hebt mein Gesicht an, sodass ich ihm ins Gesicht schauen muss. „Schau mich an, Engelchen. Du weißt gar nicht, wie froh ich bin, dass du endlich wieder bei mir bist. Du törnst mich so an, schau nur, was du mit mir machst." Damit nimmt er meine Hand und drückt sie gegen seinen Schritt.

Beinahe hätte ich ihm vor die Füße gekotzt, reiße mich aber gerade so noch zusammen. Ich weiß, was das für Konsequenzen mit sich bringen wird. Ich kann noch heute seine kräftigen Schläge auf meinem geschundenen Körper spüren, wenn er mal wieder die Kontrolle verloren hat und wütend war.

Er streicht mir über die Wange und wendet sich dann an den anderen Mann. „Sean, sag Mike, er kann das Essen servieren, wir wären dann so weit."

Er legt mir seine Hand auf den Rücken und schiebt mich vor sich in das Speisezimmer. Auch hier ist alles einfach gehalten und nicht viel steht in dem großen Raum. Bug schiebt einen Stuhl zurück und weist mich an, Platz zu nehmen. Der Gedanke, jetzt essen zu müssen, lässt mich würgen. „Ich hoffe, du hast Appetit? Ich habe uns etwas vorbereiten lassen." Er reicht mir ein volles Glas Rotwein und stößt mit mir an. „Auf den schönen Abend, Engelchen. Dass er unvergesslich wird."

Ohne groß darüber nachzudenken, exe ich das komplette Glas und sofort breitet sich eine angenehme, wohlige Wärme in meinem Magen aus.

Bug gießt mir sofort nach und setzt sich anschließend mir gegenüber. Kurz danach wird das Essen serviert. Von dem Geruch wird mir sofort schlecht. „Ich hoffe, du magst Ente? Nun iss schon."

Allerdings stochere ich mehr darin herum, als es zu essen.

„Ich habe dich beobachten lassen. Du hast dich also tatsächlich von Forbes getrennt? Sehr gut. Allerdings stießen mir deine anderen Männergeschichten übel auf. Habe ich nicht deutlich genug gesagt, dass es nur mich für dich gibt?! Das wird leider Konsequenzen für dich nach sich ziehen. Das ist dir hoffentlich klar?" Nachdem ich keine Regung zeige, haut er mit voller Wucht seine Faust auf den Tisch. „Antworte mir gefälligst, wenn ich dich etwas frage!"

Ich nicke nur und hoffe, diese Geste langt ihm.

„Ich möchte dich für mich alleine und das sage ich dir heute zum letzten Mal. So und jetzt iss weiter, bevor es noch kalt wird."

Ohne zu essen, starre ich mit gesenktem Kopf auf meinen Teller.

Nachdem Bug mit seinem Essen fertig zu sein scheint, erhebt er sich und bespricht etwas mit diesem Sean. Dann tritt er zu mir und hält mir seine Hand hin. „Komm, mein Engel. Es wird Zeit für den vergnüglicheren Teil des Abends."

Stocksteif erhebe ich mich und folge Bug in den ersten Stock. Vor einer Tür am Ende des Flurs bleibt er stehen. Er öffnet sie und befiehlt mir mit einem Kopfnicken, einzutreten. „Ich hoffe, es gefällt dir hier? Ich habe mir mit diesem Raum besonders viel Mühe gegeben."

Ich lasse meinen Blick durch das Zimmer schweifen. Direkt gegenüber der Tür steht ein riesiges Bett aus dunklem Holz, mit aufragenden Pfosten an allen vier Ecken. Die Bettwäsche und die Vorhänge sind in Rot gehalten. Außerdem befindet sich ein Kamin im Zimmer, der schon lodert. Sofort muss ich an Nate und den Abend in Schottland denken. Meine Augen beginnen sofort, zu brennen. Ich versuche, meine aufkeimenden Tränen herunterzuschlucken und bevor Bug etwas bemerkt, frage ich tonlos: „Könnte ich kurz in das Badezimmer?"

Bug nickt und weist auf die zweite geschlossene Tür im Zimmer.

Ich trete mit schnellen Schritten ins Badezimmer und schließe die Tür schnell hinter mir. Von innen lehne ich mich dagegen. Sofort laufen mir die Träne die Wangen hinunter. Ich weiß, wie die nächsten Stunden verlaufen werden und in diesem Moment wünsche ich mir nichts sehnlicher als den Tod. Weg, an einem besseren Ort, ohne Schmerz und Trauer.

Das Klopfen an der Tür lässt mich zusammenschrecken. „Wie lange dauert das denn noch da drin?", fragt Bug verärgert.

Ich räuspere mich kurz. „Nur noch einen Moment." Ich nehme hastig meine Tasche, krame das Tütchen samt Spiegel und Zubehör heraus und ziehe eine Line. Zusätzlich nehme ich noch eine der Pillen. Die Wirkung tritt schon nach wenigen Minuten ein. Ich öffne die Tür und trete ins Schlafzimmer.

Bug wartet schon ungeduldig auf dem Bett. Ab da nehme ich kaum noch etwas wahr und merke erst, dass es vorbei ist, als ich längst wieder in der Limousine sitze.

Kurz vor meiner Wohnung lichtet sich der Nebel in meinem Kopf. Erst, als ich die Wohnungstür hinter mir schließe, brechen alle Gefühle auf mich ein und ich breche im Flur zusammen. Warum werde ich nur so bestraft? Habe ich nicht schon genug Leid in meinem Leben erfahren?

Als ich am nächsten Morgen erwache, dröhnt mein Schädel und mein Körper schmerzt. Langsam erhebe ich mich vom Boden und schaffe es gerade so ins Badezimmer, bevor ich mich übergebe. Das wird langsam zur Gewohnheit und zum Normalzustand bei mir.

Danach steige ich in die Dusche. Ich beginne, mich heftig zu schrubben. Zu groß ist der Ekel vor mir selbst. Nackt betrachte ich mich im Spiegel. Nichts erinnert mehr an die glückliche Emilia mit den leuchtenden, verliebten Augen. Im Spiegel sieht mir nunmehr eine Fremde entgegen. Mein Körper ist überall mit blauen Flecken und Fingerabdrücken übersät und jeder Millimeter schmerzt. Ich kann kaum mein eigenes Spiegelbild ertragen und wende mich abrupt ab. Ich ziehe mir meine Schlabberklamotten über, nehme eine Schlaftablette und lege mich zurück ins Bett. Ich will einfach nur noch schlafen. Am besten für immer.

KAPITEL 20

Emilia

Am Montagmorgen reißt mich das penetrante Klingeln meines Weckers aus dem Schlaf. Ich tätige mein Morgenprogramm und ziehe mich anschließend an. Ich entscheide mich für eine schwarze Hose und einen dunkelgrauen Schlabberpullover. Meine schönen Kleider werde ich in Zukunft wohl nicht mehr brauchen? Übermüdet und ausgelaugt mache ich mich schließlich auf den Weg zur Arbeit.

Im Büro angekommen, begebe ich mich sofort zu Lydia, die schon auf mich wartet.

„Guten Morgen, Emilia. Wie geht es dir?", begrüßt sie mich freundlich.

Jedoch entgeht mir ihr schockierter Gesichtsausdruck nicht. Mir ist bewusst, dass meine körperliche Verfassung nicht wirklich die Beste ist. Ich sehe blass und kränklich aus. Dazu kommt noch der große Gewichtsverlust. „J-j-ja, mir geht es gut. Ich hatte in letzter Zeit privat einiges um die Ohren."

Lydia schaut mich mitfühlend an. „Nun gut, dann komm mal mit. Ich hoffe, dein neuer Job wird dir einigermaßen gefallen. Ich verstehe das Ganze immer noch nicht wirklich."

Nachdem Lydia mir alles gezeigt und mich ein paar Leuten vorgestellt hat, mache ich mich sofort an die Arbeit. Es ist eine monotone und langweilige Tätigkeit, aber so muss ich wenigstens nicht allzu viel nachdenken. Außerdem bin ich froh, dass ich weit weg von der Chefetage bin und ich Nate sicherlich nicht so schnell über den Weg laufen werde.

Die nächsten Tage arbeite ich mich in meinem neuen Aufgabenbereich ein, soweit man es überhaupt so nennen kann. Man muss dafür nicht wirklich übermäßig intelligent sein.

So vergehen die Tage im gleichen Rhythmus. Tagsüber arbeite ich und abends mache ich Party oder muss zu Bug. Die Treffen mit ihm werden häufiger und mit jedem Mal unerträglicher für mich, sodass ich zu immer mehr Drogen greife. Ohne sie würde ich es keine einzige Minute aushalten. Oft denke ich daran, meinem Leben einfach ein Ende zu setzen, schaffe es dann aber doch nicht. Allerdings werden auch meine Entzugserscheinungen während der Arbeitszeit immer deutlicher und somit greife ich mittlerweile auch tagsüber immer öfter dazu.

Jamie hat sich zwischendurch immer mal wieder telefonisch bei mir gemeldet, aber bleibt weiterhin bei Josh. Ich kann es ihr nicht verübeln, denn ich habe mich zu einem Miststück entwickelt. Ich vermisse mein altes Leben so sehr und die dazugehörigen Menschen. Ich vermisse vor allem Nate. Manchmal wünsche ich mir, ich würde morgens aufwachen und alles wäre nur ein übler Albtraum gewesen.

Vor fast zwei Wochen rief mich Jamie das letzte Mal an, um mir mitzuteilen, dass sie für drei Wochen geschäftlich nach New York muss. Josh begleitet sie natürlich. Ich bin froh, dass sie jemanden wie Josh gefunden hat. Jemand, der für sie da ist und sich um sie kümmert. Denn ich kann es nicht mehr. Ich arbeite nun schon wieder seit drei Wochen und bin Nate kein einziges Mal über den Weg gelaufen. Doch genau heute, an einem Montag, klingelt mein Telefon.

Jake, mein Chef, ist dran. „Emilia? Mr. Forbes hat gerade angerufen. Er benötigt dringend eine Akte aus dem Archiv. Kannst du sie ihm bitte nach oben bringen? Es ist die Gallagher-James Akte.

Es wäre gut, wenn du das in der nächsten Viertelstunde machen könntest."

Ich mache mich also auf den Weg zu den Aktenräumen und finde die Akte sofort. Ich kenne mich hier mittlerweile sehr gut aus, trotzdem lasse ich mir noch fünf Minuten Zeit, bevor ich mich auf den Weg nach oben mache.

Im Aufzug bin ich Gott sei Dank alleine, sodass ich noch Zeit habe, mich auf das Aufeinandertreffen einstellen zu können. Ich habe ihn schon seit mehr als vier Wochen nicht mehr gesehen und ich habe panische Angst davor. Meine Hoffnung, seine Assistentin anzutreffen und dort die Akte einfach abzugeben, schwindet mit dem Blick auf den verwaisten Platz. Verdammt, jetzt muss ich tatsächlich zu ihm rein. Vielleicht kann ich sie ja auch einfach hier vorne ablegen? Aber dann würde mich womöglich Jake zusammenstauchen. Ich atme also noch einmal tief ein und klopfe an. Die Tür ist nicht richtig geschlossen, sodass sie geräuschlos beim Klopfen aufgeht. Schockiert und wie erstarrt bleibe ich im Türrahmen stehen. Der Anblick, der sich mir bietet, trifft mich mitten ins Herz. Schlimmer hätte es nicht kommen können. Die Erkenntnis, dass Nate mich nie wirklich geliebt hat, zieht mir den Boden unter den Füßen weg. Nate steht mit heruntergelassenen Hosen zwischen den entblößten Schenkeln seiner neuen Assistentin und ist gerade dabei, sie zu ficken. So, wie er es bei mir unzählige Male zuvor getan hat. Unfähig, mich zu bewegen oder gar etwas zu sagen, stehe ich sekundenlang wie gelähmt da. Womöglich hat er mit jeder seiner attraktiven Assistentinnen geschlafen, die er vor mir hatte? Ich war nur Mittel zum Zweck. Spätestens dann, wenn ich ihn gelangweilt hätte, hätte er mich entsorgt. Wie ein benutztes, altes Taschentuch. Ohne, dass ich es bemerke, entgleitet mir die Akte und fällt mit einem lauten Knall zu Boden.

In dem Moment dreht sich Nate zur Tür und schaut mir direkt in die Augen. In seinem Blick finde ich nichts mehr von dem Mann, den ich einst so geliebt habe.

Mit Tränen in den Augen drehe ich mich abrupt um und renne aus dem Zimmer, Richtung Treppenhaus. Ich laufe direkt in mein Büro, nehme meine Tasche und verlasse das Gebäude so schnell ich nur kann. Ziellos renne ich los, bis meine Lunge anfängt, zu brennen und ich kaum noch Luft bekomme.

Erschöpft falle ich in einem abgelegenen Parkstück zu Boden und fange hemmungslos an, zu weinen. Noch nie hat mir etwas so wehgetan wie die Erkenntnis, dass Nate mich nur benutzt hat. Nie hatte er wirklich Gefühle für mich. Er ist genauso ein verlogenes und berechnendes Schwein wie Louis. Auch das letzte in mir zerbricht und die schönen Erinnerungen an die Zeit mit Nate schmerzen schließlich nur noch.

Ich weiß nicht mehr, wie lange ich hier gesessen und geweint habe, als plötzlich mein Handy klingelt. Es ist Lydia. Die hat mir gerade noch gefehlt. „Hallo?", sage ich leise.

„Emilia, ich bin es, Lydia. Ist alles in Ordnung bei dir? Wo steckst du? Wir machen uns alle hier große Sorgen um dich. Jake rief mich vor ein paar Stunden an und teilte mir mit, dass du spurlos verschwunden bist. Niemand wusste, wo du steckst, weil du dich nicht einmal abgemeldet hast. Schätzchen, rede mit mir. Was ist passiert? Wir finden doch für alles eine Lösung. Wenn dir die Stelle nicht gefällt, finden wir was Neues?"

Kaum hörbar hauche ich: „Lydia, es tut mir alles so unendlich leid, aber ich kann dort nicht mehr arbeiten. Ich kann einfach nicht mehr. Ich kündige mit sofortiger Wirkung. Ich werde es dir auch schriftlich zukommen lassen. Mach es gut und danke für alles." Bevor Lydia noch etwas entgegnen kann, lege ich einfach auf und stelle mein Handy aus.

Ich habe alles Wichtige in meinem Leben verloren. Meinen Job, Nate, Jamie und auch meine anderen Freunde haben sich von mir abgewandt. Nicht mal Bernie will mehr was mit mir zu tun haben.

Ich habe nichts und niemanden mehr. Bug hat es geschafft, mir alles Wichtige und Schöne in meinem Leben zu nehmen.

Gedankenlos sitze ich noch eine ganze Weile da und schaue ins Leere. Erst, als die Dämmerung einsetzt, mache ich mich auf den Weg nach Hause. Ich merke, dass ich wieder anfange, zu zittern und mein Körper nach meiner täglichen Ration verlangt. Daheim gebe ich meinem Verlangen nach. Völlig erschöpft und zugedröhnt lasse ich mich auf meinem Bett nieder und schlafe sofort ein.

Erst das laute Läuten des Festnetzes lässt mich aus meinem Schlaf hochfahren. Völlig benommen laufe ich ins Wohnzimmer und nehme den Hörer ab. „Hallo?"

„Emilia, ich …" Es ist Nate. „Hör mir zu. Es tut mir leid. Ich weiß auch nicht, was in mich gefahren ist. Bitte lass uns noch einmal über alles reden. Ich liebe dich …"

Nates verzweifelte Stimme trifft mich wie ein Blitz. Was soll das denn jetzt? Hat er mich nicht schon genug gedemütigt? Ich liege längst am Boden und benötige niemanden, der noch einmal zutritt. „Bitte, ruf mich nie wieder an, hörst du?! Wage es ja nicht, mit mir in irgendeiner Form je wieder Kontakt aufzunehmen!" Mit diesem Satz lege ich einfach auf.

Sekunden später läutete es erneut. Wutentbrannt reiße ich den Hörer ab. „Hast du mich nicht verstanden? Lass mich ein für alle Mal in Ruhe. Ich will dich nie wieder sehen."

„Na, wer wird denn da so ausfallend sein? Spricht man so mit dem guten alten Bug? Ich glaube, ich sollte dir endlich mal Manieren und Respekt beibringen, mein Engel", ertönt Bugs kalte Stimme.

Sofort beginnt mein Herz, zu rasen.

„Leider hast du dein Handy ausgeschaltet, sodass ich dich den ganzen Tag nicht erreichen konnte. Ich habe dir gesagt, was passiert, wenn du mich zu ignorieren versuchst. Ich werde dich morgen Abend um 19 Uhr abholen lassen. Zieh dir was Nettes an." Ohne noch etwas zu sagen, legt er auf.

Das ist einfach alles zu viel für mich. Erst Nate mit dieser Frau zu sehen, dann meine Kündigung, der Anruf von Nate und jetzt auch noch Bug? Bug wird das nicht auf sich sitzen lassen. Ich habe furchtbare Angst vor seinem Zorn, denn dieser wird diesmal größer ausfallen als sonst.

In dieser Nacht schlafe ich nicht sonderlich gut. Immer wieder plagen mich die Bilder der letzten Wochen. Angefangen von Nate und dieser Frau und natürlich Bug. Und jedes Mal, wenn ich schreiend aufwache, hoffe ich, dass alles nur ein schrecklicher Traum war und Nate neben mir liegt und mich beruhigend in den Arm nimmt. Aber das tut er nicht. Der Platz neben mir ist verwaist und wird es auch für immer bleiben.

Als ich am nächsten Morgen erwache und in den Spiegel schaue, erschrecke ich. Ich sehe grauenvoll aus. Wie aus einem Horrorfilm entsprungen. Mein Körper zeigt deutlich die Spuren der letzten Wochen. Da ich kaum Hunger verspüre, habe ich in letzter Zeit enorm an Gewicht verloren und wiege mit Sicherheit kaum mehr als 42 Kilo. Ich sehe ausgemergelt aus.

Mein Leben liegt wieder einmal in Trümmern und ich weiß nicht, wie ich da je wieder herauskommen soll. Mittlerweile verlangt mein Körper wieder nach seiner täglichen Dosis. Es tut gut, denn so kann ich meine Gefühle und meinen Verstand für einige Zeit betäuben. Ich krame in meiner Kosmetiktasche und werde sofort fündig. Mit der ersten Line beruhige ich mich sofort. Ich will jetzt nur noch duschen und danach die Wohnung aufräumen und am besten noch etwas schlafen.

Nachdem ich alles erledigt habe und mich gerade auf die Couch lege, höre ich einen Schlüssel in der Wohnungstür. Sofort bekomme ich Angst. Als ich jedoch Jamies Stimme vernehme, beruhige ich mich sogleich.

„Emmi? Ich bin wieder da. Jemand zu Hause?", ruft Jamie aus dem Flur.

„Ich bin hier", antworte ich leise und kraftlos. Ich stehe sofort von der Couch auf, um sie zu begrüßen.

Jamie kommt ins Wohnzimmer gelaufen und bei meinem Anblick bleibt sie wie erstarrt auf halbem Weg stehen. „Oh mein Gott, Emilia ..." Zu mehr ist sie nicht imstande, da ihr schon die ersten Tränen die Wangen herunterlaufen. „Wie lange schon?", fragt sie fassungslos.

Ich kann ihr kaum in die Augen schauen, zu groß ist die Scham, die ich dabei verspüre. Mit gerunzelter Stirn sage ich: „Ich weiß nicht, was du meinst, J? Setz dich zu mir und erzähl mir von New York", versuche ich, abzulenken.

Jamie schießt für einen kurzen Moment die Augen und atmet dabei tief ein und aus. Immer noch laufen ihr die Tränen. „Willst du mich eigentlich verarschen?", brüllt sie nun. „Denkst du, ich merke nicht, was hier vor sich geht? Du vergisst, dass ich mit dir schon einmal durch diese Hölle gegangen bin und glaub mir, ich werde niemals mehr deinen Anblick vergessen, wenn du völlig zugedröhnt bist. Ich frage dich also noch ein letztes Mal, Emilia. Wie lange schon?"

Am liebsten wäre ich Jamie sofort in die Arme geflogen und hätte ihr alles erzählt. Aber das kann ich nicht. Bug hat mir deutlich gemacht, was er mit den Leuten machen wird, die ich liebe und genau deshalb muss ich stark bleiben und darf nicht einknicken. „Gar nichts ist los. Ich weiß wirklich nicht, was du von mir willst. Ich habe mich echt gefreut, dass du wieder da bist, aber jetzt ... Tz, tz, tz ... Lass mich einfach in Ruhe, Jamie, hörst du?! Das hier ist mein Leben, nicht deins und mir geht es gut, okay?"

Jamie sieht mich fassungslos an. „Das ist doch nicht dein Ernst, Emilia? Hast du mal in den Spiegel geschaut? Du siehst aus wie eine wandelnde Tote. Ich will dir doch nichts Böses, im Gegenteil, ich will dir doch nur helfen. Dräng mich nicht von dir. Du hast es schon einmal geschafft und du wirst es auch diesmal schaffen. Gemeinsam. Mit mir. Es lief doch alles so gut die letzten Jahre. Dann kam Nate. Du warst so glücklich mit ihm. Was ist nur passiert? Ich verstehe einfach nicht, warum du das alles wieder tust? Bitte sag mir doch den Grund dafür … Ich verspreche dir, ich stehe das mit dir durch." Jamie kommt einige Schritte auf mich zu, doch gleichzeitig weiche ich zurück.

Ich muss Jamie auf Abstand halten und die Distanz wahren. „Ja, genau, J, weil du ja auch so oft daheim bist. Weißt du was? Ich brauche dich nicht. Ich brauche niemanden. Mir geht es alleine ziemlich gut. Wenn dir das nicht passt, dann verpiss dich doch einfach wieder. Josh nimmt dich doch sicherlich gerne bei sich auf. Dann musst du meinen Anblick auch nicht mehr länger ertragen. Ich habe es satt, dir ständig Rechenschaft schuldig zu sein. Es ist mein Leben und meine Entscheidung, komm damit klar." Wütend drehe ich mich um und gehe in mein Zimmer.

Jamie lässt sich allerdings nicht so schnell abwimmeln. Nach ein paar Sekunden folgt sie mir. Mittlerweile ist auch Jamie extrem wütend und ohne nachzudenken, sagt sie: „Also gut, wenn du das so siehst. Bitte, dann mach doch, was du willst, aber nicht in meiner Wohnung."

Ich sehe sie mit weit aufgerissenen Augen an. „Wie meinst du das?"

„Du hast zwei Möglichkeiten, Em. Entweder du machst einen Entzug und lässt dir von uns helfen oder du packst deine Sachen und verschwindest aus meiner Wohnung. Die Entscheidung liegt ganz alleine bei dir. Du hast eine Woche Zeit, um dir darüber im Klaren zu werden. Ich werde bis dahin zu Josh ziehen." Damit wendet sie sich ab und verlässt das Zimmer.

Als ich wenige Minuten später die Wohnungstür ins Schloss fallen höre, sinke ich in mich zusammen. *Es tut mir alles so leid, Jamie. Ich liebe dich doch.*

Als ich einige Stunden später mit verquollenen Augen aufwache, ist es schon 18 Uhr und es dämmert. Ich habe nicht mehr lange Zeit, bis ich abgeholt werde. Ich will Bug auf keinen Fall noch mehr verärgern. Also mache ich mich in Windeseile fertig und ziehe noch eine Line.

Pünktlich um 19 Uhr klingelt es an der Tür. Ich nehme meine Tasche und mache mich auf den Weg nach unten. Dort angekommen, wartet schon die bekannte schwarze Limo auf mich. Ohne weiter darüber nachzudenken, steige ich ein und wir fahren sofort los. Was wird mich wohl heute erwarten? In dem Moment verspüre ich eine große Sehnsucht nach Amy. *Wie gerne wäre ich jetzt bei dir, kleine Schwester.*

Plötzlich stoppt der Wagen wieder und die Tür wird erneut geöffnet. Ein tritt Bug. Er nimmt direkt neben mir Platz. „Hallo, mein kleiner Engel. Es ist schön, dass du meiner Einladung gefolgt bist. Glaube mir, du wirst es nicht bereuen."

Bei seinen Worten wird mir sofort übel. Alleine bei dem Gedanken an seine Hände auf meinem Körper überkommt mich die blanke Panik. Ich brauche dringend Nachschub. „Wo fahren wir hin?", frage ich leise.

Bug lacht auf. „Du kannst es wohl kaum erwarten, was? Allerdings ist das eine Überraschung und die wird noch nicht verraten. Es wird etwas völlig Neues sein und ich hoffe, es gefällt dir?"

Das hört sich gar nicht gut an. Was hat er nur vor? Ich beginne, sofort zu zittern.

Bug greift in seine Brusttasche und zieht eine kleine Schatulle hervor. „Möchtest du was zur Beruhigung, Engelchen?" Ein kurzes Nicken langt ihm und er bereitet alles vor.

Nachdem ich eine Line gezogen habe und noch eine dieser fragwürdigen, pinken Pillen genommen habe, setzt sofort der Rausch ein. Kurze Zeit später vernehme ich alles nur noch schemenhaft und wie aus weiter Ferne.

Als der Wagen hält und wir aussteigen, stehen wir vor einer heruntergekommenen Fabrikhalle. Das sieht überhaupt nicht gut aus. Wo befinden wir uns nur? Bug legt mir seine Hand auf den Rücken und führt mich Richtung Eingang.

In der Eingangshalle empfängt uns eine blonde, schlanke Frau in Leder. „Willkommen im *Dark*, was kann ich für Sie tun?", fragt sie. Bug bespricht etwas mit der Frau und wenige Minuten später führt sie uns hinauf in den ersten Stock. Es ist überall ziemlich dunkel und nur wenige Lichtquellen sind vorhanden. Und ständig vernehme ich lautes Stöhnen oder grauenvolle Schreie. Wo sind wir hier nur? Vor einer großen, roten Tür bleiben wir schließlich stehen. Die Frau schließt die Tür auf und wendet sich dann zum Gehen ab. Als ich direkt vor der geöffneten Tür stehe, kann ich mich kaum noch rühren. Zu groß ist der Schock über den Inhalt des Zimmers.

Doch plötzlich werde ich unsanft hineingeschubst. „Ist das nicht wundervoll hier, Engelchen? Wir werden viel Spaß miteinander haben, glaube mir. Und endlich wirst du lernen, was es heißt, mir mit Respekt zu entgegnen", vernehme ich Bugs Stimme direkt an meinem Ohr.

Ich bin zu schockiert, um zu antworten. Der ganze Raum ist voll von Folterinstrumenten. Hier und da hängen Flogger, Peitschen und sogar Rohrstöcke. Mich überkommt immer mehr die Angst und ich beginne, stark zu schwitzen. Er wird sich heute Abend an mir abreagieren und ich bin mir gerade nicht wirklich sicher, ob ich hier noch lebend herauskomme. Ich brauche noch mehr … Ohne groß darüber nachzudenken, frage ich ihn: „Hast du noch eine Line für mich?"

Bug beginnt, laut zu lachen. „Natürlich, mein Engel. Du bist ganz schön gierig. Aber gut, du wirst es brauchen."

Nachdem Bug mir nochmals etwas gegeben hat, befiehlt er mir, mich auszuziehen. Dann bindet er mich an das massive Andreaskreuz gegenüber der Tür. Die ersten Peitschenhiebe spüre ich noch, bis ich völlig zugedröhnt wegtrete.

Ich weiß nicht mehr, wie viele Stunden vergangen sind oder was genau passiert ist, als ich in meinem Bett wieder aufwache. Mein ganzer Körper brennt wie Hölle und schmerzt bei jeder noch so kleinen Bewegung. Mit letzter Kraft schleppe ich mich ins Badezimmer.

Nachdem ich nackt vor dem Spiegel stehe, betrachte ich mich voller Entsetzen. Überall sind Striemen und blaue Flecken zu sehen. Sogar mehrere offene Wunden. Auch viele Brandwunden, da Bug auf mir mehrmals Zigaretten ausgedrückt hat. Bug hat ohne Rücksicht auf mich eingeschlagen. Wie weit wird er wohl das nächste Mal gehen?

Wie ferngesteuert steige ich in die Dusche und drehe diese voll auf. Heiß läuft mir das Wasser über meinen geschundenen Körper. Ich fühle mich schmutzig und widerwärtig. Ekel überkommt mich mit voller Wucht, sodass ich mich in der Dusche übergebe. Nachdem alles weggespült ist, steige ich aus und trockne mich vorsichtig ab. Mein ganzer Körper scheint in Flammen zu stehen und lichterloh zu brennen. Doch jeder Schmerz ist besser, als der in meinem Herzen. Ich nehme die Tube Bepanthen und beginne, meinen Körper damit zu versorgen. Danach ziehe ich mich an und schlafe auf der Couch bei laufendem Fernseher ein.

KAPITEL 21

Emilia

Die folgenden Tage verlasse ich kaum noch das Haus, lediglich, um mir neuen Stoff zu besorgen. Allerdings geht mir so langsam auch das Geld aus. Mit jeder Line vergehen die Stunden wie im Flug.

Am Mittwoch schickt mir Bug wieder ein Päckchen mit weißen Rosen und Dessous sowie einer Einladung zum Essen für Freitag. Alleine bei dem Gedanken an Essen muss ich würgen. Ich esse so gut wie gar nichts mehr und das sieht man meinem Körper an. Meine Kleidung ist kaum mehr tragbar und schlabbert von Tag zu Tag mehr an meinem Körper. Ich sehe furchtbar aus. Von meinen einst 54 Kilo sind nur noch 40 übrig und ich weiß, dass mein Körper das nicht mehr lange mitmachen wird. Allerdings ist mir diese Erkenntnis völlig egal. Zu groß ist mein Wunsch nach Erlösung und Ruhe. Denn, wenn ich nicht mehr da bin, kann Bug niemandem mehr etwas antun, den ich liebe. Und genau an dem Gedanken halte ich mich immer wieder fest.

Als ich wenige Stunden später aus einem wunderschönen Traum erwache, ist die Sehnsucht nach Nate unerträglich. Ich wünsche mir so sehr, ihn noch ein einziges Mal festhalten zu können und seinen warmen Körper an meinem zu spüren. Aber das wird nie wieder der Fall sein und nur ein Traum bleiben. Ohne darüber nachzudenken, greife ich nach meinem Handy und schalte die Rufnummerübertragung aus. Erst dann wähle ich Nates Nummer. Ich will ihn nur noch einmal hören, mehr nicht.

Nach dem dritten Klingelton nimmt er ab. „Nathan Forbes."

Wie sehr habe ich den Klang seiner warmen Stimme vermisst.

„Hallo, wer ist denn da?"

Ich öffne meinen Mund, um zu antworten, bringe aber kein einziges Wort heraus. „Emilia, bist du das? Bitte sag doch was."

Bei seinen Worten laufen mir stumm die Tränen. Ich würde ihm so gerne sagen, wie sehr ich ihn vermisse und liebe. Wie viel er mir bedeutet. Aber damit würde ich ihn unmittelbar in Gefahr bringen und das kann ich nicht zulassen.

„Emilia, ich weiß, dass du das bist. Soll ich zu dir kommen? Brauchst du Hilfe? Ich …"

Mehr kann ich nicht mehr hören, da ich das Telefonat abrupt beende. Ich schaffe es kaum, mich zu beruhigen, immer wieder überkommen mich neue Heulkrämpfe. Ich vermisse Nate und auch Jamie. Ich fühle mich unglaublich einsam. Aber wenn ich mich gegen Bug stelle, wird er mir jeden Einzelnen nehmen und kaltblütig ermorden. Er hat sich schon Amy genommen. Noch mal jemanden zu verlieren, ertrage ich nicht. Ich habe also noch genau vier Tage, um die Wohnung zu verlassen und mein altes Leben für immer hinter mir zu lassen.

Zwei Tage später steht mir das nächste Treffen mit Bug bevor. Den ganzen Tag über bin ich nervös und habe unglaubliche Angst. Da ich selbst keinen Stoff mehr im Haus habe, muss ich darauf hoffen, später etwas von Bug zu bekommen. Zitternd warte ich die Stunden ab.

Um 18 Uhr klingelt es dann an meiner Tür. Da ich den ganzen Tag nichts genommen habe, außer ein paar Schmerztabletten, die mir nicht wirklich Linderung verschafft haben, zittere ich unkontrolliert am ganzen Körper und ich beginne immer mehr, zu schwitzen. Ähnlich wie bei einer starken Grippe mit Fieberschüben. Meine Gedanken kreisen nur noch darum, wann ich eine neue Dosis bekomme. Wie konnte ich nur so tief sinken? Ich hasse mich und mein neues Leben.

Unten angekommen, steht wieder die Limo bereit. Jedoch ist von Bug weit und breit nichts zu sehen. „Wo fahren wir hin?", frage ich zaghaft.

„Ich soll Sie zu Bug nach Hause bringen", brummt der Mann hinter dem Steuer.

Irgendwie überkommt mich ein ungutes Gefühl. Irgendetwas stimmt hier nicht.

30 Minuten später halten wir vor Bugs Villa. Als ich mich der Tür nähere, wird diese sofort geöffnet und einer von Bugs Kumpanen steht vor mir. Grimmig schaut er mir entgegen und bittet mich barsch, einzutreten. Vom Flur aus vernehme ich laute Stimmen. „Bug wartet bereits im Esszimmer auf dich. Beeil dich, er hat heute keine allzu gute Laune."

Mit einem mulmigen Gefühl nähere ich mich der Tür zum Esszimmer und klopfe an.

„Herein."

Ich öffne die Tür und sehe direkt auf Bug und zwei andere Männer, die am Tisch sitzen.

„Emilia, mein Engel. Ich sehe, du hast es also geschafft", schnaubt er und deutet mir, ihm gegenüber Platz zu nehmen.

Zaghaft tue ich, was er mir befiehlt und spüre sofort die Blicke aller drei Männer auf mir ruhen. Von Minute zu Minute werden die Entzugserscheinungen schlimmer und ich kann meinen Körper kaum noch kontrollieren, geschweige denn klar denken. Ohne zu überlegen, blicke ich Bug ins Gesicht und frage: „Bug, hättest du was für mich?"

Die anderen zwei Männer beginnen sofort, schallend zu lachen, während Bug sich in seinem Stuhl zurücklehnt und mich forschend anschaut. „Du scheinst Entzugserscheinungen zu haben und dein Verlangen nach gutem Stoff scheint mir enorm groß zu sein. Hab ich recht?"

Ich nicke heftig.

„Hast du mir nicht noch etwas zu sagen, Emilia?"

Was soll das jetzt? Was will er von mir? Er nennt mich nur bei meinem vollständigen Namen, wenn er wirklich verärgert ist. Ich runzle die Stirn und verneine.

„Bist du dir da ganz sicher?", fragt er nochmals schärfer.

Daraufhin nicke ich abermals. Ich verstehe seine Frage einfach nicht und wenn ich ehrlich bin, kann ich mich auch kaum noch konzentrieren.

„Gut, wie du meinst. Du hattest deine Chance." Damit erhebt er sich und baut sich direkt vor mir auf. Seine Hand legt sich um mein Kinn und brutal hebt er es an, damit ich ihm direkt in die Augen schauen kann. „Wie kannst du mir nur so dreckig ins Gesicht lügen, du kleine, dreckige Schlampe?", fragt er wütend. Dabei fliegt ihm immer wieder der Speichel aus dem Mund. Und im nächsten Moment holt er aus und schlägt mich mitten ins Gesicht.

Der Schlag ist so heftig, dass ich mit einem Satz vom Stuhl falle und auf dem Boden lande. Ich habe das Gefühl, als würde mein Kopf explodieren.

„Ich glaube nicht, dass so kleine, verlogene Schlampen sich etwas verdient haben. Meintest du wirklich, ich würde es nicht mitbekommen, wenn du diesen reichen Hurensohn anrufst?"

Ich erstarre sofort. Wie kann er das nur wissen? Er lässt mich also beschatten und abhören? Oh Gott, was habe ich nur getan? Ich habe Nate in Gefahr gebracht.

„Du wirst dich für dein unangebrachtes Verhalten entschuldigen, hast du mich verstanden? Antworte mir verdammt noch mal!" Voller Wut packt er mich am Hals und drückt zu.

Ich kann kaum noch atmen. „J-j-ja, ich habe verstanden. Es tut mir leid. Es wird nie wieder vorkommen. Versprochen!", röchle ich mit zittriger Stimme.

„Gut, mein Engel. Du wirst dich heute und morgen gebührend dafür entschuldigen. Das heißt, du wirst auch über Nacht bleiben.

Außerdem wirst du von mir zur Bestrafung keinen Stoff bekommen!" Mit diesen Worten nimmt er wieder Platz, damit das Dinner serviert werden kann.

Wie soll ich diese Nacht nur überstehen? Ohne Stoff? Er hat also herausgefunden, dass ich Nate angerufen habe? Wird er ihm etwas antun? Bei dem Gedanken überkommt mich Panik. Ihm darf auf keinen Fall was passieren. Zeitweise habe ich sogar den absurden Gedanken, Bug einfach mit einem der Messer auf dem Tisch zu erstechen. Aber verwerfe ihn sogleich, da ich viel schwächer als er bin. Außerdem sitzen wir nicht alleine am Tisch und einer der Männer braucht nur eine Waffe zu zücken und mich zu erschießen.

Die nächsten Stunden sind für mich die schlimmsten meines Lebens. Bug vergewaltigt und prügelt mich so oft, ich kann es schon gar nicht mehr zählen. Dabei sind ihm meine Schmerzen völlig egal.

Er nimmt sich, was er will und was ihm, seiner Meinung nach, auch zusteht. In dieser Nacht wünsche ich mir den Tod mehr denn je. Ich werde all das niemals mehr verarbeiten können und der Tod scheint mir dabei der einzig richtige Ausweg zu sein. Meine Erlösung. Mein Seelenfrieden.

Auch der darauffolgende Tag durchzieht sich mit Vergewaltigungen und Gewalt. Dabei verliere ich immer mehr das Gefühl für Zeit und Raum. Zeitweise sogar mein Bewusstsein.

Nate

Ich sitze an einem Samstagmittag an meinem Schreibtisch in meiner Wohnung und versuche, mich auf meine Arbeit zu konzentrieren. Immer wieder schweife ich ab. Das Telefonat mit Emilia geht mir einfach nicht mehr aus dem Kopf. Irgendetwas stimmt nicht. Ich habe sie in den letzten Wochen immer wieder von meinem Auto aus beobachtet. Verrückt, ich weiß. Sie sah schrecklich und krank aus. Immer wieder habe ich mit dem Gedanken gespielt, einfach auszusteigen und zu ihr zu gehen. Aber ich tat es nicht. Kein einziges Mal. Mein eigener Stolz hielt mich immer wieder davon ab.

Plötzlich reißt mich das Telefon aus meinen Grübeleien. „Nathan Forbes", melde ich mich. Vielleicht ist es ja Emilia.

„Nate, hier spricht Jamie, Emilias Freundin."

Jetzt bin ich doch überrascht. Zeitgleich überkommt mich aber auch ein komisches Gefühl. „Hi, Jamie. Wie geht es dir? Was kann ich für dich tun? Ist etwas mit Emilia?" Während ich auf eine Antwort warte, beginnt mein Herz, zu rasen. Was würde ich tun, wenn Emilia etwas zugestoßen ist?

Auf einmal vernehme ich ein Schluchzen am anderen Ende der Leitung. „Mir geht es gut, Nate. Aber ich mache mir große Sorgen um Emilia. Ich weiß einfach nicht mehr weiter. Sie dreht komplett durch. Vielleicht kannst du mir weiterhelfen? Du bist der Einzige, der Licht ins Dunkle bringen kann."

Ich bin irritiert. Emilia scheint Jamie nichts von unserer Trennung erzählt zu haben. Aber warum? „Ähm, Jamie? Ich weiß ja nicht, was dir Emilia erzählt hat, aber wir sind schon seit Wochen nicht mehr zusammen. Sie arbeitet nicht einmal mehr für mich. Sie hat gekündigt."

Jamie zieht scharf die Luft ein. „Das ist nicht dein Ernst? Davon weiß ich nichts. Sie hat mir nur die bescheuerte Story mit ihrem Kollegen erzählt. Aber eine Trennung und alles andere hat sie nicht erwähnt. Das Ganze tut mir wirklich leid. Ich weiß einfach nicht, was mit ihr los ist. Sie hat sich verändert und ist kaum wiederzuerkennen. Nate, ich brauche wirklich deine Hilfe. Aber ich kann es auch verstehen, wenn du Nein sagst."

Meine Gedanken wirbeln in meinem Kopf umher. Was soll ich jetzt tun? Ihr wirklich helfen, obwohl Emilia mich so abserviert hat oder sie hängen lassen? Bevor ich weiter darüber nachdenke, antworte ich: „Wie wäre es, wenn ich zu dir komme und du mir alles in Ruhe erklärst?"

Jamie atmet erleichtert aus. „Das wäre wirklich nett von dir. Ich hätte dich nicht angerufen, wenn es nicht wirklich wichtig wäre."

Keine 20 Minuten später stehe ich vor Jamie. Sie sieht wirklich nicht gut aus und steht völlig neben sich. Ich kann gar nicht anders, als sie erst einmal in den Arm zu nehmen. Dabei fängt sie heftig an, zu weinen. „Hey, ist doch alles gut, ich bin ja jetzt da. Lass uns ins Wohnzimmer gehen und dann erzählst du mir erst einmal alles."

„Oh Gott, Nate, ich hab alles falsch gemacht. Ich Hätte sie nicht alleine lassen dürfen", schluchzt Jamie.

Ich verstehe gerade nur Bahnhof. Was zum Teufel ist mit Emilia los? Wo ist sie überhaupt? Und vor allem, wie geht es ihr? „Jetzt beruhig dich erst einmal und dann erzähl mir alles von Anfang an, okay?"

Wenige Minuten später hat sich Jamie so weit gefasst, dass sie beginnt, zu erzählen. „Ich weiß gar nicht, wo ich anfangen soll. Ich dachte, sie hätte endlich alles hinter sich gelassen, nachdem sie mit dir so glücklich war. Aber irgendwann hatte ich das Gefühl, dass sie was bedrückt, aber sie blockte jedes Mal total ab, wenn ich sie darauf ansprach. Und dann erzählte sie mir, dass sie dich betrogen hat. Ich hab das alles gar nicht verstanden, weil ich genau weiß, wie sehr sie dich liebt."

Ich atme kurz tief ein. „Na ja, Jamie, also die Trennung ging sicherlich nicht von mir aus. Wie du weißt, habe ich auch längere Zeit den Verdacht gehabt, dass irgendetwas mit Emilia nicht stimmt, aber auch mir wollte sie sich einfach nicht öffnen. Und dann habe ich sie an jenem Morgen mit einem Kollegen in der Küche erwischt, wie sie gerade zu Gange waren. Du musst mir glauben, auch ich habe sie geliebt und tue es immer noch, aber solch ein Betrug ist einfach unverzeihlich für mich. Ich bin durch meine Vergangenheit einfach zu geprägt. Seitdem habe ich keinen Kontakt mehr zu ihr. Vor ein paar Tagen erhielt ich jedoch einen anonymen Anruf und ich glaube, dass es Emilia war. Aber sicher bin ich mir natürlich nicht. Was ist dann passiert?"

Jamie sieht mich verwundert an. „Den Mann, den sie liebt, zu betrügen, sieht ihr nicht ähnlich, Nate. Emilia ist nicht so ein Mensch. Wenn sie liebt, dann tut sie es ohne Wenn und Aber und ist treu. Ich verstehe das alles einfach nicht. Sie hat sich so verändert. Was ich dir jetzt erzähle, fällt mir wirklich nicht leicht, weil ich Emilia versprochen habe, es für mich zu behalten, aber ich sehe keinen anderen Ausweg. Wenn ich ihr jetzt dabei zusehe, wie sie sich kaputt macht, werden wir beide sie für immer verlieren. Du musst mir versprechen, niemandem davon zu erzählen, hörst du? Ich werde dir aber die Kurzfassung erzählen. Alles andere muss Emilia selbst tun."

Ich nicke nur merklich. Zu groß ist meine Angst vor dem, was jetzt kommen wird.

„Also, Emilia wird dir sicherlich nie über ihre Familie oder ihre Kindheit erzählt haben? Darüber schweigt sie eigentlich grundsätzlich. Emilia wurde von zwei herzlosen und geldgeilen Arschlöchern großgezogen und der einzige Halt war immer ihre kleine Schwester Amy."

Ich räuspere mich. „Sie hat mir in Schottland von Amy erzählt und dass sie vor vielen Jahren starb."

Jamie nickt und fährt fort. „Als Emilia noch klein war, tauchte plötzlich ihr Stiefonkel Bug auf. Er war reich und ein einflussreicher Mann. Niemand wusste aber, womit er eigentlich genau sein Geld verdient. Da er geschäftlich dort zu tun hatte, nistete er sich bei ihnen im Gästehaus ein. Emilia mochte ihn von Anfang an nicht und ich um ehrlich zu sein, ich auch nicht. Wir sind, musst du wissen, schon sehr lange befreundet und zusammen aufgewachsen. Sie ist wie eine Schwester für mich und eine Tochter für meine Eltern. Aber zurück zur Geschichte. Eigentlich wollte Bug nicht allzu lange bei ihnen bleiben. Na ja, daraus wurden schließlich Jahre. Jahre, die für Emilia die Hölle auf Erden bedeuteten. Ihre Eltern nahmen ihn gerne für längere Zeit auf, da er ihnen viel Geld zum Dank zusteckte. Emilia erzählte mir immer öfter, dass er sie so komisch anschauen würde und oftmals plötzlich in ihr Zimmer kam, wenn sie sich umzog. Oder auch einfach ins Badezimmer kam, während sie duschte oder badete. Emilia sprach ihre Mutter darauf an und bat sie, mit ihm darüber zu sprechen. Ihre Mutter beschwichtigte alles immer nur und meinte, sie solle sich nicht so aufspielen. Tolle Mutter, nicht wahr? Na ja, ein Dreivierteljahr später gingen ihre Eltern auf eine Gala und Emilia war mit ihm das erste Mal alleine im Haus. Außer Amy war niemand anwesend und Amy war damals noch sehr klein, musst du wissen. Ich glaube, drei. Ich denke, ich kann dir die Details ersparen. Er hat sie in dieser Nacht das erste Mal sexuell missbraucht. Sie war damals gerade einmal 12 Jahre alt. Nach dieser Nacht war nichts mehr wie zuvor. Emilia zog sich zurück, sogar vor mir. Ein halbes Jahr später vertraute sie sich mir endlich an. Ich musste ihr damals das Versprechen geben, niemandem davon zu erzählen. Ich hielt mich daran. Leider. Noch heute mache ich mir enorme Vorwürfe deswegen." Jamie braucht einen kurzen Moment und fährt dann fort. „Bug blieb über vier Jahre bei ihnen. Verstehst du? Jahrelang war sie ihm völlig ausgeliefert gewesen. Ihre Eltern waren sehr oft weg, manchmal sogar über das Wochenende und sie war alleine mit ihm. Sie hat mir nie genau erzählt, was er mit ihr alles gemacht hat, aber es muss eine Qual gewesen sein. Er ist ein krankes Schwein und wie besessen von Emilia. Na ja, irgendwann hielt sie es nicht mehr aus. Ihre Eltern glaubten ihr nicht und schweren Herzens haute sie mit 16 von daheim ab und ließ Amy zurück. Amy war damals sieben. Emilia wollte so schnell wie möglich Arbeit finden und eine Wohnung, um Amy dann zu sich zu holen. Sie liebte sie abgöttisch und hing sehr an ihr. Auch umgekehrt war es nicht anders. Emilia telefonierte fast täglich mit Amy und bat sie, durchzuhalten und tapfer zu bleiben. Fünf Monate später war es dann so weit und Emilia fuhr zurück, um endlich ihre kleine Schwester zu holen." Jamie bricht ab und beginnt, zu weinen.

„Du musst nicht weitererzählen, wenn du nicht kannst", beruhige ich sie.

Jamie schüttelt den Kopf. „Nein, du musst alles erfahren. Sonst verstehst du nicht, warum Emilia so ist und weshalb ich mir solche Sorgen mache. Als sie damals ihr Elternhaus betrat, hatte Emilia ein komisches Gefühl. Sie wusste, Amy war um diese Zeit immer daheim und machte ihre Hausaufgaben. Emilia rief nach ihr, bekam allerdings keine Antwort. Sie lief sofort in ihr Zimmer. Was Emilia dort vorfand, brach ihr für immer das Herz. Amy lag tot in ihrem Bett. Ihr Körper war blutverschmiert und mit Hämatomen übersäht. Bevor sie den Notruf wählen konnte, standen plötzlich ihre Eltern im Zimmer und hielten sie davon ab. Sie gaben ihr einen Umschlag und drängten sie, das Haus zu verlassen und nie wieder zurückzukommen. Außerdem sollte sie nie wieder ein Wort über den ‚Unfall‘, wie sie es so schön nannten, verlieren. Aus der Zeitung erfuhr Emilia später, dass Amy an schweren inneren und äußeren Verletzungen starb. Angeblich wurde sie auf dem Nachhauseweg von einem Unbekannten entführt, misshandelt und ermordet. Emilia wusste aber, dass es Bug war. Bis heute versteht sie nicht, warum ihre Eltern nicht die Polizei gerufen haben und so gehandelt haben. Sie hasst ihre Eltern bis heute abgrundtief. Daher hat sie auch keinen Kontakt mehr zu ihnen. Emilia macht sich bis heute große Vorwürfe, dass sie Amy nicht gleich mitgenommen hat. Sie gibt sich die Schuld an ihrem Tod.“

Ich bin geschockt. Was hat Emilia nur alles durchmachen müssen? „Was geschah dann?“

„Emilia verschwand plötzlich. Niemand wusste, wo sie war. Ich hatte mich mittlerweile meinen Eltern anvertraut und ihnen alles erzählt. Wir suchten Emilia überall, fanden sie jedoch nicht. Sie war spurlos verschwunden. Mein Dad brachte in Erfahrung, dass Bug das Land verlassen hatte und untergetaucht war. Niemand wusste, wo er sich aufhielt und wir hatten den Verdacht, dass er Emilia vielleicht mitgenommen hat. Bis ich ihr ein Jahr später zufällig über den Weg lief. Sie lebte auf der Straße und sah schrecklich und verwahrlost aus. Emilia konnte das Geschehene nicht verkraften und begann, ihren Schmerz in Drogen und Alkohol zu ertränken. Sie war kaum mehr wiederzuerkennen. Mein Dad machte kurzen Prozess und ließ sie in eine private Entzugsklinik einweisen. Es war ein langer und schwerer Kampf, aber Emilia hat es letztendlich geschafft, wieder ins Leben zurückzufinden. Von ihren Eltern oder Bug hat sie nie wieder etwas gehört. Mein Dad hat natürlich alles getan, was in seiner Macht stand, um Emilia zu schützen. Selbst ihren Nachnamen haben wir ändern lassen, damit Bug sie nicht findet. Clayton ist nämlich der Familienname ihrer Granny. Emilias richtiger Name ist Sullivan. Ich weiß, du fragst dich jetzt sicher, warum ich dir das alles erzähle, aber ich glaube, Emilia ist rückfällig geworden."

Ich sehe Jamie ungläubig an. Kann das wirklich sein? Aber das hätte ich doch bemerkt, oder nicht? „Aber wie kommst du darauf? Ich meine, was soll sie für einen Grund haben? Klar, wir haben uns getrennt, aber das ist ja kein Anlass für so etwas."

„Nate, ich habe sie vor nicht mal einer Woche gesehen, nachdem ich von einer längeren Geschäftsreise aus den USA zurückgekommen bin und Emilia sah genauso aus wie damals. Sie hat sich verändert und ist kaum noch sie selbst. Glaube mir, ich weiß, was dieser Scheiß aus ihr macht. Was ich nur noch nicht verstehe, warum sie wieder damit angefangen hat? Ich werde das Gefühl nicht los, dass etwas passiert sein muss, das sie aus der Bahn geworfen hat. Ich will meine Familie nicht damit belasten, darum habe ich mich an dich gewandt in der Hoffnung, du kannst mir helfen. Ich mache mir Sorgen um sie. Seit Freitagabend ist sie nicht mehr daheim gewesen und ihr Handy ist aus … Was ist, wenn ihr was zugestoßen ist?" Jamie sinkt in sich zusammen und beginnt, hemmungslos zu weinen.

Ich fühle mich hilflos und wie gelähmt. Ich brauche einen Moment, um mich selbst wieder zu sammeln und das Erzählte zu verarbeiten. „Hast du schon in ihrem Zimmer nachgeschaut? Vielleicht gibt es Hinweise, die uns weiterhelfen könnten?" Ich schaue Jamie fragend an.

Sie verneint sofort.

„Ich fand es nicht richtig, in ihren Sachen zu wühlen. Und um ehrlich zu sein, hatte ich auch Angst davor."

Ich stehe auf und atme tief ein. „Dann sollten wir das jetzt nachholen. Was anderes fällt mir sonst nicht ein."

Jamie nickt und folgt mir in Emilias Zimmer. Wir suchen in jeder Schublade, jeder Tasche, finden aber nichts. Nach einer halben Stunde werden wir dann doch fündig. Jamie entdeckt in der hintersten Ecke des Kleiderschrankes eine weiße Box.

Als wir diese öffnen, erstarrt Jamie und hält sich geschockt die Hand vor den Mund. „Oh mein Gott, Nate ... Das kann nicht wahr sein. Ich hätte es merken müssen. Wie konnte ich nur so blind sein? Anstatt sie mehr zu drängen, habe ich sie auch noch gebeten, auszuziehen. Ich bin so eine schlechte Freundin." Jamie bricht in Tränen aus und kann sich kaum noch beruhigen.

Nachdem auch ich den Inhalt näher inspiziere, wird mir flau im Magen. „Glaubst du, die Sachen sind von Bug?"

„Ich bin mir sogar ziemlich sicher. Schau dir die Karten an, B steht ganz sicher für Bug. Er hat sie die ganze Zeit beschattet und wer weiß was mit ihr gemacht. Und ich habe sie im Stich gelassen. Ich will mir gar nicht vorstellen, welche Angst Emilia gehabt haben muss. Warum hat sie sich uns nicht anvertraut?"

Nach einigen Minuten finde ich sogar ein Bild von Tracy. Sofort wird mir übel. Auch nach weiteren Bildern von ihr und mir und Karten setzen sich die Puzzleteile allmählich zusammen. „Kann es sein, dass er sie unter Druck gesetzt und sie bedroht hat? Ich meine, die Bilder und die Texte sind eindeutig. Was ich aber nicht verstehe ... Was will er von ihr?"

Jamie braucht ein paar Minuten, um einen klaren Gedanken zu fassen. „Was er damit bezwecken will? Er ist ein krankes Schwein. Wer weiß, was in ihm vorgeht. Er ist fanatisch. Er wird sich wohl an ihr rächen wollen oder so. Als Druckmittel hat er uns eingesetzt. Nur so kann ich mir auch erklären, dass sie sich von dir getrennt und mich von sich gestoßen hat. Gott, Nate, was ist, wenn ihr etwas passiert ist und sie vielleicht …" Jamies Stimme bricht, bevor sie erneut von ihren Tränen geschüttelt wird.

Ich nehme sie sofort in den Arm und streiche ihr beruhigend über den Rücken. Alleine der Gedanke, dass Emilia etwas zugestoßen sein könnte und ich sie vielleicht nie wiedersehen werde, zerbricht mich innerlich. „Hast du eine Idee, wo sie stecken könnte? Vielleicht sollten wir sie suchen gehen?"

Kurze Zeit später machen wir uns auf den Weg in der Hoffnung, nicht zu spät zu kommen und sie irgendwo da draußen zu finden.

KAPITEL 22

Emilia

Als ich das nächste Mal erwache, dämmert es längst. Ich muss lange bewusstlos gewesen sein. Als ich meinen Blick durch das Zimmer schweifen lasse, bleibe ich an Bug hängen, der auf einem Sessel neben dem Bett sitzt und mich anstarrt.

„Ich dachte schon, du würdest gar nicht mehr aufwachen, mein kleiner Engel. Ich bin längst nicht fertig mit dir. Außerdem habe ich noch eine kleine Überraschung für dich."

Ich bin mittlerweile zu schwach, um mich nur einen Zentimeter zu bewegen. Ich kann nicht einmal mehr meinen Kopf anheben, ohne dass mein Körper sich mit Schmerzen durchzieht. Das Einzige, was ich spüre, ist, wie Bugs Körper sich erneut Erleichterung verschafft. Ich weiß nicht, wie lange es gedauert hat, erst als er sich erhebt und sein Handy in die Hand nimmt, um damit ins Badezimmer zu verschwinden, versuche ich mit letzter Kraft, mich auf den Rücken zu drehen.

Nach wenigen Minuten kommt Bug jedoch zurück und setzt sich auf das Bett. „So und jetzt zu deiner Überraschung. Da ich meinen Jungs ab und an auch etwas Spaß gönne, habe ich mir gedacht, dass du dich sicherlich über Abwechslung freuen wirst?"

In dem Moment öffnet sich die Tür und zwei Männer treten ein. Es sind die Männer vom Abendessen.

Bug erhebt sich und geht Richtung Zimmertür. Er klopft einem der Männer auf die Schulter und sagt: „Habt viel Spaß. Macht mit ihr, was immer ihr wollt und bringt sie anschließend nach Hause."

Ich muss wirklich lange Zeit bewusstlos gewesen sein, denn als ich versuche, meine geschwollenen Augen zu öffnen, liege ich in meinem Bett. Erleichterung macht sich in mir breit. Mit letzter Kraft setze ich mich auf. Mein Kopf dröhnt und ich fühle mich, als hätte ich einen Verkehrsunfall gehabt. Dann fällt mein Blick auf einen Zettel und eine kleine Schachtel auf dem Bett. Ich greife danach und öffne sie.

Du hast es dir wirklich verdient, mein Engel. Ich wünsch dir einen guten Trip. Ich freu mich schon auf das nächste Mal. In Liebe B.

Ich öffne die Box und erkenne sofort den Inhalt. Darin befinden sich diverse Rauschmittel. Ich bereite mir eine Line vor und ziehe sie durch die Nase. In nur wenigen Sekunden fühle ich mich schon wesentlich besser. Zu lange musste ich darauf verzichten. Dann entdecke ich noch etwas. Ich nehme die Spritze und das Band heraus. Immer wieder hallen die Worte in meinem Kopf „Es wird kein nächstes Mal geben".

Ohne darüber nachzudenken, nehme ich einen Stift und ein Blatt Papier vom Schreibtisch und fange an zu schreiben. Dann nehme ich alles und laufe geradewegs ins Badezimmer. Ich steige in die Dusche und drehe sie voll auf. Das kalte Wasser tut meinem geschundenen Körper unglaublich gut. Dann greife ich nach dem Band und der Spritze und lasse mich auf den Boden der Dusche sinken. Den Zettel lege ich einfach vor die Dusche. Dann setze ich die Spritze an. Ich weiß, dass ich hier gerade eine Grenze überschreite, die ich nie im Leben überschreiten wollte. Doch jetzt sehe ich einfach keinen anderen Ausweg mehr. Es ist das Beste für mich … Für alle … Ich vernehme nur noch das Rauschen des Wassers und die Kälte, die meinen Körper durchzieht. Ganz langsam wird es still und dunkel um mich herum. Es ist ein schönes, beruhigendes Gefühl. Es ist der pure Frieden. Endlich bin ich in Sicherheit.

Als ich das nächste Mal meine Augen öffne, scheint plötzlich die Sonne. Hab ich wirklich so lange geschlafen? Hatten wir nicht gerade noch Winter? Ich vernehme Vogelgezwitscher und den Duft von frisch gemähtem Gras. Es riecht so unglaublich gut und ich fühle mich leicht und unbeschwert. Wie in meiner Kindheit ... Noch vor Bug. Dann fällt mein Blick auf den Schatten neben mir. Ich setze mich auf und kann es kaum glauben.

„Amy? Amy, bist du das wirklich?"

Meine Schwester lächelt mich voller Liebe an. „Natürlich bin ich es, Emmi. Wer sonst?"

Ich falle ihr sofort stürmisch um den Hals. „Ich hab dich so vermisst. Bitte verlasse mich nie wieder, hörst du? Es ist so schön, bei dir zu sein. Endlich sind wir wieder vereint ..."

Nate

Nach einer erfolglosen Suche parke ich das Auto vor Jamies Wohnung. „Ich glaube, wir sollten doch die Polizei informieren. Vielleicht finden sie ja Emilia?", sage ich leise.

„Ich habe solche Angst, Nate. Was ist, wenn sie nie wieder zurückkommt? Das werde ich mir nie im Leben verzeihen." Jamies Blick fällt auf die Fenster ihrer Wohnung. „Sag mal, haben wir vorhin vergessen, das Licht auszuschalten?"

Ich runzle die Stirn und schüttle den Kopf. „Nicht, dass ich wüsste. Wir sind gegangen, da war es doch noch hell."

Und in dem Moment wird uns beiden bewusst, was das zu bedeuten hat. So schnell wir nur können, rennen wir die Treppe hinauf in die Wohnung. Dort angekommen, ist es jedoch still.

„Emilia, bist du daheim?", ruft Jamie voller Hoffnung. Eine Antwort bleibt allerdings aus. Auch nach dem zweiten Mal kommt nichts.

Jamie lässt ihre Schultern hängen. „Verdammt, sie ist nicht hier. Meinst du, sie war vorhin kurz daheim?"

„Vielleicht, aber …" Plötzlich halte ich inne. Da sind doch Geräusche? „Hast du das gehört? Da läuft doch Wasser, oder nicht?"

In Sekundenschnelle rennen wir durch Emilias Zimmer, direkt in das angrenzende Badzimmer.

Ein lauter Schrei entkommt Jamies Kehle. Sofort bricht sie in Tränen aus.

Das ist der schlimmste Moment, den ich mir hätte ausmalen können. Emilia liegt leblos in der Dusche. Das Wasser läuft pausenlos über ihren schmalen Körper und sie regt sich nicht. Ohne darüber nachzudenken, laufe ich zu ihr und versuche, sie herauszuziehen. „Hilf mir doch, Jamie!"

Wir heben Emilia sofort aus dem eiskalten Wasser und legen sie auf dem Badzimmerteppich ab. Dabei fällt mein Blick unwillkürlich auf die benutzte Spritze, die am Boden liegt. Sofort befehle ich Jamie: „Du musst sofort den Notruf wählen. Sie müssen sich beeilen. Sag ihnen, wir haben hier jemanden mit Verdacht auf eine Überdosis. Mach schon." Völlig mechanisch wickle ich Emilia in mehrere Handtüchern gleichzeitig ein, damit ihre Körpertemperatur wieder steigt. *Oh Gott, du darfst nicht sterben … bitte tu mir das nicht an, Em.* Ich bin noch nie ein gläubiger Mensch gewesen, aber in dem Moment bete ich zu Gott, dass er Emilia verschont und sie mir nicht nimmt.

Ich weiß nicht, wie lange ich sie im Arm halte und ihr leise ins Ohr flüstere, sie soll kämpfen, als plötzlich der Rettungsdienst ins Badezimmer stürmt.

„Machen Sie uns bitte Platz, Sir. Können Sie uns sagen, was genau passiert ist?", fragt einer der Sanitäter.

„Ich weiß, es nicht. Wir haben sie den ganzen Tag gesucht und fanden sie vor wenigen Minuten hier genau so vor. Ist sie …?"

Mit Tränen in den Augen sehe ich zu, wie die Sanitäter sich Anweisungen geben. „Sie hat eine Überdosis, Jim. Sie muss sofort ins Krankenhaus. Sonst ist es zu spät für sie."

„Luke, verdammt, ich habe keinen Herzschlag mehr …"

Dann sehe ich nur noch, wie der Sanitäter sie versucht, wiederzubeleben. Dann geht alles so unglaublich schnell und der dritte Sanitäter schiebt uns aus dem Badezimmer und bittet uns, draußen zu warten.

Während die Männer um Emilias Leben kämpfen, bricht Jamie in meine Armen vollends zusammen. „Ich bin daran schuld, wenn sie stirbt … Ich alleine …", schreit sie immer wieder.

Der Gedanken daran, dass Emilia vielleicht in diesen Minuten von uns gehen könnte, versetzt mir einen tiefen Stich ins Herz … Ich habe das Gefühl, mein eigenes Herz hört auf, zu schlagen. *Emilia, du darfst nicht sterben, hörst du … Du musst kämpfen. Kämpf für uns … Ich liebe dich doch …* Wenn Emilia jetzt stirbt, werde ich mir das mein Leben lang nicht mehr verzeihen können.

E N D E

Fortsetzung folgt …

DANKSAGUNG

Zuerst möchte ich mich bei euch Lesern/Leserinnen bedanken, die mein Buch gekauft haben und es bis hierhin gelesen haben. Ich hoffe, es hat euch gefallen und ihr seid genauso gespannt darauf wie ich, wie Emilias Geschichte weitergeht.

Als ich die Idee hatte, selbst ein Buch zu schreiben, war ich mir nicht ganz sicher, ob ich das auch so hinbekommen würde. Aber ich bin wirklich stolz auf mein Werk, weil ich das aus eigener Hand erschaffen habe. Ich werde auf jeden Fall damit weitermachen und hoffe, dem einen oder anderen damit eine Freude zu machen.

Letztendlich möchte ich mich auch bei meinem Partner bedanken, der mich darin bestärkt und unterstützt hat, dieses Projekt zu starten. Auch wenn ich ihn das eine oder andere Mal doch sehr vernachlässigt habe, war er immer an meiner Seite.

Dann noch bei meinen Testleser/innen. Ich glaube, ich habe sie doch ab und an ganz schön genervt. Aber sie haben es tapfer ertragen.

Außerdem auch bei Sabine für das Korrektorat. Die Zusammenarbeit war wirklich super. Danke.

Dann möchte ich mich auch bei Grit für das tolle Cover bedanken. Ich bin immer noch hin und weg. Das war super Arbeit.

Ich denke, das war es im Großen und Ganzen. Dann wünsche ich euch jetzt schon viel Spaß bei Teil 2. Über eine Rezi auf Amazon würde ich mich auch mega freuen.

Eure Tina

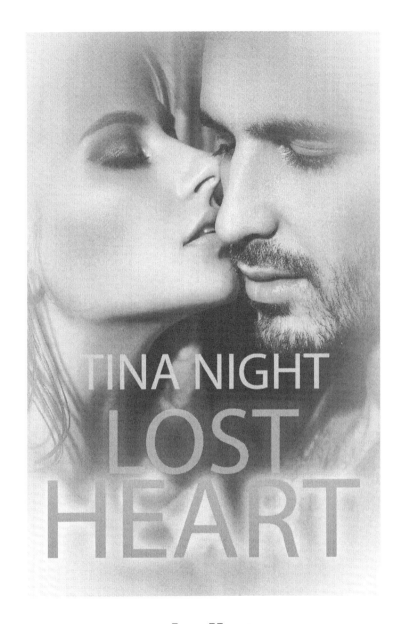

Lost Heart

Band 2

Loving Heart

Band 3

Kontaktdaten

Tina Night
Postfach 51
65711 Hofheim

tinanight83@gmail.com

https://www.facebook.com/tinanight83

26692034R00186

Printed in Poland
by Amazon Fulfillment
Poland Sp. z o.o., Wrocław